Drzewo migdałowe

Drzewo migdałowe

Michelle Cohen Corasanti

tłumaczenie
Dorota Dziewońska

Kraków 2014

THE ALMOND TREE

Copyright © Michelle Cohen Corasanti 2013
By Agreement with Pontas Literary & Film Agency

Copyright © for the Polish edition by Wydawnictwo SQN 2014
Copyright © for the translation by Dorota Dziewońska 2014

Redakcja i korekta – Jacek Ring, Joanna Mika-Orządała,
Kamil Misiek / Editor.net.pl
Opracowanie typograficzne i skład – Joanna Pelc
Okładka – Paweł Szczepanik / BookOne.pl

Front cover photograph: © Kirstin Mckee / Getty Images
Back cover photograph: © pepel / freeimages.com

All rights reserved. Wszelkie prawa zastrzeżone.
Książka ani żadna jej część nie może być przedrukowywana
ani w jakikolwiek inny sposób reprodukowana czy powielana
mechanicznie, fotooptycznie, zapisywana elektronicznie lub
magnetycznie, ani odczytywana w środkach publicznego przekazu
bez pisemnej zgody wydawcy.

Wydanie I, Kraków 2014
ISBN: 978-83-7924-194-1

www.wydawnictwosqn.pl

Szukaj naszych książek również w formie elektronicznej

DYSKUTUJ O KSIĄŻCE
 /WydawnictwoSQN
 /SQNPublishing
 /WydawnictwoSQN
 NASZA KSIĘGARNIA www.labotiga.pl

Część 1

1955

Rozdział 1

Mama zawsze mówiła, że Amal jest jak żywe srebro. Powtarzaliśmy między sobą w żartach, że nasza kilkuletnia siostra, choć ledwie się trzyma na tych swoich pulchnych nóżkach, ma w sobie więcej energii i chęci życia niż ja i mój brat razem wzięci. Dlatego, kiedy poszedłem do niej zajrzeć i nie zastałem jej w łóżeczku, strach ścisnął mi serce.

Było upalne lato i życie całego domu toczyło się ospałym rytmem. Stałem pośrodku dziecięcego pokoju z nadzieją, że w tej ciszy usłyszę coś, co naprowadzi mnie na ślad siostry. Biała zasłonka drgała poruszana delikatnymi podmuchami wiatru. Okno było otwarte – i to szeroko. Podbiegłem, modląc się w duchu, aby nie było jej tam, kiedy wyjrzę; żeby nie okazało się, że coś jej się stało. Bałem się, ale spojrzałem, ponieważ niewiedza była gorsza od najgorszego. „Proszę, Boże, proszę, błagam…".

Pod oknem nie dostrzegłem nic – tylko rabatkę naszej Mamy. Kolorowe kwiaty kołysane wiatrem.

Zszedłem na dół. W powietrzu unosiły się smakowite zapachy, duży stół aż się uginał od pyszności. Baba i ja kochaliśmy słodycze, więc na świąteczny wieczór Mama szykowała ich całą masę.

– Gdzie Amal? – zapytałem. Póki Mama była odwrócona, wepchnąłem po ciastku do każdej z kieszeni: jedno dla mnie i jedno dla Abbasa.

– Śpi. – Mama polała baklawę syropem.

– Nie, nie ma jej w łóżeczku.

– To gdzie jest? – Rozgrzana patelnia zasyczała, gdy Mama wsunęła ją pod strumień zimnej wody.

– Może się schowała.

Czarne szaty zaszeleściły obok mnie, gdy wbiegała na schody. Szedłem zaraz za nią, w milczeniu, z nadzieją, że znajdę Amal pierwszy i zasłużę na tę nagrodę, która już spoczywała w mojej kieszeni.

– Kto mi pomoże? – Abbas stał na szczycie schodów i próbował zapiąć sobie koszulę.

Spojrzałem na niego pogardliwie, chcąc dać mu do zrozumienia, że jestem zajęty ważniejszymi sprawami.

Razem weszliśmy za Mamą do pokoju Baby. Amal nie było pod łóżkiem rodziców. Odsunąłem kotarę, za którą trzymali ubrania. Miałem nadzieję, że wyskoczy stamtąd mała osóbka z szerokim uśmiechem na twarzy. Nic takiego się nie stało. Widziałem, że Mama jest coraz bardziej niespokojna. Jej ciemne oczy lśniły w taki sposób, że ja też zaczynałem się bać.

– Nie martw się, Mamo – powiedział Abbas. – Ahmad i ja pomożemy ci ją znaleźć.

Mama przyłożyła palec do ust, dając nam znak, byśmy zachowywali się cicho, bo szliśmy teraz do pokoju naszych młodszych braci. Jeszcze spali, więc ja i Abbas pozostaliśmy na zewnątrz, gdy Mama weszła na palcach do środka – potrafiła się poruszać ciszej od nas. Ale tam również nie było Amal.

W oczach Abbasa dostrzegłem przerażenie, więc poklepałem go po plecach.

Po zejściu na dół Mama wciąż wołała Amal. Przeszukała salon i jadalnię, roztrącając wszystko, co przygotowała na świąteczny obiad z rodziną wujka Kamala.

Pobiegła na oszkloną werandę, a my z Abbasem za nią. Drzwi na dziedziniec były otwarte. Mama znieruchomiała.

Przez wielką szybę widzieliśmy Amal w koszuli nocnej, biegnącą po łące w kierunku pola.

W ciągu kilku sekund Mama znalazła się na dziedzińcu. Przecięła ogródek, łamiąc swoje róże, nie zważając na to, że kolce szarpią jej ubranie. Abbas i ja wciąż biegliśmy za nią.

– Amal! – krzyknęła. – Stój!

Miałem kolkę, ale biegłem dalej. Mama zatrzymała się przy „znaku" tak gwałtownie, że ja i Abbas zderzyliśmy się z nią. Amal była na polu. Dech mi zaparło.

– Stój! Nie ruszaj się! – krzyknęła Mama.

Nasza siostra goniła dużego czerwonego motyla. Jej czarne kręcone włosy podskakiwały jak sprężynki. Obróciła się w naszą stronę.

– Amal, stój! – Mama użyła najsurowszego tonu, na jaki było ją stać. – Nie ruszaj się!

Amal znieruchomiała i Mama głęboko odetchnęła.

Abbas z ulgą opadł na kolana. Nie wolno nam było pod żadnym pozorem wychodzić poza znak. Tam ciągnęło się diabelskie pole.

Czerwony motyl usiadł na ziemi jakieś cztery metry przed Amal.

Spojrzeliśmy z bratem w tamtą stronę.

Amal popatrzyła na nas figlarnie i skoczyła ku owadowi.

To, co stało się potem, przypominało scenę odtwarzaną w zwolnionym tempie. Jakby ktoś podrzucił moją siostrę w powietrze. Pod nią był dym i ogień, jej uśmiech zniknął. Huk nas powalił – dosłownie – i odrzucił w tył. Kiedy spojrzałem w miejsce, w którym przed chwilą znajdowała się Amal, już jej nie było. Po prostu. A ja nic nie słyszałem.

Nagle rozległy się wrzaski. To głos Mamy, a potem Baby gdzieś daleko za nami. Wtedy zrozumiałem, że Amal nie zniknęła. Widziałem rękę. To była jej ręka, ale brakowało przy niej tułowia. Przetarłem oczy. Amal była w cząstkach, jak jej lalka, którą kiedyś nasz pies rozszarpał na kawałki. Otworzyłem usta i krzyknąłem tak głośno, że zdawało mi się, iż rozedrę się na strzępy.

Baba i wujek Kamal podbiegli, zasapani, do znaku. Mama nie patrzyła w ich stronę, ale gdy się zbliżyli, zaczęła jęczeć:

– Moje maleństwo, moje maleństwo...

Wtedy Baba zauważył Amal, tam w dali, za znakiem z napisem „Strefa zamknięta". Rzucił się w jej stronę, łzy zalewały mu twarz. Wujek Kamal złapał go obiema rękami.

– Nie!

Baba próbował się wyrwać, ale wujek Kamal trzymał go mocno.

– Nie mogę jej tam zostawić! – krzyczał Baba, szarpiąc się z bratem.

– Już za późno. – Ton wujka nie dopuszczał sprzeciwu.

– Wiem, gdzie zakopali miny – zwróciłem się do Baby.

Nie spojrzał na mnie, ale powiedział:

– Poprowadź mnie, Ahmad.

– Chcesz powierzyć swoje życie dziecku? – Wujek zrobił taką minę, jakby rozgryzł cytrynę.

– To nie jest zwyczajne siedmioletnie dziecko – odparł Baba.

Zrobiłem krok w kierunku mężczyzn. Abbas został z Mamą; oboje płakali.

– Wkopywali te miny ręcznie i zrobiłem mapę.

– Przynieś ją – powiedział Baba i dodał jeszcze coś, czego nie zrozumiałem, bo odwrócił się w stronę diabelskiego pola. W stronę Amal.

Rzuciłem się pędem do domu, wyjąłem mapę z kryjówki na werandzie, złapałem laskę Baby i co sił w nogach wróciłem na skraj pola. Mama stale powtarzała, że mam nie biegać z laską Baby, bo mogę zrobić sobie krzywdę, ale to była wyjątkowa sytuacja.

Baba odebrał ode mnie laskę i postukiwał nią w ziemię, podczas gdy ja starałem się wyrównać oddech.

– Za znakiem prosto – powiedziałem. Łzy zaćmiewały mi obraz, sól szczypała w oczy, ale wiedziałem, że nie mogę odwrócić wzroku.

Przed każdym kolejnym krokiem Baba macał grunt laską i kiedy uszedł już jakieś trzy metry, zatrzymał się. Mniej więcej metr przed nim leżała głowa Amal. Bez czarnych loków. W miejscach, gdzie skóra się spaliła, sterczało coś białego. Nie mógł jej dosięgnąć, więc kucnął i spróbował jeszcze raz. Mama wciągnęła powietrze. Wolałbym, żeby użył laski, ale bałem się to powiedzieć, bo czułem, że chce traktować Amal z należytym szacunkiem.

– Wracaj – prosił wujek Kamal. – To jest przecież zbyt niebezpieczne.

– Dzieci! – krzyknęła Mama. Baba omal się nie przewrócił. – Są same w domu.

– Pójdę do nich – zadeklarował Wujek. Ucieszyło mnie to, bo tylko wszystko utrudniał.

– Nie przyprowadzaj ich tu! – krzyknął do niego Baba. – Nie mogą jej takiej zobaczyć. I niech Nadia też nie przychodzi!

– Nadia! – Mama westchnęła w taki sposób, jakby po raz pierwszy usłyszała imię najstarszej córki. – Nadia jest u was, Kamal, z twoimi dziećmi.

Wujek skinął głową i poszedł.

Mama opadła na ziemię obok Abbasa. Łzy zalewały jej twarz. Abbas jak skamieniały wpatrywał się w to, co pozostało z Amal.

– Ahmad, którędy teraz? – zapytał Baba.

Według mojej mapy mniej więcej dwa metry od głowy Amal znajdowała się mina. Słońce grzało mocno, ale ja czułem chłód. „Proszę, Boże, niech moja mapa będzie dokładna". Wiedziałem na pewno tylko to, że nie ma tu żadnego schematu, bo zawsze szukałem określonych reguł, a w tym wypadku przekonałem się, że istnieje jedynie ślepy traf i bez mapy nie da się niczego przewidzieć.

– Metr w lewo – powiedziałem – i tam niech Baba sięgnie znowu. – Nawet nie zauważyłem, że wstrzymałem oddech. Gdy Baba podniósł głowę Amal, uszło ze mnie powietrze. Baba zdjął kefiję i owinął nią tę zniekształconą malutką główkę.

Sięgnął po rękę, lecz leżała zbyt daleko. Trudno było stwierdzić, czy na jej końcu jest jeszcze dłoń.

Według mapy między nim a oderwaną ręką znajdowała się kolejna mina i moim zadaniem było poprowadzić go tak, by na nią nie wszedł. Z całkowitym zaufaniem robił dokładnie to, co mu mówiłem. Podprowadziłem go bliżej i Baba delikatnie ujął kość ramienną i zawinął w swoją kefiję. Pozostał już tylko tułów, który leżał najdalej.

– Na wprost jest mina. Niech Baba skręci w lewo.

Baba tulił Amal do piersi. Przed każdym krokiem stukał laską w ziemię. Cały czas go prowadziłem; uszedł w ten sposób co najmniej dwanaście metrów. Potem musiałem wskazać mu drogę powrotną.

– Od znaku prosto, tam nie ma min – powiedziałem. – Ale są dwie przed tą linią.

Kazałem mu iść przed siebie, potem w bok. Czułem krople potu na twarzy. Kiedy otarłem czoło, zobaczyłem krew. Wiedziałem, że to krew Amal. Ścierałem ją i ścierałem, ale nie schodziła.

Podmuch wiatru poderwał kosmyki czarnych włosów Baby. Jego biała kefija, już zdjęta z głowy, przesiąkła krwią. Na białej szacie wykwitła czerwień. Baba trzymał Amal w ramionach w taki sposób, w jaki wnosił ją na piętro, gdy zasypiała na jego kolanach. Kiedy niósł ją z tego pola, wyglądał jak anioł. Jego szerokie ramiona drżały, rzęsy miał wilgotne.

Mama wciąż rozpaczała, przycupnąwszy na ziemi. Abbas obejmował ją, ale już nie płakał. Był jak mały mężczyzna, który otacza słabszych opieką.

– Baba ją poskłada – zapewniał Mamę. – On umie wszystko naprawić.

– Baba się nią zaopiekuje. – Położyłem dłoń na ramieniu Abbasa.

Baba ukląkł na ziemi obok Mamy i wtuliwszy głowę w ramiona, delikatnie kołysał Amal. Mama oparła się o niego.

– Nie bój się – mówił Baba do córki. – Bóg przyjmie cię pod swoją opiekę.

Jakiś czas trwaliśmy tak, pocieszając Amal.

– Za kilka minut zaczyna się godzina policyjna – oznajmił głos z megafonu wojskowego dżipa. – Każdy, kto będzie poza domem, zostanie aresztowany lub zastrzelony.

Baba powiedział, że jest za późno, by zdobyć zezwolenie na pochowanie Amal, więc zabraliśmy ją do domu.

Rozdział 2

Abbas i ja usłyszeliśmy krzyki przed Babą. On był zajęty doglądaniem pomarańcz. To było jego życie. Jego rodzina posiadała te gaje od pokoleń i twierdził, że ma pomarańcze we krwi.

– Babo. – Pociągnąłem go za ubranie i tym samym wyrwałem z transu. Upuścił niesione owoce i pobiegł w kierunku tych okrzyków. Abbas i ja ruszyliśmy za nim.

– Abu Ahmad! – nawoływania Mamy odbijały się od drzew. Gdy się urodziłem, rodzice zmienili swoje imiona na Abu Ahmad i Umm Ahmad, tak by swoim brzmieniem wyrażały więź ze mną, ich pierworodnym. Taka była tradycja mojego ludu. Mama biegła ku nam z moją małą siostrą Sarą na rękach.

– Chodźcie! Są w domu! – Z trudem łapała powietrze.

Wystraszyłem się. W ciągu ostatnich dwóch lat, kiedy myśleli, że ja i Abbas śpimy, rodzice rozmawiali o tym, że któregoś dnia ktoś przyjdzie zabrać nam ziemię. Pierwszy raz usłyszałem to w nocy po śmierci Amal. Kłócili się, bo Mama chciała pochować Amal na naszym terenie, żeby była blisko nas i niczego się nie bała, ale Baba się nie zgadzał, mówił, że przyjdą, zabiorą nam ziemię, a wtedy będziemy musieli albo ją wykopać, albo pozostawić tu z nimi.

Baba odebrał Sarę z rąk Mamy i wszyscy pobiegliśmy do domu.

Kilkunastu żołnierzy ogradzało nasz dom i teren drutem kolczastym. Moja siostra Nadia klęczała pod oliwką i uspokajała płaczących młodszych braci: Fadiego i Haniego. Była młodsza ode mnie i Abbasa, ale starsza od pozostałych. Mama zawsze mówiła, że będzie dobrą matką, bo jest bardzo opiekuńcza.

– Czym mogę panom służyć? – Baba wzburzony zwrócił się do jednego z żołnierzy.

– Mahmud Hamid?

– Tak, to ja.

Żołnierz wręczył Babie jakiś dokument. Twarz Baby stała się biała jak mleko. Zaczął kręcić głową. Otoczyli go żołnierze z karabinami, w stalowych hełmach, zielonych mundurach i ciężkich czarnych butach.

Mama przyciągnęła mnie i Abbasa do siebie. Słyszałem bicie jej serca.

– Macie trzydzieści minut na spakowanie się – powiedział żołnierz z pryszczami na twarzy.

– Proszę, to jest nasz dom – próbował przekonywać Baba.

– Słyszeliście – oświadczył żołnierz.

– Zostań lepiej z małymi – zwrócił się Baba do Mamy, a ona wybuchnęła płaczem.

– Tylko bez awantur – ostrzegł pryszczaty.

Abbas i ja pomogliśmy Babie wynieść wszystkie sto cztery portrety, które narysował w ciągu ostatnich piętnastu lat, jego książki o sztuce, albumy wielkich mistrzów: Moneta, Van Gogha, Picassa, Rembrandta; pieniądze, które trzymał w poszewce poduszki; ud*, który zrobił dla niego jego ojciec; srebrny serwis do herbaty, który Mama otrzymała od swoich rodziców, nasze naczynia, sztućce, garnki, ubrania i suknię ślubną Mamy.

– Czas minął – oznajmił żołnierz. – Przesiedlamy was.

---

* Strunowy instrument muzyczny, zwany również lutnią perską lub arabską.

– Nowe doświadczenie. – Oczy Baby były wilgotne i lśniące, gdy otaczał ramieniem wciąż płaczącą Mamę.

Załadowaliśmy rzeczy na wóz. Żołnierz zrobił otwór w ogrodzeniu z drutu kolczastego, żebyśmy mogli się wydostać, i Baba poprowadził konia za żołnierzami na wzgórze. Mieszkańcy wioski kryli się, gdyśmy przejeżdżali. Obejrzałem się. Nasz dom i gaje pomarańczowe były już całkowicie ogrodzone drutem kolczastym i widziałem, że na terenie wujka Kamala dzieje się to samo. Wbili w ziemię tablicę z napisem: „Uwaga! Strefa zamknięta", takim samym jak na znaku przed polem minowym, na którym zginęła Amal.

Cały czas trzymałem rękę na ramieniu Abbasa, ponieważ strasznie rozpaczał, podobnie jak Mama. Ja także płakałem. Baba na to nie zasługiwał. Był dobrym człowiekiem, wartym z dziesięciu takich jak oni. Więcej: stu, albo i tysiąca. Ich wszystkich.

Prowadzili nas pod górę, przez krzaki, które drapały mnie po nogach, aż w końcu dotarliśmy do chaty z glinianych cegieł, mniejszej od naszego kurnika. Całe obejście było dziko zarośnięte, a to na pewno przygnębiło Mamę, która nienawidziła chwastów. Okiennice były zakurzone i zamknięte. Żołnierz przeciął kłódkę nożycami do metalu i popchnął cienkie drzwi. Była tam jedna izba z glinianą podłogą. Wyładowaliśmy swój dobytek i żołnierze odjechali, zabierając naszego konia i wóz.

W rogu chaty leżał stos materacy z sitowia nakrytych kozimi skórami. W palniku znajdował się czajnik, w kredensie naczynia, w szafie jakieś ubrania. Wszystko pokrywała gruba warstwa kurzu.

Na ścianie wisiał portret małżeństwa z sześciorgiem dzieci, wszyscy uśmiechnięci. Stali na podwórzu przed naszym domem, w tle widać było ogród Mamy.

– Baba ich rysował – powiedziałem do ojca.
– To był Abu Ali z rodziną – odparł.
– Gdzie są teraz?
– Z moją matką i braćmi, i z rodziną Mamy. Jak Bóg da, któregoś dnia wrócą, ale na razie musimy spakować ich rzeczy.
– Kto to? – Wskazałem na portret chłopca w moim wieku z dużą blizną na czole.
– To Ali – odpowiedział Baba. – Kochał konie. Pierwszy, którego dosiadł, od razu go zrzucił. Ali był nieprzytomny przez wiele dni, ale gdy tylko się obudził, ujeździł tego narowistego rumaka.

Baba, Abbas i ja umieściliśmy nasze urodzinowe portrety w kolumnach na tylnej ścianie. Na górze Baba napisał lata, począwszy od roku 1948 aż do obecnego, czyli 1957. W 1948 roku był tylko mój portret. Co rok dochodziły nowe, w miarę jak pojawiały się kolejne dzieci. Ja byłem na samej górze, potem Abbas w 1949, Nadia w 1950, Fadi w 1951, Hani w 1953, Amal w 1954 i Sara w 1955. Amal miała tylko dwa portrety.

Na bocznych ścianach Baba, Abbas i ja umieściliśmy portrety tych członków rodziny, o których wiedzieliśmy, że nie żyją. Byli tam ojciec i dziadkowie Baby. Obok nich powiesiliśmy obrazy naszych bliskich na obczyźnie: matka Baby obejmowała dziesiątkę swoich dzieci przed wspaniałym ogrodem, który Mama stworzyła w domu rodziców Baby, gdy jeszcze nie była jego żoną, a jej rodzice pracowali w gajach jego rodu jako robotnicy imigranci. Gdy Baba wrócił do domu ze szkoły plastycznej w Nazarecie i zobaczył Mamę pielęgnującą ogród, postanowił się z nią ożenić. Baba powiesił portrety siebie i swoich braci – obserwujących pomarańcze załadowane na statek w porcie w Hajfie, spożywających posiłek w restauracji w Akce, na targu w Jerozolimie, próbujących pomarańczy w Jaffie, na wakacjach w nadmorskim kurorcie w Gazie.

Frontową ścianę przeznaczyliśmy na najbliższą rodzinę. Podczas pobytu w szkole w Nazarecie Baba narysował wiele autoportretów. Do tego doszły inne: my na pikniku w gaju pomarańczowym, mój pierwszy dzień w szkole, Abbas i ja na placu w wiosce, zaglądający do szczelin fotoplastykonu, podczas gdy Abu Husajn kręci korbą, oraz Mama w swoim ogrodzie – ten jeden obraz Baba namalował akwarelami, inaczej niż pozostałe, rysowane węglem.

– Gdzie nasze sypialnie? – Abbas rozejrzał się po izbie.

– Mamy szczęście, że trafił się nam dom z takim pięknym widokiem – powiedział Baba. – Ahmad, zabierz go na zewnątrz, żeby sobie popatrzył. – Podał mi teleskop, który zrobiłem z dwóch szkieł powiększających i tekturowej tuby. To przez niego obserwowałem żołnierzy, gdy umieszczali miny przeciwpiechotne na diabelskim polu.

Za domem rósł piękny migdałowiec, z którego rozciągał się widok na całą wioskę. Wdrapaliśmy się z Abbasem po gałęziach.

Po kolei oglądaliśmy przez teleskop ludzi w koszulkach bez rękawów i w krótkich spodniach, którzy już zrywali pomarańcze z naszych drzew. Dawniej z okna naszej starej sypialni Abbas i ja obserwowaliśmy, jak poszerza się ich terytorium, jak połykają naszą wioskę. Sprowadzili dziwne drzewa i zasadzili je na bagnach. Te drzewa stawały się grubsze na naszych oczach, posilając się cuchnącymi sokami. Bagno zniknęło, a na jego miejscu pojawiła się żyzna czarna gleba.

Zobaczyłem ich basen. Przesunąłem teleskop w lewo, żeby spojrzeć na drugą stronę Jordanu. Na pustyni dostrzegłem tysiące namiotów z literami UN. Podałem teleskop Abbasowi, żeby on też mógł się rozejrzeć. Miałem nadzieję, że kiedyś zdobędę silniejsze soczewki, by móc dojrzeć twarze uchodźców. Na to jednak musiałem poczekać. W ciągu ostatnich dziewięciu lat Baba nie był w stanie sprzedawać pomarańczy poza wioskę, więc nasz rynek skurczył się z całego Bliskiego Wschodu i Europy do pięciu tysięcy dwudziestu czterech obecnie biednych lokalnych mieszkańców. Kiedyś byliśmy bardzo bogaci, lecz nagle wszystko się skończyło. Baba musiał znaleźć pracę, a to nie było łatwe. Zastanawiałem się, czy te zmartwienia go nie przytłoczą.

W ciągu tych dwóch lat, które przeżyliśmy w nowym domu, Abbas i ja spędziliśmy wiele godzin na migdałowcu, skąd obserwowaliśmy moszaw*. Widzieliśmy tam takie rzeczy, z jakimi nie zetknęliśmy się nigdy wcześniej. Chłopcy i dziewczęta, z odsłoniętymi rękami i nogami, starsi i młodsi ode mnie, trzymali się za ręce, tworzyli kręgi, tańczyli i śpiewali. Mieli prąd i zielone trawniki, podwórka z huśtawkami i zjeżdżalniami. Mieli też basen, w którym pływali chłopcy, dziewczęta, mężczyźni i kobiety w różnym wieku, ubrani w coś, co wyglądało jak bielizna.

Mieszkańcy naszej wioski narzekali, ponieważ przybysze wykopali studnie głębsze od naszych i w ten sposób pozbawili nas wody. Nam nie wolno było kopać głębszych studni niż oni. Złościło nas to, że nam ledwie starczało wody do picia, a ci nowi mieszkańcy mogli sobie w niej pływać. Ich

---

* Moszawy – spółdzielnie rolnicze tworzone przez syjonistów na początku XX wieku na terenie Palestyny.

basen mnie fascynował. Z naszego migdałowca obserwowałem pływaka stojącego na trampolinie i zastanawiałem się, jaką ma energię potencjalną i jak ta energia podczas skoku zamienia się w energię kinetyczną. Wiedziałem, że energia cieplna i fal w basenie nie może rzucić pływaka z powrotem na trampolinę, i próbowałem zrozumieć, jakie zasady fizyki na to nie pozwalają. Fale intrygowały mnie tak samo, jak pluskające się w nich dzieci fascynowały Abbasa.

Od dzieciństwa zdawałem sobie sprawę, że nie jestem taki jak inni chłopcy w wiosce. Abbas był bardzo towarzyski i miał wielu przyjaciół. Kiedy zbierali się u nas w domu, tematem ich rozmów był ich bohater Dżamal Abd an-Nasir, prezydent Egiptu, który w 1956 roku wystąpił przeciw Izraelowi podczas kryzysu sueskiego, a potem stał się symbolem ruchów arabskich i sprawy palestyńskiej. Z kolei moim idolem był Albert Einstein.

Ponieważ to Izraelczycy kontrolowali nasz program nauczania, dbali o to, byśmy mieli dostęp do książek o osiągnięciach sławnych Żydów. Przeczytałem o Einsteinie wszystko, co tylko mogłem, a kiedy zrozumiałem genialność jego równania $E = mc^2$, zafascynowała mnie opowieść o tym, jak doznał nagłego olśnienia. Zastanawiałem się, czy rzeczywiście zobaczył człowieka spadającego z dachu, czy tylko to sobie wyobraził, siedząc w biurze patentowym.

To było wtedy, kiedy miałem zamiar zmierzyć wysokość migdałowca. Poprzedniego dnia wetknąłem w ziemię patyk i obciąłem go na wysokości swoich oczu. Leżąc na ziemi ze stopami przylegającymi do stojącego patyka, widziałem bezpośrednio nad nim czubek drzewa. Patyk i ja tworzyliśmy boki trójkąta prostokątnego. Ja byłem podstawą, patyk wysokością, a linia mojego wzroku – przeciwprostokątną tego trójkąta. Zanim zdążyłem dokonać obliczeń, usłyszałem kroki.

– Synu – krzyknął Baba – nic ci nie jest?!

Podniosłem się. Baba widocznie wrócił z pracy. Pracował przy budowie domów dla żydowskich osadników. Żaden z innych ojców nie pracował w budownictwie, częściowo dlatego, że nie chcieli budować domów dla Żydów na terenach palestyńskich wiosek, które zostały zrównane z ziemią, a częściowo z powodu izraelskiej polityki „pracy dla Żydów": Żydzi zatrudniali wyłącznie Żydów. Starsi chłopcy w szkole często źle się wyrażali o Babie z powodu jego zajęcia.

– Chodź do mnie. Słyszałem dzisiaj kilka dobrych kawałów – powiedział Baba i zawrócił ku frontowi domu.

Wspiąłem się na migdałowiec i spojrzałem na tę jałową ziemię między naszą wioską a moszawem. Zaledwie pięć lat wcześniej cały ten teren porastały drzewa oliwne. Teraz roiło się tam od min przeciwpiechotnych. Takich, jaka zabiła moją młodszą siostrę Amal.

– Ahmad, chodź! – zawołał Baba.

Zszedłem z drzewa.

Baba wyjął słodkiego pączka z brązowej papierowej torby.

– Gadi, kolega z pracy, dał mi to dla ciebie. – Uśmiechnął się. – Cały dzień go trzymałem z myślą o tobie.

Z boku wyciekało czerwone nadzienie. Skrzywiłem się.

– Czy to trucizna?

– Czemu, bo jest Żydem? Gadi to mój przyjaciel. Są różni Izraelczycy.

Poczułem ucisk w żołądku.

– Wszyscy mówią, że Izraelczycy chcą nas wykończyć.

– Jak skręciłem sobie kostkę w pracy, Gadi zawiózł mnie do domu. Stracił pół dniówki, żeby mi pomóc. – Wyciągnął rękę z pączkiem w kierunku mojej twarzy. – Jego żona to upiekła.

Skrzyżowałem ręce na piersiach.

– Nie, dziękuję.

Baba wzruszył ramionami i wbił zęby w ciastko. Zamknął oczy. Przeżuwał powoli. Potem zlizał drobinki cukru z górnej wargi. Lekko uchylił jedną powiekę i spojrzał na mnie z góry. Ugryzł znowu i w ten sam sposób delektował się kolejnym kęsem.

Zaburczało mi w brzuchu i Baba się roześmiał. Znowu spróbował mnie poczęstować:

– Nie można żyć gniewem, synu.

Otworzyłem usta i pozwoliłem się karmić. Ciastko było pyszne. Przed moimi oczyma stanęła Amal i nagle ogarnęło mnie ogromne poczucie winy z powodu tego przyjemnego smaku na podniebieniu. Mimo to... jadłem dalej.

Rozdział 3

Miedziana taca z kolorowymi szklaneczkami do herbaty niczym pryzmat odbijała promienie słońca wpadające przez otwarte okno. Błękity, złocienie, zielenie i czerwienie padały na starszych mężczyzn w podniszczonych sukmanach i białych kefijach przymocowanych do głów czarnymi opaskami. Mężczyźni z klanu Abu Ibrahima siedzieli ze skrzyżowanymi nogami na podłodze na poduszkach umieszczonych wokół niskiego stolika, na którym teraz parowały ich napoje. Niegdyś byli właścicielami wszystkich gajów oliwnych w naszej wiosce. Co sobotę spotykali się w tej zatłoczonej sali, sporadycznie zamieniali ze sobą jakieś słowo czy pozdrowienie. Przychodzili do herbaciarni posłuchać w radiu Gwiazdy Wschodu, Umm Kulsum.

Abbas i ja czekaliśmy cały tydzień, żeby usłyszeć jej śpiew. Umm Kulsum słynęła ze swojego kontraltu i zdolności uzyskiwania czternastu tysięcy drgań strun głosowych na sekundę, umiejętności zaśpiewania każdej arabskiej nuty oraz z tego, jak dużą wagę przykładała do interpretacji i nadawania swym pieśniom dodatkowych, ukrytych znaczeń. Wiele jej utworów trwało godzinami. Jej talent sprawiał, że mężczyźni gromadzili się wokół jedynego radia w wiosce, by słuchać tego głosu.

Nauczyciel Muhammad otarł z czubka nosa krople potu, które właśnie miały skapnąć na planszę. Obaj wiedzieliśmy, że już nie wygra, ale on nigdy nie poddawał partii i to w nim podziwiałem. Mężczyźni zgromadzeni wokół planszy tryktraka dogadywali:

– No, nauczycielu, zdaje się, że znowu uczeń was pokonał! Poddajcie się! Dajcie komuś innemu szansę zmierzyć się z naszym mistrzem.

– Mężczyzna nie poddaje się, póki sprawa nie jest zakończona. – Nauczyciel Muhammad zdjął jeden pionek.

Wyrzuciłem dwie szóstki i zdjąłem z planszy ostatni pionek. Kątem oka widziałem, że Abbas mnie obserwuje.

Baba uśmiechnął się szeroko i zaraz sięgnął po swoją miętową herbatę – nigdy nie lubił napawać się triumfem. Abbas nawet nie próbował ukrywać uśmiechu.

Nauczyciel Muhammad pokiwał głową z uznaniem i podał mi spoconą dłoń.

– Wiedziałem, że jestem w kłopotach, kiedy na początku wyrzuciłeś piątkę z szóstką. – Jego uścisk był stanowczy. Po szczęśliwym rzucie kostką zastosowałem odpowiednią strategię, by go pokonać.

– Wszystkiego nauczył mnie ojciec. – Spojrzałem na Babę.

– Nauczyciel jest ważny, ale to twój mózg sprawia, że jesteś mistrzem w wieku zaledwie jedenastu lat. – Nauczyciel uśmiechnął się.

– Mam prawie dwanaście lat! – powiedziałem. – Jutro skończę.

– Dajcie mu pięć minut – zwrócił się Baba do mężczyzn, którzy skupili się wokół nas w nadziei, że ze mną zagrają. – Jeszcze nawet nie napił się herbaty.

Słowa ojca przyjemnie rozgrzały mi serce. Czułem się szczęśliwy, widząc, jaki jest ze mnie dumny.

– Świetna gra, Ahmadzie. – Abbas poklepał mnie po ramieniu.

Mężczyźni porozkładali się na poduchach na podłodze i zbili w grupki wokół niskich stołów ustawionych wzdłuż ścian. Głos Umm Kulsum zagłuszył szmer męskich rozmów. Z pomieszczenia na tyłach wyszedł obsługujący z fajkami w obu rękach – długie kolorowe rurki zwisały mu z przedramion, na tytoniu żarzył się węgiel – i postawił je przed mężczyznami z grupy Abu Ibrahima. Powietrze wypełnił dym o słodkim zapachu, który mieszał się z dymem lamp olejnych zwisających z sufitu. Jeden z mężczyzn opowiedział o tym, jak się pochylił i rozpruły mu się spodnie. Abbas i ja śmialiśmy się ze wszystkimi.

Wtedy w drzwiach stanął muhtar*. Uniósł ręce, jakby chciał się przywitać z całą herbaciarnią naraz. Chociaż rząd wojskowy nie uznawał muhtara za wybranego przywódcę, to ludzie traktowali go jak wybrańca zdolnego rozsądzać wszystkie spory. Codziennie w herbaciarni odbywały się sądy z jego udziałem. Idąc na swoje miejsce na tyłach, zatrzymał się obok Baby, by go poklepać po plecach.

– Niechaj Bóg darzy pokojem ciebie i twoich synów. – Skłonił przed nami głowę i uścisnął dłoń Baby.

– Niechaj Bóg darzy pokojem także ciebie – odparł Baba. – Słyszałeś, że Ahmad w przyszłym roku przeskoczy trzy poziomy nauki?

Muhtar uśmiechnął się.

– Któregoś dnia będzie wielką dumą naszego narodu.

Nowi goście podchodzili do Baby, by go pozdrowić i poznać Abbasa i mnie. Podczas moich pierwszych wizyt w tym miejscu czułem się niezręcznie, gdyż było to królestwo dorosłych mężczyzn, którzy dziwnie na mnie spoglądali. Mało

---

* W tradycji arabskiej głowa lokalnej społeczności, wybierany przez wieś rodzaj sołtysa, starosty, który rozsądza spory i podejmuje decyzje.

kto chciał grać ze mną w tryktraka, ale gdy pokazałem, co potrafię, byłem już mile widzianym, szanowanym gościem. Dorobiłem się własnej pozycji. Z czasem stałem się swego rodzaju legendą, najmłodszym mistrzem tryktraka w dziejach naszej wioski.

Słysząc o moich wygranych, Abbas zaczął nam towarzyszyć. Chciał się nauczyć grać tak jak ja. Podczas gdy ja grałem, on bratał się z gośćmi. Zawsze był powszechnie lubiany; od najmłodszych lat potrafił zjednywać sobie ludzi.

Po mojej prawej siedziała grupka mężczyzn po dwudziestce, ubranych na zachodnią modłę: w spodnie z zamkami błyskawicznymi i zapinane na guziki koszule. Czytali gazety, palili papierosy i pili arabikę. Wielu z nich było jeszcze kawalerami. Któregoś dnia ja i Abbas mieliśmy się znaleźć wśród nich.

Jeden z nich poprawił palcem wskazującym okulary.

– Jak mam się tutaj dostać do szkoły medycznej?

– Coś wymyślisz – odpowiedział mu syn szewca.

– Łatwo ci mówić – odparł ten w okularach – ty już masz fach w ręku.

– Przynajmniej nie jesteś trzecim synem. Ja nie mogę się nawet ożenić – wtrącił inny. – Mój ojciec nie ma już ziemi, którą mógłby mi dać. Gdzie mieszkałbym z żoną? Obaj moi bracia z rodzinami już mieszkają z nami w jednoizbowym domu. A Jerozolima...

W samym środku pieśni *Dokąd mam pójść?* śpiewanej przez Umm Kulsum wysiadła bateria w radiu. Mężczyźni wydali zbiorowe westchnienie i zaraz rozległy się podniesione głosy. Właściciel podbiegł do dużego odbiornika. Kręcił gałkami, lecz aparat milczał.

– Proszę o wybaczenie – powiedział. – Baterię trzeba naładować. Nic nie poradzę.

Mężczyźni zaczęli wstawać i kierować się ku wyjściu.
– Proszę, zaczekajcie. – Właściciel podszedł do Baby. – Nie zechciałbyś zagrać nam kilku piosenek?

Baba powoli skinął głową.

– Z przyjemnością.

– Panowie, nie odchodźcie, Abu Ahmad zgodził się zabawić nas swoją wspaniałą muzyką.

Mężczyźni wrócili na swoje miejsca. Baba grał na udzie i śpiewał piosenki takich wykonawców jak Abd al-Halim Hafiz, Muhammad Abd al-Wahhab i Farid al-Atrasz. Niektórzy goście śpiewali wraz z nim, inni zamknęli oczy i słuchali, a jeszcze inni palili fajki wodne i sączyli herbatę. Baba śpiewał ponad godzinę, nim odłożył ud.

– Jeszcze! – krzyczeli słuchacze.

Baba uniósł ud i dalej śpiewał. Nie chciał sprawić im zawodu, ale gdy nadeszła pora kolacji, nie miał wyjścia.

– Żona będzie się złościć, jeśli kolacja wystygnie – powiedział. – Zapraszam was wszystkich jutro wieczorem na dwunaste urodziny Ahmada. – Gdy wychodziliśmy, mężczyźni dziękowali i żegnali się z Babą uściskiem dłoni.

Nawet o tak późnej porze główny plac wioski tętnił życiem. Na targowisku w centrum sprzedawcy rozłożyli na ziemi gliniane donice wypełnione grzebieniami, lusterkami, amuletami odpędzającymi złe duchy, guzikami, koralikami, igłami i agrafkami; były tam bele barwnych tkanin, sterty nowych i używanych ubrań oraz butów, stosy książek i czasopism, garnki i patelnie, noże i nożyce, narzędzia rolnicze. Pasterze stali ze swymi owcami i kozami. W klatkach kurczaki trzepotały skrzydłami. Morele, pomarańcze, jabłka, awokado i granaty leżały na rozłożonych płachtach obok ziemniaków, kabaczków, bakłażanów i cebuli. Były też kiszonki w słoikach, gliniane dzbany pełne oliwek, pistacji i ziaren słonecznika. Mężczyzna za dużym drewnianym aparatem fotograficznym, do połowy okryty czarnym płótnem, robił zdjęcie rodzinie pozującej na tle meczetu.

Minęliśmy sprzedawcę parafiny, której używaliśmy do lampek i do gotowania, a potem zielarza, którego towary swoją wonią maskowały zapach ropy dobiegający ze sklepu sąsiada. W ofercie zielarza był mniszek lekarski na cukrzycę, zaparcia, wątrobę i choroby skóry; rumianek na niestrawność i wszelkie zapalenia; tymianek na problemy z oddychaniem i eukaliptus na kaszel. Po drugiej stronie ulicy wokół pieców gminnych stały kobiety i rozprawiały o wypiekanym cieście.

Dalej znajdował się dwupokojowy hotel, w którym niegdyś zatrzymywali się goście przybywający do wioski w interesach lub z okazji świąt czy podczas żniw, albo też przejazdem w drodze do Ammanu, Bejrutu bądź Kairu. Baba opowiadał, że w czasach świetności hotelu przyjeżdżali tu podróżni na wielbłądach i koniach, ale było to jeszcze przed wprowadzeniem punktów kontroli i godziny policyjnej.

Na dźwięk wojskowych dżipów wjeżdżających do wioski gwar głosów przycichł. W kierunku samochodów poszybowały kamienie. Obok nas przemknął mój kolega z klasy, Muhammad Ibn Abd, a za nim dwaj żołnierze w stalowych hełmach z osłoniętymi twarzami i z uzi w rękach. Przewrócili go na stertę pomidorów i zaczęli walić kolbami po głowie. Abbas i ja chcieliśmy do niego podbiec, ale Baba nas powstrzymał.

– Nie mieszajcie się – powiedział i pociągnął nas w kierunku domu. Abbas zacisnął pięści. Mnie także rozsadzał gniew. Baba zgromił nas wzrokiem. „Nie przy żołnierzach i mieszkańcach wioski".

Szliśmy w kierunku naszego wzgórza, mijając grupy takich samych domów jak nasz. Znałem każdy z klanów, które tam mieszkały, gdyż ojcowie dzielili ziemię pomiędzy synów, z pokolenia na pokolenie, tak że klany trzymały się razem. Ziemia mojej rodziny przepadła. Większość braci mojego ojca wyrzucono do obozów dla uchodźców po drugiej stronie Jordanu dwanaście lat temu, w dniu moich narodzin. Teraz moi bracia, kuzyni i ja nie mieliśmy już gajów pomarańczowych ani własnych domów.

Kiedy minęliśmy ostatnie z zabudowań, wciąż kipiał we mnie gniew.

– Dlaczego mnie Baba odciągnął?! – wyrzuciłem z siebie, gdy tylko zostaliśmy sami.

Baba uszedł jeszcze kilka kroków, po czym się zatrzymał.

– To by nic nie dało, tylko wpakowałbyś się w kłopoty.

– Musimy z nimi walczyć. Oni sami nie przestaną.

– Ahmad ma rację – wtrącił Abbas.

Mijaliśmy stertę gruzu w miejscu, gdzie kiedyś stał dom. Teraz był tam niski namiot. Troje małych dzieci mocno ściskało szaty matki, gdy ona coś gotowała nad ogniskiem. Kiedy na nią spojrzałem, opuściła głowę, zdjęła garnek i weszła do namiotu.

– W ciągu tych dwunastu lat widziałem wielu żołnierzy przybywających do naszej wioski – powiedział Baba. – Ich serca są tak samo różne jak nasze. Bywają dobrzy, źli, wystraszeni, chciwi, moralni, niemoralni, sympatyczni, podli… są takimi samymi ludźmi jak i my. Kto wie, jacy byliby, gdyby nie byli żołnierzami. To jest polityka.

Zacisnąłem zęby tak mocno, że aż szczęka mnie rozbolała. Baba widział wszystko inaczej niż ja i Abbas. Na drodze walały się porozrzucane śmieci, odchody osłów i strzępy namiotów. Płaciliśmy podatki, lecz nie świadczono nam żadnych usług, gdyż nasza miejscowość była klasyfikowana jako wieś. Ukradli większość naszej ziemi, pozostawili zaledwie pół kilometra kwadratowego na ponad sześć tysięcy Palestyńczyków.

– Ludzie nie traktują innych ludzi tak jak oni nas – stwierdziłem.

– Ahmad ma rację – potwierdził Abbas.

– To właśnie mnie martwi. – Baba pokręcił głową. – Zawsze w historii zwycięzcy traktowali zwyciężonych w ten sposób. Źli muszą wierzyć, że jesteśmy od nich gorsi, żeby usprawiedliwić to, jak się z nami obchodzą. Niestety, nie rozumieją, że wszyscy jesteśmy tacy sami.

Nie mogłem dłużej tego słuchać. Ruszyłem biegiem w stronę domu, krzycząc:

– Nienawidzę ich! Niech wracają, skąd przyszli, i zostawią nas w spokoju!

Rzuciłem się przed siebie, a Abbas pobiegł za mną. Baba krzyknął:

– Kiedyś zrozumiecie. To nie jest takie proste, jak wam się wydaje. Zawsze trzeba zachować przyzwoitość.

Pomyślałem, że nie ma pojęcia, o czym mówi.

Gdzieś tak w połowie wzgórza poczułem zapach kwiatów. Cieszyłem się z tego, że mieszkaliśmy tak blisko placu. Nie byłem taki sprawny jak Abbas, który ciągle bawił się i biegał z kolegami; ja wolałem czytać i rozmyślać, a ten szybki bieg pod górę sprawił, że płuca mi płonęły. Abbas mógł biegać cały dzień i nawet się nie spocił. Jeśli chodzi o kondycję, nie mogłem się z nim równać.

Fuksje i bugenwille w różnych odcieniach fioletu pięły się po drabinkach, które Baba, Abbas i ja zrobiliśmy, żeby ozdobić fasadę małego domku. Mama i Nadia niosły tace pełne słodyczy do spiżarni znajdującej się pod brezentem w pobliżu migdałowca.

– Wejdźcie do środka – powiedział Baba, gdy już doszedł do domu za mną i Abbasem. – Dzisiaj wcześniej zaczyna się godzina policyjna.

Nie mogłem zasnąć. Gniew czynił mnie niewidzialnym i kiedy sen odwiedził pozostałych członków rodziny, mnie pominął. Dlatego byłem jedyną osobą, która usłyszała odgłosy na zewnątrz. Kroki. Z początku myślałem, że to wiatr w gałęziach migdałowca, ale w miarę jak ten hałas się wzmagał i zbliżał, stawał się coraz wyraźniejszy. Po zmierzchu nikt nie przebywał na zewnątrz, z wyjątkiem żołnierzy. Mogli nas zastrzelić, gdybyśmy z jakiegoś powodu wyszli z domu. Byłem pewien, że to żołnierze. Leżałem nieruchomo, próbując wyłowić z tych kroków jakiś wzór, rozpoznać, ile to osób. Jedna osoba, i to nie w ciężkich wojskowych butach. Na pewno złodziej. Nasz dom był tak mały, że aby wszyscy mogli się położyć, musieliśmy wynosić wiele rzeczy za drzwi. W tym momencie na zewnątrz było jedzenie na moje urodziny. Ktoś się po nie skradał. Przeszedłem po śpiących ciałach, bojąc się wyjść, ale jeszcze bardziej tego, że ktoś ukradnie smakołyki, które Mama i Nadia z tak wielkim trudem przygotowały i na które Baba oszczędzał przez cały rok.

Poczułem ostry chłód i otuliłem się ramionami, wychodząc boso w ciemność. Noc była bezksiężycowa. Nie widziałem go. Spocona dłoń zasłoniła mi usta. Zimny metal przywarł do mojego karku – lufa pistoletu.

– Bądź cicho – powiedział. Mówił dialektem mojej wioski. – Jak się nazywasz? – zapytał szeptem. – Pełne imię.

Zamknąłem oczy, żeby przypomnieć sobie nagrobek na naszym cmentarzu.

– Ahmad Mahmud Muhammad Usman Umar Ali Husajn Hamid – pisnąłem. Chciałem, by brzmiało to męsko, a wydobyłem z siebie głosik małej dziewczynki.

– Odetnę ci język, jeśli okaże się, że kłamiesz. – Obrócił mnic i popchnął tak, że upadłem na plecy. – Co taki bogaty paniczyk robi w moim domu?

Blizna na jego czole mówiła wszystko. Ali.

– Izraelczycy zabrali naszą ziemię.

Potrząsnął mną mocno, aż wystraszyłem się, że zwymiotuję.

– Gdzie twój ojciec? – Przyparł mnie do ziemi. Z całej siły uczepiłem się jego ręki i pomyślałem o mojej rodzinie śpiącej na materacach w naszym domu, a właściwie w domu Alego.

– Śpi, doktorze – powiedziałem. Dodałem ten tytuł jako wyraz szacunku, żeby nie mógł mi poderżnąć gardła obok tych urodzinowych wypieków.

Przybliżył twarz do mojej. Co, jeśli zapyta o zawód Baby?

– Właśnie w tym momencie moi towarzysze zakopują broń na terenie tej wioski.

– Proszę, doktorze – powiedziałem. – Lepiej by się nam rozmawiało, gdybym wstał.

Docisnął mnie mocniej do ziemi, by zaraz podciągnąć na nogi. Spojrzałem na otwartą torbę u jego stóp. Była wypełniona bronią. Odwróciłem wzrok, lecz było za późno.

– Patrz na to! – Przysunął pistolet do mojej twarzy. – Jeżeli coś złego przydarzy się mnie albo tej broni, moi towarzysze posiekają twoją rodzinę na kawałki.

Skinąłem głową, oniemiały z przerażenia.

– Gdzie najbezpieczniej to ukryć? – Rozglądał się. – I pamiętaj, że od tego zależy życie twojej rodziny. Nie wygadaj się nawet przed ojcem.

– Nie ma obawy. On by i tak nie zrozumiał. Zakop to w ziemi za migdałowcem.

Prowadził mnie, dociskając mi pistolet do karku.

– Nie musisz mi grozić tym pistoletem – uniosłem ręce – ja właściwie chcę pomóc. Wszyscy chcemy wolności dla nas i naszych więzionych braci.

– Co jest pod tym brezentem? – zapytał.

– Jedzenie na moją uroczystość.

– Uroczystość?

– Moje dwunaste urodziny. – Nie czułem już na karku lufy pistoletu.

– Masz szpadel?

Zaprowadziłem go.

Gdy skończyliśmy, Ali wszedł do rowu i ułożył torbę z bronią, jak matka kładłaby dziecko do łóżeczka. W milczeniu zasypywaliśmy broń ziemią ze sterty obok rowu.

Ali wyjął spod brezentu garść ciastek daktylowych i napchał sobie nimi kieszenie i usta.

– Przyjdą tu Palestyńczycy przeszkoleni w obsłudze tej broni. – Z jego warg sypały się białe okruchy. – Masz tego pilnować, dopóki się nie pojawią, bo inaczej zabijemy twoją rodzinę.

– Jasne. – Nie posiadałem się ze szczęścia, że miałem zostać bohaterem mojego narodu.

Zamierzałem już wrócić na swój materac, gdy Ali chwycił mnie za ramię.

– Jeżeli komukolwiek piśniesz choć słówko, zabiję was wszystkich.

Stanąłem twarzą do niego.

– Nie rozumiesz. Ja chcę pomóc.

– Izrael zbudował dom ze szkła, a my go rozbijemy. – Zamachnął się pięścią, po czym podał mi szpadel.

Lekkim krokiem wróciłem do domu. Znowu leżałem w ciemnościach obok Abbasa, a moje ciało i umysł wciąż przeżywały to, w czym przed chwilą uczestniczyłem. Wreszcie naszła mnie myśl: co będzie, jeśli Izraelczycy się dowiedzą? Zamkną mnie w więzieniu. Zburzą nasz dom. Moja rodzina będzie musiała mieszkać w namiocie. Albo nas wszystkich wygnają. Miałem ochotę porozmawiać z Babą, może nawet z Abbasem, ale wiedziałem, że Ali i jego kumple by nas zabili. Ugrzęzłem między diabłem a ogniem piekielnym. Musiałem przenieść tę broń. Postanowiłem powiedzieć Alemu, że tutaj nie jest bezpiecznie. Teraz jednak nie mogłem tego wykopać. Co bym z tym zrobił? Za dnia ktoś mógłby mnie zobaczyć. Trzeba było poczekać do godziny policyjnej. Tego wieczoru miała się u nas zebrać cała wioska. Co jeśli przyjdą żołnierze? Jeśli ktoś z rodziny coś zauważy, albo ktoś z gości? Cmentarz. Niemal codziennie są tam kopane nowe kwatery. Pójdę tam po szkole i znajdę jakieś miejsce.

Rozdział 4

Musiałem wyjść i sprawdzić, czy nic nie wzbudza podejrzeń. Już się podnosiłem, gdy Mama postawiła tort na podłodze przede mną. Popchnęła mnie z powrotem na miejsce i ucałowała w oba policzki.

– Cóż ty masz takie podkrążone oczy? – zapytała.

Wzruszyłem ramionami.

Otoczyło mnie rodzeństwo.

– Rodziłam cię piętnaście godzin… – zaczęła Mama.

– Może opowiesz to później? – poprosiłem. „Zaraz wszyscy możemy nie żyć, a ona chce opowiadać o moich narodzinach?".

Mama wskazała obraz narysowany przez Babę: ona w ciąży leży na ziemi pomiędzy drzewami pomarańczowymi. Skrzynie pełne pomarańcz osłaniają ją ze wszystkich stron.

Otarłem pot z czoła.

– Kiedy cię rodziłam, czołgi izraelskie wjechały do wioski i otworzyły ogień. – Nie spuszczała ze mnie wzroku. – Izraelczycy oddzielili mężczyzn od kobiet. Mężczyzn poprowadzili pod bronią w stronę Jordanii. Kobiety odkopywały słoiki z pieniędzmi, zbierały złoto i ubrania. Z tobołkami kosztowności na głowach, kluczami na szyjach i dziećmi na rękach one również pomaszerowały. Zanim ty się zjawiłeś, żołnierze już odeszli. – Mama uśmiechnęła się do mnie. – Dzięki tobie nie jesteśmy uchodźcami.

Dała znak Nadii.

– Przynieś jubilatowi jego kawę.
Z trudem łapałem oddech.
Nadia postawiła przede mną białą filiżankę z arabiką.
Wypiłem jednym haustem, zostawiając odrobinę na dnie.
Mama obserwowała mnie uważnie.
– Zakrztusisz się.
Podałem jej filiżankę. Wykonała nią trzy obroty, nakryła spodeczkiem, przewróciła oba naczynia do góry nogami i ustawiła przede mną. Fusy osiadły na dnie. Mama ostrożnie zajrzała do filiżanki, szukając znaków zwiastujących moją przyszłość.
Jej twarz spochmurniała, ciało zesztywniało. Chwyciła gliniany dzbanek i rozlała po podłodze wodę ze studni. Baba się roześmiał. Abbas zasłonił usta dłonią.
– O co chodzi? – zapytałem.
– Nic takiego, skarbie. To nie najlepszy dzień na przepowiadanie przyszłości.
Ogarnął mnie strach. Czy to z powodu tej broni? Czy umrę?
Mama miała spędzić cały dzień na przygotowywaniu kolejnych łakoci. Musiałem dopilnować, żeby niczego nie zauważyła.
– Mam ochotę na ciastko daktylowe. – Wstałem.
Mama popchnęła mnie z powrotem.
– Nadia, przynieś Ahmadowi ciastko.
Nagle przypomniały mi się wszystkie te ciastka, które zjadł Ali.
– Nie, już nie trzeba – powiedziałem.
Mama lekko zmrużyła oczy, jakby to miało jej pomóc zrozumieć moje dziwne zachowanie.
– Na pewno?
– Wczoraj wieczorem sporo zjadłem.

Baba włożył rękę do kieszeni i wyjął mały brązowy woreczek. Podał mi go z uśmiechem. Gdy go od niego odbierałem, nasze spojrzenia się spotkały.

– To dwa szkła powiększające, o których marzyłeś – powiedział. – Do teleskopu.
– Skąd Baba miał pieniądze? – zapytałem.
Uśmiechnął się.
– Spłacam je od roku.
Ucałowałem jego dłoń. Przyciągnął mnie do siebie i uściskał.
– Na co czekasz? – zapytał Abbas.
Baba wręczył mi książkę: *Einstein i fizyka*.
Umieściłem trzycentymetrowe szkło powiększające nad otwartą książką. Drugą ręką przyłożyłem dwuipółcentymetrowe szkło do tego trzycentymetrowego.
– Dlaczego ręce ci się trzęsą? – zapytała Mama.
– Z emocji. – Poruszałem soczewkami, póki druk nie nabrał ostrości.
Abbas podał mi linijkę.
– Trzy centymetry – powiedziałem.
Czułem się jak mucha tse-tse pod mikroskopem.
Abbas wręczył mi mój stary teleskop i nóż.
Uważnie odmierzyłem odległości i zrobiłem dwa nacięcia w tekturowej tubie, wsunąłem w nie nowe soczewki i przymocowałem materiałem. Moja książka oglądana przez teleskop była olbrzymia.
– Dwa razy mocniejszy.
Jeszcze raz uściskałem Babę. Co ja narobiłem?!
Rozległ się szkolny dzwonek.
– Nie chcę się spóźnić – powiedziałem, licząc na to, że przed wyjściem do szkoły uda mi się przemknąć pod drzewo migdałowe.

– Odprowadzę cię – zaproponował Baba. – Wziąłem dzień wolnego, żeby pomóc Mamie w przygotowaniach.

Po szkole zajrzałem na cmentarz, znalazłem odpowiednie miejsce, a potem poszedłem prosto pod migdałowiec. Ziemia wyglądała tak samo jak w nocy.

– Chodź, posiedź ze mną. – Baba zjawił się obok mnie. – Słyszałem kilka nowych kawałów.

Serce biło mi tak szybko, że nie mogłem myśleć. Podniosłem teleskop.

– Migdałowiec mnie przyzywa.

– Jak mogę z nim konkurować? – Baba westchnął.

Wspiąłem się na drzewo. Nazwaliśmy je z Abbasem „Szahid", czyli „świadek", bo spędziliśmy na nim tyle czasu, obserwując Arabów i Żydów, że było dla nas niczym towarzysz zabaw zasługujący na własne imię. Drzewo oliwne po lewej stronie Szahida nazwaliśmy Amal, „nadzieja", a po prawej – Sa`ada, „szczęście".

Baba oparł się o mur naszego domu i przyglądał mi się. Skierowałem mój nowy teleskop na basen moszawu Dan.

– Ciekaw jestem, czy Einstein też sam zrobił sobie teleskop. Dobrze by było, gdybyś poszedł za jego przykładem – rzekł.

– Abu Ahmad! – zawołała Mama. – Pomóż mi tutaj!

Baba wszedł do izby.

Zwróciłem teleskop na zachód. Nasz dom na wzgórzu był najwyższym punktem w wiosce. Wszystkie inne domostwa były jednoizbowymi bryłami z glinianych cegieł, z kwadratowymi płaskimi dachami. Czułem spływający po czole pot. Czy ten dzień się nigdy nie skończy?

Baba wrócił.

– Obiad gotowy!

Książka wypadła mi z rąk, odbiła się od pnia i uderzyła o ziemię. Zeskoczyłem z gałęzi.

– Nie znoszę matematyki! – Abbas ze złością kopnął grudę ziemi. – Nigdy się tego nie nauczę.

– Ktoś, kto potrzebuje ognia, będzie chciał go okiełznać – zauważył Baba.

– Próbowałem, ale zawsze się poparzę.

– Ahmad ci pomoże. – Baba mnie objął. – Bóg nie bez powodu obdarzył cię niezwykłymi zdolnościami matematycznymi.

Abbas przewrócił oczami.

– Jak moglibyśmy zapomnieć?

– Może gdybyś spędzał mniej czasu z kolegami, a więcej nad książkami, tak jak Ahmad, nie miałbyś problemów z matematyką. – Baba poklepał Abbasa po głowie.

– Obiad – oznajmiła łagodnie Mama; tylko delikatnie przypominała Babie, z czym go do nas wysłała.

– Już idziemy, Umm Ahmad – powiedział Baba. – Chodźmy, chłopcy.

Szliśmy do domu we trzech: Baba pośrodku, obejmując Abbasa i mnie.

Wewnątrz mała Sara podbiegła do Baby z takim impetem, że omal go nie przewróciła. Rodzice wymienili radosne spojrzenia i uśmiechy.

– Pozwól Babie odetchnąć – powiedziała Mama.

– O, tutaj jest. – Baba wskazał mój tegoroczny portret, który wisiał na ścianie wśród innych obrazów z urodzin.

– Wykapany ojciec. – Mama ścisnęła mi policzki. – Spójrz tylko na te szmaragdowe oczy, bujne włosy i gęste czarne rzęsy. Jesteś moim arcydziełem.

Abbas i reszta mojego rodzeństwa przypominali Mamę: mieli skórę barwy palonego cynamonu, czarne niesforne włosy i długie ręce.

– Weź to. – Mama podała Nadii talerzyki z hummusem i tabule, które ta postawiła na podłodze.

– Chodźcie, Mama przygotowała ucztę! – zawołał nas Baba. Siedział ze skrzyżowanymi nogami obok talerzyków. – Przysięgam, że gotuje najlepiej w całym kraju.

Popatrzył na Mamę. Ona lekko uniosła kąciki ust i skromnie opuściła głowę.

Abbas i ja usiedliśmy obok siebie tak jak przy każdym posiłku. Reszta rodzeństwa usadowiła się dookoła potraw.

– Twoje ulubione – powiedziała Mama. – Szajch al-mahszi.

Nie byłem w stanie spojrzeć jej w oczy.

– Nie, dziękuję.

– Czy coś się stało? – Spojrzała na ojca.

– Chyba za bardzo się denerwuję dzisiejszym przyjęciem.

Mama uśmiechnęła się.

– Te są dla ciebie – powiedziała do Baby, pokazując talerz z maleńkimi bakłażanami nadziewanymi jedynie ryżem i orzeszkami piniowymi. Baba był wegetarianinem; nie pochwalał zabijania, nawet gdy chodziło o zwierzęta na pożywienie.

Baba siedział ze swoim udem na kamiennym murku obok skrzypka Abu Sajjida.

Szedłem już z powrotem w stronę migdałowca, gdy poczułem na ramieniu jego dłoń.

– Stań obok swojego portretu – powiedział.
Zobaczyłem Abbasa idącego z grupką kolegów za dom. Serce podeszło mi do gardła. Stanąłem wraz z Babą obok sztalug.

Mężczyźni ustawili się w szereg, położyli sobie wzajemnie ręce na ramionach i zaczęli tańczyć dabkę* pośrodku podwórza. Inni poszli do ogrodu. Czułem wilgoć pod pachami. Goście byli poubierani w uroczyste piątkowe ubrania. Starsi mieli na sobie tradycyjne sukmany.

Dzieci krzyczały, niemowlęta płakały, wszyscy podziwiali Babę, który śpiewał, wkładając w to całe swoje serce. Abu Sajjid stuknął w pudło skrzypiec, wsunął je sobie pod brodę i wykonał smyczkiem w powietrzu zamaszysty wywijas. Grał, jakby smyczek był magiczną różdżką. Coraz więcej dzieci przenosiło się na tyły domu.

– Chodźmy! – Abbas wrócił po mnie. Spojrzałem na Babę, a on przyzwalająco skinął głową. Pobiegłem na podwórze za domem, gdzie na ziemi siedziała już grupka chłopców.

Abbas podał mi garść piasku. Wsypałem to do wiadra z wodą. Wszyscy zgromadzili się wokół mnie. Zamieszałem wodę i wyciągnąłem suchy piasek.

Publiczność z zapałem biła brawo. Zauważyłem, że moi bracia Fadi i Hani z patykami w rękach zbliżają się do miejsca, w którym ukryta była broń. Całymi dniami wspólnie rozwiązywali zagadki, które właściwie nie istniały.

Poczułem krople potu na twarzy.

– Chodźcie do nas.

– Jeszcze, jeszcze! – wołały dzieci.

– Nie, dzięki – odparł Fadi.

---

*Taniec ludowy popularny na Bliskim Wschodzie.

– Jesteśmy na tropie czegoś dużego – oznajmił Hani, jak zawsze, gdy Abbas i ja pytaliśmy go, czym się z Fadim zajmują. Pocierałem szczotką do włosów o wełniany sweter i obserwowałem ich, jak grzebią w ziemi pokrywającej broń. Przysunąłem szczotkę do głowy Abbasa. Jego włosy natychmiast stanęły dęba.

– Z rozkazu gubernatora wojskowego dzisiejsza godzina policyjna rozpocznie się za kwadrans. Każdy, kto później znajdzie się poza domem, zostanie aresztowany lub rozstrzelany – rozległ się z głośnika komunikat wypowiedziany po arabsku z obcym akcentem.

Żołnierze wpadli na moje urodziny niczym szarańcza. Zdumieni wpatrywali się we włosy Abbasa. Bez żadnego wyjaśnienia tego dnia godzinę policyjną zarządzono wcześniej niż zwykle.

– Koniec imprezy! – zawołał żołnierz. – Wszyscy do domów!

Machali wycelowanymi w nas karabinami. Obróciłem się, by odszukać wzrokiem Fadiego i Haniego.

– Ruszaj się! – ponaglał mnie żołnierz. Pobiegłem do wejścia do domu, ale żołnierze pozostali przy moim migdałowcu. Brakowało mi tchu. Goście już się rozpierzchli. Baba częstował żołnierzy słodyczami.

– Nie martw się – powiedział. – Wspaniale się bawiliśmy. Powtórzymy to w przyszłym roku.

– Szybko – Mama zwróciła się do moich sióstr – pomóżcie mi z materacami. – Nadia i Sara rozłożyły dziesięć materacy na podłodze, gdzie wcześniej jedliśmy obiad. Żołnierze odeszli i Mama zgasiła lampki.

Leżałem w ciemnościach. Aby odegnać od siebie niepokojące myśli, próbowałem się skupić na następnym zadaniu z książki o fizyce, którą właśnie czytałem. Mimo to cały czas nasłuchiwałem, czy na zewnątrz żołnierze nie znajdują mojej kryjówki.

Kamień wystrzelony z procy przyspiesza na odcinku 2 metrów. Pod koniec trasy osiąga prędkość 200 metrów na sekundę. Jakie jest średnie przyspieszenie nadane temu kamieniowi?

Kamieniowi nadano przyspieszenie ze stanu spoczynku. Prędkość końcowa wynosi 200 m/s; przyspieszał na podanym odcinku, 2 m; $v^2 = 2ad$; $a = v^2/2d$, czyli $a = (200$ m/s$)^2/4m$; stąd $a = 10\,000$ m/s^2.

Przechodziłem do kolejnego zadania, gdy usłyszałem hałas na zewnątrz. Usiadłem w ciemności i zastanawiałem się, co robić. Czy to bojownicy o wolność, czy żołnierze?

Rozdział 5

Bum! Nasze blaszane drzwi wpadły do środka. Mama krzyknęła. Strumienie światła eksplodowały we wnętrzu niczym petardy. Moje rodzeństwo rzuciło się w południowo-zachodni kąt izby. Mama wzięła na ręce płaczącą pięcioletnią Sarę i wraz z nią dołączyła do pozostałych dzieci. Baba wepchnął mnie w kąt. Ścisnęliśmy się wszyscy, jakbyśmy stopili się w jedną całość.

Siedmiu żołnierzy z pistoletami maszynowymi zasłoniło wejście. Ściana surowych twarzy i falujących klatek piersiowych.

– Czego chcecie? – zapytała Mama drżącym głosem.

Snop ostrego światła obnażył nas uwięzionych w tym kącie, a moje serce ze strachu zapadło się gdzieś w głąb. Jeden z żołnierzy, z karkiem tak szerokim, że udźwignąłby na nim osła, zrobił krok w naszą stronę, oparłszy kolbę broni o ramię. Trzymał palec na spuście i celował w Babę.

– Schwytaliśmy twojego wspólnika. Wszystko wyśpiewał. Przynieś broń!

– Ale… – bąknął Baba – nie wiem, o co chodzi.

Chciałem się odezwać, ale nie wydobyłem z siebie żadnego dźwięku. Miałem wrażenie, że za chwilę serce rozpadnie mi się na kawałki.

– Ty brudny, kłamliwy popaprańcu – żołnierz zatrząsł się – rozgniotę cię na tej ścianie jak karalucha!

Moje rodzeństwo przywarło do Baby. Żołnierz zbliżył się, a Baba przepchnął nas wszystkich za siebie i rozłożył ręce, by nas osłonić. Mama wysunęła się przed nas, też rozkładając ręce, by wspólnie z ojcem stworzyć dwuwarstwowy mur między nami a nimi.

– My nic nie wiemy. – Głos Mamy był tak drżący i piskliwy, że nie brzmiał jak jej własny, lecz jak głos bardzo starej obłąkanej kobiety z naszej wsi.

– Zamknij się! – burknął żołnierz.

Brakowało mi powietrza. Czułem, że zaraz zemdleję.

– Myślisz, że ujdzie ci na sucho pomaganie terrorystom w przemycaniu broni do tego kraju? – żołnierz zwrócił się do Baby łamanym arabskim.

– Przysięgam na Boga, że nic nie wiem – odparł Baba drżącym głosem.

– Głupi jesteś, jeśli myślałeś, że się nie dowiemy. – Żołnierz chwycił Babę za koszulę jak kurczaka i rzucił go na środek izby. Oliwkowa skóra mojego ojca w ostrym świetle izraelskich latarek wydawała się biała.

– Zostawcie go! – krzyknąłem i podbiegłem do żołnierza.

Przewrócił mnie na ziemię i kopnął ciężkim wojskowym butem.

– Zostań w kącie! – Baba powiedział to takim tonem, jakiego nigdy u niego nie słyszałem. Jego spojrzenie nakazywało mi wrócić do pozostałych członków rodziny. Czułem, że muszę go posłuchać.

– Czy zeszłej nocy przyszedł do was terrorysta? – Żołnierz uniósł ręce i kolbą karabinu uderzył Babę w delikatną twarz. Trysnęła krew. Baba opadł skulony na ziemię, z trudem łapał powietrze.

Mama zaczęła się modlić.

– Zostaw mojego Babę! – Abbas chwycił żołnierza za grubą rękę.

Żołnierz odtrącił go od siebie jak namolnego owada. Abbas upadł. Mama wciągnęła go do kąta.

Baba leżał skulony zupełnie nieruchomo, a żołnierz przyłożył broń do jego boku.

– Przestań! – zawołała Mama. – Zabijesz go!

– Zamknij się – żołnierz obrócił twarz w stronę Mamy – albo będziesz następna.

Zasłoniła sobie usta dłonią.

– Dam ci jeszcze jedną szansę, ty podły terrorysto. Twój los jest w moich rękach.

Oficer ponownie wbił w ojca lufę pistoletu maszynowego.

– To go boli! – Abbas znowu chciał interweniować, lecz Mama chwyciła go za koszulę i zakryła mu usta.

Niskim głosem, z wyraźnym wahaniem odezwał się jeden z żołnierzy:

– Wystarczy już, poruczniku.

– To ja zdecyduję, kiedy wystarczy.

Baba leżał nieruchomo. Wpatrywałem się w jego klatkę piersiową z nadzieją, że zauważę jakieś drgnienie. Oficer uniósł broń i skierował lufę w plecy Baby. Powietrze przestało się poruszać. Zamarłem.

Pomyślałem o Babie siedzącym na podwórzu i popijającym herbatę z przyjaciółmi. Jakiż byłem głupi. Powinienem był go słuchać, a nie mieszać się do polityki. Teraz mam na sumieniu własnego ojca.

Ktoś na zewnątrz krzyknął:

– Poruczniku, znaleźliśmy karabiny i granaty zakopane za domem! – Każde z tych słów przeszywało mi serce niczym pocisk.

– Zabierzcie stąd tego śmiecia! Zrzućcie go ze wzgórza. Terroryści nie zasługują na to, żebyśmy ich jeszcze nosili.

– Nie zabierajcie Baby! – Abbas szarpał żołnierzy, gdy Mama objęła ojca za szyję.

Hani przebiegł obok matki i runął na jednego z mundurowych. Ten złapał chłopca i wykręcił mu ręce za plecy, budząc rozbawienie wśród swoich kompanów.

– Wasz mesjasz przybył – powiedział jeden z nich. – Obrońca honoru ojca.

Hani wyrywał się, lecz uścisk żołnierza był mocny. Fadi chwycił brata za nogi i próbował go do siebie przyciągnąć.

Mama dostała spazmów.

Żołnierz splunął na nią.

Baba leżał na podłodze z zamkniętymi oczyma i rozchylonymi oczami, jak ktoś pogrążony w niewinnym śnie, i tylko cieknąca z jego nosa i gdzieś spod głowy krew świadczyła o tym, że nie śpi. Nie spuszczałem z niego wzroku, gdy dwaj żołnierze wynosili jego bezwładne ciało w ciemność.

– Trzymaj się, Babo! – krzyknął za nim Abbas. – Nie daj się!

Gdzieś w pobliżu rozległy się trzy wystrzały. Serce mi się ścisnęło. Spojrzałem na Mamę. Ona opadła na ziemię, objęła kolana ramionami i zaczęła się kiwać w przód i w tył. Nie było dla nas ratunku. Szalał we mnie niepokój. Co z nami będzie?

Rozpaczliwy szloch mojej rodziny, gdy pozbawieni wszelkiej nadziei tuliliśmy się do siebie, rozdzierał mi serce. Żałowałem, że nie zabito mnie zamiast Baby, i wiedziałem, z taką pewnością i oczywistością, z jaką odczuwa dwunastolatek, że już nigdy nie będę szczęśliwy.

Rozdział 6

Ryk czołgów i wojskowych dżipów stawał się coraz głośniejszy, a ja czułem coraz silniejsze mdłości. Nie mogłem przełknąć przeżuwanego koziego serca. Mama, niczego nieświadoma, powoli piła herbatę przy piecu. Odkąd dwa tygodnie temu zabrali Babę, jej oczy były pozbawione wyrazu, a ona sama z każdym dniem zdawała się od nas coraz bardziej oddalać.

Teraz wojsko jechało po mnie. Poczułem ściśnięcie w żołądku.

Pomyślałem o Marwanie Ibn Sajjidzie. W wieku dwunastu lat widział, jak żołnierz bije na ulicy jego ojca. Rzucił się na oprawcę. Przez dwa lata trzymano go w więzieniu dla dorosłych wraz z izraelskimi kryminalistami, zanim w ogóle sąd wojskowy zajął się jego sprawą. W celi dwukrotnie próbował się zabić. W końcu został skazany na sześć miesięcy, a po wyjściu wybiegł na drogę i wymachiwał przed żołnierzami plastikowym pistoletem. Zabili go na miejscu.

Abbas siedział obok mnie na podłodze, nasze rodzeństwo otaczało naczynia z chlebem pita, zatarem, oliwą, labanem i kozim serem. Jedli, nie przeczuwając, co mnie czeka. Kusiło mnie, by wyjrzeć przez okno, ale zdołałem się powstrzymać. Chciałem dać rodzinie ostatnie chwile spokoju.

Pisk opon u stóp wzgórza przywrócił mnie do rzeczywistości. Wszyscy w domu zamarli. Jak mogłem ich chronić? Abbas chwycił mnie za rękę.

Rozejrzałem się po izbie – może już ostatni raz. Materace z sitowia okryte narzutami z kozich skór w rogu, półka z moimi książkami do chemii, fizyki, matematyki i historii. Wyżej książki o sztuce, które zgromadził ojciec. Gliniane dzbany z ryżem, soczewicą, fasolą i mąką. Srebrny czajnik mamy na piecu. Na ścianie portrety wykonane ręką Baby i ud zrobiony dla niego przez jego ojca, nietknięty, odkąd Babę zabrano.

Ciężkie buty wbijały się w piach, aż całe wzgórze się trzęsło.

– Wszyscy wychodzić! – bezosobowy głos wezwał przez megafon z naszego podwórza.

Czy pobiją mnie na oczach rodziny i sąsiadów? Czy zrobią ze mnie przykład, o którym wszyscy powinni pamiętać, gdy moja krew już wsiąknie w wysuszoną ziemię? Czy to będzie mój koniec? Mimo ogromnego strachu czekałem na to niemal z utęsknieniem. Wreszcie będzie po wszystkim.

Oczy Mamy rozszerzyły się z przerażenia. Otworzyłem drzwi, które dopiero co naprawiłem. Na naszym podwórzu stał tuzin żołnierzy w maskach gazowych. Wyglądali jak egzotyczne owady.

Jeden z nich uniósł maskę. Był to pyzaty nastolatek, groteskowa żywa lalka.

– Wychodzić! Już!

Inny wycelował karabin w otwarte wejście i strzelił – do wnętrza wpadł zbiornik gazu łzawiącego, przemknął o kilka centymetrów obok mnie i trafił w tylną ścianę.

– Szybko! – krzyknęła Mama, gdy gaz zasyczał.

Oczy straszliwie mnie piekły. Położyłem się na podłodze – dym się unosi, trzymaj się blisko ziemi – i pełzłem w kierunku udu Baby, gdy pozostali wybiegali na zewnątrz.

Nie byłem w stanie dłużej wstrzymywać oddechu. Instrument wciąż pozostawał poza moim zasięgiem.

– Ahmad! Sara! – zawodziła Mama.

Sara? Wyciągnąłem rękę przed siebie, starając się odszukać siostrę. Nigdzie jej nie było. Nie mogłem bez niej wyjść, ale wiedziałem, że długo nie wytrzymam bez nabrania oddechu. Nagle poczułem coś pod palcami – jej długie włosy. Ciepłą i wilgotną twarzyczkę. Podniosłem Sarę, cały czas nie oddychając; oczy miałem pełne łez i bólu, płuca mi płonęły, jakby za chwilę miały eksplodować. Posuwałem się na oślep z omdlałym ciałem na rękach. Dopiero na zewnątrz zaczerpnąłem powietrza.

Z otwartych drzwi wydobywał się dym. Byliśmy boso i w piżamach; oczy Nadii zamieniły się w czerwone szparki. Mama wstrzymała oddech. Twarz Sary była zalana krwią wyciekającą z rozległego rozcięcia na czole. Moja mała siostrzyczka musiała się przewrócić w tym chaosie. Położyłem drobne ciałko na ziemi i nie zważając na ból oczu, wdmuchnąłem jej powietrze do płuc. Delikatnie poklepywałem ją po twarzy, błagając:

– Obudź się. Obudź się, Sara. – Kolejny wdech. – Oddychaj!

Mama szlochała, a ja z uporem maniaka wdmuchiwałem powietrze w usta Sary.

– Wody! – krzyknąłem.

Mama wpadła w panikę.

– Dzbanek jest potrzaskany! – Spojrzała na żołnierzy, którzy sprawiali wrażenie, jakby nie widzieli naszych zabiegów, nie widzieli tej pięciolatki, która zsiniała na ich oczach. Nawet najbliżsi sąsiedzi byli za daleko.

Abbas chwycił Sarę za rękę i energicznie ją pocierał, jakby chciał w ten sposób obudzić naszą małą siostrę.

Mama pochyliła się nade mną.

– Uratuj ją, Ahmadzie.

Sara się nie poruszała. Jej oczy ani drgnęły. Nie przestawałem wdmuchiwać powietrza w jej usta i klepać jej po policzkach. Nic nie pomagało. Była sina i nieruchoma. Moja cudowna niewinna siostrzyczka. Miałem ochotę płakać, ale brakowało mi łez. Czułem, jak ogarnia mnie rozpacz, ciężka niczym gruba peleryna.

– Proszę, Ahmadzie – błagała z płaczem Mama.

Przerzuciłem sobie Sarę przez bark i poklepywałem po plecach, kołysząc. Może się czymś zadławiła podczas tego ataku? Kołysałem ją i oklepywałem.

– Obudź się Saro, proszę, obudź się!

Nic nie działało.

W końcu Mama powiedziała:

– Ona odeszła, synu.

Nadia, zawodząc, wyrwała mi Sarę z rąk i mocno przytuliła.

– Zabiliście moją siostrę! – wrzasnął Abbas. – Czego chcecie?!

Skierowali uzi w nasz dom.

– Czy wszyscy już wyszli? – W głosie Mamy słychać było trwogę.

Żołnierze ostrzeliwali nasz dom, podczas gdy ja przeczesywałem wzrokiem podwórze. Abbas. Nadia. Fadi. Hani. Ciałko Sary. Wszyscy byli na zewnątrz.

– Odsunąć się od domu! – krzyknął żołnierz o dziecięcej twarzy.

Już wyszliśmy na podwórze. Czego jeszcze mogli chcieć?

Zmylił mnie brak buldożerów. Żołnierze weszli do domu z laskami dynamitu. Staliśmy na zewnątrz, gdy oni podkładali ładunki.

– Mój ojciec jest niewinny – powiedziałem.
Żołnierze spojrzeli na mnie ze złością, więc opuściłem głowę.
– Oczywiście – zadrwił Dziecięca Twarz.
Chciałem powiedzieć im prawdę. Że wtedy był środek nocy. Że nie przemyślałem tego. Że nie chciałem tego wszystkiego, co się potem wydarzyło.
– Pożegnajcie się ze swoim domem, terroryści! – zawołał żołnierz.
Nogi się pode mną ugięły.
– Gdzie będziemy mieszkać? Proszę, nie karzcie tych dzieci – błagałem.
– Nie chcemy was tutaj! – oświadczył Dziecięca Twarz.
Abbas spoglądał na nich z nienawiścią. Nadia mocno ściskała ciało Sary, jakby w ten sposób mogła ją przed czymś ochronić. Ja trzymałem płaczącego Haniego. Fadi podniósł kamień i odchylił rękę. Chwyciłem go i przyciągnąłem do siebie.
Obudziły się we mnie wspomnienia. Cenny srebrny czajnik i taca Mamy – prezenty ślubne od jej rodziców. Portrety Baby: jego nieżyjący ojciec, jego brat Kamal na drabinie zrywający pomarańcze i potem wkładający je do koszy, które upletliśmy z wilgotnych gałęzi granatu. Portrety przedstawiające Babę i jego braci: pływających po Morzu Martwym, gdy wóz z osłem i pomarańczami stoi na brzegu; na plaży w Hajfie, gdy za ich plecami rozbijają się fale, a wóz z pomarańczami stoi z boku. I najcenniejszy obraz Baby, na którym jego rodzice stoją na tle słoneczników. Przepadną wszystkie portrety członków rodziny, którzy znaleźli się na obczyźnie, moich nieżyjących sióstr Amal i Sary i nieobecnego wśród nas Baby. Przepadnie też ręcznie haftowana beduińska suknia

ślubna Mamy, którą – jak zawsze mówiła – przechowywała dla mojej żony. Ud Baby. A przede wszystkim Sara. Mała dziewczynka, która nigdy nikomu nie wyrządziła najmniejszej krzywdy.

Mama padła jednemu z żołnierzy do stóp.

– Proszę, nie mamy dokąd pójść – błagała, ściskając go za kostki.

Jej desperacja raniła mi serce. To była prawda. Nie mieliśmy dokąd pójść. Co ja narobiłem? Na chwilę puściłem braci i przysunąłem się do matki. Próbowałem ją podnieść. Jej ciało było gorące.

– Mamo, proszę cię, wstań. Nie musisz tego robić. Znajdziemy jakieś miejsce. – Zacisnąłem zęby, żeby nie wrzeszczeć. – Nie musimy nikogo błagać. – Czułem się, jakby opadł na mnie gruby koc i spowił mnie nieprzeniknioną ciemnością. Nie mogłem liczyć na żadnego wybawiciela. Nie było wujka, brata czy ojca, który mógłby przybyć i nas uratować. To do mnie należała rola obrońcy rodziny.

Mama, roztrzęsiona, wzniosła wzrok ku niebu.

Czterej żołnierze wyszli z naszego domu.

– Wszystko gotowe – powiedział ostatni.

Ziemia pode mną się zatrzęsła, powietrze wypełnił dym i drobiny tego, co kiedyś było portretami, białą szatą uszytą przez Mamę na moje urodziny, jej różami, miętą i pietruszką, pomidorami, naszą planszą do tryktraka, ubraniami, materacami z sitowia i naczyniami. Wszyscy z wyjątkiem żołnierzy zaczęli się krztusić.

W górę wystrzeliły płomienie, osmalając ściany, które na naszych oczach zamieniły się w popiół. Nasz dom przestał istnieć. Na jego miejscu pozostały żarzące się czerwone zgliszcza. Gdy wszystko ucichło, zauważyłem, że nasze drzewa oliwne, Amal i Sa'ada, płoną. Bezdenna rozpacz całkiem mnie sparaliżowała. Wtedy jednak zobaczyłem nasz migdałowiec, który stał nienaruszony, pozbawiony jedynie kwiatów.

Żołnierze zdjęli maski gazowe.

– Terroryści nie zasługują na domy – burknął ten z dziecięcą twarzą.

Już od pięciu godzin czekałem w piżamie w palącym słońcu przed posterunkiem wojskowym i nie mogłem uzyskać zgody na wejście. Potrzebowałem zezwolenia na pochowanie Sary. Gdybyśmy ją pogrzebali bez zezwolenia, żołnierze mogliby ją wykopać.

Po odejściu wojskowych Nadia usiadła na piachu pod drzewem migdałowca i powoli kołysała Sarę na rękach. Mama obejmowała Haniego i Fadiego. Abbas i ja zaczęliśmy gołymi rękami odgrzebywać gorące gruzy, szukając czegokolwiek, co dałoby się uratować.

Tej nocy Nadia owinęła Sarę w moją kefiję.

– Niech nam Bóg wybaczy, gdy dosięgną jej robaki – powiedziała.

Mama i Nadia przez całą noc tuliły ciało Sary, aby nie była sama. Gdy Abbas wreszcie zasnął, tak mocno zaciskał zęby, że złamał sobie jedynkę. Ja nie spałem całą noc. Kiedy skończyła się godzina policyjna, pobiegłem na posterunek i sześć godzin czekałem pod tym bezlitosnym słońcem, nim uzyskałem pozwolenie na pochowanie siostry.

Poszliśmy z Abbasem na cmentarz wykopać dół obok grobu Amal. Słońce żywym ogniem paliło nas w plecy, ale kopaliśmy bez wytchnienia, póki dół nie miał dwóch metrów głębokości. W pewnej chwili przestaliśmy się pocić, nie mieliśmy już czym.

– Izraelczycy zapłacą nam za to – powtarzał Abbas. – Oni rozumieją tylko siłę. To jedyny język, jakim mówią. – Przerwał kopanie. – Oko za oko.

Mama przyniosła drobne ciałko. Nadia ani na chwilę nie puściła ręki siostry. Ucałowaliśmy Sarę w policzki. Fadi i Hani zaciskali pięści. Oczy Abbasa były jak kamienie. Mama wyciągnęła ręce z Sarą, lecz nie chciała jej puścić. Nadia zaczęła szlochać.

– Nie – powiedziała Mama. – To pomyłka.

Wreszcie odebrałem od niej Sarę i złożyłem ją w grobie. Zagryzłem wargi. Kiedy wyszedłem z dołu, wraz z Abbasem przysypaliśmy ją ziemią. Zakopując grób, cały czas miałem przed oczyma Babę na dnie podobnego dołu, zasypanego piachem przez izraelski buldożer. Nie było już nadziei.

Gdzie będziemy mieszkać? Jak będziemy żyć? Potrzebowaliśmy domu, który dałby nam schronienie przed bezlitosnym upałem w lecie i ulewnymi deszczami zimą. Nie wolno nam było budować. Nawet nie mieliśmy pieniędzy, żeby chociaż kupić namiot.

Rozdział 7

Wujek Kamal kupił nam namiot na targu we wsi. Przez ostatnie dwa tygodnie spaliśmy pod Szahidem, w ubraniach, które uszyła nam Mama z łachmanów przyniesionych przez wujka. Ja i Abbas wbiliśmy cedrowe patyki w ziemię pod migdałowcem i kiedy zaczynała się godzina policyjna, wszyscy sześcioro kładliśmy się jedno na drugim, od największego do najmniejszego. Upał, rozgrzane ciała, pot, brak powietrza i niemożność wykonywania jakichkolwiek ruchów uniemożliwiały zaśnięcie.

Gdy tylko skończyła się godzina policyjna, czym prędzej pobiegłem na posterunek wojskowy. Musiałem się przecież dowiedzieć, co stało się z Babą. Od czterech tygodni codziennie stałem w niekończącej się kolejce z setkami innych, którzy pragnęli uzyskać zezwolenie na ślub, pogrzeb, podjęcie pracy czy nauki. Zaledwie garstka takich jak ja szukała informacji o swych bliskich, których aresztowano albo wywieziono w nieznane. Wieczorami wracałem do domu, nie wiedząc nawet, czy Baba żyje. Dzisiaj będzie inaczej, pomyślałem.

Za mną stanął Abu Jusuf.

– Czyżbyś próbował zdobyć pozwolenie na odbudowę? – zapytał.

Upał był nieznośny. W powietrzu wisiał ciężki smród ścieków, oślich odchodów i niezebranych śmieci.

– Nie jestem taki głupi.

Pokręcił głową.

– Nadal nic nie wiesz o ojcu?

– On nic nie zrobił.

– Mówią, że go torturowali.

Spojrzałem na trzydzieści osób w kolejce przede mną. Wszyscy ci ludzie zapewne mieszkali bliżej. Gdyby nie godzina policyjna, spałbym na tym posterunku.

– A pan po co tu przyszedł? – zapytałem.

– Po zezwolenie na kupowanie moreli i pomarańczy z moich własnych drzew, które zasadził mój dziadek, a o które ja dbałem w czasie suszy i wojny.

– Mam nadzieję, że z moim ojcem wszystko dobrze. – Opuściłem wzrok.

– Będzie dobrze – odparł Abu Jusuf.

– On nie jest silny.

– Nie doceniasz go. Może być twardszy, niż myślisz.

– Ahmad! – krzyknął Abbas. – Chodź, muszę z tobą pogadać!

– Przypilnuję ci miejsca. – Abu Jusuf dał mi ręką znak, żebym szedł do brata.

Po brwiach i brodzie Abbasa spływały krople potu.

– W nocy aresztowali wujka Kamala.

– Za co?

– Pomoc terrorystom.

Czyżby Ali tamtej nocy poszedł także do domu wujka?

– Jakim terrorystom? – zapytałem.

– Babie – wyjaśnił Abbas, patrząc na mnie opuchniętymi oczyma.

Zostaliśmy sami, zdani tylko na siebie.

Wróciłem do namiotu wyczerpany, pięć minut przed godziną policyjną. Wciąż nie znałem miejsca pobytu Baby. Przez następne sześć tygodni ustawiałem się w kolejce codziennie i czekałem cały dzień, bez żadnego rezultatu. Przestałem chodzić do szkoły.

Gotowałem właśnie ryż i migdały na palenisku, które zbudowałem w pobliżu migdałowca, kiedy zjawił się syn fryzjera. Szybko wymieniliśmy pozdrowienia.

– Wczoraj wypuścili mojego ojca – powiedział. – Wiesz coś o swoim?

– Żadnych wiadomości – odparłem. – To już dwa miesiące.

– Mój tata chce się z tobą zobaczyć. – Unikał mojego wzroku. – Chodzi o twojego ojca.

Bałem się, że mnie aresztują, jeśli spotkam się ze zwolnionym więźniem politycznym, ale przecież chodziło o Babę. Jak mógłbym nie pójść?

Fryzjer siedział w rogu namiotu, miał ciemną plamę nad lewym okiem, na rękach ślady przypaleń papierosami.

– Przepraszam, nie dam rady wstać – powiedział łamiącym się głosem.

– Czy ma pan jakieś wiadomości o moim ojcu?

– Jest w więzieniu Dror – oznajmił fryzjer. – Na pustyni Negew.

Z radości krew zaczęła mi żywiej krążyć w żyłach.

– On żyje?

– Ledwie. – Fryzjer opuścił wzrok. – Chce, żebyś go odwiedził. Musisz go stamtąd wyciągnąć.

Po raz pierwszy pomyślałem, co byłoby dla Baby gorsze: zostać zabitym czy przeżyć, ale być tygodniami torturowanym. Jeśli nie zabili Baby, mogły to zrobić węże lub skorpiony.

Od tej pory codziennie chodziłem na posterunek gubernatora wojskowego i prosiłem o zezwolenie na wizytę w więzieniu Dror. Miesiąc później gubernator wojskowy wydał mi zezwolenie. Wiedziałem, że muszę się Babie przyznać. Chciałem mu zaproponować, że zamienimy się miejscami. Myśl o tym, że siedzi tam przeze mnie, była nie do zniesienia.

Za te niewielkie pieniądze, które Abbas i ja zarobiliśmy na sprzedaży migdałów z naszego drzewa, kupiłem sześć biletów autobusowych potrzebnych na tę podróż. Abbas nawet nie zapytał, czy może jechać ze mną. Wiedział, że nie mamy tyle pieniędzy.

Rozdział 8

Wcześniej docierały do mnie zaledwie pogłoski o tym miejscu, tak wyschniętym, że nic tam nie rosło. Pustynia Negew. Piasek wpadał przez otwarte okno, tnąc mnie po ciele i oczach niczym zmielone szkło, i osadzał się w zaschniętych kącikach ust.

Wreszcie autobus zatrzymał się obok wysokiego ogrodzenia otoczonego drutem kolczastym ze strażnicami w każdym rogu. Wcześniej marzyłem tylko o tym, żeby wysiąść z tego dusznego, śmierdzącego autobusu, ale gdy zobaczyłem, co mnie czeka, pomyślałem, że tak może wyglądać piekło. Na drucie kolczastym widniała tablica z czarną czaszką i ostrzeżeniem po arabsku i hebrajsku: „Uwaga! Grozi śmiercią!". Hebrajski był tylko na pokaz, bo nie trzymano tu żydowskich więźniów politycznych. Po tak długiej podróży na winylowym siedzeniu nogi odmawiały mi posłuszeństwa, ale zmusiłem je do wysiłku i z pochyloną głową przeszedłem obok ponurych strażników uzbrojonych w karabiny, z owczarkami niemieckimi na smyczach.

Na nasłonecznionym placu pracowali więźniowie w czarnych kombinezonach. Kiedy autobus przyjechał, żaden z nich się nie rozejrzał. Ja tak. Musiałem znaleźć Babę. Czy naprawdę tu jest? Co, jeśli go nie rozpoznam? Szybko przesuwałem wzrok po więźniach, eliminując z kręgu zainteresowania tych, którzy wysokością przekraczali standardowe odchylenie od normy, bo Baba mógł się znajdować tylko wśród osób średniego wzrostu. Niektórzy wsypywali łopatami piasek do dużych worków, inni przesuwali betonowe płyty w stronę potężnej trzykondygnacyjnej budowli, którą stawiali. Ich czarne stroje skupiały na sobie promienie piekącego słońca. Wypatrywałem Baby na rusztowaniach, wśród mieszających zaprawę i noszących pustaki.

Wychudzony, przypominający szkielet więzień wbił łopatę w stertę piachu, a kiedy chciał ją unieść, ugiął się, piasek rozsypał się wokół taczki i mężczyzna upadł na ziemię. Leżał tam, przez nikogo niezauważony, jak zmiażdżony ptak.

Obok tego terenu robót, za drutem kolczastym było kolejne ogrodzenie, otaczające ogromne namioty bez bocznych ścian, z drewnianymi podłogami, na których leżały maty.

Ruszyłem do miejsca przed bramą, gdzie setki innych Palestyńczyków siedziały na ziemi i słuchały żołnierza wyczytującego nazwiska więźniów. Były tam kobiety z dziećmi, starcy i tacy jak ja samotni synowie. Odczytywano wszystkie nazwiska po kolei, a ludzie przed bramą czekali. Nie było ani odrobiny cienia. Ani wody.

Dwie godziny później żołnierz zawołał: „Mahmud Hamid!". Gdy wchodziłem na teren więzienia, otoczyli mnie strażnicy. Jeden z nich zapytał:

– Do kogo?

– Do ojca, Mahmuda Hamida. – Chciałem wydawać się wyższy niż ten dwunastolatek, którym byłem. Chciałem być mężczyzną, niezłomnym.

– Jest twój – powiedział strażnik po hebrajsku do kogoś za moimi plecami. Ręką dał mi znak, bym przeszedł przez wykrywacz metalu.

Strażnik uzbrojony w uzi poprowadził mnie w kierunku drzwi. Gdy moje oczy przestawiły się z rażącego światła słonecznego na panujący wewnątrz półmrok, ze strachu omal nogi się pode mną nie ugięły. Strażnicy obmacywali nagich mężczyzn stojących przy ścianie.

– Rozbieraj się! – rozkazał strażnik.

Moje trzęsące się ze strachu ciało odmówiło posłuszeństwa.

– Rozbieraj się!

Z trudem poruszyłem rękami. Mechanicznie zdjąłem koszulę, którą poprzedniego dnia Mama uszyła ze starego prześcieradła. Kilka godzin chodziła po targowisku i zaglądała do wszystkich słojów, póki nie znalazła odpowiednich guzików. Resztę dnia spędziła na szyciu, obrabiając ciemną nitką każdą dziurkę. Strażnik wyciągnął dłoń w lateksowej rękawiczce, odebrał ode mnie koszulę i rzucił ją na brudną podłogę.

– Wszystko!

Zdjąłem sandały, spodnie i bieliznę, położyłem je obok koszuli i stanąłem przed strażnikiem całkiem nagi, ze wzrokiem wbitym w podłogę.

– Do ściany!

Pochyliłem się, nie mogąc opanować drżenia ciała.

– Potrząśnij głową!

Potrząsnąłem.

Strażnik przeczesał mi włosy ręką w rękawiczce; od smrodu papierosów w jego oddechu zrobiło mi się niedobrze. Odchylił mi głowę i poświecił latarką w nos i usta. Zamknąłem oczy. Po tym, jak wsunął mi do nosa i uszu metalową sondę, poczułem w ustach smak krwi. Czego on szuka?

Nie miałem zamiaru płakać, krzyczeć ani o nic prosić. Ręka w rękawiczce przesuwała się wzdłuż mojego ciała ku pośladkom i udom, które po chwili strażnik rozsunął. Mocniej zacisnąłem oczy i pomyślałem o Babie. Znalazł się tutaj przez mnie. Byłem gotów znieść wszystko, żeby się z nim zobaczyć. Żeby powiedzieć mu, jak bardzo go przepraszam.

– Kucnij!

Strażnik rozsunął mi pośladki. Jęknąłem z bólu, gdy narzędzie wdarło mi się w odbyt. Wstrzymałem oddech. Kiedy instrument przedzierał się przez moje wnętrzności, oczy zaszły mi łzami. Robiłem wszytko, by się nie rozpłakać. Rurka wciskała się coraz głębiej. Gdy w końcu strażnik ją wyjął, miałem zatkane uszy.

Upokorzony, nagi, stałem przed niewiele starszym ode mnie strażnikiem, podczas gdy on obmacywał każdy milimetr mojej odzieży.

– Ubieraj się! – Rzucił mi ubranie pod nogi.

W poczekalni wielkości trzy metry na trzy nikt nie patrzył na nikogo. Wszyscy wiedzieli, przez co każdy z nas musiał przejść, by tu się dostać, i wszyscy czuli zawstydzenie. Kobiety, kucające na betonowej posadzce, osłaniały pomarszczone twarze, mężczyźni z ogorzałą skórą w podniszczonych sukmanach i nakryciach głowy opierali się o ściany. Rodzice bezskutecznie próbowali zabawiać dzieci, które krzyczały, płakały i popychały się nawzajem. Stanąłem w rogu i policzyłem czekających. Dwieście pięćdziesiąt cztery osoby. Oszacowałem, że czterdzieści pięć z nich nie osiągnęło jeszcze piętnastu lat, sześćdziesiąt osiem było w wieku od sześciu do osiemnastu, sześćdziesiąt między dziewiętnaście a pięćdziesiąt dziewięć, a pięćdziesiąt dwie osoby przekroczyły sześćdziesiątkę. Żar pustyni i zagęszczenie ludzi sprawiały, że wewnątrz brakowało powietrza.

Wiele godzin później strażnik poprowadził mnie do oszklonego boksu z telefonem. Dwaj strażnicy wprowadzili do sali zakutego w kajdany mężczyznę w czarnym kombinezonie. Kiedy żołnierze wdarli się do naszego domu i pobili Babę, w moich trzewiach powstała pusta czeluść. W tym momencie ta czeluść podwoiła rozmiary.

Jego nos był szerszy, przekrzywiony w lewo. Lewa brew i kość policzkowa były większe niż prawe. Miałem ochotę uciec. Czułem, że zaraz zemdleję. Kiedy jednak Baba usiadł na krześle po przeciwnej stronie szyby i sięgnął po słuchawkę, ja zrobiłem to samo. Nie podnosił wzroku. Jego czaszkę pokrywały parchy. Jedwabiste włosy zniknęły.

– To nie boli – powiedział.

– Jak Baba się czuje? – Coś w gardle przeszkadzało mi mówić. Mój wzrok biegał po całym pomieszczeniu, po innych rodzinach zgromadzonych przy wyznaczonych stanowiskach.

– *Al-hamdu lillah* – odparł Baba cicho. Módl się do Allaha.

Co mogłem odpowiedzieć?

– Co u matki? – Baba wciąż nie podnosił głowy.

– Chciała przyjechać, ale nie mieliśmy tyle pieniędzy.

– Dobrze, że mnie nie widzi w tym stanie.

Przetarłem oczy.

– Czy już coś się wyjaśniło? Przysięgam na Allaha, że ja nic nie zrobiłem. – Głos mu się załamał i Baba zaczerpnął tchu. – To wszystko pomyłka – ciągnął z trudem. – Ale obawiam się, że Izraelczycy nie będą się spieszyć z dojściem do prawdy. Jeden z moich współwięźniów jest tu już cztery lata i jeszcze nie postawiono mu zarzutów. Możliwe, że ty i matka będziecie musieli utrzymywać rodzinę jeszcze przez rok albo dłużej. Jak Bóg da, wypuszczą mnie wcześniej, ale trzeba się przygotować na najgorsze.

– Rok?

– Mogą mnie tu jeszcze długo trzymać, chociaż jestem niewinny. Nie muszą mnie o nic oskarżyć.

Słuchawka wypadła mi ze spoconej dłoni. Kiedy ponownie przyłożyłem ją do ucha, Baba powiedział:

– Jestem...

Kobieta po mojej lewej stronie zaczęła głośno zawodzić, pięcioro dzieci przywarło do jej nóg. Po mojej prawej jakiś starszy mężczyzna ukrył twarz w dłoniach.

– To wszystko moja wina – przerwałem ojcu głosem zbliżonym do szeptu.

Baba po raz pierwszy podniósł głowę.

– Nie rozumiem.

Niepewnie zacząłem opowiadać o tym, co przede wszystkim mnie tu sprowadziło. Ze wstydu nie mogłem spojrzeć mu w oczy.

Baba przysunął się do szyby. Wstrzymałem oddech.

– Ahmadzie... synu... Masz dopiero dwanaście lat. Obiecaj mi, że nigdy nikomu nie powiesz, jak to było. Nawet matce.

Po raz pierwszy, odkąd wyznałem ojcu prawdę, nasze spojrzenia się spotkały. Był blady jak prześcieradło.

– Czemu Baba ma ponosić karę za moje błędy?

– Zamknęliby cię – mięśnie twarzy Baby zesztywniały – bo gdyby tego nie zrobili, to inni pozwalaliby swoim nieletnim synom dopuszczać się podobnych czynów. Nie są głupi. Dla mnie większą karą byłoby, gdybyś to ty tu siedział.

– Ale powinienem odpowiedzieć za swoje czyny.

– Moim obowiązkiem jako ojca jest cię chronić. – Klepnął się w piersi. Na jego rękach dostrzegłem ślady po przypaleniach papierosami. – Mężczyzna jest nikim, jeśli nie chroni swojej rodziny. Obiecaj mi, że zrobisz dobry użytek ze swojego życia. Nie wdawaj się w tę walkę. Spraw, że będę z ciebie dumny. Nie pozwól, żeby moje aresztowanie zniszczyło ci życie. Musisz znaleźć jak najlepszy sposób, by pomóc matce.

Ona nigdy nie była zdana na własne siły. Teraz ty jesteś głową rodziny.

– Proszę, niech Baba tak nie mówi. Przecież niedługo wróci Baba do domu. – Czułem się, jakbym spadał w głąb studni. Nie miałem się czego chwycić.

– Nie, nie wrócę. – Spojrzał mi w oczy. – Obiecaj, że przejmiesz moją rolę.

– Nie wiem, czy dam radę.

– Kiedy będziesz miał własnego syna, zrozumiesz, co znaczy kochać kogoś bardziej niż samego siebie. – Głos Baby zadrżał. – Wolałbym wbić sobie sztylet w pierś, niż patrzeć, jak cierpisz. Kto wie, co żołnierze by ci zrobili. – Chrząknął. – Nie trać pieniędzy na odwiedzanie mnie. Będziesz potrzebował wszystkiego, co zarobisz, na utrzymanie rodziny. Powiedz wszystkim, że ja tak chcę. Możemy do siebie pisywać. Nic mi nie będzie. Nie pozwól, żeby zawładnęło tobą poczucie winy, bo to jest choroba, jak rak, która będzie cię żreć po kawałku, aż nic nie pozostanie.

– Co my zrobimy bez Baby?

– Matka i rodzeństwo cię potrzebują. Obiecaj mi tylko, że dobrze wykorzystasz swoje życie. Mam ci tyle do powiedzenia, a zostało nam już tylko parę chwil. – Mówił coraz szybciej. – Chodź na grób mojego ojca. Podlewaj tam kwiaty w każdy piątek.

Telefon zamilkł. Przyłożyłem dłoń do szyby i Baba zrobił to samo. Przez chwilę jeszcze patrzyliśmy na siebie, aż przyszedł strażnik i go odciągnął. Tata był taki chudy; żołnierz wyglądał, jakby szarpał pusty kombinezon. Baba pomachał mi jeszcze i nie oglądając się, zniknął za drzwiami.

Nie ruszałem się z miejsca, w nadziei, że coś się jeszcze wydarzy. Że strażnik przyprowadzi go z powrotem i powie, że zaszła pomyłka i Baba został zwolniony. Wszyscy dookoła płakali. Piątka rozpaczających dzieci po mojej lewej machała ojcu na pożegnanie. Ich ubrania nosiły ślady długiego używania, brzuchy były rozdęte.

Obiecałem Mamie, że nie powiem Babie o Sarze i o naszym domu. „Póki jest zamknięty, i tak nic na to nie może poradzić", oświadczyła stanowczo.

Teraz zrozumiałem, że miała rację. Jak Baba zniósłby wiadomość o śmierci Sary?

Odwaga – pojąłem – to nie brak strachu, lecz brak egocentryzmu, przedkładanie cudzych interesów nad własne. Myliłem się co do Baby, nie był tchórzem.

Jak mieliśmy przetrwać bez niego?

Rozdział 9

Po szkole Abbas i ja poszliśmy do wsi, na targ po zakupy. Mijaliśmy wozy zaprzężone w osły, kobiety z koszami na głowach, jednak mieszkańcy na ogół cofali się na nasz widok w taki sposób, w jaki robili to, gdy przez wieś maszerowali żołnierze.

Świeże morele i jabłka lśniły w słońcu. Owce i jagnięta beczały. Dwoje dzieci zaglądało do fotoplastykonu.

Ruszyliśmy w kierunku herbaciarni. Przypomniał mi się dzień, w którym wygrałem mistrzostwa tryktraka w naszej wiosce. Baba postawił wtedy herbatę wszystkim w lokalu – przez rok spłacał ten rachunek. Radio nadawało najnowsze wiadomości z Jordanii, ale nie zatrzymywaliśmy się.

W sklepie spożywczym przejrzeliśmy z Abbasem drewniane półki za kasą. Kawa arabika, herbata, puszki sardynek, pojemniki oliwy z oliwek. Na ziemi stały duże dzbany z podpisami: kasza bulgur, semolina, ryż. Za nami do sklepu weszło trzech żołnierzy.

– Proszę worek ryżu – powiedziałem. – Niech pan to dopisze do rachunku mojego ojca.

– Jego rachunek został zlikwidowany – oznajmił mi właściciel sklepu, dyskretnie patrząc na żołnierzy. Potem nachylił się i szepnął: – Przykro mi.

Nie miałem odwagi się z nim spierać, ale niby w jaki sposób miałem być głową rodziny, skoro nie mogłem nawet kupić worka ryżu?

Wyszliśmy ze sklepu z pustymi rękami, wiedząc, że poprzedniego wieczoru zjedliśmy resztki ryżu. Nic nam nie pozostało.

Wszędzie, dokądkolwiek się udaliśmy, widziałem ojców z synami. Aby odwrócić myśli od własnego ojca, zajmowałem umysł zagadkami matematycznymi. Próbowałem oszacować dzienną liczbę mieszkańców przychodzących na targ. Myślałem o czynnikach wpływających na to równanie, takich jak dzienna liczba osób odwiedzających meczet, godziny otwarcia herbaciarni i sklepu czy to, jak często ludzie chodzą do studni we wsi.

Namiot był dla mnie symbolem ruiny. Zawsze pełno w nim było much, komarów, mrówek i szczurów. Gdy spaliśmy, owady wchodziły nam do ust. Otworzyłem klapę, żeby się wczołgać, ale zanim zdążyłem wejść, wyszła Mama z listem w ręku.

– Co tu napisali? – Wcisnęła mi papier do rąk. Abbas, stojący obok mnie, zaczął wraz ze mną śledzić tekst wzrokiem.

Słowa napierały na mnie niczym fale gorąca. Zamknąłem oczy. To jakieś nieporozumienie. Przeczytałem ponownie. Pierwszy raz w życiu dziękowałem Bogu, że Mama nie umie czytać. Było to urzędowe pismo po arabsku, zakończone jednym, dopisanym odręcznie zdaniem: „Więzień Mahmud Hamid został skazany na czternaście lat pozbawienia wolności". Spojrzałem na Abbasa. Był biały jak ser labna.

Zmiąłem papier i ścisnąłem w lewej dłoni. Zgięty róg wbił mi się w skórę.

– To o ojcu?

– Tak.
– Coś mu się stało?
– Nie. – Przycisnąłem zmięty list do piersi.
– Piszą, kiedy wraca do domu?
– Nie.

Wymieniliśmy z Abbasem spojrzenia. Żaden z nas nie chciał tego powiedzieć.

– Chodzi o wyrok?

W skroniach mi pulsowało.

– To jego wyrok, prawda? – Gdy nie odpowiadałem, wyrwała mi list, rozprostowała i wpatrywała się weń, jakby próbowała czytać.

– Powiedz mi, co tu napisali – zwróciła się do Abbasa.

On milczał.

Czternaście lat. To w zaokrągleniu 730 tygodni; 5113 dni; 122 712 godzin; 7 363 720 minut; 441 824 200 sekund. Która z tych liczb brzmi najlepiej, wydaje się najmniejsza?

– Czternaście lat.

– Czternaście lat? – powtórzyła. Jej twarz była szara jak popiół.

– Tak.

– Jak on mógł nam to zrobić? Zapomniał, że ma rodzinę? Całe to gadanie o niewdawaniu się w politykę... a sam naraził nasze życie?

– Nie, Mama nie rozumie... – Słowa uwięzły mi w gardle. – Mogą go skazać nawet wtedy, gdy jest niewinny.

Zaczerpnęła tchu.

– Czy ta broń sama się zakopała?

– Mogli ją zakopać – powiedział Abbas.

Starłem pot z czoła wierzchem dłoni. Przypomniał mi się Baba w czarnym kombinezonie, skuty jak zwierzę. W myślach ujrzałem go tam, za tym ogrodzeniem, gdzie zmuszają go do mieszania piasku w piekącym słońcu. A jeśli nie przeżyje? To jeszcze nie śmierć, mówiłem sobie. To tylko czternaście lat. Moja wyobraźnia tworzyła straszliwe scenariusze: Baba wiszący do góry nogami, przypalany papierosami, przykuty do stołka z kręgosłupem wygiętym boleśnie w pozycji „banana", co zrobi z niego kalekę. Wiedziałem, że te wszystkie opowieści o torturach są prawdziwe.

– Masz rację. – Mama pokręciła głową. – Wasz ojciec nigdy nie zrobiłby czegoś takiego. – W tym momencie się zachwiała. Zdążyliśmy ją złapać i pomogliśmy jej usiąść. Szlochając, ukryła pooraną zmarszczkami twarz w dużych dłoniach. Jej ból mnie przerażał.

– Co my teraz zrobimy? No, powiedz!

– Ja nas utrzymam – odparłem.

– Jak? – Jej głos tłumiła zasłona rąk.

Czułem coraz większy ciężar w sercu.

– Będę budował domy dla Żydów. – Co innego mógłbym robić? Znowu znalazłem się w sytuacji, z której nie było dobrego wyjścia.

– Jak mam ci na to pozwolić? Jesteś jeszcze dzieckiem.

– Dobre rzeczy utrudniają wybór, złe rzeczy nie pozostawiają wyboru – powtórzyłem to, co powiedział mi Baba, gdy go zapytałem, czemu zdecydował się pracować dla Żydów. – Zobaczysz, nauczę się wyciągać pieniądze z paszczy lwa.

W oczach Mamy zalśniły łzy.

– Niech Allah błogosławi każde twoje tchnienie i każdy krok.

– Ja też pójdę do pracy – oświadczył Abbas.

– Jesteś za mały. – Mama potrząsnęła głową.

– Razem będzie nam raźniej. – Abbas uśmiechnął się do mnie.

– Jutro zaczynam – oznajmiłem stanowczym tonem. Nagle uświadomiłem sobie, że jeszcze nie powiedziałem matce o ryżu: że dzisiaj nie będzie kolacji. Bycie mężczyzną okazało się dużo trudniejsze, niż się wydawało.
– Ja też – dorzucił Abbas.
– Masz tylko jedenaście lat – przypomniała mu Mama.
– Dobre rzeczy utrudniają wybór, złe rzeczy nie pozostawiają wyboru – powtórzył Abbas ze słabym uśmiechem.

Następnego ranka, gdy Mama wyszła na zewnątrz ugotować wodę, znalazła przed namiotem worek ryżu. Widocznie Abu Chalil, właściciel sklepu, zaryzykował i przyniósł go nam w nocy. Mama zrobiła nam herbatę z wody ze studni i z tych samych liści, których używaliśmy od tygodnia. Dolałem do herbaty zimnej wody, żeby nie musieć czekać, aż ostygnie. Szybko wypiliśmy i zbiegliśmy z Abbasem ze wzgórza.

Byliśmy jedynymi osobami na skraju wioski. Pamiętałem, jak Baba opowiadał mi, że zaczął pracować dla Żydów przypadkiem. Któregoś dnia wstał wcześnie, żeby pójść do moszawu do pracy przy zbieraniu pomarańcz. Był pierwszym czekającym przy wejściu, gdy obok przejeżdżała ciężarówka z żydowskimi robotnikami. Wyciągnął rękę, myśląc, że to samochód moszawu. Kiedy auto się zatrzymało, kierowca powiedział mu, że są robotnikami budowlanymi i że przyda im się taki silny Arab. Ojciec postanowił spróbować.

Słysząc silnik nadjeżdżającego samochodu, Abbas i ja wyszliśmy na środek drogi. Ciężarówka jechała prosto na nas. Nie zważałem na nic. Zrobiłbym wszystko, byle ją zatrzymać. Kilka metrów przede mną kierowca wcisnął hamulce i pojazd zjechał na pobocze. Podbiegłem do szoferki, a Abbas z szeroko rozrzuconymi na boki ramionami zagradzał drogę.

– Proszę, weźcie nas do pracy! – Całą noc powtarzałem sobie w myślach to zdanie po hebrajsku.

– Jesteście dziećmi. – Kierowca popatrzył na nas krytycznie.

– Mamy dużo siły.

– Zejdźcie mi z drogi! – Mężczyzna wcisnął klakson.

– Będziemy dzisiaj pracować za darmo. Jak się nie spiszemy, nie zapłacicie. Błagam, dajcie nam szansę.

– Za darmo, powiadasz? – Kierowca uniósł brwi. – Co to za podstęp?

– Nasz ojciec nie może pracować. Mamy dużą rodzinę – zaczerpnąłem tchu – potrzebujemy pieniędzy.

– Jak się nie nadacie, będziecie wracać pieszo.

– Nie pożałuje pan.

– Już żałuję. – Machnął ręką, żebyśmy zapakowali się na tył, gdzie znajdowali się inni robotnicy.

Wspięliśmy się na pakę. Robotnicy o oliwkowej cerze siedzieli po lewej, ci o jasnej skórze po prawej.

– Co wy wyrabiacie? – zwrócił się do nas jeden z tych o smagłej karnacji. Mówił po arabsku z hebrajskim akcentem.

– Chcemy pracować – odpowiedziałem po arabsku.

– W tym kraju mówimy po hebrajsku – oświadczył oliwkowoskóry. – Arabowie i ich język nie są tu mile widziani.

Abbas otworzył usta, by coś odpowiedzieć. Zawsze miał odwagę bronić siebie i innych, co w szkole często prowadziło do bójek. Ścisnąłem mu mocno dłoń i popatrzyłem wymownie w oczy.

Wcisnęliśmy się w kąt. Wszyscy wbijali w nas rozgniewane spojrzenia, jakbyśmy byli szkodliwym robactwem. Gdy tylko zostaliśmy sami, kazałem Abbasowi przyrzec, że choćby nie wiem co, nie będzie reagował na takie zaczepki. Wiedziałem, jakie to dla niego trudne, ale on sam rozumiał, że teraz na naszych barkach spoczywa utrzymanie całej rodziny, i byłem pewien, że mnie nie zawiedzie.

Rozdział 10

Podczas przerwy Żydzi aszkenazyjscy z Rosji, Polski, Rumunii, Siedmiogrodu i Litwy siedzieli razem pod skupiskiem drzew oliwnych i rozmawiali w języku, którego nie rozumiałem. Uczyliśmy się w szkole hebrajskiego, ale to nie był hebrajski. Ich jasne oczy w mocnym słońcu zamieniały się w maleńkie szparki, a blada skóra robiła się czerwona. Byli naszymi szefami. Wydawali rozkazy z cienia pod drzewami albo z prowizorycznych baraków, które postawiliśmy.

W innym miejscu pod oliwkami siedzieli Żydzi sefardyjscy z Iraku, Jemenu, Algierii, Libii, Maroka. Pili herbatę i kawę i rozmawiali po arabsku. Słyszałem, jak Irakijczyk mówił Jemeńczykowi, że język używany przez aszkenazyjczyków to jidisz. Zdaje się, że sefardyjczycy mówili po arabsku tylko wtedy, kiedy nie chcieli, żeby aszkenazyjczycy ich rozumieli.

Aszkenazyjczycy śmiali się z sefardyjczyków, że piją gorące napoje.

– Nie dość wam gorąco? – Rosjanin wskazał ręką parującą kawę. Aszkenazyjczycy nie rozumieli upałów.

Abbas i ja pracowaliśmy podczas przerwy.

– Bracia roboty! – Nasz główny szef, polski Żyd o imieniu Jossi, przywołał nas gestem. Nadał nam to przezwisko, widząc, że nie robimy przerw na odpoczynek.

Abbas spojrzał na mnie. W jego oczach widziałem nieufność.

– W porządku – zapewniłem go.

Jossi wyszedł nam naprzeciw. Byliśmy tak mali, że wspólnie mieściliśmy się w jego cieniu.

– Zmieniłem zdanie. Zasługujecie na pełne wynagrodzenie Araba. Ale wiedzcie jedno: mogę się rozmyślić, jeśli zobaczę, że któryś z was się ociąga.

Zastanawiałem się, co on rozumie przez pełne wynagrodzenie Araba. Nie zarabialiśmy nawet ułamka tego, co zarabiał Baba.

– Nie zawiedziemy pana – powiedziałem.

Napełnialiśmy z Abbasem taczkę po taczce pustakami z ciężarówki stojącej na drodze i przewoziliśmy je na miejsce budowy. Tam je wyładowywaliśmy. Wspólnie pchaliśmy jedną taczkę, ponieważ byliśmy o połowę mniejsi od innych robotników. Bolały mnie plecy. Nasze ubrania przesiąkły potem i pokryły się brudem. Budowaliśmy willę od fundamentów aż po dach. W ciągu pierwszego tygodnia pracy wznieśliśmy cały parter i dwie trzecie piętra.

Słońce piekło mocno. Ładowaliśmy pustaki na taczkę, gdy nagle Abbas przyłożył sobie rękę do pleców i jęknął.

– Nic ci nie jest? – Widziałem ból na jego twarzy. Wyglądał jak starzec, a nie jedenastoletni chłopiec.

– Plecy mi zesztywniały od tego zginania.

– Wyprostuj się. – Pochyliłem się i podawałem mu pustaki.

Po załadowaniu taczki pchaliśmy ją do murarza. Gdy mijaliśmy sefardyjczyków, mój wzrok napotkał spojrzenie jednego z Irakijczyków.

– Na co się gapisz? – zapytał po hebrajsku z silnym arabskim akcentem. Wiele lat picia kawy i herbaty pozostawiło ślady na jego zębach. Z kilkunastu metrów wyciągnął w moją stronę ręce i wykonał taki gest, jakby chciał mnie udusić. Opuściłem wzrok i dalej pchałem taczkę.

– *Ben Zonah.* – Sukinsyn. Irakijczyk zaklął po hebrajsku, chociaż mieszkańcy Izraela prawie zawsze przeklinali po arabsku.

W przerwie obiadowej wszyscy zabierali papierowe torby z ciężarówki i udawali się z nimi na swoje miejsca. Abbas i ja jadaliśmy w pewnym oddaleniu od pozostałych.

Irakijczycy i Jemeńczycy lepili z ryżu kulki przed zjedzeniem. Aszkenazyjczycy używali widelców, noży i łyżek. Nam Mama pakowała kawałek chleba pita i torebkę ryżu z migdałami.

– Trzymaj. – Podałem Abbasowi pieczywo. Rozłamał je na dwie części i dał mi większy kawałek.

– Nie, to dla ciebie. – Wyciągnąłem chleb w jego stronę – Proszę, Abbas, wyrzucę to, jeśli nie zjesz. – Uniosłem rękę za głowę, jakbym chciał się zamachnąć, na co Abbas wyrwał mi pitę z dłoni. Wziąłem mniejszą część, położyłem torbę z ryżem na ziemi między nami, żebyśmy mogli go sobie nabierać kawałkami chleba. Po skończonym posiłku aszkenazyjczycy wyrzucali swoje torebki do śmieci. Ja naszą składałem i chowałem do kieszeni, żeby Mama mogła jej użyć następnego dnia.

Codziennie przed odejściem przechodziliśmy z Abbasem obok wysypiska śmieci. Jednego dnia znaleźliśmy starą koszulę i baterię do radia. Innego wzięliśmy stamtąd plastikowy samochód zabawkę. Chociaż czuliśmy się jak szabrownicy kradnący oliwki po przejściu szarańczy, to nas nie powstrzymywało. Nie przejmowaliśmy się tym, że przez całą drogę powrotną Żydzi śmiali się z nas, gdy ściskaliśmy ich śmieci jak drogocenne skarby.

Najgorszy był ten Irakijczyk. Nie wiem dlaczego. Gdy zatrzymywaliśmy się przed jego domem, żeby go wysadzić, wokół biegało co najmniej piętnaścioro dzieci w różnym wieku, brudnych i zaniedbanych. Przed dom wychodziła jego żona – w ciąży, z wałkami we włosach, bez przedniego zęba. Mieszkali w arabskiej willi, kiedyś bielonej wapnem, teraz koloru błota. Na sznurkach wisiało pranie, po podwórzu walały się śmieci, grządki były zachwaszczone.

Kiedy słońce zaczynało dotykać linii horyzontu na zachodzie, Jossi zatrzymywał się na drodze do naszej wioski i Abbas i ja opuszczaliśmy samochód. Zmęczeni, obolali szliśmy do namiotu. Napięcie mięśni pleców i karku powodowało, że wlokłem się, jakbym miał kulę u nogi.

Mama kazała mi napisać do Baby, że Abbas i ja znaleźliśmy pracę. Według niej powinniśmy utrzymywać go w przekonaniu, że dobrze sobie radzimy. Baba odpisał, że chciałby, abyśmy chodzili do szkoły. Z wielkim żalem odpowiedziałem mu, że to niemożliwe.

Rozdział 11

Smoła nie chciała mi zejść z palców. Gdy woda nie pomagała, używałem piasku, jak nauczył mnie Baba. Już myślałem, że zdrapię sobie skórę, gdy usłyszałem kroki kogoś wchodzącego na wzgórze.

– Ahmad! – zawołał nauczyciel Muhammad.

Zawstydzony, ukryłem dłonie za plecami.

– Twoje nieobecności w szkole są niewybaczalne.

Co według niego miałem zrobić?

Zatrzymał się metr przede mną.

– Nie odwracaj się od swoich talentów. Niech to będzie światło, które prowadzi cię przez życie. Kiedy pojawią się przeszkody, kieruj się tym światłem. – Chwycił mnie za brodę, żeby spojrzeć mi w twarz. – Jesteś przeznaczony do wielkich rzeczy.

Świdrował mnie wzrokiem.

– Nie mam wyjścia.

– Zawsze jest jakieś wyjście.

– Muszę pracować. – Obróciłem się od niego, żeby nie widzieć tego okropnego, współczującego spojrzenia.

Przypomniał mi się dzień, w którym skończyłem trzecią klasę. Podczas skromnej uroczystości w szkole nauczyciel każdemu wręczał świadectwo. Wreszcie przyszła moja kolej. „To świadectwo otrzymuje najlepszy uczeń w klasie. – Uścisnął mi dłoń i ucałował w oba policzki. – Uważajcie na tego chłopca. Kiedyś będziemy z niego dumni". Po tych słowach

Baba podniósł rękę z palcami ułożonymi w kształt litery „V" na znak zwycięstwa.

Teraz nauczyciel powiedział:

– Chciałbym cię uczyć. Codziennie po pracy. Zacznijmy od dzisiaj. Jadłeś już coś?

– Tak – skłamałem. Umierałem z głodu.

– Chodźmy do mnie. Mamy jeszcze dwie godziny do godziny policyjnej.

Pęcherze na stopach odzywały się przy każdym kroku. W domu nauczyciela usiedliśmy przy stole w kuchni.

– Może coś zjesz? – zaproponował.

– Nie, dziękuję. – Nie chciałem sprawiać kłopotu. Zaburczało mi w brzuchu, więc mocno wcisnąłem weń pięść.

Nauczyciel napisał zadanie matematyczne na tabliczce i podsunął mi ją.

Po całym dniu noszenia gorącej smoły na rusztowanie w upalnym słońcu miałem wszystkiego dosyć, ale to nie mogło mi przeszkodzić. Jeżeli ktoś taki jak nauczyciel Muhammad wierzył we mnie, byłem gotów zrobić wszystko, żeby go nie zawieść.

Rozdział 12

Poczułem nad sobą czyjś cień. To musiał być żołnierz, bo nikt nas już nie odwiedzał. Abbas przykucnął obok mnie. Obróciłem się powoli.

– Wujek Kamal – powiedziałem. Wyszedł z więzienia. Miał zapadnięte policzki i przygarbione ramiona. Kuśtykał.

– Co się stało? – zapytał Abbas.

– Przewróciłem się. – Wtedy zauważyłem jego laskę. – Zwichnąłem nogę w kostce.

Miał też obandażowane nadgarstki.

Fadi i Hani usiedli na ziemi przed namiotem i oglądali łuski po kulach.

– Czemu wujek tu przyszedł? Mogą wujka znowu zamknąć – powiedziałem.

– Musiałem się z wami zobaczyć.

Ani ja, ani Abbas nigdy jeszcze nie rozmawialiśmy z wujkiem sami. Co najmniej trzy razy w tygodniu przychodził do nas grać w tryktraka albo palić z Babą fajkę wodną. Rozmawiali o czasach przed utworzeniem państwa Izrael, kiedy podróżowali po całej Palestynie.

Wspominali nadbrzeżne równiny i piaszczyste plaże Morza Śródziemnego, otoczone pasmami żyznej ziemi uprawnej. Łańcuchy górskie. Wzgórza Galilei zielone cały rok dzięki licznym strumieniom i obfitym opadom. Górzysty krajobraz Zachodniego Wybrzeża ze skalistymi szczytami i żyznymi dolinami.

Abbas i ja śledziliśmy trasy ich wędrówek na narysowanej przez siebie mapie: Akka, Hajfa, Jaffa, Gaza, Tyberiada, Bajsan, Nazaret, Dżanin, Nablus, Ramallah, Jerozolima, Hebron, Beer Szewa, Tulkarm, Ar-Ramla i Safed. Jeżeli Baba lub wujek tylko wspomniał nazwę którejś z ponad sześciuset palestyńskich wiosek czy licznych miast, natychmiast nanosiliśmy tę miejscowość na mapę.

W tych rozmowach często pojawiała się Jaffa, nazywana czule „palestyńską panną młodą". Dowiedzieliśmy się wtedy, że w połowie XIX wieku Palestyńczycy wyhodowali pomarańczę szamuti, zwaną też pomarańczą z Jaffy lub pomarańczą Jaffa. Już w 1870 roku Jaffa, będąca ważnym portem, obok innych towarów eksportowała trzydzieści osiem milionów tych pomarańcz. Baba opowiadał też o Tel Awiwie, mieście zbudowanym przez Żydów pośród piaszczystych wydm w pobliżu Jaffy. Jedynym miejscem, o jakim Baba nie wyrażał się z uznaniem, była pustynia Negew, która, niestety, wciąż pozostawała pustynią.

Mężczyzna stojący przed nami w ogóle nie przypominał naszego wujka Kamala, który co rusz wybuchał śmiechem i opowiadał o swoich licznych przygodach. Przykro było go widzieć w takim stanie. Jako głowa rodziny zrobiłem to, co zrobiłby Baba.

– Dziękujemy za to, że wujek nam pomógł. – Nalałem wody ze studni do rondla, a Abbas postawił go na ogniu. – Ale ma wujek dziesięcioosobową rodzinę.

– Chcę wam pomóc – powiedział.

– Znowu wujka zamkną. – Miałem nadzieję, że zabrzmiało to jak opinia dorosłego.

Wujek Kamal rozejrzał się niespokojnie. Ściszył głos.

– Co z waszym ojcem?

– W listach pisze, że się trzyma. Podobno jakiś strażnik usłyszał jego śpiew i przyniósł mu ud, żeby ich zabawiał.

Woda zaczęła się gotować i Abbas wsypał ryż.

– No, na pewno tym biednym strażnikom musi być ciężko. A co u was?

– Abbas, zabierz Haniego i Fadiego do namiotu.

Brat natychmiast spełnił moją prośbę. Stanowiliśmy zgrany zespół.

– Niech Allah ma was w opiece, wujku Kamalu – powiedział Hani, zanim zniknął w namiocie.

Fadi pozostał na zewnątrz i obserwował wujka.

– Idź już! – Abbas wepchnął go do środka i wrócił do nas.

– A co u was, chłopcy? – zapytał wujek Kamal.

– W porządku – odparliśmy jednocześnie.

– To takie niesprawiedliwe – szepnął. – Boję się o niego. Więzienie...

Przyłożyłem palec do ust. Co, gdyby, nie daj Boże, usłyszała to Mama albo któreś z dzieci?

– Pomówimy później.

– Nie zważają na prawa człowieka. – Zgarbił się i wyszeptał: – Co mogę dla was zrobić?

– Wujek ma własną rodzinę – odparłem.

– Wy też mieszkacie w namiocie – dodał Abbas.

– Oni nie wypuszczą waszego ojca. Co to była za broń? Podłożyli ją, żeby zdobyć to wzgórze? Nie wystarczy im tych wież strzelniczych, które mają? – Wujek Kamal kręcił głową.

Zdjąłem ryż z ognia.

– Porozmawiamy o tym później.

– Robią, co chcą – dodał jeszcze.

– Proszę, nie teraz. – Ruchem głowy wskazałem namiot w najbardziej wymowny sposób, w jaki potrafiłem.

– Czternaście lat... – Kiwał w zadumie głową.

Z namiotu wyszła Mama z mokrymi szmatami, których używała do obniżania temperatury Nadii. Siostra całą noc majaczyła w gorączce. Baliśmy się, żeby nie zarazili się Fadi i Hani, albo, co gorsza, Abbas lub ja. Nie mogliśmy sobie pozwolić na chorowanie.

Abbas podał Mamie garnek z ryżem.

– Zaraz zacznie się godzina policyjna – przypomniałem.

Wujek Kamal opuścił wzrok.

– To musi być dla was straszne.

Stałem sztywno wyprostowany, jakbym chciał się odgrodzić od jego współczucia.

– Dajemy sobie radę.

– No więc co mówił ojciec? – spytał, nie podnosząc wzroku. – Co chcą z nim zrobić?

Czemu nie rozumiał, że nie chcę o tym rozmawiać?

– Muszę zajrzeć do matki.

– Jak wyglądał?

Obraz Baby skutego łańcuchami sprawiał mi ból. Wujek Kamal na moment zasłonił twarz.

– Chcę wam pomóc. – Mięśnie jego twarzy napięły się, ciało zadrżało. – Wybacz mi, proszę. Naprawdę... tak się martwię... Przepraszam. – Oczy zaszły mu łzami. Odwrócił się i ruszył w dół wzgórza.

– Dajemy sobie radę! – krzyknąłem za nim.

Ale to nie była prawda. Za co miałem kupić buty Haniemu? Urwał się pasek na jego już i tak za małym sandale i od dwóch tygodni Hani chodził boso. Odkąd nasz dom został zburzony, nikt z nas nie jadał do syta, stale walczyliśmy z głodem. Bywały popołudnia, kiedy myślałem o tym, żeby wedrzeć się do moszawu Dan i ukraść trochę owoców. Zaraz jednak przypominał mi się drut kolczasty, uzbrojeni strażnicy, bicie. Nie nadawałem się na głowę rodziny.

Co wieczór po kolacji szedłem do domu nauczyciela. Tam przez krótką chwilę wypełzałem z mojego czyśćca. Czas spędzony z nauczycielem Muhammadem był najcenniejszym momentem podczas całego dnia. Gdzieś w głębi duszy czułem, że nauczyciel ma klucz do spełnienia woli Baby.

Kiedy byłem z nim, czułem się, jakbym nie dźwigał tego ciężaru sam, jakbyśmy byli drużyną. W jego towarzystwie widziałem możliwości. Gdyby traktować uwięzienie Baby jako swoistą próbę mojej wiary, to uwierzyłem, że nauka może go uratować. Kiedy wracałem do namiotu przed godziną policyjną, jeszcze jakiś czas uczyłem się przy blasku księżyca i świateł z moszawu Dan. Uczyłem też Abbasa, ale on zwykle o tej porze był już bardzo zmęczony.

Wiedziałem, że aby poprawić nasze warunki życia, muszę pracować jeszcze ciężej.

Rozdział 13

Czułem przesuwającą się coraz wyżej żółć w przełyku, gdy pchałem taczkę wypełnioną pustakami. Wewnątrz domu Abbas przybijał dźwigary. Zależało mi na pracy w budynku, bo trudno było pracować na zewnątrz w upale podczas ramadanu. Słońce przypiekało niemiłosiernie, a ja miałem dreszcze z zimna. Moja skóra była chłodna i wilgotna.

Choćbym był nie wiem jak spragniony, nie pozwalałem sobie na wypicie nawet jednego łyka wody. Imam twierdził, że jeśli będę pościł w okresie ramadanu, Allah nie tylko odpuści mi grzechy przeszłości, ale też odpowie na moje modlitwy. Przetarte ubrania stanowiły słabą ochronę przed słońcem.

Modliłem się w duchu, żeby tej nocy pojawił się sierp księżyca, oznaczający koniec tego miesięcznego postu. Zaraz jednak zacząłem tego żałować. To był najświętszy miesiąc w roku, miesiąc objawienia Koranu. Przez ostatnie dwadzieścia dziewięć dni jadałem o świcie tylko skromną porcję ryżu, który popijałem wodą, i do końca dnia pościłem. Pracowaliśmy od szóstej rano, a teraz niebo zaczynało już ciemnieć.

Na dłoniach, w miejscach, gdzie popękały mi pęcherze, wyzierało żywe mięso. Przy każdym zetknięciu z pustakiem te rany krwawiły i okropnie bolały, ale mimo to nie ociągałem się z robotą. Choć zapadał już zmierzch, powietrze wciąż piekło niczym ogień. Przestałem się już pocić. Widziałem niewyraźnie. Ten dzień zdawał się nie mieć końca. Wiedziałem, że muszę wytrzymać bez względu na wszystko.

Powtarzałem sobie w myślach słowa imama: „Jeżeli przez miesiąc będziesz pościł, grzechy zostaną ci odpuszczone".

Wyładowywałem pustaki najszybciej jak potrafiłem. By ograniczać zużywanie energii, nie podnosiłem głowy, póki taczka nie była pusta. Miałem wrażenie, że w powietrzu unosi się gęsta mgła, co przecież było niemożliwe.

Nagle Irakijczyk złapał mnie za koszulę i uderzył w głowę. Odruchowo osłoniłem twarz rękami. Oniemiały, skuliłem się.

– Awi! Zostaw go! – krzyknął Rosjanin.

– Rusza się jak mucha w smole – odparł Irakijczyk. – Muszę go ustawić.

Rosjanin zrobił kilka kroków w stronę Irakijczyka.

– Daj spokój.

– Radzę ci – powiedział Irakijczyk – nie znieważaj mnie przed tym Arabem. Przestanie mnie słuchać, jak nie będę trzymał go w ryzach razem z tym jego braciszkiem.

Dzięki Bogu Abbas tego nie słyszał.

Rosjanin odpowiedział:

– Dobre traktowanie prowadzi do lojalności.

Twarz Irakijczyka z gniewu zrobiła się czerwona.

– Daj im dzień wolnego, a dom sam się zbuduje! – Żyły na jego szyi wyraźnie nabrzmiały.

Ostatnią rzeczą, jaką pamiętam, jest to, że zwymiotowałem przy burcie taczki. Potem wszystko spowiła czerń. Poczułem na głowie zimną wodę i zobaczyłem nad sobą niewyraźną twarz Abbasa.

– Dzięki Bogu – powiedział. – Tylko zemdlałeś.

– Czy piłem wodę?

– Nie, przynieść ci?

– Nie, w żadnym razie!

Podał mi rękę i podciągnął mnie.

– Ciężarówka już jest.

Wstałem i wytrzepałem piasek z włosów i ubrania. Abbas pomógł mi dojść do samochodu. Wspięliśmy się na pakę wraz z innymi. Od smrodu potu zrobiło mi się niedobrze.

Na granicy wioski czekała gromadka dzieci. Za nami zatrzymała się ciężarówka z moszawu i wtedy te szczęśliwe, roześmiane maluchy rzuciły się ściskać i całować swoich ojców na powitanie. Spojrzałem na Abbasa. Gniew czy smutek malował się na jego twarzy?

Gdy szliśmy pod górę, ze wszystkich domów unosiły się zapachy pieczonej jagnięciny, czosnku i duszonych warzyw. Wszyscy szykowali się do świątecznego śniadania. Abbas szedł ze spuszczoną głową.

– Myślisz, że Mama przygotuje coś specjalnego? – zapytał z nadzieją w głosie.

Przez wzgląd na niego chciałem, żeby tak było. Na co dzień żywiliśmy się chlebem migdałowym, masłem migdałowym, surowymi migdałami, pieczonymi migdałami, migdałami z ryżem i zupą z migdałów. Drzewo migdałowe było prawdziwym błogosławieństwem. Ale tego dnia było święto. Co roku w ten świąteczny dzień zasiadaliśmy do wspólnej uczty i jedliśmy katajef na cześć Amal. To był jej ulubiony deser. Czy w tym roku też tak będzie?

– Jak Baba dawał radę nas utrzymywać? – zapytał Abbas.

– Żyliśmy głównie z pieniędzy, które zaoszczędził, kiedy jeszcze mieliśmy gaje pomarańczowe – powiedziałem. – No i Baba zarabiał dwa razy tyle, ile Jossi płaci w sumie nam dwóm. Nie pracujemy tak wydajnie jak dorosły. I mamy więcej wydatków. Nie zapominaj, że wszystko, co mieliśmy, zostało zniszczone.

Byłem głodniejszy niż zwykle. Miałem wrażenie, jakby mój żołądek zjadał sam siebie. Uciskałem brzuch, żeby stępić ten ból.

Zacząłem obliczać, ile migdałów rośnie co roku na naszym drzewie. Najpierw policzyłem, ile jest gałęzi.

– Ahmad, idź się myć – powiedział Abbas.

– A śpiew muezina?

– Byłeś wtedy nieprzytomny. Księżyc już się pojawił. No, pospiesz się, jesteś najstarszy.

Mama podała mi dzbanek i polałem sobie wodą dłonie, po czym odświeżyłem usta, twarz, ręce i stopy. Wtedy ogarnęły mnie wątpliwości, czy nie zrobiłem tego zbyt szybko. Imam mówił, że do modlitwy należy zasiadać oczyszczonym. Chciałem, żeby wszystko było jak należy. Miałem nadzieję, że to pomoże Babie. Gdy Nadia się umyła, ponownie opłukałem ręce.

– Co robisz? – zapytał Abbas.

– Chcę się dokładnie umyć.

– Pospiesz się! Umieram z głodu.

Zauważyłem ciemne kręgi wokół jego oczu.

Abbas, Fadi, Hani i ja stanęliśmy ramię w ramię przed namiotem, twarzą ku Mekce. Mama i Nadia stały zaraz za nami. Wszyscy pochyliliśmy głowy i opuściliśmy ręce wzdłuż ciała.

– *Allahu akbar* – zaczęliśmy modlitwę. Bóg jest wielki.

Zamknąłem oczy i wyobrażałem sobie, że jem duszone warzywa i mięso halal, które zwykle spożywaliśmy na zakończenie postu. W wyobraźni widziałem różne potrawy. Chrupki, gorący falafel. Słodka baklawa.

Tymczasem mieliśmy tylko po misce ryżu na osobę. Po posiłku Abbas i ja usiedliśmy w rogu namiotu i przy świetle latarki czytaliśmy Koran. Nasze obdarte, poniszczone ubrania nie nadawały się na wizytę w meczecie. Modliłem się skrycie o to, by bojownicy o wolność Palestyny schwytali jakiegoś Izraelczyka i wymienili go za Babę.

Tej nocy słyszałem w ciemnościach płacz Mamy. Na pewno myślała, że śpię, a ja z głodu nie mogłem zasnąć. Wtedy wpadłem na pomysł: zrobię broń i będę polował na zwierzęta.

W piątki po południu nie pracowaliśmy, bo był to dla Żydów dzień odpoczynku. Wybraliśmy się więc z Abbasem na to, co pozostało po pastwiskach naszej wioski, żeby zastawić pułapki i zapolować na dzikie króliki i ptaki. Szliśmy ostrożnie, szukając nor, żerowisk i małych wodopojów. Szczęście nam dopisało – natknęliśmy się na króliczą norę.

Położyliśmy się na ziemi po obu stronach nory i rozłożyliśmy pułapkę, którą zrobiłem z palika i kawałka drutu znalezionego na śmietnisku w pracy. Z drucianą pętlą wokół nory, czekaliśmy na pojawienie się królika.

Gdy tak leżeliśmy, zauważyłem stado owiec idące w naszą stronę. Nie ruszając się z miejsca, obserwowałem zwierzęta ponad źdźbłami traw. Krótkimi nóżkami rozgrzebywały ziemię, pobekiwały, co przypominało rezonans instrumentu muzycznego, odskakiwały na boki i figlarnie zderzały się łbami.

Nagle pośrodku stada zobaczyłem pasterkę – drobną dziewczynkę z czarnymi kręconymi włosami do pasa i z zielonymi oczyma. Była taka mała. Jak mogła sama panować nad całym tym stadem? Każdą owcę, która próbowała się oddalić, natychmiast uderzała kijem. Nasze spojrzenia się spotkały. Nigdy dotąd nie widziałem tak pięknej istoty. Uśmiechnąłem się do niej, a ona do mnie, i zanim się zorientowałem, pasterka i jej stado zniknęli mi z oczu.

W sobotę rano znowu pobiegłem do króliczej nory, wyposażony w włócznię, deskę, rozdwojony patyk i drut. Powiedziałem Abbasowi, że dam sobie radę bez niego. W skrytości ducha miałem nadzieję, że znowu zobaczę pasterkę. Po obu stronach wejścia do nory wbiłem w ziemię rozdwojone patyki, położyłem na nich poprzeczkę z zawieszoną drucianą pętlą i czekałem.

Wtem wiatr przygnał w moją stronę krzyk. Jakaś dziewczyna wołała:

– Ratunku!

Z włócznią i deską w ręku rzuciłem się w kierunku, z którego dobiegał głos. Zobaczyłem przytuloną plecami do drzewa pasterkę i zbliżającego się do niej szakala. Podbiegłem do dziewczyny i zasłoniłem ją własnym ciałem, rozpaczliwie wymachując przy tym rękami, aby przegonić napastnika. Szakal nie uciekał. Dopiero wtedy zauważyłem pianę na jego pysku. Zwierzę sunęło prosto na nas, jak w transie.

Rzuciłem się na niego i wbiłem mu włócznię w kark. Drugą ręką, w której trzymałem deskę, zadałem mu cios w łeb. Upadł i zaczął się miotać w konwulsjach. Uderzałem bez opamiętania, aż wreszcie przestał się ruszać.

Może byłem w szoku. Stałem nad tym zwierzęciem, nie wierząc w to, co zrobiłem – i to zrobiłem bezwiednie, nie czując żadnego strachu. Pasterka podbiegła do mnie i zarzuciła mi ręce na szyję. Chyba jednak uświadomiła sobie niestosowność tego gestu, bo zaraz się ode mnie odsunęła.

– Ugryzł cię? – zapytałem, żeby przerwać niezręczne milczenie.

– Nie, dzięki tobie. – Zarumieniła się.

– A twoje owce?

– Chyba nie – powiedziała. – Szakale zawsze uciekają. Ten był inny. – Uśmiechnęła się i zaczęła zaganiać owce. Po chwili już jej nie było.

Wtem usłyszałem szelest w krzakach za moimi plecami. Czyżby było tu więcej szakali? Obróciłem się, lecz nic nie zobaczyłem. Moja pułapka! W pętli szamotał się duży biały królik. Złapałem go za uszy i zaniosłem do domu. Może zła passa wreszcie się skończy.

Następnego dnia Żydzi ogłosili, że teren, na którym widywałem pasterkę, będzie „zamknięty", i zabronili nam tam wchodzić. Wieść o tym, że zabiłem wściekłego szakala, szybko rozniosła się po wsi. Gdy mijałem mieszkańców, ich spojrzenia wyrażały podziw. Abbas w kółko prosił, żebym mu opowiadał to zdarzenie z wszystkimi szczegółami. Rodzeństwo uważało mnie za bohatera, a ja czułem pustkę. Nie widziałem w zabijaniu nic bohaterskiego. To zwierzę było chore. Zrobiłem to w samoobronie, żeby przetrwać, ale nie czułem dumy z tego powodu. Jedyną osobą, z którą podzieliłem się tymi uczuciami, był Baba. Odpisał mi, że on na moim miejscu czułby się tak samo.

Rozdział 14

Ciężarówka z sadzonkami zatrzymała się przy placu budowy.
— Gdzie idziecie? — zaczepił nas Jemeńczyk.
— Kupić sadzonkę — odpowiedziałem.
— A co? — dodał Abbas.
— Z Żydowskiego Funduszu Narodowego?[*] — W głosie Jemeńczyka brzmiało niedowierzanie.

Kierowca pokazał mi różne drzewa, które tego dnia miał w ofercie: cyprysy, sosny, migdałowce, figi, drzewa karobowe, drzewa oliwne. Abbas stał metr za mną.
— Wezmę to. — Wskazałem sadzonkę oliwki.

Sprzedawca ściągnął brwi z wyraźnym zdumieniem. Za sadzonkę i trochę nawozu mineralnego zapłaciłem całą moją dniówkę.
— Zwariowałeś? — Abbas był wyraźnie zły.
— Posadzimy to na cześć Baby.
— Drzewo z Żydowskiego Funduszu Narodowego? Oni ukradli naszą ziemię i nie pozwalają nam z niej korzystać. Nie potrzebują naszych pieniędzy. Zagarnęli ponad dziewięćdziesiąt procent naszego kraju!

Wzruszyłem ramionami.
— Gdzie indziej mógłbym to kupić?

---

[*] Żydowski Fundusz Narodowy — fundusz utworzony przez syjonistów, mający na celu gromadzenie środków na zakup ziemi do zasiedlenia przez Żydów.

Tego wieczoru po pracy Abbas i ja zebraliśmy całą rodzinę wokół migdałowca. Pokazałem wszystkim sadzonkę oliwki.

– Co roku będziemy sadzić jedno drzewko oliwne na cześć Baby, póki go nie wypuszczą – powiedziałem.

Tymi samymi szpadlami, których używałem do ukrycia broni wraz z Alim i do pochowania Sary, skopaliśmy z Abbasem tyle ziemi, ile potrzebowała nasza sadzonka, i zasadziliśmy ją. Potem rozrzuciliśmy przygotowane przez Mamę przegniłe ośle odchody. W końcu Mama rozsypała po wierzchu nawóz mineralny.

Mama i młodsze dzieci usiedli w kółku wokół drzewka, a ja odczytałem odpowiedni fragment listu Baby:

Wasz pomysł, by posadzić drzewko oliwne na moją cześć, bardzo mnie wzruszył. Nie przeszkadza mi, że kupicie sadzonkę z Żydowskiego Funduszu Narodowego. Modlę się o to, żebyśmy któregoś dnia pracowali wspólnie z Żydami z Izraela, aby odbudować nasz kraj, zamiast go niszczyć.

Odłożyłem list. Zobaczyłem spojrzenie Fadiego.
– Obaj zwariowaliście. – Próbował wstać, lecz Mama go przytrzymała.

– Przypomnijcie sobie to, co najmilszego pamiętacie o Babie – powiedziałem.

– Nikt nie potrafił konstruować takich rzeczy jak on – rzucił Abbas. – Pamiętacie wózek? – Abbas i ja pomagaliśmy Babie robić go z drewna. To ja wpadłem na pomysł, żeby koła wykonać z puszek. Kiedy Baba ciągnął nas w nim przez wioskę, wszyscy się oglądali.

– A wyrzutnia rakiet? – dodał Fadi. Baba zrobił wyrzutnię ze starych rur i pustej butelki. Rakieta dolatywała aż do najwyższych gałęzi naszego migdałowca.

– A skakankę? – dorzuciła Nadia. Baba gromadził resztki lin, których nie wykorzystywano u niego w pracy.

– No i te wszystkie łuki i strzały – zauważył Abbas. – I tarczę do rzutków. – Robiliśmy strzały z gałązek migdałowca. Namalowaliśmy na tarczy czarny punkt z kręgami dookoła i powiesiliśmy ją na drzewie. Abbas i ja całymi godzinami próbowaliśmy trafić w sam środek.

– Ale i tak nic nie pobije planszy do tryktraka – oświadczyłem. – Pamiętacie, jak malował kamyki na pionki? – Baba spędzał ze mną na grze wiele godzin, zanim stałem się niepokonany.

– Chodźmy na cmentarz, na grób dziadka – zaproponowałem. W każdy piątek przed pójściem do meczetu Baba chodził na cmentarz, by podlać zasadzone przez siebie kwiaty na grobie ojca. Gdy trafił do więzienia, ja przejąłem po nim ten obowiązek.

– A potem do meczetu – dodała Mama. – Wasz ojciec zawsze chodził tam w piątki.

Dla Mamy to bardzo ważne, pomyślałem.

W meczecie Abbas, Fadi, Hani i ja staliśmy na chodnikach rozłożonych na podłodze z płytek ceramicznych, w miejscu, gdzie gromadzili się ojcowie z synami. Mama i Nadia były z tyłu, wśród kobiet. Dojrzałem wujka Kamala i jego synów. Wyczuwałem ich litość, i to mnie jeszcze bardziej smuciło. Spojrzałem na mihrab*, wskazujący kierunek Mekki. Przypomniał mi się moment, kiedy Baba przyprowadził mnie tutaj i pokazał miejsce, w którym Muhammad Pasza, gubernator

---

* Nisza, a czasem tylko płyta znajdująca się w sali modlitw meczetu.

z czasów imperium osmańskiego, wyrył na nim swoje imię i datę: 1663. Abbas płakał. Ciężko mi było patrzeć na tych wszystkich ojców z synami, nawet na wujka Kamala, pamiętając o tym, że Baba siedzi w więzieniu, a Sara i Amal nie żyją.

Siedliśmy na matach modlitewnych i imam, stojący za białym marmurowym minbarem, zaczął kazanie o tym, jak ważna jest relacja ojca z synem i jak szybko mija dzieciństwo: że ojcowie powinni wykorzystać ten czas na to, by nacieszyć się swymi dziećmi. Zobaczyłem fryzjera z synem w kącie i ten widok dał mi nadzieję, że Baba też kiedyś do nas wróci. Bloki piaskowca i krzyżowe sklepienie meczetu, na które zawsze spoglądałem z trwogą, teraz jakby się skurczyły. Wyrzucałem sobie, że to z mojej winy Baba nie może podziwiać tego piękna wraz z nami.

Wracając do namiotu, mijaliśmy kwadratowe fundamenty z glinianych cegieł w miejscu, gdzie kiedyś stał nasz dom. Pamiętałem każdy portret, który wyszedł spod ręki ojca, szczególnie ten, na którym Baba trzymał mnie zaraz po moim urodzeniu. Wyglądał na najszczęśliwszego człowieka na świecie. Gdybyż wtedy wiedział, ile cierpień sprowadzę na nas wszystkich.

Usiedliśmy przy ogniu i opowiedziałem rodzeństwu o gajach pomarańczowych i o tym, jak Baba pomagał mieszkańcom wioski i jak grywał dla nich przy wszystkich radosnych okazjach. Chciałem, żeby wiedzieli, że mają ojca, żeby wiedzieli, jaki on jest, i żeby go pamiętali. Dla mnie i Abbasa było to łatwiejsze – my spędziliśmy z Babą więcej czasu – ale Hani był jeszcze mały.

Czas płynął. Szczęśliwe dni, kiedy nasza rodzina była jeszcze w komplecie, odchodziły w coraz dalszą przeszłość. Kiedy zimowy deszcz uderzał w nasz namiot, zamykałem oczy i myślałem o dniu ślubu mojego kuzyna Ibrahima. Widziałem Babę jedzącego słodką baklawę i tańczącego dabkę z innymi mężczyznami. Myślałem o wszystkich ślubach, na których Baba grał na udzie, i bardzo tęskniłem za jego wesołymi melodiami. Baba kochał deszcz. „Jest dobry dla ziemi – mawiał. – Drzewa go potrzebują".

Nawet pięć lat po tym, jak zabrano nam ziemię, on wciąż się cieszył, gdy padało.

Teraz woda wlewała się do namiotu, było zimno i mokro. Ziemia wokół nas zamieniła się w błoto. Wyobrażałem sobie, że jesteśmy w starym domu i przykryty koźlimi skórami słucham szelestu deszczu. To jednak nie pomagało – zimno nie przestawało mi doskwierać.

– Czy wy się nigdy nie myjecie? – zaczepił nas Irakijczyk.
– Te plamy nie schodzą – powiedziałem, patrząc na swoje spodnie. Chociaż Mama i Nadia codziennie prały nasze ubrania na tarze, starając się pozbyć uporczywych zabrudzeń, te nie chciały schodzić.

– A to błoto na stopach? Co wy macie na sobie? – rzucił Jemeńczyk.

Abbas i ja próbowaliśmy tak ułożyć nogi, by zakryć buty, które Mama zrobiła dla nas ze starej opony.

Tego wieczoru przynieśliśmy z Abbasem do domu duże kartonowe pudło, w jakich Żydzi kupowali lodówki, i okryliśmy je folią. Mama spała w tym kartonie poza namiotem i obudziła się sucha. Codziennie przynosiliśmy kolejne pudło, aż w końcu każdy członek rodziny miał własne.

Za każdym razem, gdy nieśliśmy do domu śmieci Żydów, cierpieliśmy katusze. Nie byłem pewien, ile jeszcze zniesie Abbas, zanim wybuchnie.

Rozdział 15

Styczniowe zimno przeszywało mnie do szpiku kości. Mama zrobiła mi sweter na drutach, ale nie chronił przed nieustającym deszczem. Przywiązywaliśmy ostatni element zbrojenia, żeby zalać czwarte piętro apartamentowca. Na szczęście formy do betonu na wyższym piętrze stanowiły chwilową osłonę przed opadami.

– Abbas? – Podniosłem głowę. Mój młodszy brat szczękał zębami, palce mu drżały. Gdybym tak mógł zdobyć dla niego jakieś okrycie. – Biegnij i powiedz, żeby dali nam pompę do betonu. – Chciałem skończyć przygotowywanie podłogi.

Spojrzał na mnie i obrócił się w stronę rusztowania. Szedł skulony, przygarbiony, jakby zmniejszenie własnych rozmiarów pomagało mu zachować temperaturę ciała. Stojąc na rusztowaniu, machnął rękami, żeby dźwig podał nam wąż pompy.

– Sukinsyn! – krzyknął Irakijczyk. Ścisnął kielnię w ręku tak mocno, że dłoń mu pobielała. Zdążył jeszcze napluć mi na stopę. Jego flegma była ciepła i kleista. Gdy się schyliłem, żeby to zetrzeć, powiedział: – Wasz czas się skończył!

Jossi uprzedzał nas, że mija pierwsza rocznica śmierci syna Irakijczyka, więc lepiej nie zwracać na niego uwagi, bo dziś nie jest sobą.

Usłyszałem, jak kielnia upada i zobaczyłem Irakijczyka rzucającego się na Abbasa. Zerwałem się na równe nogi, przebiegłem po formach do betonu, ale nie zdążyłem. Irakijczyk zepchnął Abbasa z rusztowania. Abbas spadał plecami w dół, nogi i ręce powiewały bezwładnie. Powietrze przeszył dziki wrzask. Po chwili rozległo się głuche tąpnięcie.

– Abbas! – W ciągu kilku sekund znalazłem się na dole. Leżał oblepiony błotem, pod jego głową tworzyła się kałuża krwi, ciało zalewały krople deszczu. – Abbas! Wstań! – Pochyliłem się nad nim.

Jossi podniósł jego bezwładną rękę.

– Zostawcie go! – Rzuciłem się na niego. Łzy mieszały się z deszczem, gdy dociskałem swojego pracodawcę do ziemi.

Jossi się nie opierał.

– Tętno – powiedział.

Pozostali robotnicy odciągnęli mnie i przytrzymali mi ręce z tyłu. To był mój młodszy brat. Mój najlepszy przyjaciel. Byłem za niego odpowiedzialny. Jeżeli nie żył, to była moja wina. Obraz przed moimi oczyma rozmywał się w strugach deszczu.

Jossi chwycił nadgarstek Abbasa.

– Żyje.

Izraelczycy natychmiast zaczęli działać.

– Dajcie tu deskę! Zawiozę go. Nie ma czasu na karetkę.

– Trzymaj się, Abbas. Trzymaj się! – krzyczałem i krzyczałem w kółko to samo.

Abbas nie odpowiadał.

– Wyjdziesz z tego – zapewniałem go.

Robotnicy puścili mnie.

Litwin i Rosjanin położyli deskę na ziemi obok mojego brata. Wspólnie wsunęliśmy ją pod Abbasa i wnieśliśmy go na pakę pikapa Jossiego. Wskoczyłem za nim i pochyliłem się nad jego głową, żeby osłaniać go od deszczu. Jedną ręką trzymałem się krawędzi, żeby nie wypaść, bo Jossi pędził po żwirze, a potem po brukowanych ulicach z zawrotną prędkością. Cały czas odtwarzałem w myślach to, co się stało. Dałbym się pokrajać, by móc temu zapobiec.

Jossi gnał jak wicher, a mimo to droga zdawała się nie mieć końca. Kiwałem się w przód i w tył, jakbym był częścią pojazdu. Mijaliśmy dźwigi, nieukończone budynki i nowe domy. W ich pobliżu były starsze domy budowane z glinianych cegieł i kamieni.

Mimo moich wysiłków, by osłaniać Abbasa przed deszczem, był cały przemoczony.

– Jestem przy tobie – powiedziałem. – Nie pozwolę, żeby coś jeszcze ci się stało.

Wjechaliśmy na podjazd przed szpitalem. Jossi wbiegł do budynku i wrócił z grupą ludzi w niebieskich ubraniach, pchających nosze na kółkach. Przenieśli Abbasa na ten wózek i zabrali do środka. Towarzyszyłem bratu, póki nie minęli wahadłowych drzwi. Gdy próbowałem tam wejść, zatrzymała mnie pielęgniarka.

– Potrzebujemy informacji.

– Abbas, zaraz przyjdę! – zawołałem. – Proszę, mój brat ma dopiero dwanaście lat – zwróciłem się do pielęgniarki.

– Niech go pani wpuści – odezwał się Jossi. – Brat go potrzebuje.

Pielęgniarka szła za mną, pytając o medyczną historię Abbasa i ubezpieczenia.

– Czy jest na coś uczulony? Brał jakieś leki znieczulające?

Zacząłem biec, przeszukując wzrokiem korytarze, aż go dojrzałem.

– Gdzie go zabieracie? – zapytałem mężczyznę o pełnej twarzy pchającego wózek.
– Na operację – odparł, nie zatrzymując się. – Po lewej jest poczekalnia. Sprowadź rodziców. Po operacji lekarz przyjdzie z wami porozmawiać.
Złapałem Abbasa za rękę.
– Nie mogę go zostawić samego.
– Takie są przepisy. Idź po rodziców.
Jak spod ziemi zjawiła się pielęgniarka.
– Chodź, usiądź. Robią, co w ich mocy. Nie przeszkadzaj, niech zaczynają.
Ścisnąłem zwiotczałą dłoń Abbasa i szepnąłem:
– Trzymaj się, Abbas. Trzymaj się.
Powieźli go na salę operacyjną.
Pielęgniarka zaprowadziła mnie do poczekalni pełnej ludzi siedzących na plastikowych krzesełkach. W rogu płakało jakieś młode małżeństwo. Kobieta wtuliła twarz w pierś mężczyzny, żeby stłumić szloch. Inna kobieta, przygarbiona, o pooranej zmarszczkami twarzy, stała w drzwiach z otwartymi ustami, niczym w transie. Mężczyzna, który starał się nie okazywać emocji, wtulił głowę w ramiona i chodził tam i z powrotem – w pięciu dużych krokach przemierzał całą salę. Znudzone dzieci przepychały się. Usiadłem na krześle w rogu. Jossi zajął miejsce obok mnie.
– Nie musi pan ze mną czekać – powiedziałem, czując się niezręcznie, że wcześniej tak na niego naskoczyłem.
– Muszę się dowiedzieć, co z nim. Tak mi przykro. – Pokręcił głową. – Awi nie był dzisiaj sobą.
– Kto?
– Ten Izraelczyk z Iraku.
– Mój brat nie zabił jego syna.

– Nie chcę usprawiedliwiać tego, co zrobił. Awi jest więźniem własnej nienawiści. – Uniósł brwi. – Ludzie muszą się uczyć.

Chętnie dałbym Awiemu lekcję, której nigdy nie zapomni. Skrzywdziłbym go w taki sposób, w jaki on skrzywdził Abbasa. Zacisnąłem pięści i wyobraziłem sobie, jak cierpi za to, co zrobił. Wtedy spojrzałem na tego chodzącego po sali mężczyznę i pomyślałem o Babie, skutym łańcuchami niczym zwierzę. Pomyślałem o Mamie, moich braciach i Nadii, jedynej siostrze, jaka mi pozostała – zostaliby sami, gdybym trafił do więzienia. Przypomniałem sobie obietnicę złożoną Babie. Nie, postanowiłem. Nie mogę zawieść rodziny. Muszę być ponad to.

Rozdział 16

– Gdzie są twoi rodzice? – zapytał lekarz, kiedy wreszcie wyszedł z sali operacyjnej.
– Nie zdążyli przyjechać – odparłem. – Ja ich reprezentuję.
Otworzył usta, jakby chciał coś powiedzieć, ale wyraźnie zmienił zdanie.
– A czy mogę się z nimi jakoś porozumieć? – spytał po krótkim wahaniu.
– Nie, niech mi pan tylko powie, co z nim. – Nie potrafiłem ukryć zdenerwowania.
Lekarz był wysoki, o jasnej karnacji, mówił tak jak Rosjanie. Z jego lewego ucha zwisała papierowa maseczka.
– No dobrze. Jestem doktor Cohen. Twój brat jest teraz w śpiączce. Musimy czekać i zobaczymy, czy odzyska przytomność.
– Czy? – powtórzyłem.
– Im dłużej trwa śpiączka, tym gorsze są rokowania. Usztywniłem dwa złamane kręgi, łącząc je ze zdrowymi, i usunąłem pękniętą śledzionę. Wystąpiło dość duże krwawienie wewnętrzne, ale myślę, że udało się je opanować. Możesz go teraz zobaczyć. Jest na sali pooperacyjnej.
Abbas leżał na trzecim łóżku od drzwi. Pierwsze łóżko zajmowało dziecko wielkości Haniego, całe w białych bandażach. Siedziała przy nim kobieta z zasłoniętą twarzą. Na drugim łóżku zobaczyłem chłopca mniej więcej w wieku Abbasa, z obandażowanymi kikutami tam, gdzie powinny

być nogi. Czuwali przy nim mężczyzna i zawoalowana kobieta. To musi być oddział dla Arabów, pomyślałem.

Abbas w tym dużym szpitalnym łóżku wydawał się taki maleńki... Wokół niego było mnóstwo rurek i dziwnych urządzeń. Przechyliłem się przez krawędź łóżka i rozciągnięty tak, że ledwie palcami dotykałem ziemi, szepnąłem mu do ucha:

– Jestem tu z tobą, Abbas. Jestem z tobą.

Chwyciłem go za zmarzniętą rękę, do której taśmą przyklejono jakąś rurkę. Uważając, by nie dotykać żadnych urządzeń, okryłem go dokładniej kocem. Oczy miał zamknięte, wargi rozchylone. Gdybym biegł szybciej, podniósł się wcześniej albo sam poszedł po tę pompę...!

W tej białej pościeli jego skóra wydawała się ciemniejsza niż w rzeczywistości.

– Tak lepiej? – zapytałem, nie spodziewając się odpowiedzi, ale licząc na to, że w jakiś sposób mnie słyszy i wie, że tu jestem. Miałem ochotę delikatnie nim potrząsnąć, spróbować go obudzić.

Zalała mnie fala wspomnień. Jak Abbas chwycił mnie za nogę, kiedy pierwszy raz szedłem do szkoły, i za nic nie chciał puścić. Baba musiał go ode mnie oderwać siłą. „Nie martw się, ty też niedługo pójdziesz do szkoły", uspokajał go. Przypomniało mi się, jak wchodziliśmy z Abbasem na migdałowiec i obserwowaliśmy Izraelczyków z moszawu, uprawiających ziemię. Silnik traktora warczał, gdy maszyna rzeźbiła idealnie równe bruzdy. Pług przerzucał żyzną czarną ziemię. Po pierwszych deszczach przyglądaliśmy się, jak Izraelczycy sadzą coś w tej ziemi. Przez mój teleskop obserwowaliśmy pierwsze kiełki, które potem zamieniały się w kabaczki, fasolę i bakłażany. W lipcu Żydzi, ubrani kolorowo, w odzieży bez rękawów, zbierali plony. Najtrudniej było nam patrzeć, jak zrywają nasze pomarańcze szamuti. To były nasze ulubione, soczyste, bez pestek, z grubą skórką. Przy silnym wietrze docierał do nas zapach ich kwiatów wiosną i owoców latem.

Myślałem o tym, jak Abbas podskakiwał z radości, składając palce w kształt litery „V", kiedy pierwszy raz zagrał w tryktraka w herbaciarni i wygrał. Baba pękał z dumy. Baba. Jak mam mu o tym powiedzieć? Nie, nie powiem mu. Przynajmniej dopóki nie dowiemy się, co będzie dalej z Abbasem. Baba i tak nie mógł nic dla niego zrobić. A jak powiedzieć Mamie?

Przysunąłem krzesło jak najbliżej łóżka i nachyliłem się ponad metalową poręczą, żeby czuł mój oddech.

– Abbas, wiem, że przyjemnie jest odpoczywać w cieple i suchości. Pracowałeś bardzo ciężko. Ale już czas wracać do domu. Proszę, otwórz oczy. Mama na nas czeka. – Ścisnąłem go za palce i dmuchnąłem mu w twarz. Żadnej reakcji. – Słyszysz? Śpisz. Teraz jest ciężko, ale będzie lepiej, zobaczysz. Już niedługo Fadi zacznie pracować.

Otworzyłem torbę, którą dała mi pielęgniarka. Były w niej sandały i zakrwawione ubranie Abbasa. Wyjąłem lewy sandał, odsłoniłem lewą nogę brata, wsunąłem na nią but i zawiązałem. Zauważyłem, że kobieta po prawej mi się przygląda. Zrobiłem to samo z drugą stopą Abbasa. Chciałem mieć pewność, że gdy się obudzi, będzie mógł wstać i wyjść.

Do sali wszedł Jossi. Jego obecność była mi nie na rękę. Chciałem być z bratem sam.

– Porządnie nas nastraszyłeś – zwrócił się Jossi do Abbasa.

Co będzie, jeśli Jossi przestraszy Abbasa?

– Wyjdźmy na korytarz – powiedziałem. – Nie chcę, żeby Abbas nas słyszał.

Wyszliśmy z sali.

– Zawiozę cię do domu – zaoferował Jossi. – Wasi rodzice będą się niepokoić.

Oparłem się o ścianę.

– Muszę tu zostać – stwierdziłem. – Abbas się wystraszy, jeśli się obudzi i nikogo przy nim nie będzie.

– Nie obudzi się dzisiaj. Przywiozę cię tu z powrotem jutro rano, zaraz po godzinie policyjnej.

– Nie, nie zostawię go.

– Ale wasi rodzice będą się martwić.

– Niech mi pan da chwilę.

Wróciłem do sali i usiadłem na krześle obok brata.

– Pamiętasz, jak Muhammad i ja chcieliśmy iść do wioski, a ty się uparłeś, żeby iść z nami? – szepnąłem mu do ucha. – Schowałem ci wtedy buty, żeby Mama nie kazała mi cię zabrać. – Zamknąłem oczy. – A pamiętasz tego czerwonego bączka, którego Baba zrobił dla ciebie? Nie mogłeś go nigdzie znaleźć. To ja go ukradłem. – Otworzyłem oczy i wpatrywałem się w jego unoszącą się i opadającą klatkę piersiową. – A kiedy miałeś problemy z matematyką, powinienem był poświęcić trochę czasu, żeby ci wytłumaczyć, zamiast po prostu rozwiązywać za ciebie zadania. Przepraszam. Zresztą to i tak tylko drobiazgi w porównaniu z innymi moimi błędami. – Czułem, że muszę to powiedzieć, choć słowa nie przychodziły mi łatwo. – To przeze mnie jesteś teraz w szpitalu zamiast w szkole. Gdybym nie wstał z łóżka tamtej nocy, wspinałbyś się teraz na drzewo migdałowe, obserwował Żydów albo ćwiczył strzelanie z łuku do celu.

Abbas, zawsze tak ruchliwy, leżał spokojnie. Przemknęło mi przez myśl, że może nigdy już się nie obudzi.

– Nie chciałem tego wszystkiego. Wierz mi, chętnie bym się z tobą zamienił. Chciałbym móc wrócić do czasów, kiedy jeździliśmy samochodzikami, które robił dla nas Baba. Jeżeli umrzesz albo się nie obudzisz, to się z tego nie otrząśniemy. My wszyscy umrzemy razem z tobą. – Nachyliłem się nad nim i pocałowałem go w oba policzki. – Wrócę jak najwcześniej rano. – Ścisnąłem mu lewą dłoń, wpatrzony w jego twarz z blizną nad okiem, pozostałość po tym, jak w szkole podstawiłem mu nogę na schodach.

Nie mogłem zabrać go do domu. Nie mogłem go tu zostawić. Żadne rozwiązanie nie było dobre.

Wyszedłem na korytarz, gdzie czekał Jossi.

– Zdobędę przepustki dla ciebie i waszych rodziców – powiedział.

– Jesteśmy tylko Mama i ja.

Obejrzałem się jeszcze na drzwi, za którymi leżał Abbas, nim Jossi poprowadził mnie do samochodu.

Rozdział 17

Wlokłem się w deszczu, zmagając się z ponurymi myślami i błotem. Sandały zapadały się w wilgotny piach i każdy mój krok wystawiał wytrzymałość pasków na ciężką próbę. Gdy dotarłem na wzgórze, zobaczyłem zawieszone na drzewie prześcieradło, za którym Fadi brał prysznic w deszczówce. Wsunąłem głowę do namiotu.

– Gdzie byłeś?! – Mama odchodziła od zmysłów. – Gdzie ryż?

Rano poprosiła mnie, żebym kupił ryż z wypłaty. Usiadłem, zdjąłem sandały i wystawiłem stopy na deszcz. Gdy były już czyste, wczołgałem się do wnętrza i zająłem miejsce na wprost matki.

– Gdzie Abbas? – zapytała, nie przerywając robótki na drutach. – Skończyłam czapkę dla niego. Teraz robię dla ciebie. W pracy nie będą wam marzły uszy.

W kącie Nadia karmiła Haniego ryżem.

– Bierze prysznic? – zapytała Mama.

Nasze spojrzenia się spotkały. Odłożyła robótkę.

– Coś się stało?

Opuściłem wzrok.

– Ahmad, proszę, powiedz mi.

Nadia obróciła głowę.

– W pracy był wypadek.

– Mów. – Mama chwyciła mnie za ręce.

– Spadł... – przełknąłem ślinę – z rusztowania.

– Nie żyje? – spytała z trudem.

Zobaczyłem Abbasa rozpłaszczonego na ziemi, kałużę krwi pod jego głową. Dłonie Mamy mocniej wbiły się w moje. Żadne słowa nie były w stanie oddać mojego żalu. Nie powinno było do tego dojść.

– Jest w śpiączce – szepnąłem i opuściłem głowę. – Żyje. Ale nie są pewni, czy się obudzi. – Podniosłem na nią wzrok.

Uniosła ręce do głowy. Otworzyła usta jak do krzyku, lecz nie wydobył się z nich żaden dźwięk.

– Muszę do niego iść – powiedziała w końcu.

– Mój szef nas jutro zawiezie.

– Poprawi mu się, jak tam pójdę – oświadczyła z niezachwianą pewnością. Jakby samo wypowiedzenie tych słów miało sprawić, że tak się stanie.

– Lekarze nie są pewni.

– Twój brat ich wszystkich zadziwi. Ty tylko musisz pracować.

– Muszę być z Abbasem.

Jej przejście od strachu i trwogi do niezachwianego przekonania było całkowite.

– Nie damy rady przeżyć, jeśli nie będziesz pracował. A teraz dojdą jeszcze rachunki za Abbasa.

– Nie możesz jechać tam sama z Jossim.

– Pojadę z Umm Sajjid. Jej mąż też jest w śpiączce. Syn codziennie ją zawozi – powiedziała i wróciła do robienia na drutach.

Świat powinien się zatrzymać, a tymczasem obracał się dalej.

Gdy tylko skończyła się godzina policyjna, odprowadziłem Mamę do namiotu Umm Sajjid. Siedziała z tyłu wozu

ciągniętego przez osła, a jej syn Sajjid z przodu, z lejcami w rękach.
– Umm Sajjid! – Pomachałem do niej.
Zwróciła głowę w naszą stronę.
– Co słychać? – zagadnęła Mamę.
– Abbas jest w szpitalu. Mogę pojechać z wami?
– Mój wóz jest twoim wozem – odparła Umm Sajjid.
Pomogłem Mamie wejść i zająć miejsce. Kobiety ulokowały się tyłem do kierunku jazdy, ich nogi zwisały w powietrzu.

Jossi czekał na mnie na skraju wioski.
– Gdzie twoja matka? – zapytał.
– Jedzie odwiedzić Abbasa.
Jossi przywiózł dla Mamy przepustkę na wizyty w szpitalu. Sajjid zatrzymał wóz obok nas, tak że zdążyłem jeszcze przekazać Mamie przepustkę.

Tego dnia Irakijczyka nie było w pracy. Gdy przyjechałem, podszedł do mnie Rosjanin.
– Co z Abbasem?
– Jest w śpiączce. – Opuściłem głowę i ruszyłem w kierunku sterty pustaków. Napełniałem nimi taczkę za taczką i przekładałem je do dużego pojemnika, który dźwig podnosił na czwarte piętro. Deszcz zmył już krew Abbasa.
W porze obiadowej samotnie zjadłem swoją pitę z migdałami. Zacząłem obliczać, ile waży dom, który zbudowaliśmy w ubiegłym miesiącu. Ciężar budynku to dobry wskaźnik

energii zużytej do jego postawienia. Musiałem więc przeanalizować parametry ciężkich i energochłonnych materiałów budowlanych.

Wiedziałem, że cement jest przetworzoną formą wapienia i popiołu. Żeby wytworzyć cement, trzeba było wypalić wapień w piecu, w którym uwalnia się dwutlenek węgla. Na każdą tonę wyprodukowanego cementu wyemitowano dziewięćset kilogramów dwutlenku węgla.

Stal, której używaliśmy do wielu rzeczy, od prętów do zbrojenia betonowych fundamentów po belki stropowe, była wytwarzana z rudy żelaza. Do uzyskania samej stali trzeba było zużyć około trzech tysięcy kilowatogodzin energii. W podobny sposób przeanalizowałem pozostałe ciężkie materiały budowlane i na podstawie tych obliczeń oszacowałem, że dom waży około stu ton.

Nim przerwa się skończyła, ponownie zabrałem się do pracy. Pracowałem ciężej niż kiedykolwiek. Chciałem spłacić swój dług wobec Abbasa i Baby. Przewoziłem pustaki, mieszałem zaprawę, układałem belki. Cały czas obliczałem, ile pustaków potrzeba na skończenie tego apartamentowca, ile bloków stanie w każdej strefie i ile cementu potrzebowałbym na mały dom dla naszej rodziny. W tym domu byłby osobny pokój dla każdego dziecka, nowe umywalki, białe wanny, bieżąca woda i prąd.

Bolały mnie plecy, czułem się, jakbym brnął przez głęboką wodę. Każda chwila kosztowała mnie więcej energii niż wcześniej, zanim mój brat został złamany niczym zbędna gałązka. W uszy jednak było mi ciepło, bo Mama dała mi do pracy czapkę Abbasa.

Kiedy wróciłem, Mama już na mnie czekała.

– Opuchlizna musi sklęsnąć – powiedziała. – Może być sparaliżowany, jeśli się w ogóle obudzi.

Nadia spojrzała na mnie zrozpaczonym wzrokiem, mocniej przytulając Haniego.

Wyszedłem z namiotu i wspiąłem się na Szahida, mojego migdałowca. Musiałem z kimś porozmawiać, więc mówiłem do drzewa.

– Zrobię wszystko. Oddam ci moje oczy, ręce, nogi, jeśli tylko pomożesz Abbasowi wyzdrowieć – błagałem drzewo migdałowe, jakby mogło uzdrowić mojego brata. – Będę pracował ciężej niż ktokolwiek kiedykolwiek. Zrobię ze swojego życia jak najlepszy użytek. – Zaszumiał wiatr i liście zaszeleściły. – Błagam, nie pozwól mu umrzeć, Abbas musi żyć. Jest przecież taki dobry. Nawet nie robił sobie przerw w pracy. Powinien był chodzić do szkoły. To ja mu kazałem wzywać tę pompę do betonu, żeby jak najszybciej zalać zbrojenie. Nie był taki szybki jak ja. Przepraszam. Wybacz mi. Powinienem był iść sam.

Całą noc nie spałem. Obliczałem odległości, ciężary, co tylko się dało. Dobrze chociaż, że Jossi zdobył dla Mamy przepustkę na dojazdy do szpitala.

Noc zamieniła się w dzień. Zajmowałem myśli zadaniami matematycznymi i logicznymi, szukałem sposobów na zbudowanie baterii termoelektrycznej, silnika elektrycznego, radia bezprzewodowego. Obliczałem prędkość rakiety wystrzelonej z samolotu, siłę pocisku wystrzelonego z karabinu maszynowego.

Mama całą noc się modliła.

Po trzech dniach pobytu Abbasa w szpitalu Mama wróciła uśmiechnięta.

– Obudził się. – Nigdy jeszcze dwa słowa nie wywołały takiego szczęścia. – Zamrugał i spojrzał na mnie. Zbieraj materiały na drugi namiot. Abbas będzie mieszkał tylko ze mną.
Biegłem do wioski jak na skrzydłach.

Tydzień później Mama przywiozła Abbasa do domu. Hani i ja czekaliśmy u stóp wzgórza. Abbas leżał na drewnianym wozie, a Mama i Umm Sajjid siedziały po obu jego stronach. Sajjid pociągnął za lejce i wóz się zatrzymał. Wtedy dopiero dotarło do mnie, że sam fakt przebudzenia wcale nie oznacza, iż Abbas jest zdrowy.

Sprowadzenie go do domu nie było dobrą decyzją. W naszej wiosce nie było lekarzy ani pielęgniarek. Gdyby nagle coś mu się stało, potrzebowalibyśmy zezwolenia od wojska na przetransportowanie go z powrotem do szpitala. A nawet jeśli udałoby nam się zdobyć to zezwolenie, mogłoby się zdarzyć, że nie zdołalibyśmy się przedostać przez gęsto porozstawiane na drogach blokady. Czy jednak mieliśmy jakiś wybór? Nie stać nas było na opłacenie jego dalszego pobytu w szpitalu.

– Jesteśmy na miejscu – powiedziała Mama.

Abbas otworzył oczy.

Wskoczyłem na wóz, kucnąłem przy nim i ucałowałem go w policzki i w czoło.

– Dzięki Bogu – powiedziałem.

– Plecy mnie bolą. – Abbas zacisnął oczy. Mówił powoli i bełkotliwie.

Słysząc to, odruchowo przyłożyłem dłoń do ust.

– Niech Allah pomoże ci szybko wyzdrowieć – rzucił Hani.

Fadi zaciskał zęby. Przełożyliśmy Abbasa na deskę, na której mieszkańcy naszej wioski zanosili zwłoki do grobów. Jęczał z bólu, gdy wraz z braćmi braliśmy go na ramiona, wnosiliśmy na wzgórze i kładliśmy w nowym namiocie. Mama uklękła przy nim.

Abbas nie był zdolny do żadnej czynności fizycznej. Mama opiekowała się nim jak niemowlęciem. Myła go gąbką i karmiła łyżeczką. Nasza sytuacja finansowa bardzo się pogorszyła. Ciągle chodziłem głodny. Fadi, który teraz miał dziesięć lat, rzucił szkołę, żeby pomagać mi w pracy. Wieczorem, gdy wracałem od nauczyciela Muhammada, próbowałem go uczyć, ale był na to zbyt zmęczony. Abbas natomiast był zbyt chory, by pobierać jakiekolwiek lekcje.

Mama codziennie poruszała kończynami Abbasa na różne sposoby. Sadzała go i kazała mu podnosić kamyki. Wieczorem ona i ja chwytaliśmy go pod pachy i podnosiliśmy do pozycji stojącej. W pierwszych dniach tylko trzymaliśmy go pionowo. Potem Mama kazała mu przesuwać jedną stopę przed drugą, gdy mocno się o nas opierał. Po kilku tygodniach zaczął chodzić. Bardzo narzekał na ból, ale Mama była nieubłagana. Na początku mógł zrobić zaledwie kilka kroków, lecz Mama z każdym dniem stawiała przed nim nowe wyzwania. Abbas chodził zgięty, jakby przytłaczał go olbrzymi ciężar. Pod oczami stale miał ciemne kręgi. Dłonie mu drżały, ale jego stan wyraźnie się poprawiał.

Mimo to nie mogłem spać, słysząc, jak cierpi i krzyczy z bólu.

Rozdział 18

Ochlapałem sobie twarz wodą, żeby zmyć z oczu pył cementu.
– Moszaw buduje rzeźnię – powiedziała Mama, wychodząc z namiotu.

Obróciłem się i dostrzegłem siwe pasma w jej jeszcze do niedawna całkowicie czarnych włosach.

– Gdzie?
– Tam gdzie kiedyś polowaliście na króliki.
– Ale moszaw jest na południu – zauważyłem, wycierając ręce. – Czemu mieliby budować na północy?

Mama wzruszyła ramionami.

– Zagarniają coraz więcej terenów od wschodu. Potrzebują pastwisk dla bydła. Poszukaj tam pracy.

– Kradną naszą ziemię, a my im jeszcze pomagamy! – krzyknął Abbas ze swojego namiotu.

Fadi i ja zatrudniliśmy się przy budowie rzeźni. Miałem wtedy szesnaście lat, a Fadi trzynaście. Chociaż rzeźnię budowano na terenie naszej wioski, to ogrodzenie z drutu kolczastego, którym nas otoczono, powodowało, że musieliśmy chodzić do jedynego wyjścia i zarazem wejścia i tam czekać z innymi robotnikami, aż strażnicy wprowadzą nas na teren fabryki. Z każdym tygodniem rosła liczba osób, które szukały pracy u Izraelczyków, ponieważ wewnątrz ogrodzenia było za mało ziemi na uprawę, a ta, którą nam pozostawiono, często była już wyjałowiona.

Rzeźnia z towarzyszącym jej labiryntem fabryk o betonowych ścianach powstała i zaczęła funkcjonować w ciągu roku. Nam proponowano takie zajęcia, których Żydzi nie chcieli wykonywać, a my cieszyliśmy się, że w ogóle mamy pracę.

Czekając, aż zaprowadzą nas na stanowiska, wsłuchiwałem się w dźwięki wydawane przez bydło. Ich jednostajne ryczenie słychać było w całej wsi. Często się zdarzało, że przez ten hałas Mama przegapiła wezwanie muezina do modlitwy. Przyglądałem się Izraelczykom na koniach, galopującym między dwiema zagrodami i wymachującym długimi biczami, którymi trzaskali głośno, prowadząc zwierzęta na śmierć.

Żeby zacząć pracę, musiałem czekać na zabicie pierwszej krowy. Zaganiali po jednej krowie do małej zagrody. Trzech Izraelczyków związywało jej nogi i przewracało ją na ziemię. Gdy już leżała, jeden stawał jej na kończynach, a pozostali – w tym ten przytrzymujący łeb ostrym metalowym prętem – ją unieruchamiali. Inny mężczyzna owijał łańcuchem jedną z tylnych nóg zwierzęcia. Przychodził rytualny rzezak, szochet, i odmawiał modlitwę przed przecięciem krowie żyły i tętnicy szyjnej.

Kiedy szochet poderżnął już krowie gardło, wieszali ją za spętaną nogę, żeby się wykrwawiła. Zwierzę miotało się w tej pozycji, rycząc przez wiele minut, podczas gdy wylewały się z niego wiadra krwi. Moje zadanie polegało na tym, żeby łopatą zgarniać tę krew do otworów w posadzce, przez które wyciekała do zbiorników na dole. Mimo odecności tych otworów pod koniec dnia stałem po kostki we krwi.

Zgarniając krew, przyglądałem się, jak odcinają krowie głowę – zawsze trzema ciosami. Następnie inni obdzierali ją ze skóry, którą zwijali i zabierali. To były te lepsze stanowiska. Prace dla Izraelczyków.

Ludzie z naszej wioski wciągali mięso do chłodni, by tam zawiesić je na kołkach. Krew i wnętrzności, które przepychałem przez otwory w podłodze, były używane w salach piklowania, puszkowania i pakowania, gdzie pracował Fadi i inne dzieci, zatrudniane tam ze względu na to, że miały małe palce. Był też budynek, do którego rurami doprowadzano tłuszcz, który przerabiano na mydło. Z łbów i racic wytwarzano klej, a z kości nawóz. Nic się nie marnowało.

Zwierzęta ryczały, wierzgały, miotały się. Teraz zrozumiałem, dlaczego Baba i Albert Einstein byli wegetarianami. Po naszych doświadczeniach w rzeźni nikt z mojej rodziny nie wziął już mięsa do ust.

Moszaw Dan nie bez powodu zbudował rzeźnię z dala od swoich terenów. Latem miejsce to wypełniało się parującą krwią i obezwładniającym smrodem. Zimą krew i wnętrzności zamarzały mi na rękach i stopach. Chodziłem do pracy, trzęsąc się z zimna, i wracałem, szczękając zębami. Godzina po godzinie, dzień po dniu, brodziłem w zwierzęcych wnętrznościach od szóstej rano do piątej po południu z półgodzinną przerwą na obiad.

Z kominów rzeźni i towarzyszących jej przetwórni wydostawał się gęsty, oleisty, czarny dym, zasnuwający całą naszą wioskę. Ponieważ nie mieliśmy kanalizacji, te wszystkie zanieczyszczenia, tłuszcz i chemikalia wsiąkały w naszą ziemię. Pęcherzyki dwutlenku węgla wydostawały się na powierzchnię, a tłuszcz i odpady oblepiały glebę. Raz na jakiś czas ziemia się zapalała, a wtedy wszyscy mieszkańcy gasili ogień wiadrami wody ze studni.

Rozdział 19

Kartonowe pudła dawno już uległy zniszczeniu. Przez dach naszego namiotu przesiąkały krople deszczu, które spadały mi na twarz. Rozłożone na podłodze dywaniki były mokre i ubłocone. Marzliśmy niemiłosiernie. Minęły cztery lata, a my wciąż mieszkaliśmy w namiocie. Był większy od pierwszego, ale i tak nie mógł zastąpić domu.

– Niech mi ktoś pomoże – jęknął Abbas. – Nie mogę wstać.

– Po prostu zdrętwiałeś. – Mama podeszła do niego. – To przez ten deszcz.

– Musimy zbudować dom – oświadczyłem.

– Ciągle spłacamy rachunki Abbasa – odparła Mama. – I nie mamy zezwolenia.

– Nigdy nie dadzą nam zezwolenia, skoro Baba jest w więzieniu – powiedziałem. – Spójrzcie na Abbasa. Jaki mamy wybór?

Przez dwa miesiące codziennie po pracy oraz w piątki i soboty Fadi i ja robiliśmy gliniane cegły. Zbudowaliśmy jednoizbowy dom. Mama i Nadia wyłożyły podłogę chodnikami z namiotu. Nie wnosiliśmy tam wszystkich rzeczy; wiedzieliśmy, że to, co robimy, jest nielegalne, więc zostawiliśmy część cenniejszych przedmiotów w namiocie. W ten sposób nie ryzykowaliśmy utraty wszystkiego naraz.

Pierwszej nocy w nowym domu leżałem pod kocem na materacu z sitowia i słuchałem deszczu bijącego o dach. Rano obudziłem się suchy i wypoczęty.

– Spałem kilka godzin – powiedział Abbas.

Zwykle ból nie pozwalał mu na więcej niż dwadzieścia minut ciągłego snu. Ucieszyłem się, że udało się nam ulżyć mu w cierpieniu. Czułem, że wszystko idzie ku lepszemu.

Następnego dnia, kiedy Fadi i ja wracaliśmy z pracy, ujrzeliśmy dym nad naszym wzgórzem. Biegiem wspięliśmy się na górę, by zastać tam Haniego zalanego łzami, Abbasa przeklinającego Żydów oraz Mamę i Nadię zasypujące piachem to, co pozostało z domu. Na nasz widok Mama padła na kolana i zaczęła się modlić. Wzywała Allaha, Muhammada i każdego, kto według niej mógłby nam pomóc. Nasz dom był teraz tylko stertą zgliszczy.

– Izraelscy osadnicy dowiedzieli się o naszej budowie. Przyszli żołnierze, żeby sprawdzić – wyjaśniła Mama.

Nadia kręciła głową. Miała zaczerwienione, opuchnięte oczy.

– Nie mogłyśmy pokazać zezwolenia, to oblali dom naftą i podpalili.

– Próbowałyśmy ratować materace, koce, cokolwiek – mówiła zrozpaczona Mama – ale było już za późno.

– Aż iskry strzelały. – Nadia wzniosła ręce ku niebu. Dłonie miała owinięte gałganami. – Dzięki Bogu Abbas i Hani byli wtedy w namiocie, a nie w domu. Ale ogień tak szybko się rozprzestrzeniał, że namiot też się zajął.

Mama dostrzegła przerażenie na mojej twarzy.

– Ledwie zdążyłyśmy wynieść Abbasa – powiedziała. – Gasiłyśmy wodą z dzbanka. Nie było czasu biec do studni.

Fadi chwycił duży kamień i rzucił się biegiem w dół wzgórza. Chciałem biec za nim, ale nie mogłem zostawić Nadii i Mamy samych, póki pożar nie był całkiem ugaszony.

W końcu ogień wygasł i pobiegłem do wsi. Potrzebowaliśmy nowego namiotu. Właśnie targowałem cenę płótna, gdy zobaczyłem dwóch żołnierzy w hełmach z osłonami na twarz, ciągnących mojego brata w kajdankach do wojskowego dżipa. Rzuciłem płótno i podbiegłem do niego.

– Co się stało? – zapytałem po arabsku.

– Zniszczyli nasz dom – odparł Fadi. – Nie miałem wyboru, bracie.

Osiemnasto- czy też dziewiętnastoletni żołnierze wyglądali jak dzieci, ale Fadi był od nich dużo młodszy: przecież miał dopiero trzynaście lat.

Jeden z nich uderzył go w twarz.

– Kto ci pozwolił się odzywać?! – Potrząsnął Fadim.

Gotowałem się z wściekłości, lecz zachowałem spokój.

– Gdzie go zabieracie? – zapytałem.

– Tam gdzie trzymamy wszystkich tych, co rzucają kamieniami. Do więzienia.

Drugi żołnierz wrzucił Fadiego brzuchem na podłogę z tyłu dżipa, wsiadł i nadepnął czarnym ciężkim butem na ręce chłopca, które ten miał skute na plecach. Jakbym sam poczuł ten ból.

– Wyciągnę cię! – krzyknąłem, gdy odjeżdżali. – Nie bój się!

Do godziny policyjnej pozostał tylko kwadrans. Nie mogłem pomóc Fadiemu, więc wydałem całą wypłatę na płótno, cedrowe paliki i sznur, po czym wróciłem pod drzewo migdałowe, gdzie zgromadziła się nasza rodzina. Przywykłem już do przekazywania złych wiadomości.

– Zabrali Fadiego – oznajmiłem.

Mama spojrzała na mnie z niedowierzaniem.

– Jak to... Dlaczego?

– Rzucił w żołnierzy kamieniem.

Mama wzniosła ręce do nieba.

– Allahu, okaż nam litość! – Jej wiara, wobec tych wszystkich przeciwności losu, była trudna do zrozumienia.

Abbas aż się zatrząsł ze złości.

– Ci Żydzi rozumieją jedynie przemoc!

Nadia i Hani szlochali głośno, przytuleni do siebie.

– Mamo – powiedziałem – będzie Mama musiała jutro pójść na posterunek wojskowy. Ja muszę iść do pracy. Nie mogę opuścić ani jednego dnia, żeby mnie nie wyrzucili.

Mama codziennie chodziła na posterunek. Bez powodzenia. Jakiś czas później przyszedł list od Baby. Fadi był razem z nim w więzieniu Dror. Izraelczycy zażądali za jego uwolnienie kwoty równej trzem moim tygodniowym wypłatom. Napisałem Babie, że przyjadę do zakładu, gdy tylko uzbieram pieniądze.

Cztery tygodnie później pojechałem po Fadiego. Nie widziałem się z Babą, bo dzień odwiedzin wyznaczono na pierwszy wtorek każdego miesiąca, a ten dzień wypadał dopiero za trzy tygodnie. Mama zaś chciała jak najszybciej odzyskać swoje dziecko.

Fadi, który wyszedł z więzienia, nie był tym samym chłopcem, którego tam zamknięto. Pod oczami miał żółte sińce, na nadgarstkach zadrapania. Wydawał się spokojniejszy, lecz nie w pozytywnym sensie – jakby żołnierze zabili w nim ducha.

– Widziałem Babę – mruknął w autobusie. – Już nigdy nie zrobię czegoś takiego.

Przysunąłem się i objąłem go.

– Wszyscy popełniamy błędy.

– Baba jest taki silny – powiedział z wyraźnym podziwem.

Wiedziałem, co ma na myśli. Dobrze go rozumiałem.

Rozdział 20

Słońce wisiało nisko na niebie, kiedy po pracy strażnicy prowadzili nas do wioski. Przy bramie czekał nauczyciel Muhammad, który ujrzawszy nas, ruszył w naszą stronę. Czy coś się stało Mamie? Albo Babie? Może coś z Abbasem? Czemu nie przyszedł nikt z rodziny? A może cała rodzina nie żyje? Robotnicy wokół mnie rozmawiali z ożywieniem, lecz ja słyszałem jedynie coraz głośniejsze kroki zbliżającego się nauczyciela.

– Izraelczycy organizują konkurs matematyczny dla uczniów ostatniej klasy – powiedział z powagą. Zamilkł i dodał po chwili: – Mógłbyś zdobyć stypendium Uniwersytetu Hebrajskiego.

Przez moment czułem oszołomienie, zaraz jednak otrzeźwiałem.

– Nie mam czasu.

– Nie możesz odrzucać tego daru. Rozumiem, że teraz wydaje ci się, że jesteś w sytuacji bez wyjścia, ale uwierz mi, możesz wybrać lepszą drogę.

Chciałbym mu wierzyć, lecz proponował coś niemożliwego. Co mógłbym robić innego niż to, co robiłem do tej pory? Wypadek Abbasa zdarzył się pięć lat temu, a ja wciąż spłacałem rachunki za jego leczenie. Co prawda, Abbas czuł się coraz lepiej, ale nie był w stanie pracować. My, Arabowie, mogliśmy pracować tylko fizycznie, a Abbas się do tego nie nadawał. Żył w ciągłym bólu. Odwiedzali go przyjaciele albo on chodził do nich do domów lub do herbaciarni, ale poza tym niewiele był w stanie robić.

– Moi bracia sami nie zarobią na utrzymanie.

– Jeżeli wygrasz, znajdę pracę dla twoich braci w firmie przeprowadzkowej mojego kuzyna.

– Ale ja muszę ich utrzymywać.

– Po studiach będziesz mógł więcej zarabiać. Najpierw zobaczmy, czy wygrasz.

– Nie, nie mogę.

Przestał się uśmiechać.

– Nie jestem twoim ojcem, Ahmadzie, ale nie wierzę, żeby on tego właśnie chciał dla syna z takimi zdolnościami.

Napisałem do Baby o tym konkursie i o mojej decyzji. Niemal natychmiast otrzymałem odpowiedź.

Najdroższy Ahmadzie,
musisz wziąć udział w tym konkursie i postarać się wypaść jak najlepiej. Będę cię kochał niezależnie od tego, czy wygrasz, czy nie, ale rozczarujesz mnie, jeżeli nie spróbujesz swoich sił. Wiem, że rodzina na początku na tym ucierpi, ale na dłuższą metę lepiej będzie, jeżeli skończysz studia. Będziesz mógł wtedy zdobyć lepszą i ciekawszą pracę. Kiedy będziesz robił to, co kochasz, pieniądze same przyjdą.

Całuję
Baba

Powiedziałem nauczycielowi Muhammadowi, co postanowiłem. Ze wzruszenia oczy zaszły mu łzami i mocno mnie uścisnął.

Wysiedliśmy z autobusu na dworcu centralnym. Nie było żołnierzy, nikt nas nie przeszukiwał ani nie żądał okazania dokumentów. Jadąc tutaj, widzieliśmy przez okna Tel Awiw, miasto tak nowoczesne i czyste, że aż trudno było uwierzyć, iż leży w tym samym kraju co nasza wioska. Herclijja, choć mniejsza od Tel Awiwu, wypełniona była kawiarniami, muzyką, wolnością...

– Tutaj nie obowiązują dekrety wojskowe – wyjaśnił mi nauczyciel.

Obok nas zatrzymał się mercedes.

– Nie potrzebujecie taksówki?

– Do liceum. – Nauczyciel dał mi znak, bym wsiadł do tyłu.

– Nie za gorąco wam? Włączyć klimatyzację?

Rozejrzałem się. Do kogo on mówi?

– Dziękujemy – odpowiedział nauczyciel Muhammad. – Jesteśmy przyzwyczajeni do upału.

Moje zmysły nie nadążały z odbieraniem tylu bodźców. Mijaliśmy bielone domy przypominające pałace, których ściany zdobiły czerwone, fioletowe i różowe bugenwille. W zadbanych ogrodach kwiaty mieniły się barwami. Mama byłaby zachwycona. Niemal przed każdym domem stały mercedesy i bmw.

– Czy tak wygląda raj? – zapytałem.

Nauczyciel Muhammad klepnął mnie w kolano.

– Miejmy nadzieję.

Gdy taksówka zatrzymała się przed budynkiem z białego kamienia oplątanym czerwoną bugenwillą, ujrzałem piaszczystą plażę, o którą rozbijały się fale. Pomyślałem o Babie i jego bracie pływających w tym oceanie. Wewnątrz mijaliśmy salę gimnastyczną, scenę teatralną, kafeterię, bibliotekę, pracownię plastyczną, pracownię muzyczną z pianinem i obszerne klasy.

– Jak mogę się z nimi równać? – Mimowolnie porównałem w myślach to miejsce z naszą wiejską szkołą, tak małą i biedną, że chodziliśmy na zmiany, dzieliliśmy się książkami, siedzieliśmy przy zniszczonych stolikach i oszczędzaliśmy kredę.

Nauczyciel Muhammad nie zwalniał kroku.

– Geniuszem człowiek się rodzi, szkoła nie ma tu nic do rzeczy.

– Ale nauka szkolna chyba też ma znaczenie. – Miałem ochotę natychmiast wracać do naszej wioski.

– Wielu wielkich ludzi zawdzięcza swoje sukcesy właśnie temu, że nie mieli takich możliwości jak inni.

Audytorium, w którym miała się odbyć pisemna część konkursu, było wielkości całej mojej szkoły. Głowy obróciły się w moją stronę, spoczęło na mnie wiele par oczu. Byłem w zniszczonym ubraniu, podczas gdy Izraelczycy mieli sukienki albo garnitury i krawaty. Nie należałem do tego świata. Po raz kolejny zadałem sobie pytanie, czemu dałem się na to namówić.

Rejestratorka spojrzała na mnie badawczo spoza okularów zsuniętych na czubek ostro zakończonego nosa.

– Proszę dowód tożsamości.

Dłonią pełną odcisków podałem jej legitymację, na której wyraźnie widniało słowo ARAB. Ta informacja była zresztą zupełnie zbędna, bo i tak każdy mógł to rozpoznać. W moim narodzie wszyscy byliśmy tacy sami.

– Jesteś tu jedynym Arabem. – Podprowadziła mnie do krzesła blisko siebie. Czy sądziła, że będę ściągał, czy bała się, że kogoś zamorduję? Chłopak po lewej żuł krawędź gumki do ścierania. Dziewczyna za mną sprawiała wrażenie, jakby nie mogła oddychać. Naliczyłem pięciuset dwudziestu trzech uczniów. Czułem nerwową atmosferę. Egzaminator rozdał nam arkusze.

– Macie dwie godziny na rozwiązanie zadań – oznajmił.

Czterdzieści minut później, gdy pozostali uczestnicy jeszcze siedzieli pochyleni nad zadaniami, poruszając nerwowo ołówkami i gumkami, oddałem wypełniony test.

– Coś jest nie tak. Te zadania były zbyt łatwe – powiedziałem nauczycielowi Muhammadowi, który czekał na mnie przed salą.

– To twój geniusz pozwala ci dostrzec prostotę w tym, co skomplikowane. – Poklepał mnie po ramieniu i przez chwilę czułem się szczęśliwy.

Mama czekała na mnie przed namiotem z rękami skrzyżowanymi na piersiach.

– Gdzieś ty był?

Nie mówiłem jej o konkursie, bo wiedziałem, że to by jej się nie spodobało.

– Na konkursie matematycznym. – Zmusiłem się do uśmiechu, licząc na to, że będzie zaraźliwy. – Próbuję zdobyć stypendium na studia.

Nie odpowiedziała uśmiechem. Z zapartym tchem czekałem na jej reakcję.

– Nawet o tym nie myśl! – W jej głosie kipiał gniew. Nie pamiętałem, kiedy ostatnio była taka zła. – Kto za wysoko mierzy, nisko i boleśnie spada.

– To dla mnie ważne.

– Nie. Mamy. Pieniędzy. – Wymówiła każde słowo oddzielnie. – Mamy wydatki. Kto wie, czy Abbas kiedykolwiek zdoła pracować. Nie mogę posłać Nadii do pracy, bo kto wtedy zechce ją poślubić?

– Nauczyciel Muhammad obiecał pomóc.

Twarz Mamy zrobiła się czerwona. Nie potrafiłem jej przekonać, chociaż czułem, że Baba ma rację: uniwersytet stwarzał mi dużo większe szanse. Na razie odpuściłem. Prawdopodobnie i tak nie wygram. Izraelczycy nie pozwolą studiować synowi arabskiego więźnia.

Napisałem do Baby, że pierwszy skończyłem test, ale obawiam się, że mogłem coś zrobić źle. Baba odpisał mi, że bystry umysł jest szybki jak pocisk.

Rozdział 21

Nauczyciel Muhammad wręczył mi list. Ściskając go mocno, wetknąłem brudny palec wskazujący w róg pomiędzy sklejone fragmenty papieru, rozerwałem i wyjąłem urzędowy pergamin.

Szanowny panie Hamid,
w imieniu wydziału matematyki Uniwersytetu Hebrajskiego mamy zaszczyt Pana poinformować, iż znalazł się Pan w gronie dziesięciu finalistów konkursu. Zapraszamy Pana do udziału w ustnym finale konkursu matematycznego, który odbędzie się 5 listopada 1965 roku o godz. 17.00 w audytorium im. Gołdy Meir w szkole średniej w Herclijji.

Z poważaniem
Profesor Icchak Szulman

– No i? – Nauczyciel Muhammad nawet nie próbował ukryć podekscytowania i niepokoju.

Słyszałem swoje tętno w uszach i za oczami. Świat jakby się zatrzymał. Chciałem od razu napisać do Baby.

– Sukces to nie brak porażek, ale umiejętność podnoszenia się w razie upadku. – Oczy nauczyciela Muhammada zaszły mgłą. Starał się mnie pocieszyć.

– Zakwalifikowałem się.

Jego twarz rozjaśnił szeroki uśmiech.

– Nie możesz cofnąć czasu i zacząć wszystkiego od nowa, ale możesz od tej chwili tworzyć nowe zakończenie.

Zaraz po powrocie do namiotu napisałem list do Baby. Był zachwycony. Cokolwiek się stanie, odpisał, on będzie mnie wspierał.

W noc poprzedzającą konkurs długo nie mogłem zasnąć. Krople zimnego deszczu przedostawały się przez dziury w namiocie i moczyły mi koc. Wiatr wiał z taką siłą, że bałem się, iż nasze schronienie tego nie wytrzyma. Do pracy poszedłem wyczerpany.

Wieczorem, nim dotarłem do szkoły wraz z nauczycielem, oczy same mi się zamykały. Przed wejściem do budynku zatrzymywały się luksusowe samochody, z których wysiadały uzdolnione dzieci, ubrane jakby oceniano je za wygląd.

Ja w moim zakrwawionym stroju roboczym – koszuli i związywanych sznurkiem spodniach – czułem się jak osioł na czele wyścigu koni krwi angielskiej. Miałem ochotę zapaść się pod ziemię, wtedy jednak pomyślałem o Babie przerzucającym piach w upale pustyni Negew i wiedziałem, że zostanę.

My, uczestnicy konkursu, usiedliśmy pośrodku eleganckiego drewnianego podwyższenia na krzesłach ustawionych w podkowę wokół tablicy. Byłem biednym Palestyńczykiem między najbystrzejszymi Izraelczykami w kraju. Żaden z nich się do mnie nie odzywał.

Ciężka czerwona kotara z aksamitu rozsunęła się i odsłoniła publiczność. Ich zaciekawione spojrzenia przesuwały się po uczestnikach konkursu, jakby inteligencja była czymś, co można dostrzec z miejsca na widowni. Czułem na sobie ten świdrujący wzrok. Żałowałem, że nie mam się w co przebrać.

Mama byłaby wściekła, gdyby wiedziała, że siedzę tu w swoim spoconym, zakrwawionym ubraniu roboczym. Oczywiście, w ogóle nie chciała, żebym się tu znalazł. I może miała rację.

– Dzień dobry. Jestem profesor Icchak Szulman, dziekan wydziału matematyki na Uniwersytecie Hebrajskim. Witam państwa na naszym pierwszym ogólnokrajowym konkursie matematycznym.

Oklaski.

– Na scenie jest dziesięciu finalistów. Każdy z nich wykazał się ponadprzeciętną wiedzą i zdolnościami.

Profesor Szulman wyjaśnił zasady. Każdy uczestnik miał trzy minuty na rozwiązanie przydzielonego mu zadania. Jeżeli zrobił błąd, opuszczał scenę. Ostatnie pięć osób miało otrzymać stypendium Uniwersytetu Hebrajskiego w Jerozolimie i możliwość ubiegania się o różnego rodzaju wsparcie finansowe. Rzacz jasna stypendium za pierwsze miejsce miało być najwyższe.

Uczestnik numer jeden kiwał się w przód i w tył. Jego kefija, przypięta do czarnych kręconych włosów, kołysała się przy każdym ruchu.

Egzaminator podszedł do mikrofonu.

– C to okrąg o promieniu jeden dany równaniem $x^2 + y^2 = 1$. Dowolny punkt P leży na okręgu C, a dowolny punkt Q leży wewnątrz okręgu C. Punkty te wybrano w ich dziedzinach niezależnie z rozkładu jednostajnego. Niech R będzie prostokątem o bokach równoległych do osi x i y, i o przekątnej PQ. Jakie jest prawdopodobieństwo, że żaden punkt prostokąta R nie leży poza okręgiem C?

Zanim zawodnik numer jeden podniósł kredę i zaczął pisać, ja już rozwiązałem zadanie na tablicy, którą sobie wyobraziłem. Poczułem, że mogę wygrać. Nie miało znaczenia, że inni mieli lepsze warunki. Ja miałem dar. Co jednak, jeśli Izraelczycy dadzą mi nierozwiązywalne zadania? Kto mnie obroni?

– Prawdopodobieństwo wynosi $4\pi^2$.
– Prawidłowe rozwiązanie – ogłosił prowadzący.
W sali rozległy się oklaski.

Kiedy wstała zawodniczka numer dwa, zauważyłem, że jedno ramię ma nieco wyżej niż drugie.

– Znajdź, podając uzasadnienie, maksymalną wartość funkcji $f(x) = x^3 - 3x$ w zbiorze wszystkich liczb rzeczywistych x spełniających równanie $x^4 + 36 \leq 13 x^2$.

Na jej czoło wystąpiły krople potu, gdy wpatrywała się w pustą tablicę. Dźwięk dzwonka zabrzmiał donośnie. Publiczność wciągnęła powietrze. Dziewczyna opuściła głowę i zeszła ze sceny.

Zawodnikiem numer trzy byłem ja.

Gdy podchodziłem do tablicy, słyszałem własne tętno. Czułem skierowane na mnie wszystkie spojrzenia. Podniosłem kredę.

– Niech k będzie najmniejszą dodatnią liczbą całkowitą o następującej własności: dane są różne od siebie liczby całkowite m_1, m_2, m_3, m_4, m_5 takie, że wielomian $p(x) = (x-m_1)(x-m_2)(x-m_3)(x-m_4)(x-m_5)$ ma dokładnie k współczynników. Znajdź, podając dowód, zbiór liczb całkowitych m_1, m_2, m_3, m_4, m_5, dla których to minimalne k jest osiągnięte.

– Wartość minimalna k = 3 i osiąga się ją dla {m1, m2, m3, m4, m5} = {–2, –1, 0, 1, 2} – mówiłem, pisząc. Odłożyłem kredę, obróciłem się i spojrzałem na widownię. Izraelczycy pośrodku pierwszego rzędu wpatrywali się we mnie z otwartymi ustami.

Prowadzący przyglądał mi się, jakby był w szoku.

– Prawidłowa odpowiedź – stwierdził.

Runda po rundzie rozwiązywałem każde zadanie. Omal nie dostałem zawału, kiedy odpadł szósty uczestnik. Miałem już stypendium w kieszeni. Teraz walczyłem o jak największą jego wysokość. Dziesięć rund później pozostało nas tylko dwóch: zawodnik numer osiem i ja.

Mój rywal podszedł do tablicy.

– Strzała, wystrzelona losowo, trafia w kwadratowy cel. Zakładając, że z jednakowym prawdopodobieństwem może trafić w każdą z dowolnych dwóch części o jednakowym polu, oblicz, z jakim prawdopodobieństwem strzała trafi bliżej środka niż dowolnej krawędzi. Wyraź rozwiązanie w postaci $(a\sqrt{b}+c)/d$, gdzie a, b, c, d są dodatnimi liczbami całkowitymi.

Zawodnik numer osiem zamknął oczy, odchylił się w tył, potem w przód i wytarł dłonie w swoje czarne spodnie. Zaczął pisać.

Kiedy rozległ się dzwonek, w sali zapadła cisza. Zawodnika numer osiem nie odprowadzono z podium, bo gdybym ja nie rozwiązał mojego zadania, konkurs trwałby nadal.

Nauczyciel Muhammad siedział na skraju krzesła i nerwowo ściskał dłonie.

– Rozłóż na czynniki następujący wielomian: $7x^3y^3 + 21x^2y^2 - 10x^3y^2 - 30x^2y$.

Zaczerpnąłem tchu i zacząłem pisać na tablicy, jednocześnie na głos podając rozwiązanie: $x^2y(7y-10)(xy+3)$.

Gdy skończyłem, spojrzałem na egzaminatora. Był wyraźnie zdumiony.

– Prawidłowa odpowiedź – ogłosił.

Nauczyciel Muhammad wyrzucił ręce w górę. Zawodnik numer osiem podszedł do mnie i wyciągnął dłoń.

– Najbystrzejszy umysł, jaki znam – powiedział.

Wargi mi drżały, łzy napłynęły mi do oczu. Nagle przestaliśmy być Palestyńczykiem i Izraelczykiem, a byliśmy dwoma matematykami. Zawodnik numer osiem poklepał mnie po ramieniu.

– Nazywam się Zoher. Do zobaczenia na uniwerku.

Byłem tak przejęty, że potrafiłem jedynie kiwnąć głową.

Prowadzący zawiesił mi medal na szyi, a fotograf z „Yediot Ahronot" zrobił mi zdjęcie. Wciąż byłem bardzo zdenerwowany. Inni uczestnicy konkursu podchodzili i gratulowali mi zwycięstwa. Z trudem panowałem nad emocjami. Energia w tej sali była niezwykła. Izraelczycy – ludzie, którzy trzymali Babę w więzieniu – okazywali mi wyrazy uznania.

Następnego dnia na pierwszej stronie izraelskiej gazety pojawiło się duże zdjęcie mojej osoby z medalem na szyi. Podpis głosił: „Arabski chłopiec kalkuluje swoją drogę do zwycięstwa". Wysłałem ten artykuł Babie. Odesłał mi karykaturę samego siebie z olbrzymim uśmiechem na twarzy.

W noc poprzedzającą mój wyjazd na studia nie mogłem zasnąć. Stypendium miało pokrywać moje wydatki, ale co będzie z moją rodziną? Czy mogę zostawić ich samych? Od sześciu lat to ja byłem głową rodziny. Czy dadzą radę utrzymać się beze mnie? Nie będzie mnie z nimi co najmniej trzy lata.

W dniu, kiedy miałem rozpocząć studia, Mama usiadła przy wejściu do namiotu.

– Nie pozwolę ci mieszkać wśród Izraelczyków. – Pomachała mi groźnie palcem. – Jeszcze cię zabiją.

– Nie wszyscy Izraelczycy są źli – powiedziałem. – Niech Mama zobaczy, jak Jossi nam pomógł.

– Pomógł? Po tym, jak nie udało im się mnie zabić – wtrącił Abbas. – Dałem im szansę. Ale nie dam im następnej.

Moje rodzeństwo siedziało wokół namiotu pochmurne, zapłakane.

– Chcę studiować nauki ścisłe – powiedziałem po raz setny.

– Człowiek nie potrzebuje wiedzieć więcej niż to konieczne do codziennego życia. – Mama złączyła dłonie na piersiach.

– Mamo, ja już wiem za dużo, żeby zadowalała mnie praca w rzeźni. Chcę odkrywać nieznane. Chcę zarabiać na życie, pracując naukowo.

Uniosła wzrok ku niebu, jakby miała do czynienia z najgłupszą osobą na świecie.

– Jeśli teraz nas opuścisz, możesz już nigdy nie wracać.

– Moje studia to może być rozwiązanie naszych problemów. Jeśli je skończę, będę w stanie zarabiać na całą rodzinę.

– Co ty wiesz o tym świecie! – wybuchnęła. – To zwykłe mrzonki! Izraelczycy rządzą i nigdy nie zobaczą w tobie nikogo innego jak tylko wroga, Palestyńczyka. Czas przejrzeć na oczy i zobaczyć, jak ten świat wygląda.

– Któregoś dnia wam to wynagrodzę – powiedziałem, patrząc w ziemię.

– Nie starczy nam pieniędzy. Nie rób nam tego – błagała.

– Muszę jechać.

– Proszę… – Próbowała coś powiedzieć, ale nie dokończyła. Osunęła się na ziemię i zasłoniła twarz.

– To dla was. – Podałem jej większość mojego stypendium. – Kupcie kozę i kurę. Zasadźcie warzywa. Nie mamy dużo ziemi, ale przynajmniej będę wiedział, że macie co jeść.

– A tobie wystarczy? – zapytała.

– Jeśli będzie zbyt ciężko, przerwę studia i wrócę. Proszę, niech mi Mama da jeden miesiąc. – Z zapartym tchem czekałem na jej odpowiedź.

W końcu skinęła głową. Objąłem ją, a ona szepnęła mi do ucha:
— Trzymaj się z dala od Izraelczyków.
Pomachałem im na pożegnanie.
— Narażasz życie — ostrzegł mnie Abbas.
— To ryzyko, które sam chcę podjąć — odparłem.
Gdy szedłem na przystanek, wiatr popychał mnie naprzód. Dobrze wiedziałem, skąd ten wiatr wieje.
Dziękuję, Babo.

Część 2

1966

Rozdział 22

Symetryczny układ budynków działał na mnie kojąco. Szedłem po betonowym chodniku w trzecim rzędzie i minąwszy jedenaście bloków, dotarłem do oznaczonego numerem dwunastym. Był to dom akademicki Szikunej Elef.

Obciągałem nogawki, żeby zakryć kostki, ale spodnie były stanowczo za krótkie. Mama uszyła je dla mnie trzy lata temu, gdy byłem o całą głowę niższy. Nie miałem jednak nic innego: te ubrania ze starych prześcieradeł i kilka rzeczy, które ściskałem pod pachą, stanowiły cały mój dobytek.

Z pierwszego pomieszczenia po lewej dochodził zapach sosu pomidorowego. Była to wspólna kuchnia. Jakaś dziewczyna w obcisłej czerwonej bluzce i dżinsach trzymała w ręce osłoniętej rękawicą kuchenną patelnię z warzywami. Jej średniej długości włosy gwałtownie zawirowały, gdy się obróciła.

– Cześć – przywitała mnie po arabsku.

Nie byłem w stanie wydobyć z siebie głosu, więc tylko skinąłem głową.

– Przepraszam. – Wyminęła mnie i wyszła z patelnią na korytarz.

Z korytarza dobiegały głosy osób mówiących po hebrajsku. Co oni robią w tym budynku? To na pewno żołnierze. Chciałem się ukryć. Ale gdzie? Okno było zakratowane. Drzwi kuchni otwierały się na zewnątrz. Nie było dokąd uciec. Nie chciałem kłopotów. Byłem już psychicznie nastawiony na życie wśród Żydów, a teraz, gdy przyszło mi się zmierzyć z rzeczywistością, zrozumiałem, że nie mam szans.

Żołądek podszedł mi do gardła, gdy weszli. Nie byli jednak w mundurach.

– *Szalom. Ma neshmah?* – Co słychać? Zoher przywitał mnie po hebrajsku, wyciągając rękę.

Ledwie go poznałem w dżinsach i podkoszulku.

– *Tov, todah.* – W porządku, dziękuję, odpowiedziałem po hebrajsku, niemal zapominając o oddychaniu.

W wejściu stanął jakiś inny chłopak.

– To ten bystrzak matematyczny, o którym ci mówiłem – zwrócił się do niego Zoher.

– Jestem Rafael, jak ten archanioł, ale wszyscy mówią mi Rafi. – Chłopak o jasnej karnacji podał mi rękę. – Możesz być dumny. Mało kto potrafi zaimponować Zoherowi.

Uścisnęliśmy sobie dłonie.

– Zakładamy koło naukowe – powiedział Zoher. – Mój brat skończył już studia i odziedziczyłem jego notatki. Chcesz się przyłączyć?

Co chcą osiągnąć? Skrzywdzić mnie? Zoher na pewno jest zły, że go pokonałem. To musi być jakaś pułapka. Jeszcze nigdy nie słyszałem, żeby Izraelczyk zapraszał Palestyńczyka do wspólnego działania. Nie chciałem ich prowokować. Zoher dysponował niezwykle sprawnym umysłem, a do tego notatkami. Czy miałem jakiś wybór?

Zmusiłem się do uśmiechu.

– Czemu nie.

– No to w niedzielę o osiemnastej. Sala numer cztery – poinformował mnie Zoher.

Rafi i Zoher mieli pokój obok mojego. Nawet nie przypuszczałem, że będę mieszkał w jednym budynku z Żydami.

Czy możliwe, że mój współlokator też będzie Żydem? Musiałbym sypiać z otwartymi oczami.

– Gdzie jest łazienka? – zapytałem.

– Za tobą – odparł Rafi.

Pożegnałem się z nimi i wszedłem do toalety. Były tam trzy kabiny, trzy lśniące białe umywalki i trzy prostokątne lustra, w których ujrzałem swoje odbicie. Jak mam mieszkać w takim luksusie, kiedy moja rodzina myje się na dworze w blaszanej miednicy, w wodzie, którą trzeba przynosić z wioski? Z lustra spoglądała na mnie twarz Baby.

Zastanawiałem się, jak on postąpiłby w tej sytuacji. Gdy go pytałem, jak to robi, że jego listy są tak pogodne, odparł, że nie pozwoliłby nikomu złamać w nim ducha. Napisał, że kiedy jest z ludźmi, zawsze stara się znaleźć to, co ich łączy. Jeżeli Baba potrafił swoim śpiewem, rysowaniem i graniem zdobyć szacunek strażników więziennych, to ja spróbuję osiągnąć to samo dzięki swoim zdolnościom. Może przyłączenie się do tej grupy naukowej to istotnie dobry pomysł.

Wyszedłem z toalety i ruszyłem jaskrawo oświetlonym korytarzem. To tak wygląda elektryczność. Kluczem otworzyłem drzwi do mojego nowego pokoju. Miałem mieszkać tylko z jednym współlokatorem w pokoju trzy razy takim jak namiot, w którym musiała się pomieścić cała moja rodzina. Czekało na mnie prawdziwe łóżko, podczas gdy oni sypiali na ułożonych na ziemi materacach. Do tego dysponowałem własnym biurkiem i szafą.

– Cześć. Jestem Dżamil – powiedział po arabsku młody mężczyzna o sympatycznych rysach. Siedział na środku pokoju, a na wprost niego starsza wersja Dżamila i kobieta, która widocznie była jego matką. Na białym obrusie przed nimi leżały duszone warzywa, tabule, hummus, baba ghanudż i pita.

Co się tu dzieje? Trzy dziewczyny, ubrane jak Żydówki, siedziały na łóżkach i jadły. Za nimi z radia płynął głos Fairuz*.

– Jestem Ahmad.

– Z jakiej planety przybywasz, Ahmadzie? – Dżamil wymówił moje imię w sposób miejski, inaczej niż u nas na wsi. Dziewczęta wybuchnęły śmiechem.

– Nie przejmuj się nim – powiedziała jedna z nich, wstając. – Jest jedynym chłopakiem w rodzinie. – Lekko stuknęła go w głowę.

– Nie zwracaj uwagi na moje siostry. – Dżamil wskazał rozłożone przed sobą jedzenie. – Częstuj się.

Jego matka natychmiast nałożyła mi na talerz duszonych warzyw. Przez chwilę wpatrywałem się zdumiony w ten nieoczekiwany poczęstunek. Jakże żałowałem, że nie mogę odłożyć trochę dla mojej rodziny.

– Proszę, jedz – zachęcała Umm Dżamil.

Usiadłem obok Dżamila i pochłonąłem wszystko. Twarz Umm Dżamil rozjaśniła się i kobieta od razu nałożyła mi dokładkę. Zjadłem drugi talerz. Znowu mi dołożyła.

– To pyszne. – Nie jadłem takich potraw, odkąd Baba sześć lat temu trafił do więzienia. Mimo świadomości, że obserwuje mnie wiele par oczu, nie mogłem oderwać się od jedzenia.

Umm Dżamil uśmiechnęła się.

– Patrzcie, jak mu smakuje moja kuchnia.

– Gdzie masz walizkę? – Dżamil rozejrzał się po pokoju.

– Nie lubię podróżować z bagażami. – Miałem w torbie jedynie drugie spodnie robocze i koszulę oraz książkę od nauczyciela Muhammada.

---

* Fairuz – libańska wokalistka.

Umm Dżamil sprzątnęła naczynia i goście zaczęli zbierać się do wyjścia.

– No to do zobaczenia szesnastego. Przyjedźcie obaj, ty i Ahmad.

– Nikt nie jeździ do domu w każdy weekend. – Głos Dżamila był cichy, lecz stanowczy.

– Nie zaczynaj znowu. Nie chcę się martwić o to, co jesz, albo czy nosisz czyste ubrania. Jeśli nie przyjedziesz, to my przyjedziemy do ciebie.

Twarz Dżamila zrobiła się karmazynowa.

– Przyjadę.

– Ty też, Ahmadzie. – Umm Dżamil wymówiła moje imię bez fonetycznych zniekształceń powszechnych w mojej wsi. – Trzeba będzie mu pomóc przywieźć zapasy jedzenia. – Wskazała na syna, lecz teraz mówiła bezpośrednio do mnie. – Nie myśl, że i tobie pozwolę głodować.

Dżamil odprowadził rodzinę na przystanek. Kiedy już umieściłem swoje rzeczy na półce, zajrzałem do szafy Dżamila. Marynarki, koszule i spodnie w wielu kolorach wisiały równiutko na osobnych wieszakach. Na górnej półce leżały swetry różnej grubości, podkoszulki i sterta piżam. Na dole stały sandały, lśniące czarne buty na platformie i nieskazitelnie czyste tenisówki. Jego rodzina musi być bardzo bogata, pomyślałem.

Dżamil wrócił i zamknął za sobą drzwi.

– Moja matka w tym tygodniu chyba w ogóle nie spała. Niepokój przed rozstaniem. – Wzruszył ramionami, podszedł do radia i zmienił stację, by posłuchać zachodniej muzyki. Wyjął z kieszeni koszuli paczkę papierosów Time i wyciągnął w moją stronę.

– Palisz?

– Nie, nigdy nie próbowałem – odparłem.
– No to czas spróbować. – Wyjął jednego, zapalił i podał mi.
Usiadłem na swoim łóżku, by poczuć jego miękkość.
– Może później. Ale ty się nie krępuj.

Dżamil włożył papierosa do ust i zaczął gwałtownie potrząsać głową, kręcić biodrami i podrygiwać niczym sufi w ekstazie. Wreszcie zgasił papierosa w popielniczce i opadł na łóżko. Wpatrywał się w sufit i sapał leniwie.

– Chodźmy się rozejrzeć po kampusie.
– Muszę zdobyć książki. – Ponieważ nie stać mnie było na kupno podręczników, nauczyciel Muhammad poradził mi, żebym od razu wypożyczył je z biblioteki.

Szliśmy przez trawnik. Nagle Dżamil stuknął mnie w pierś.

– Patrz, jaka smakowita owieczka.

Spojrzałem tam gdzie on i zobaczyłem dziewczynę siedzącą na ławce przed biblioteką. Miała tak mocno rozpiętą bluzkę, że widać było górną część jej biustu. Siedziała ze skrzyżowanymi nogami, a była w szortach niewiele dłuższych od bielizny.

– Położyć głowę na tych poduchach... – Dżamil obnażył zęby, pokręcił głową i zawył niczym pies do księżyca. – Z chęcią przejechałbym się na moim wielbłądzie między tymi wzgórzami.

– Proszę... – Rozejrzałem się, czy nie widać strażników. – Jeszcze ktoś cię usłyszy.

Zarechotał, klepnął mnie w plecy i poszliśmy dalej.

Rozdział 23

Wszedłem do sali, w której miały się odbyć moje pierwsze zajęcia z analizy matematycznej i aż przystanąłem, by przyjrzeć się temu, co zobaczyłem: świeżo pomalowane ściany, rzędy ławek, wielkie biurko profesora ze skórzanym fotelem na kółkach i lśniące tablice, które wyglądały na nowiuteńkie. Sala szybko zapełniała się studentami – wszyscy rozmawiali po hebrajsku. Unikałem kontaktu wzrokowego z kimkolwiek. Znalazłem sobie miejsce z tyłu.

Napotkałem spojrzenie profesora, który pochylony nad biurkiem gładził się po długiej brodzie. Po kilku minutach wstał i poprawił kefiję.

– Jestem profesor Mizrahi. – Spod koszuli wystawały mu białe sznurki, świadczące o jego pobożności. Ci Żydzi wierzyli, że Bóg obiecał im ziemię Izraela.

Akcent profesora Mizrahiego, podobnie jak jego nazwisko, świadczył o tym, że jest sefardyjczykiem. Takie już moje szczęście: mój pierwszy profesor będzie mnie nienawidził. Poczułem na czole krople potu.

– Kiedy wyczytam wasze nazwisko, będziecie siadać na miejscu, które wam przydzielę, i będzie to miejsce na cały semestr. – Spojrzał na listę. – Aaron Levi, Boaz Cohen, Jossi Levine... – Wyczytywał żydowskie nazwiska i zapełniał salę od tyłu ku przodowi. Wreszcie wskazał ławkę na wprost siebie z nienaganną wymową zawołał: – Ahmad Hamid.

Czułem się jak preparat pod mikroskopem: wciśnięty pomiędzy dwóch Żydów sefardyjskich jedyny Arab w grupie. Bałem się, że pożrą mnie żywcem.

– Możemy zaczynać. – Profesor podniósł kredę i napisał na tablicy: $3x - (x - 7) = 4x - 5$.

– Pan Hamid? – Wskazał na mnie kredą.

– Iks równa się sześć – powiedziałem ze swojego miejsca.

– Co...? – Profesor przechylił głowę.

Serce waliło mi jak młotem.

– Iks równa się sześć.

Profesor zamrugał i przeczytał następne zadanie.

– Panie Hamid, proszę obliczyć prędkość chwilową, czyli chwilowe tempo zmian odległości w stosunku do czasu, jeżeli t = 5 dla obiektu spadającego zgodnie ze wzorem $s = 16t^2 + 96t$.

– Granica wynosi dwieście pięćdziesiąt sześć i to jest prędkość chwilowa po pięciu sekundach spadania.

– Dziękuję, panie Hamid. Jestem pod wrażeniem.

Miałem zajęcia od ósmej rano do czwartej po południu. W drodze do biblioteki nadłożyłem drogi, żeby przejść przez ogród botaniczny między budynkami administracji na północy a Biblioteką Narodową na południu. Sekwoja wieczniezielona i mamutowiec były tak gigantyczne, że wyrastały ponad okoliczne budynki. Jakże żałowałem, że Mama nie może tego zobaczyć! Wyobrażałem sobie Babę szkicującego jej portret na tle tych drzew.

Przed biblioteką wyciągnąłem szyję, żeby obejrzeć olbrzymie witraże podświetlane od środka, jakby na dowód tego, że wiedza i światło stanowią jedność. Wszedłem jak do świątyni i zalał mnie jaskrawy blask.

– Torbę na stół! – Słowa uzbrojonego strażnika uderzyły we mnie niczym podmuch zimnego powietrza. Zrobiłem, co kazał. Wyrzucił na blat mój zeszyt i ołówek. – Pod ścianę! Zdjąć buty!

Czułem falę gorąca na twarzy. Nie chciałem, żeby ktokolwiek zauważył sandały, które Mama zrobiła mi ze starej opony rowerowej, ale nie miałem wyboru. Powoli odwiązałem gumowe paski. Strażnik wsunął ołówek pod pasek przytrzymujący piętę i podniósł sandał, by dokładniej go obejrzeć.

– Tutaj – rozkazał. – Rozstawić nogi, rozłożyć ręce.

Kiedy strażnik obmacywał mi lewą nogę, do biblioteki wszedł jakiś Żyd z plecakiem, uzbrojony w uzi. Wszyscy żołnierze i rezerwiści izraelscy w Jerozolimie nosili naładowaną broń.

– Motie, myślałem, że jesteś na północy! – krzyknął strażnik, obmacując moją prawą nogę. – Uciekłeś?

– Przenieśli mnie – odparł tamten. – Na szczęście dla mnie, w tym mieście jest pełno Arabów. Bez względu na to, ilu ściągnie się tu żołnierzy, to zawsze będzie za mało. Wystarczy, że muszę powtarzać rok, nie chciałem jeszcze opuścić pierwszego tygodnia.

Przez ułamek sekundy żałowałem, że nie jestem Żydem, żeby móc wchodzić do biblioteki bez przeszkód.

Czterej Izraelczycy, o wyglądzie takich, co to łupią orzechy gołymi rękoma, przywołali Motiego do dużego stolika.

Wszędzie były puste miejsca, ale ja szukałem osobnego biurka. Kątem oka takie zauważyłem i starając się zachowywać swobodnie, podszedłem do niego. Wyjąłem program nauczania.

Wtedy usłyszałem jakieś podniesione głosy i spojrzałem w tamtym kierunku. Napotkałem wzrok Motiego. Szybko odwróciłem głowę, ale było już za późno. Zauważył moje spojrzenie.

Nie byłem w stanie się skupić. Gardłowe głosy przybierały na sile.

– Ty, podejdź – powiedział Motie.

– Ty, masz broń – odparł ktoś, po czym rozległy się salwy śmiechu.

Wbijałem wzrok w kartkę i widziałem, jak papier nasiąka potem z moich palców.

Skrzypnięcie krzesła odsuwanego od stołu. Odgłos zbliżających się kroków. Oddychaj, upomniałem siebie. Podniosłem głowę. Szedł w moją stronę z uzi w rękach.

– Przepraszam. Jesteś Motie Moaz, tak? – przeszkodził mu bibliotekarz.

– Zgadza się.

– Nie oddałeś jeszcze książek z ubiegłego roku.

– Powoli czytam. – Uśmiechnął się. To był ten typ, któremu zwykle wszystko uchodzi na sucho.

Tym razem jednak nie zadziałało.

– Chodź ze mną. Dam ci listę.

Dźwięk kroków ucichł. Przynajmniej na chwilę. Musiałem znaleźć *Analizę matematyczną* W.L. Wilksa, zanim Motie wróci. Napis „Matematyka" widniał na półce za jego stolikiem. Może powinienem poczekać, aż jego kumple wyjdą? A jeśli będą tutaj cały wieczór? Może do tej pory ktoś inny pożyczy tę książkę? Czemu nie dano nam listy potrzebnych książek przed rozpoczęciem semestru? Nabrałem powietrza w płuca, przeszedłem wzdłuż ściany, wszedłem między regały i rzuciłem się ku sekcji „Matematyka".

Męskie głosy ucichły, gdy zbliżałem się do celu. Omiotłem półkę wzrokiem. Chwyciłem książkę. Gdzie spis treści? Kartki nie chciały się obracać. Kątem oka widziałem dwie naradzające się szeptem postaci. Gdzież ten spis treści? O, jest. Zamknąłem książkę.

Z podręcznikiem pod pachą, z opuszczoną głową szedłem długim wąskim przejściem między regałami. Nim dotarłem do końca, niczym spod ziemi wyrósł przede mną Motie. Obróciłem się w przeciwną stronę. Spomiędzy półek wyszli dwaj Izraelczycy i zagrodzili mi drogę.

Czemu odpowiedziałem na te pytania na zajęciach? Motie dźgnął mnie w brzuch lufą swojego uzi.

– Chowasz tam coś? – Szturchnął mnie jeszcze raz.

– Książkę. Na zajęcia. – Zabrakło mi powietrza. – Przepraszam, chciałbym przejść.

Żyły na jego szyi wyraźnie nabrzmiały.

– Proszę, przepuść mnie.

– Chodź ze mną – powiedział Motie.

– Teraz?

– Jak będziesz grzeczny, obejdzie się bez bólu. – Machnął lufą karabinu w stronę stolika.

Prowadził mnie przed sobą, wbijając mi karabin w nerkę.

– Siadaj tu. – Wskazał lufą krzesło. Usiadłem. Karabin przysunął kartkę w moją stronę.

Spojrzałem na zadanie. Jeżeli $c(a) = 2000 + 8{,}6a + 0{,}5a^2$, to $c^1(300) = ?$

– 308,6 – powiedziałem drżącym głosem.

Uniósł lewą brew.

– Jaki jest twój sekret?

– Nie mam żadnego sekretu – wykrztusiłem.

Motie wskazał lufą następne zadanie.

– Zresztą to bez znaczenia, o ile będziesz nam dawał rozwiązania.

– Skąd wiesz, że nam podaje prawidłowe wyniki? – zapytał jeden z jego kompanów.

Motie wydarł kartkę z zeszytu.

– Rób jednocześnie własną pracę domową.

Posępny brodaty bibliotekarz podszedł do nas i skrzyżował ręce na piersiach. Jego twarz wydała mi się znajoma. Nasze spojrzenia się spotkały. Zawodnik numer sześć! Niedobrze.

– Czy on wam sprawia kłopoty? – zapytał Motiego.

– Wszystko w porządku, Dawiiid – odparł Motie. – Mamy spotkanie koła naukowego, co nie, Muhammad?

– Tak – wyszeptałem.

– Głośniej, Muhammad – powiedział Motie.

– Tak, to nasze koło naukowe. – Mój głos był niewiele silniejszy od wcześniejszego szeptu.

Dawiiid posłał mi pełne nienawiści spojrzenie, postał jeszcze przez chwilę i odszedł.

Popatrzyłem na moje „koło naukowe". Czy grupa Zohera i Rafiego, która ma się spotkać w sobotę wieczorem, też będzie się uczyć pod lufą karabinu? Podniosłem wzrok na zegar. Była dopiero szesnasta czterdzieści pięć. Jak długo chcą mnie tu trzymać? Czy zdążę zrobić własne zadania domowe? Najwyżej będę siedział całą noc. Nie muszę spać. Ten brutal chyba w końcu się zmęczy.

Motie wyjął książkę z plecaka i rzucił ją na stół. Na okładce czarnym pisakiem napisano po hebrajsku „Fizyka", a niżej: „wt., czw. 9.00–10.00, prof. Szaron". Krew zawrzała mi w żyłach. Czy jeden wspólny przedmiot by nie wystarczył?

– No, dalej. – Motie stuknął w kolejne zadanie.

Biblioteka zdążyła się już zapełnić. Wszystkie większe stoły były zajęte przez pogrążonych w lekturze studentów. Zegar wskazywał szesnastą czterdzieści sześć. Dobrze chociaż, że Motie pozwolił mi robić własne zadania. Przez okno wpadało światło. Czy ten dzień nigdy się nie skończy?

Gdyby tu był Baba, pomyślałem, chciałby, żebym nauczył Motiego rozwiązywać te zadania, zamiast podawać mu odpowiedzi. Przy pozostałych ćwiczeniach wykonałem wszystkie kolejne kroki. Po jakimś czasie Motie w zasadzie sam już rozwiązywał zadania i tylko chciał, żebym mu sprawdził wyniki. W końcu rozmawiał ze mną bez pośrednictwa karabinu.

– Muszę coś zjeść, ale jeszcze wrócę. – Uśmiechnął się blado. – To było naprawdę pomocne.

Czy spodziewał się, że będę na niego czekał? Wypożyczyłem jedenaście książek i wróciłem do akademika. Miałem nadzieję, że teraz przez jakiś czas będę mógł odpocząć od biblioteki.

– Otwórz! – krzyknąłem do Dżamila z korytarza. Książki zasłaniały mi oczy, wrzynały się w dłonie i przedramiona. Dżamil nie odpowiadał. Gdy sięgnąłem po klucz, cała ta sterta zachwiała się i runęła na podłogę. Przerażony, dokładnie oglądałem każdy podręcznik. Co zrobię, jeśli któryś się zniszczy? Jak za niego zapłacę? Prawie całe stypendium dałem Mamie, zostawiłem sobie tylko na bilet powrotny i na sześć bochenków chleba.

Z bijącym sercem otworzyłem drzwi, ostrożnie otrzepałem każdą książkę i położyłem je wszystkie na biurku.

Rozdział 24

Było po pierwszej w nocy, kiedy usłyszałem klucz Dżamila w zamku.

– Co to, założyłeś bibliotekę?

– A ty jeszcze się nie przygotowujesz? – zapytałem.

– Szlifuję angielski na sobotnią imprezę. – Uśmiechnął się. – Gdybyś widział te Amerykanki! Rarrr... – Potrząsnął głową. – Chodź jutro ze mną!

Jak mógłbym iść z nim na tańce? Byłem tu po to, żeby się uczyć. Dżamil nie miał pojęcia, do jakich poświęceń zmusiłem swoją rodzinę.

– Musisz iść na zakupy. – Dżamil wygładził klapy marynarki. – Nauczę cię, jak się ubierać.

Nie mogłem myśleć o nowych spodniach, kiedy Mama nie miała nawet swetra na zimę.

– Możesz pożyczać moje rzeczy – powiedział Dżamil. – Wiem, że oszczędzasz. – Roześmiał się.

Obudziłem się przerażony wizją zajęć z fizyki. Wiedziałem od Dżamila, że nasz wykładowca słynie z bystrego umysłu oraz niechęci do Arabów. Fizyka zawsze była moim ulubionym przedmiotem, ale w tej chwili żałowałem, że jest obowiązkowa.

– Jesteś owinięty szczelniej niż mumia – zażartował Dżamil, kiedy szliśmy razem na zajęcia. On, w czarnym golfie i czarnych spodniach, ze skórzaną torbą na ramieniu, wyglądał jak wykładowca. Czułem na sobie obce spojrzenia, kiedy szedłem obok niego w ubraniach szytych przez Mamę. Po wejściu do sali skierowaliśmy się na sam tył.

W przeciwieństwie do innych profesorów, którzy na ogół nosili dżinsy i bawełniane podkoszulki, profesor Szaron wkroczył do sali w idealnie wyprasowanym sztuczkowym garniturze i z muchą pod szyją. Grube okulary, bujna broda i wąsy jakoś nie pasowały do tego stroju.

– Ahmad Hamid? – spytał tonem, od którego wargi zaczęły mi drżeć. – Skąd pan jest, panie Hamid?

– Z wioski Al-Kurija. – Słyszałem drżenie własnego głosu.

Kiedy profesor skończył sprawdzać obecność, spojrzał prosto na Dżamila i na mnie, jakby miał przed sobą przedstawicieli jakiegoś niższego gatunku.

– Żyjemy w niebezpiecznych czasach – oświadczył z powagą. – Każdy obywatel Izraela musi być czujny. Przychodźcie do mnie, jeśli tylko zauważycie coś podejrzanego. Nic nie jest zbyt błahe. – Chrząknął. – Jeżeli z karabinu automatycznego dużej mocy o masie pięciu kilogramów zostanie wystrzelony pocisk ważący piętnaście gramów, którego prędkość wylotowa wynosi trzysta metrów na sekundę, to jaka będzie prędkość odrzutu, panie Abu Husajn?

Wszystkie oczy skierowały się na Dżamila.

– Nie jestem przygotowany.

– Ależ to są podstawy. Czy chce pan być akademickim zerem? Trzeba spojrzeć prawdzie w oczy. Pan i pana ziomkowie tylko zabierają miejsca innym.

Wzrok profesora zetknął się z moim.

– Panie Hamid, czy zechce pan odpowiedzieć na to pytanie?

– Minus dziewięćdziesiąt centymetrów na sekundę.

– Jak pan to obliczył?

– Pęd układu po wystrzale musi się równać pędowi przed wystrzałem. Na początku pęd pocisku i pęd karabinu wynosiły zero, gdyż oba były w stanie spoczynku. Po zastosowaniu równania na zachowanie pędu $(m_1 + m_2)v_0 = m_1v_1 + m_2v_2$, $m_1v_1 = -m_2v_2$, $v_1 = -m_2v_2/m_1$, zatem $v_1 = -(15\ g) \times (300\ m/s)$ podzielone przez $5000g = -90$ cm/s.

– Czy to jest znaczna prędkość odrzutu, Motie? – zapytał profesor Szaron.

– Tak – odparł Motie.

– A co się stanie, jeśli strzelec nie będzie trzymał karabinu mocno przy ramieniu? – Profesor nachylił się nad biurkiem i zmrużył oczy. – Poczuje silne uderzenie – odpowiedział Motie.

– A jeśli będzie mocno dociskał karabin do ciała, to co się stanie?

– Ciało zamortyzuje pęd.

– Świetnie. – Profesor popatrzył na mnie. – Jeżeli masa strzelca wynosi sto kilogramów, to ile wynosi prędkość odrzutu takiego strzału?

– Cztery i trzy dziesiąte centymetra na sekundę.

– Jak pan to obliczył? – Ton profesora wskazywał, że spodziewał się mojej porażki.

– Podstawiłem pod m_1 sumę mas strzelca i karabinu, czyli 105 kilogramów, później obliczyłem prędkość odrzutu v_1, zatem $v_1 = (15g) \times (30\ 000\ cm/s)/(5000g+100\ 000g) = 4{,}3$ cm/s.

Profesor Szaron znowu spojrzał na Motiego.

– Jaki to jest odrzut?

– Całkiem znośny.

– Świetnie, Motie. – Profesor uśmiechnął się.

Kiedy zadzwonił dzwonek, Dżamil pierwszy był za drzwiami. Szedłem za nim, kiedy ktoś klepnął mnie w ramię.

– Dobra robota z tą pracą domową. – Motie uniósł brwi. – Chodźmy posiedzieć nad fizyką. Niezły z nas zespół.

Gdybym skłamał i powiedział, że mam jakieś zajęcia, Motie wcześniej czy później by to odkrył. A gdyby przyłapał mnie na kłamstwie, kto wie, co by mi zrobił. Uznałem, że rozmowa z Dżamilem musi poczekać, aż wrócę do pokoju.

Gdy szliśmy do biblioteki, zastanawiałem się, czy tak się czują skazańcy w drodze na szubienicę.

– Torba na stół! – zawołał strażnik. – Wysypać wszystko!
– On jest ze mną, a ja nie mam czasu – powiedział Motie.

Przeszedłem za nim obok strażnika. W ciągu trzydziestu minut zrobiliśmy zadania domowe. Tak jak wcześniej pokazałem mu, jak je rozwiązywać. Motie zaproponował, żebyśmy co tydzień wspólnie robili zadania dla profesora Szarona. Zgodziłem się. Czemu nie? I tak musiałem je robić.

Dżamil siedział na łóżku i palił papierosa.

– My, Arabowie, wynaleźliśmy zero – mówił z przejęciem. – Muhammad Ibn Ahmad wprowadził je w dziewięćset sześćdziesiątym siódmym roku naszej ery. Zachód poznał je dopiero w trzynastym wieku. My wynaleźliśmy algebrę. My nauczyliśmy świat oddzielać trygonometrię od astronomii. Europejczycy żyli jeszcze w jaskiniach, kiedy wynaleźliśmy fizykę i medycynę. Czy oni zapomnieli, że kiedyś panowaliśmy nad terenami od Hiszpanii po Chiny? – Gniewnie potrząsał pięściami.

– Będziemy się razem uczyć.

– Niech Allah spuści ciemność na duszę profesora Szarona! – Dżamil ze złości niemal pluł dymem z papierosa.

Po każdych zajęciach z profesorem Szaronem Motie, Dżamil i ja wspólnie chodziliśmy do biblioteki. Kiedy Motie był z nami, Dżamila i mnie nie rewidowano. Wyjaśniałem im prace domowe, a oni szybko się uczyli. Pod koniec miesiąca sami potrafili rozwiązywać zadania, chociaż nadal siadaliśmy wspólnie.

Kilka razy Motie wpadł do naszego pokoju, szukając pomocy z innych przedmiotów. Raz przyniósł nam rosyjskie ciasto, które upiekła jego mama. Było pyszne i przypomniało mi pączki z dżemem, które przed laty tak lubił Baba.

Miesiąc później profesor Szaron zwrócił prace domowe wszystkim oprócz mnie.

– Zadania domowe to integralna część waszej oceny – powiedział surowo. – Nie będę tolerował ich braku u nikogo. Pan, panie Hamid, próbuje sobie ze mnie drwić.

O czym on mówi? Wpatrywałem się w niego, nie wiedząc, jak zareagować.

– Nie zrobił pan wczorajszych zadań.

– Oddałem wczoraj. – Złączyłem dłonie, by ukryć ich drżenie.

Żyły na szyi profesora pulsowały.

– To kłamstwo!

Wtedy odezwał się Motie.

– Panie profesorze...

– Tak? Słucham.

– Ahmad i ja razem zrobiliśmy wczoraj te zadania.

– No to pan Hamid widocznie zapomniał je oddać.
– Nie. – Moti potrząsnął głową. – Widziałem, jak oddawał.
– Cóż, sprawdzę jeszcze raz.
Dzwonek zakończył tę wymianę zdań.

Rozdział 25

Dżamil stał przed lustrem i podziwiał swoje odbicie. W tym czarnym golfie i dżinsowych dzwonach mógłby uchodzić za Żyda.

– Na tych potańcówkach jest mnóstwo pięknych Amerykanek. Chodź ze mną. Wybiorę sobie którąś, a pozostałe ci zostawię.

– Muszę się uczyć.

– Nic innego nie robisz, tylko się uczysz. Spójrz, jak ty się ubierasz. Czemu zachowujesz się jak męczennik? Na miłość boską, pożycz sobie coś mojego. Aż mi głupio się z tobą pokazywać. Wyglądasz jak uchodźca, a nie student.

Po jego wyjściu nie mogłem się skupić. Otworzyłem szafę, zdjąłem swoje ubranie i włożyłem czarny golf i dzwony Dżamila.

Przejrzałem się w lustrze. Zamknąłem oczy i wyobraziłem sobie, że jestem na potańcówce. Orkiestra gra, chłopcy i dziewczęta tańczą razem, tak jak to widywałem w moszawie.

Pukanie przywróciło mnie do rzeczywistości.

– Jest tu kto? – Gałka się obróciła i wszedł Zoher.

Że też się nie zamknąłem!

– Dynamika cząstek mnie dobija. – Usiadł na moim łóżku i zlustrował mnie od stóp do głów – Wychodzisz?

– Aha. – To kłamstwo wydostało się z mojej krtani, nim zdołałem je powstrzymać. Teraz już musiałem iść na tańce. Jak to wytłumaczę Dżamilowi?

– Możesz wpaść do mnie jutro? Chciałem o coś zapytać.
– Jasne.

Potańcówka odbywała się w drugiej części kampusu, w pobliżu wejścia. Droga tam zajęła mi jakieś pół godziny.

Minąłem flagę izraelską powiewającą na wysokim maszcie i luksusowe akademiki Kirija i zacząłem przeklinać własny los. Czemu nie mogę być jak inni tutaj? Czemu wtedy zgodziłem się pomóc Alemu? Dlaczego nie urodziłem się w Stanach albo w Kanadzie?

Wróciłem myślami do piątej klasy, kiedy nauczyciel Fuad porwał z biurka egzemplarz obowiązującej nas książki do historii i uniósł go wysoko.

– Izraelczycy każą mi was z tego uczyć. – Machał podręcznikiem. – Wymazali całą naszą historię. Palestynę sprzed tysiąc dziewięćset czterdziestego ósmego roku nazywają Eretz Yisrael, a nas Arabami z Ziemi Izraela. Ale choćby się nie wiem jak starali, historii naszego narodu nie da się wymazać. Jesteśmy Palestyńczykami, a to jest nasz kraj.

– *Filistine!* – krzyknęliśmy. Palestyna!

Nauczyciel Fuad uważał, że gdyby nie fala antysemityzmu w Europie pod koniec dziewiętnastego wieku, Żydzi nie zapragnęliby własnej ojczyzny. Mówił też, że Wielka Brytania, po początkowym podjudzaniu Żydów i Arabów wzajemnie przeciwko sobie, w końcu się zorientowała, że w tej sytuacji nie ma dobrego rozwiązania i przekazała sprawę Palestyny Organizacji Narodów Zjednoczonych. Czy można się dziwić, że tak krótko po Holokauście ONZ przyznała większość Palestyny mniejszości żydowskiej? Żałowałem, że moi rodacy nie pogodzili się z proponowanym podziałem. W rezultacie Palestyna zniknęła z mapy jeszcze przed moim narodzeniem.

Dziewczęta w minispódniczkach, krótkich spodenkach i pantoflach na obcasie kołysały się i podrygiwały w takt zachodniej muzyki granej przez zespół izraelski. Dżamil nie przesadzał co do ich urody. Dostrzegłem jego charakterystyczną sylwetkę pośrodku ciemnej sali – rozmawiał z drobną dziewczyną o włosach barwy słonecznika.

Zauważył mnie.

– Co się stało...?
– Z kim rozmawiasz? – przerwałem mu.
– To jest Deborah.

W blasku migających świateł na szyi dziewczyny zalśniła gwiazda Dawida zdobiona brylancikami. Migotała na złotym łańcuszku, jakby miała w sobie magiczną moc. Żydzi sefardyjscy nosili takie gwiazdy do pracy, żeby nie brano ich za Arabów.

– Przepraszam na moment – zwróciłem się do niej po hebrajsku. Chwyciłem Dżamila za rękę i pociągnąłem go w stronę drzwi.

– Chcesz mi wyłamać bark?!

Na zewnątrz rozejrzałem się. Nie było nikogo w pobliżu.

– Czyś ty zwariował?
– O co ci chodzi?! – Wyrwał rękę z mojego uścisku.

Znacząco uniosłem wzrok ku niebu. Miałem ochotę nim potrząsnąć.

– Ona jest Żydówką, a ty Palestyńczykiem.
– I co z tego?
– Nie każ mi myśleć, że masz IQ poniżej sześćdziesięciu!
– Chodziłem już z żydowskimi dziewczynami. A zresztą ona jest Amerykanką. Czeka na mnie. Muszę wracać.

Ruszył ku drzwiom, pozostawiając mnie osłupiałego. Przy wejściu się obrócił.

– Fajnie, że w końcu pożyczyłeś moje ciuchy. Wyglądasz świetnie. – Uśmiechnął się. – No, chodź. – Przytrzymał dla mnie drzwi.

Ja jednak wróciłem do akademika.

Zoher otworzył drzwi. Na plastikowym stoliku była rozłożona plansza do tryktraka. Zauważył, że na nią patrzę.

– Grasz? – zapytał.
– Kiedyś grałem.
– Jestem mistrzem kraju.
– Nie grałeś z wszystkimi obywatelami – odparłem.
– Czy to wyzwanie? – Uśmiechnął się.

Nie chciałem wydać się zbyt pewny siebie; to nie najlepsza taktyka.

– Dawno nie grałem.
– Spróbujmy.

Nie dał mi szansy dłużej się z nim droczyć – przysunął stolik do łóżka i dostawił krzesło z przeciwnej strony. Usiadł na łóżku i gestem zaprosił mnie na krzesło. Był w nienagannie wyprasowanej białej koszuli.

To było to, co naprawdę sobie ceniłem: pojedynek z godnym przeciwnikiem. Jak mawiali Izraelczycy w kampusie, karty na stół.

Rzucił kostkę swymi delikatnymi dłońmi, a po nim ja chwyciłem ją w swoje stwardniałe od odcisków łapska. Zoher wyrzucił piątkę, a ja szóstkę. Przyjąłem strategię gry bieżącej. Szybko przesuwałem piony z jego planszy domowej na planszę zewnętrzną, planowałem zostawić kilka pionów bez obrony, by móc je wykorzystać do zbudowania silnej ofensywy.

W tej partii brał udział także Baba. Zoher podniósł kostkę. Szeroki uśmiech rozjaśnił mu twarz, krople potu wystąpiły na czoło. Wyrzucił piątkę i trójkę. Wyprostowałem się, spojrzałem mu w oczy barwy kawy i zaraz odwróciłem wzrok. Podniósł swoje czarne piony, lecz nie wykorzystał wszystkich punktów. Wiedziałem, że go mam. Baba tłumaczył mi ten ruch: pozostawić piony bez obrony, by skusić przeciwnika do ich zaatakowania. To pozwoliłoby mu nadrobić te trzy punkty. Zoher wyjął chusteczkę z kieszeni.

Zacząłem ustawiać pionki szczelnie przed jego pionkami, tworząc blokadę. Gdy już umieściłem sześć pionków obok siebie, jego pionki nie mogły uciec. Sprowadziłem swoje pionki do „domu" i zacząłem zdejmowć je z planszy.

Na śnieżnobiałej koszuli Zohera pojawiły się krople potu.

Gdy skończyłem, otworzył usta ze zdumienia.

– Świetna gra – powiedział. – Kiedy mogę liczyć na rewanż?

– Za tydzień.

Uśmiechnął się.

– No to do następnego razu.

Uścisnęliśmy sobie dłonie i wróciłem do swojego pokoju. Do końca roku akademickiego w każdą sobotę wieczorem Zoher i ja spotykaliśmy się, by grać w tryktraka i ani razu nie udało mu się mnie pokonać.

Rozdział 26

Dżamil i ja, jak co dwa tygodnie, pakowaliśmy książki na wyjazd do Akki, gdy rozległo się pukanie do drzwi. Weszła Deborah.

– *Szalom* – pozdrowił ją Dżamil. – Gotowa?

Na jej prawym ramieniu wisiała torba podróżna.

– Uwielbiam Akkę. – Mówiła po hebrajsku dobrze, ale z wyraźnym amerykańskim akcentem.

Dżamil spojrzał na mnie z uśmiechem. Ja popatrzyłem na jej gwiazdę Dawida. Czy on zwariował? Co będzie, jeśli zobaczą nas żołnierze? Co ludzie sobie pomyślą?

– Idziemy? – zwrócił się do mnie po hebrajsku.

– Ty siedzisz obok niej – odpowiedziałem po arabsku. – Ja będę udawał, że was nie znam.

– Rób, co chcesz. Chodźmy – odparł po arabsku.

Deborah uśmiechnęła się do mnie, a ja zacisnąłem wargi.

Na dworcu autobusowym Deborah podeszła do jakiegoś straganu. Dżamil wzruszył ramionami.

– Chce sobie kupić orzechy na drogę.

– Nawet Prorok ci nie pomoże!

– Daj jej szansę.

Deborah wróciła z torbą gorących orzechów i podsunęła mi ją.

– Nie, dziękuję.

Jej niebieskie oczy lśniły niczym ocean w słońcu. Była najładniejszą dziewczyną, jaką kiedykolwiek widziałem.

Dżamil i Deborah usiedli razem pośrodku autobusu, a ja sam z tyłu. Zająłem się zadaniami z chemii organicznej. Kiedy dojechaliśmy, poczekałem, aż pójdą przodem, i ruszyłem za nimi.

Deborah obróciła się.

– Chodź!

Zatrzymali się i czekali na mnie. Bałem się reakcji rodziców Dżamila. Wyobrażałem sobie, jak zareagowałaby Mama, gdybym sprowadził do domu dziewczynę z gwiazdą Dawida na piersiach. Niemal widziałem, jak wychodzi z namiotu i dostrzega tę gwiazdę. „Zaprosiłem koleżankę", rzekłbym. ama znieruchomiałaby z rozchylonymi wargami i szeroko otwartymi oczyma. Przerażonym głosem recytowałaby wersy Koranu, wzywałaby na pomoc Allaha, Proroka Muhammada i każdego, kto tylko przyszedłby jej na myśl. Potem zjawiłby się Abbas. „Sprowadzasz ją tu, żeby cudzołożyć w naszym namiocie?" Mama powiedziałaby: „Ja obdarowuję cię żarem serca, a twoje kamienne serce zadaje mi taki cios". Potem byłoby już tylko gorzej.

Umm Dżamil, ku mojemu zdumieniu, powitała nas uśmiechem, parującą herbatą i smacznymi przekąskami na małych talerzykach, które ustawiła na kuchennym stole: tabule, hummus, oliwki, pieczony ser hallumi, falafel, grzane liście winorośli, labna, baba ghanudż, lubia bi zeit.

– Witamy w naszych skromnych progach – powiedziała łamanym hebrajskim. – Częstujcie się. Czym chata bogata.

Deborah, Dżamil i Umm Dżamil podeszli do stołu. Ja stałem nieruchomo.

– Chodź do nas! – zawołała Umm Dżamil.

Po chwili zjawił się Abu Dżamil z półmiskiem pieczonych mięs na szpikulcach. Były wśród nich: kurczak, jagnięcina i kofty. Nie siadaliśmy. Dżamil ucałował ojca w policzki i uścisnął mu dłoń.

– To moja przyjaciółka Deborah – powiedział.

Abu Dżamil podał jej rękę.

– Czuj się u nas jak w domu – rzekł.

Po posiłku wraz z Deborah i Dżamilem udaliśmy się na bazar arabski. Na straganach były najróżniejsze wyroby: szachy z inkrustowanego drewna, fajki wodne, haftowane tkaniny, amulety chroniące przed złym okiem, beduińskie naszyjniki, srebrne monety, orientalne dywany, arabskie nakrycia głowy i ubiory, a także podkoszulki, czapki i rękawiczki z napisem „Izrael".

Piliśmy właśnie świeżo wyciśnięty sok z pomarańczy, gdy jeden ze sprzedawców przywołał Dżamila. Przeszliśmy obok barwnych złotych i srebrnych bransolet, naszyjników i pierścionków na tył stoiska.

Dżamil i właściciel uściskali się serdecznie. Mężczyzna miał siwą brodę, a na głowie biało-czerwoną kefiję. Zaprosił nas na niską, miękką kanapę. Jakaś kobieta przyniosła filiżanki z mocną kawą na pięknej mosiężnej tacy. Wypiliśmy i ruszyliśmy dalej przez targ, ku orientalnym słodyczom.

Wzdrygnąłem się na widok stoiska rzeźnika i kawałka surowego mięsa zwisającego z jedynego haka. Przypomniała mi się żydowska rzeźnia. Nic dziwnego, że nie mogliśmy z nimi rywalizować – daleko nam było do tej wydajności, jaką osiągali żydowscy Izraelczycy. Ten rzeźnik prawdopodobnie zabijał jedną krowę miesięcznie.

Sprzedawcy przypraw oferowali woreczki z szafranem, kurkumą, kolendrą i cynamonem.

Gdy zobaczyłem na wystawie dużą okrągłą tacę z kanafi, wiedziałem, że dotarliśmy do ulubionego sklepu Dżamila.

Właściciel przyniósł nam trzy kawałki i nalał trzy szklanki wody z dzbanka. Spożywaliśmy ten smakowity deser wspólnie: Dżamil, żydowska dziewczyna i ja.

Kiedy wracaliśmy, nagle zauważyłem biegnącą w naszą stronę grupę żołnierzy. Zasłoniłem sobą Deborah i stałem tak, póki nas nie minęli.

Dżamil pacnął mnie dłonią w głowę.

– Wiesz, co by nam zrobili, gdyby zobaczyli z nami Żydówkę? – Starałem się nie podnosić głosu, żeby nie zwracać niczyjej uwagi. – Mogli nas zabić. Chyba mówię wyraźnie po arabsku? Czy ty mnie w ogóle rozumiesz?

– Może w zabitych dechami wioskach, tam skąd pochodzisz, ale tu, w mieście, jest inaczej. My tu żyjemy z Żydami w zgodzie.

– Chyba jesteś ślepy.

Jeszcze przez chwilę się spieraliśmy i nagle zorientowaliśmy się, że Deborah przy nas nie ma.

– Gdzie ona się podziała? – W głosie Dżamila słychać było przestrach.

– Nie trzeba było jej zapraszać.

– Musimy ją znaleźć!

– Wiesz, co z nami zrobią, jeśli coś jej się stanie? – zapytałem.

Biegaliśmy wśród straganów, wołając Deborah. Wszędzie było mnóstwo ludzi. Dzieci w wózkach, starsi mężczyźni z laskami. Mieszały się ze sobą francuski, angielski, arabski, hebrajski, rosyjski. Nigdzie nie było ani śladu Deborah. Gdyby coś jej się stało, trafilibyśmy do więzienia.

Zaglądałem na każdy stragan i do każdego sklepiku, aż w końcu znalazłem ją w sklepie muzycznym, gdzie brzdąkała na udzie. W ogóle nie była świadoma tego, jak bardzo nas przestraszyła. Czy sobie z nas żartowała? Czy to możliwe, że w Ameryce wszystko wygląda inaczej?

Dżamil przerwał właścicielowi, który pokazywał jej ud.

– Gdzieś ty była?! – Z trudem łapał oddech.

– Od dawna gram na gitarze. Chciałam spróbować na udzie. Słyszałam ten instrument na koncercie w szkole i mi się spodobał – odparła spokojnie, po czym zwróciła się do sprzedawcy: – Wezmę ten.

Zapłaciła równowartość mojej dwumiesięcznej pensji za pracę w rzeźni.

Tego wieczoru Dżamil, jego rodzice i ja siedzieliśmy wokół niskiego stolika, czekając, aż Deborah zacznie grać.

Próbowała pociągać struny na stojąco, lecz nie było jej wygodnie.

– Na udzie gra się na siedząco – podpowiedziałem.

Usiadła na krześle na wprost mnie i ponownie spróbowała, ale instrument się jej obracał.

– Muszę się do niego przyzwyczaić. – Potrząsnęła głową i spojrzała na mnie. – Zsuwa mi się z kolan. Obraca się do sufitu zamiast w stronę słuchaczy.

– Przyłóż go do klatki piersiowej, a nie do brzucha. Przestanie się obracać – doradziłem.

To było takie niesprawiedliwe. Nawet nie umiała grać na tym swoim nowiutkim drogim udzie. Prawdopodobnie znudzi jej się następnego dnia i więcej go nie użyje.

– Tak? – Oparła instrument na kolanach.
– Tak, ale trzymaj szyję bardziej prosto.
Poruszyła struny i ud pozostał w miejscu.
– Trudno się przyzwyczaić do instrumentu bez progów – narzekała, jakby to był wielki problem. Jeszcze kilka razy szarpnęła za struny.
– Spróbuj zacząć od makamu* hidżaz – zaproponowałem, gdy złość już mi przeszła. Może naprawdę podoba jej się nasza muzyka i zasługuje na szansę.
– Od czego?
Oczywiście, nie wiedziała.
– Makam to coś w rodzaju zachodniego pojęcia gamy i trybu. W makamie hidżaz w zapisie znaków chromatycznych jest b, es i fis, a toniką jest dźwięk D.
Zagrała te dźwięki.
Podniosła na mnie te swoje piękne oczy.
– I jak?
– Bicie jest nierytmiczne – pouczałem ją jak Baba. – To powinno wychodzić głównie z nadgarstka, a ty ruszasz całym przedramieniem. Trzymaj gryf, jakby to było przedłużenie dłoni.
– Tak? – Poruszyła strunami.
– Trzymaj nadgarstek pod jak najmniejszym kątem, bo inaczej nie dasz rady grać.
Uwzględniła moje rady i znowu zagrała.
– Tak jest dobrze – powiedziałem. – Uważaj na łokieć i nadgarstek.
Idealnie zagrała makam hidżaz. Uśmiechnąłem się tak jak Baba, kiedy udało mu się nauczyć mnie grać jakąś melodię.
Kiedy skończyła, nagrodziliśmy ją oklaskami.

---

* Wzorzec melodyczny w religijnej muzyce arabskiej.

– Szkoda, że w przyszłym tygodniu wracam do domu – powiedziała.

– Do domu? – zdziwiłem się. Czyż wszyscy Żydzi nie uważają, że ich domem jest Izrael, ziemia, którą obiecał im ich Bóg?

– Do domu, do Kalifornii – odparła.

Dzień przed swoim wyjazdem Deborah przyszła do naszego pokoju z pudełkiem w ręku.

– Pomyślałam, że zjemy wspólnie kolację w amerykańskim stylu. – Uśmiechnęła się. – Pizza, coca-cola, Sonny i Cher.

Położyła pudełko na łóżku Dżamila i włączyła magnetofon do gniazdka w ścianie. Z kasety popłynął głos Cher śpiewającej *I've Got You Babe*. Deborah podała nam po kawałku pizzy. Właśnie zaczynaliśmy jeść, gdy zapukano do drzwi.

To był mój brat Abbas. Zajrzał do pokoju. Zobaczył gwiazdę Dawida na piersi Deborah i zbladł. Wypchnąłem go na korytarz i przymknąłem drzwi. Zasłonił sobie uszy dłońmi.

Był wściekły.

– Zabawiasz się z naszymi wrogami! – Potrząsnął pięściami, zachłystując się powietrzem.

– To mój współlokator Dżamil. Jest Palestyńczykiem jak my.

– A ta blondyna z gwiazdą Dawida? – Abbas cedził słowa z nienawiścią. – Chyba nie chcesz mi wmówić, że jest Palestynką? – Wcisnął mi list do ręki. – Przyszło wczoraj.

Nie rozpoznałem nazwiska nadawcy, „Abu Aziz", ale rozpoznałem adres. Więzienie Dror. Wyjąłem list z otwartej koperty.

Drogi Ahmadzie,
nie znasz mnie, ale jestem w więzieniu z Twoim ojcem. Zdarzył mu się wypadek. Odwiedziny są w pierwszy wtorek każdego miesiąca w godzinach 12.00–14.00.

Z poważaniem
Abu Aziz

Obiecałem Babie, że nie będę go odwiedzał, ale w głębi duszy czułem, że ta obietnica jest dla mnie wygodnym usprawiedliwieniem. Może Babę tam torturują, a on tylko udaje, że nic mu nie jest?
– Powinienem jechać? – zapytałem Abbasa.
– A masz jeszcze sumienie?
Jak Baba, który był tak apolityczny i uwielbiał żartować, mógł przetrwać w więzieniu? Może inni więźniowie znęcają się nad nim, bo jest zbyt uległy wobec Izraelczyków?
– Kazał mi nie przyjeżdżać – powiedziałem. Otchłań w moim wnętrzu nagle się powiększyła, gdy zdałem sobie sprawę, że jest pierwszy poniedziałek miesiąca. – Pojadę jutro – dodałem. Po osiemnastu latach właśnie zniesiono wymóg zezwoleń na podróżowanie dla arabskich Izraelczyków.
– Mama posyła mu to. – Abbas podał mi papierową torbę z migdałami. – Muszę wracać.
– Zostań na noc. Prześpisz się w moim łóżku – zaproponowałem.
– Nie ma mowy. Nie będę się bratał z wrogiem.
– Czekaj. – Zaprowadziłem go do kuchni, żeby dać mu jedzenie, które dla nich zaoszczędziłem. – Proszę, zostań – próbowałem go jeszcze przekonać. On jednak tylko odebrał ode mnie torbę z żywnością i odszedł.

– O co chodzi? – zapytał Dżamil, gdy wróciłem do pokoju.
– Mój ojciec miał wypadek. Muszę go odwiedzić.
– A kto to był? – Wsunął do ust ostatni kęs pizzy.
– Mój brat.
– Nie zaprosisz go? – Spojrzał na drzwi.
– Nie – powiedziałem głośniej, niżbym chciał. – Pojechał do domu. Matka go potrzebuje.
– A ty nie jedziesz?
– Jutro.

Tak, pojadę jutro. Abbas dał mi pieniądze. Gdy Dżamil spał, uprałem w umywalce swoją koszulę i spodnie i powiesiłem na sznurku na zewnątrz. Chętnie pożyczyłbym coś od niego, ale nie chciałem zwracać na siebie uwagi. Następnie wilgotną szmatą wyczyściłem sandały.

※

Kiedy muezin wzywał do modlitwy, wziąłem prysznic i umyłem mydłem głowę. Wyszedłszy przed bramę kampusu, wsiadłem do pierwszego z pięciu autobusów, którymi miałem dotrzeć na miejsce. Wiedziałem, że po powrocie muszę się dowiedzieć od Motiego, Zohera, Rafiego i Dżamila, co było na zajęciach.

W drodze myślałem o tym, co by się stało, gdyby współwięźniowie Baby dowiedzieli się, że budował domy dla Żydów. Czy ostatnio aresztowano kogoś z naszej wioski? Izraelczykom na pewno byłoby na rękę, gdyby taka wieść się rozeszła. Dręczyły mnie obrazy ojca bitego zarówno przez palestyńskich współwięźniów, jak i izraelskich strażników, i coraz mocniej ściskałem torbę migdałów, którą posyłała mu Mama.

W piekącym słońcu w dusznym autobusie kręciło mi się w głowie i bardzo chciało się pić. Przypomniałem sobie swoją pierwszą podróż do tego więzienia, kiedy to nagle, bez żadnego przygotowania, zostałem odarty z niewinności dzieciństwa. Myślałem o matematyce, chemii, fizyce – o wszystkim, co pomagało mi zająć czymś umysł. Jednak mimo tych wysiłków, kiedy dotarłem do więzienia, byłem roztrzęsiony i zbierało mi się na wymioty. Idąc w kierunku ogrodzenia, zastanawiałem się, w jakim stanie jest Baba, skoro ten obcy mi więzień poczuł się zobowiązany, żeby do mnie napisać. Czy w ogóle poznam ojca?

Zza ogrodzenia dobiegł przeraźliwy krzyk. Natychmiast zapomniałem o własnych dolegliwościach i pobiegłem w tamtą stronę. Strażnik celował z uzi w więźnia, który leżał na ziemi w pozycji embrionalnej. Czy to Baba? Nie chciałem na to patrzeć, ale tych jęków nie dało się ignorować. Mężczyzna przestał się poruszać. Nie żyje?

Pobiegłem do wejścia i z niecierpliwością czekałem, aż strażnik mnie wywoła. Gdyby Baba nie żył, to czy w ogóle wyczytywaliby jego nazwisko? Pomyślałem o tym, że co miesiąc odbywała się ta sama procedura, a nie było tu nikogo, kto by go odwiedził.

Promienie słońca nieznośnie paliły, były niczym rozżarzony pogrzebacz. Wiele osób siedziało na piasku. Jakiś starszy mężczyzna z laską zemdlał i cała rodzina zwilżała mu głowę wodą z butelki. Czemu nie zbudują jakiejś osłony dla odwiedzających? Przecież mają dostatecznie dużo siły roboczej. Dzieci płakały, ja cierpliwie czekałem. W ustach mi zaschło, skóra piekła. Dwie godziny później w końcu wywołano nazwisko Baby.

– Do kogo? – zapytał mnie strażnik przy drzwiach.

– Mahmud Hamid, mój ojciec – odparłem, patrząc w ziemię.

– O? Jesteś synem Mahmuda? Wspaniały głos. Uczy mnie grać na udzie.

Podniosłem głowę i podałem mu torbę migdałów. Popatrzył na nią.

– Ty nie możesz nic wnosić, ale jeśli chcesz, dam mu to później.

– Dziękuję.

– Wszyscy macie tu czekać – oświadczył strażnik. – Niestety, każdy odwiedzający musi zostać przeszukany. – Obrócił się w stronę kolegi: – Yo Bo'az, to jest syn Mahmuda Hamida, zajmij się nim. – Na zakończenie powiedział do mnie: – Miło było cię poznać.

– Pana też – odparłem i poszedłem za Bo'azem.

Wszedłem do pomieszczenia, w którym były już setki innych mężczyzn. Bo'az obmacał mnie w ubraniu i pozwolił mi przejść.

Za szybą zjawił się Baba. Jego twarz wyglądała jak sama skóra z głębokimi żłobieniami ptasich łapek i z pionowymi kreskami na czole. Ten widok omal nie zwalił mnie z nóg. Czy wszystkie jego listy były kłamstwem? Baba uśmiechnął się i wtedy dojrzałem ślady tego ojca, którego pamiętałem.

– Czy coś się stało Mamie albo któremuś z dzieci?

– Słyszałem, że miałeś wypadek.

– Potknąłem się... miałem lekkie wstrząśnienie mózgu. Ale już jest dobrze.

– Bardzo się wystraszyłem.

Uśmiechnął się.

– Jestem z ciebie taki dumny. Student. Czy musiałeś opuścić wykłady, żeby tu przyjechać?

– Nadrobię to. Będę przyjeżdżał co miesiąc – powiedziałem.

– Nie ma mowy. Nie chcę, żebyś opuścił chociaż jeden dzień. Jeśli człowiek chce coś w życiu osiągnąć, to on i jego bliscy muszą być gotowi do poświęceń.

Przy pożegnaniu spojrzał mi jeszcze w oczy.

– Jestem z ciebie taki dumny. – Przyłożył dłoń do szyby i ja zrobiłem to samo.

Patrzyłem, jak wyprowadzają go za drzwi, a potem rozpłakałem się jak dziecko.

Rozdział 27

Profesor Szaron był nieobecny. Zamiast niego o biurko opierał się piegowaty mężczyzna z jasnymi dredami, w postrzępionych dżinsach i niedopiętej koszuli.

– Zastępuję profesora Szarona na czas jego służby wojskowej – oświadczył.

Modliłem się w duchu, żeby służba wojskowa profesora potrwała jeszcze te dwadzieścia dni, które pozostały do końca semestru.

Po zajęciach, przechodząc obok gabinetu profesora, przypadkiem zobaczyłem jego zastępcę rozmawiającego z gładko ogolonym żołnierzem w mundurze. Zamarłem. Przypomniał mi się Baba zwinięty w kłębek na podłodze naszego domu, gdy ten żołnierz dźgał go pistoletem maszynowym. Zobaczyłem złośliwego, bezwzględnego dowódcę, który wyglądał prawie tak samo jak ten w gabinecie profesora Szarona.

Świat się zakołysał. Oczy, nos, usta – to był profesor Szaron. Wpatrywałem się w niego osłupiały. Zauważył mnie. Spuściłem wzrok i poszedłem dalej.

Nie miałem pewności. To było tak dawno, wszystko działo się w nocy, jedynym źródłem światła były skierowane w nas latarki. Jeszcze raz wydobyłem z pamięci obraz tego pełnego nienawiści dowódcy, który splunął na Babę i przyłożył mu do ciała pistolet maszynowy. Tym żołnierzem był profesor Szaron. Pokręciłem głową. Nie, to nie on. To niemożliwe.

A może jednak.

Piętnaście dni później wszedłem do sali i znieruchomiałem w pół kroku. Rozparty wygodnie na krześle, spoglądał na mnie profesor Szaron. Gdyby nie inni studenci, którzy wchodzili do pomieszczenia, obróciłbym się na pięcie i wyszedł. Serce biło mi głośno. Pozostało już tylko kilka dni do końca semestru.

Profesor rozdał nam do domu testy, które, jak nas poinformował, mieliśmy później omówić wspólnie na zajęciach.

– Chciałem sam je sprawdzić – powiedział poważnym tonem – ale w związku z narastającą wrogością ze strony Arabów przesunąłem wasz egzamin na pojutrze.

Od kilku lat narastały napięcia między Izraelem, Jordanią, Syrią i Egiptem w kwestiach praw do wody i ziemi. W ich efekcie dochodziło do zbrojnych wystąpień na terenach przygranicznych.

Dżamil i ja siedzieliśmy przy swoich biurkach, napawając się zapachem duszonych warzyw dobiegającym z kuchni, gdy usłyszałem charakterystyczne pukanie Motiego: trzy szybkie uderzenia.

– Wejdź! – zawołałem do niego po hebrajsku.

– Przynieś swój test do kuchni – powiedział. – Zróbmy to od razu. Trzeba zacząć się uczyć na poważnie.

Na kuchennym stole stało pięć talerzy i duża miska białych puchatych kulek.

Rafi i Zoher już siedzieli przy stole.

– Jadłeś kiedyś kuskus? – zapytał Zoher.

Zaprzeczyłem ruchem głowy.
– Będziemy się uczyć na sposób marokański. – Zoher nałożył kuskusu na wszystkie talerze, a Rafi polał go duszonymi warzywami.
– Kuskus mojej matki był najlepszy w całej Casablance.
Jedząc, wspólnie rozwiązywaliśmy zadania z testu.

W dniu egzaminu wszedłem do dużego audytorium i usiadłem w ostatnim rzędzie. Wpatrywałem się w blat przed sobą, by uspokoić myśli, kiedy nagle usłyszałem obcy głos, informujący, że profesor Szaron nie będzie obecny. Kamień spadł mi z serca.
Otworzyłem arkusz, spojrzałem na pierwsze zadanie, potem drugie i trzecie. Może to jakaś pomyłka? Izraelczyk po mojej lewej także sprawdzał stronę tytułową. To był ten sam test, który dostaliśmy do domu jako powtórzenie.

Parking tętnił życiem. Rodzice ładowali walizki do bagażników. Studenci z plecakami i torbami gromadzili się na przystanku autobusowym, w korytarzach, na ulicy. Rok akademicki dobiegł końca.

Kiedy następnego dnia usłyszałem pukanie, od razu pomyślałem, że to jakaś pomyłka. Korytarze były puste. Dżamil już wyjechał, a ja właśnie się zbierałem do wyjazdu.

W drzwiach stał jakiś student, Żyd, podparty pod boki.
– Profesor Szaron wzywa cię do siebie. Natychmiast.

Przeszył mnie lodowaty dreszcz strachu. Nie byłem w stanie wykrztusić z siebie słowa.

– Co z tobą? – Uśmiechał się szyderczo.

W pierwszej chwili chciałem uciekać, wracać do mojej wioski. Widocznie profesor Szaron czekał na koniec semestru, żeby się ze mną rozprawić. Wtedy jednak zacząłem myśleć. Może chce mi pogratulować oceny. Byłem pewien, że wszystko na teście zrobiłem dobrze. Gdyby to dotyczyło Baby, po co czekałby na koniec kursu?

Kusiło mnie, żeby skończyć pakowanie i wracać do domu. Pamiętałem jednak o mojej obietnicy. Nie, nie może chodzić o Babę, mówiłem sobie, idąc do gabinetu profesora. On nawet nie wie, kim jest Baba. Drżącą ręką zapukałem.

– Proszę – usłyszałem głos profesora.

Nad jego biurkiem wisiało zdjęcie Einsteina z równaniem $E = mc^2$ na dole. Czy ktoś, kto podziwia Einsteina, może być aż tak zły?

– Myślałeś, że się nie dowiem? – Profesor Szaron pochylił się nad biurkiem ze złowieszczym wyrazem twarzy.

O czym on mówi?

– Ściągałeś na egzaminie.

Czy ja dobrze słyszę? A więc nie chodzi o Babę.

– To leżało na podłodze obok twojego miejsca. – Pomachał czymś, co wyglądało na mój test powtórzeniowy.

– Mój test jest w pokoju.

– To go przynieś. Zgłosiłem już sprawę dziekanowi. Jeśli tego nie wyjaśnisz, zostaniesz relegowany. Prowadzimy tu politykę „zero tolerancji". Jesteś jak twój ojciec terrorysta. – Pokręcił głową.

Nie chciałem dać się w to wciągnąć. Wiedziałem, że za wspieranie Organizacji Wyzwolenia Palestyny groziła w Izraelu deportacja, więzienie lub śmierć. Mój los spoczywał w rękach profesora Szarona. Każda cząstka mojego ciała pragnęła krzyczeć: „My się tylko bronimy przed izraelskim terroryzmem!".

– Czemu wy, Palestyńczycy, po prostu nie dacie za wygraną? Nikt was nie lubi.

– A czy Żydzi w obozach koncentracyjnych powinni byli dać za wygraną?

– Nie masz pojęcia, o czym mówisz! – Twarz profesora nabiegła krwią.

– A czy Hitler i naziści lubili Żydów? Kto w ogóle lubił Żydów?

– Zamknij się! – zawołał nieswoim głosem.

– Nikt nie lubił Żydów, ale wy nie poddaliście się, nawet kiedy wszyscy dokoła próbowali was eksterminować. My, Palestyńczycy, jesteśmy tacy sami jak wy, Żydzi.

– Tego się nie da porównywać! – Jego palec przeszył powietrze. – Wynoś się!

Straciłem panowanie nad sobą. Czego się spodziewałem, rozmawiając z nim w taki sposób? Teraz mógł wszystkim opowiedzieć o Babie. Otworzyłem drzwi i wybiegłem.

Niespokojnie przetrząsałem papiery, szukając testu, gdy usłyszałem pukanie. Czekałem chwilę w napięciu. Drzwi się otworzyły.

– Profesor Szaron się rozleniwił – powiedział Zoher. – Ciekawe, co sobie myślał, dając nam ten sam test.

Nie przerywałem poszukiwań.

– Masz tu czarny papier i taśmę – dodał. – Wszyscy mają zaciemnić okna.

Nie rozumiałem, o co mu chodzi.
– Co?
– Zaciemnić okna w razie działań wojennych.

W ciągu ostatnich kilku miesięcy z powodu narastających napięć wszyscy mówili o prawdopodobieństwie wojny, ale ja nie traktowałem tego poważnie.

Usiadłem na łóżku i zasłoniłem twarz.
– Co z tobą?
– Profesor Szaron oskarżył mnie o ściąganie.
– Przecież jesteś najzdolniejszy w grupie.
– A kto uwierzy Arabowi?
– To mi wygląda na mocno naciągane – rzekł spokojnie.

Pomyślałem, że profesor Szaron rozpowie wszystkim o Babie. Chciałem wyjechać, zanim to się stanie.

– Muszę się spakować. – Wrzuciłem książki do papierowej torby i wybiegłem, zostawiając Zohera na moim łóżku. Musiałem to wszystko przemyśleć w samotności.

– Poczekaj! – zawołał za mną Zoher, ale ja byłem już na korytarzu.

Gdy jechałem do domu, wszędzie widziałem wojsko. Policja blokowała drogę między Tel Awiwem a Jerozolimą i zatrzymywała kolejno każdy pojazd, by zamalować światła na niebiesko-czarno. Dzięki temu w razie wybuchu wojny wrogowie nie widzieliby ich w ciemnościach. Kiedy wieczorem dotarłem do wioski, zastałem Mamę schodzącą ze wzgórza.

– Czy w Jerozolimie są walki? – zapytała.

Opuściłem głowę.
– Wyrzucili mnie ze studiów.
– Dobrze. Musimy kupić ryż, soczewicę i ziemniaki – oznajmiła – i napełnić dzbany wodą.

Poszedłem za nią ubitą ścieżką biegnącą między domami w kierunku targu. Na placu panowała nerwowa atmosfera. Kobiety biegały między straganami z koszami pełnymi zakupów na głowach. Kolejka do sklepu sięgała herbaciarni.

– Musimy zgromadzić zapasy – powiedziała Mama, nie patrząc na mnie. – Koza, kurczaki i warzywa, które mamy, nie wystarczą, zwłaszcza gdy jeszcze ty z nami będziesz.

Wtedy dotarło do mnie, że naprawdę zbliża się wojna.

Następnego dnia rano zszedłem na plac, by poczekać na izraelskich pracodawców, ale żaden z nich się nie pojawił. Usiadłem więc wraz z innymi mężczyznami w herbaciarni i słuchałem wiadomości radiowych z Egiptu.

– Wracajcie, skąd przyszliście! Nie macie szans! – mówił spiker po arabsku z hebrajskim akcentem. Nie mogłem powstrzymać się od uśmiechu. Możliwe, że wkrótce skończy się cały ten koszmar: Arabowie wygrają i Baba zostanie uwolniony.

Pożeraliśmy wzrokiem izraelską gazetę „Haaretz". Nagłówek na pierwszej stronie głosił: „Arabowie grożą wyparciem nas ku morzu". Nadzieja sprawiła, że brzemię, które od siedmiu lat nieustannie mi ciążyło, nagle jakby stało się lżejsze.

Szesnastego maja 1967 roku, kiedy Egipt zażądał wycofania sił pokojowych UNEF z półwyspu Synaj, z radości tańczyliśmy dabkę na głównym placu przed herbaciarnią. Prowadził nas muhtar, obracając sznur koralików. Spletliśmy się ramionami, podskakiwaliśmy i wymachiwaliśmy nogami w energicznym tempie. Każde takie tupnięcie podkreślało nasz związek z tą ziemią.

Wtem placem wstrząsnął gwałtowny wybuch – podmuch i płomienie przypominały ognisty huragan. Odrzuciło mnie do tyłu i uderzyłem głową w kant stołu. Oczy i twarz zalała mi gorąca herbata. Dokoła sypało się szkło. Upadł na mnie Abu Hasan, a na niego jeszcze kilku mężczyzn. Słyszałem dzikie wrzaski. Czułem ból z tyłu głowy. Nie widziałem krwi.

– Abd al-Karim Alwari dostał!

Wyślizgnąłem się spod przytłaczających mnie mężczyzn, wstałem i spojrzałem na rozerwane ciało. Pozostały z niego tylko strzępy mięśni, krew i fragmenty kości. Jego brat Zijad, który tańczył obok, leżał na ziemi. Zobaczyłem pasma czerwonego ciała, niczym kawałki surowego mięsa zwisające z jego rąk tam, gdzie jeszcze przed chwilą były dłonie. Pocisk utkwił w jego twarzy, w otworze wielkości kuli. Lewe oko tak spuchło, że nie mógł go otworzyć. Jego przeraźliwy krzyk wprost rozdzierał serce.

Muhtar podjechał swoim pikapem pod wejście herbaciarni i gwałtownie się zatrzymał. Wniesiono Zijada na pakę. Jego matka podbiegła, spojrzała na syna, wrzasnęła i zaniosła się płaczem. Wspięła się na tył auta, usiadła obok rannego i muhtar odjechał. Jakieś dzieci wybiegły z domów z plastikowymi pojemnikami i zaczęły zbierać strzępy ciała Abd al-Karima.

Abbas został w namiocie. Trudno mu było zejść ze wzgórza, a już na pewno nie dałbym rady uciekać. Zresztą nie było powodu, by to oglądał. Cieszyłem się, że ten widok go ominął. Zastanawiałem się, co robią w tym momencie Rafi, Zoher i Motie.

Dwudziestego drugiego maja byłem w herbaciarni, gdy Egipt ogłosił, że zamyka Cieśninę Tirańską dla wszystkich statków pod izraelską banderą. Maszerowaliśmy po placu z uniesionymi zaciśniętymi pięściami, skandując: „Krwią i duchem wyzwolimy Palestynę!". Do naszego pochodu przez wioskę przyłączało się coraz więcej mieszkańców.

Piątego czerwca o siódmej czterdzieści pięć rozbrzmiały syreny obrony cywilnej. Na ten dźwięk serce mi urosło. Pobiegłem do zniszczonej herbaciarni. Skandowaliśmy rytmicznie, unosząc palce ułożone w znak „V". Czułem w oczach łzy. Palestyna wróci w arabskie ręce!

– Izraelskie bombowce wdarły się w przestrzeń powietrzną Egiptu – donosiła arabska stacja z Kairu – Egipskie siły powietrzne zestrzeliły trzy czwarte atakujących odrzutowców izraelskich.

Przyklejony do radia, piłem kawę za kawą.

– Egipskie siły powietrzne rozpoczęły kontratak. Siły izraelskie zaatakowały Synaj, lecz oddziały egipskie zatrzymały wroga i podjęły ofensywę.

Uderzaliśmy pięściami w stoły. Arabowie wygrywali. Baba miał szansę na uwolnienie. Zwycięstwo było po naszej stronie.

– W całym Kairze obywatele świętują. Setki tysięcy mieszkańców Egiptu wyszło na ulice z okrzykami „Precz z Izraelem! Wygramy wojnę!" – Z radia dobiegało coraz więcej dobrych wiadomości. – Zestrzeliliśmy osiem wrogich samolotów. – Modliłem się, żeby zestrzeleni przeżyli, żeby można było wymienić więźniów.

– W tym momencie nasze samoloty i rakiety ostrzeliwują izraelskie miasta i wsie. Odzyskamy godność, której pozbawiono nas w tysiąc dziewięćset czterdziestym ósmym roku.

Czułem, że wreszcie szczęście się do nas uśmiecha. Pobiegłem podzielić się tymi dobrymi wiadomościami z rodziną.

Niebo wypełnił huk nadlatującego helikoptera. Maszyna zawisła nad naszą wioską. Nagle ziemią wstrząsnęła ogłuszająca eksplozja. Helikopter wystrzelił rakietę w meczet. Oniemiałem. Kilka minut wcześniej muezin wezwał mieszkańców na modlitwę. Pobiegłem w tamtą stronę.

Wszędzie leżały zakrwawione ciała. Spod gruzów wystawały kończyny. Podziurawione odłamkami ręce, nogi, tułowie i głowy walały się po całym placu. Dojrzałem na ziemi twarz Umm Tarik, cichą, nieruchomą. Krew wypływająca spod jej głowy wsiąkała w ziemię. Do czarnych włosów przykleiły się drobne fragmenty tkanki mózgowej. Jej czworo dzieci pociągało ją za ubranie, płacząc i nawołując, by wstała. Dlaczego strzelali do bezbronnych mieszkańców?

Przerażeni ludzie płakali i biegali w popłochu, przepychając się i zderzając, wykrzykując imiona bliskich, których szukali w tym pobojowisku. Gęsty dym utrudniał poszukiwania i szczypał w oczy. Przekopywałem gruzy, kalecząc sobie dłonie do krwi. Obok mnie kopali inni. Pod gruzami mogli być przecież żywi ludzie. Gdy się ściemniło, nic już nie widziałem. Musiałem wracać do rodziny.

Mama i Nadia tuliły się do siebie, głośno szlochając.

– Izraelczycy muszą za to zapłacić! – powiedział Abbas do Fadiego. Wprost dygotał ze złości.

W nocy spaliśmy wszyscy mocno przytuleni do siebie. Mieliśmy świadomość, że w każdej chwili ktoś z nas może zginąć.

Spragniony dobrych wiadomości zszedłem do herbaciarni. O jedenastej radio obwieściło, że wojska Jordanii zaczęły wystrzeliwać pociski dalekiego zasięgu w stronę izraelskich przedmieść Tel Awiwu. Nie minęła godzina, gdy doniesiono, że myśliwce Jordanii, Syrii i Iraku znajdują się w izraelskiej strefie powietrznej.

– Syjonistyczne baraki w Palestynie wkrótce zostaną zmiecione z powierzchni ziemi – zapowiedział spiker.

W powietrzu rozległ się miły naszym uszom szum myśliwców. Nasi arabscy bracia byli w drodze.

– Syryjskie siły powietrzne rozpoczęły bombardowanie izraelskich miast i niszczenie izraelskich pozycji – poinformowało radio Damaszek.

– Przeżywamy obecnie najwznioślejsze chwile naszego życia. Zjednoczeni z wszystkimi innymi armiami arabskiego świata prowadzimy honorową, bohaterską wojnę przeciwko naszemu wspólnemu wrogowi – mówił w radiu premier Jordanii Sad Dżuma. – Od lat czekaliśmy na ten moment, aby zetrzeć brud przeszłości. Chwyćcie za broń, by odzyskać ziemie zagarnięte przez Żydów.

Nagle usłyszałem strzały. Wybiegliśmy na zewnątrz. Wszędzie byli izraelscy wojskowi. Kilku bosych żołnierzy jordańskich strzelało ze starych karabinów. Izraelski czołg oddał strzał. Jordańczycy zaczęli biegać nerwowo, gdy ich mundury i ciała stanęły w płomieniach. Rzucali się na ziemię i tarzali po piachu, próbując tłumić ogień, lecz na próżno. Po chwili na centralnym placu leżało trzynaście zwęglonych ciał – ich ręce i nogi rozrzucone w nienaturalny sposób, mięśnie i tkanki spalone. Pozostały jedynie osmalone kości.

Tej nocy nikt z nas nie mógł zasnąć. Słuchaliśmy odległych wystrzałów z moździerzy i eksplodujących rakiet. Po kilku godzinach zapadła cisza. Wtem gdzieś w pobliżu wybuchł pocisk z moździerza, oświetlając niebo niczym błyskawica. Kolejny pocisk eksplodował niedaleko nas.

– Wychodźcie na zewnątrz! – krzyknęła Mama.

Tylna ściana namiotu płonęła. W popłochu wybiegliśmy w noc. Nie mieliśmy gdzie się schronić. Kłęby czarnego dymu wzbijały się w niebo. Twarze Mamy i Nadii były poplamione krwią. Abbas podtrzymywał swoją lewą rękę. Hani płakał. Przesunąłem dłonią po czole i poczułem na palcach ciepłą krew. Odłamki pocisku przebiły ścianę namiotu i powbijały się nam w skórę.

Zebraliśmy się pod migdałowcem i po raz kolejny obserwowaliśmy, jak ogień niszczy nasz niewielki dobytek. Płomienie strzelające z namiotu oświetliły przerażoną twarz Mamy. Helikoptery nad naszymi głowami rozpraszały moje myśli.

Spaliśmy pod gwiazdami. W środku nocy niebo przeszyła kolejna eksplozja. Samoloty wystrzeliwały rakiety w naszą wioskę. Domy płonęły. Śniło mi się, że profesor Szaron wezwał mnie do tablicy do rozwiązania równania, a ja nie widziałem liczb. Rozciągnął usta w szerokim uśmiechu, wszyscy Izraelczycy szydzili ze mnie i naśmiewali się. Gdzieś w oddali wciąż słychać było wybuchy.

Rano obudził mnie świst rakiety. Nadia tuliła płaczącego Haniego. Słyszałem strzały i krzyki, rzuciłem się więc biegiem na dół.

W wiosce zobaczyłem otumanionych, zapłakanych ludzi. Wszędzie wokół dymiły zgliszcza. W powietrzu czuć było smród palonych ciał. Na drodze widniały brunatne plamy w miejscach, gdzie przelano palestyńską krew.

Po meczecie pozostała jedynie wieża minaretu z cebulowatą kopułą.

Herbaciarnia wypełniła się wzburzonymi mieszkańcami, którzy wznosili chóralne okrzyki: *Filistine! Filistine!* Przyłączyłem się do pozostałych i wspólnie powtarzaliśmy to jak mantrę, kołysząc się w przód i w tył. Na plac wjechały dwa izraelskie czołgi.

– Wynoście się do Jordanii albo was wykończymy! Tu nie ma dla was miejsca! – ogłosili żołnierze izraelscy przez głośniki z pierwszego czołgu. – Tym razem nikogo nie pozostawimy przy życiu!

Czołgi zaczęły strzelać do mieszkańców. Wydostaliśmy się z herbaciarni tylnymi drzwiami. Pobiegłem z powrotem na wzgórze.

Mama gotowała ryż. Nie powiedziałem jej o groźbach żołnierzy. Uznałem, że jeśli zaczną nas zmuszać do przekroczenia granicy, to wtedy będziemy się martwić. Mieliśmy tak mało rzeczy, że mogliśmy się spakować w każdej chwili.

– Muszę posłuchać wiadomości. – Abbas szedł powoli w moją stronę. – Pomóż mi zejść do wsi.

– To zbyt niebezpieczne. – Nie byłby w stanie uciekać, a w wiosce czyhały same niebezpieczeństwa. Postanowiłem zbudować dla niego radio. Otworzyłem plastikowy pojemnik, który przechowywałem pod migdałowcem.

Rozdzieliłem przewody starego kabla telefonicznego. Jeden zawiesiłem na gałęzi, drugim owinąłem metalową rurę hydrauliczną, którą wbiłem w ziemię, kolejny nawinąłem na pustą rolkę po papierze toaletowym. Wszystko to połączyłem ze sobą spinaczami biurowymi przypiętymi do kawałka tektury.

Wygrzebałem z pudełka słuchawkę i końcówkę miedzianego przewodu podgrzałem zapalniczką, po czym wsunąłem pod spinacz na tekturze. Wygiąłem kawałek drutu w kształt

V i spinaczami połączyłem go z drugim przewodem słuchawek.

Ze słuchawkami na uszach powoli przesuwałem czubkiem wygiętego drutu po miedzianych zwojach, aż usłyszałem język arabski. Abbas przez całą noc słuchał wiadomości.

Dziesiątego czerwca o szóstej trzydzieści radio izraelskie doniosło, że wojna się skończyła. ONZ narzuciła zawieszenie broni. Izraelczycy zniszczyli egipskie lotnictwo, zanim samoloty zdążyły wystartować. Zajęli Zachodni Brzeg, Strefę Gazy, egipski półwysep Synaj, syryjskie wzgórza Golan, Wschodnią Jerozolimę i Stare Miasto z jego świętymi miejscami. Mieszkańcy wioski płakali, tuląc się wzajemnie. Położyłem głowę na stole i zamknąłem oczy. Aż do tej chwili wszystkie stacje arabskie nas okłamywały.

– Zaczęło się o siódmej dziesięć rano – donosiła izraelska stacja Kol HaShalom. – Dwieście naszych samolotów wleciało do Egiptu tak nisko, że żaden z osiemdziesięciu dwóch egipskich radarów ich nie wykrył. Nasi piloci są tak doświadczeni, że potrafili lecieć w zupełnej ciszy radiowej.

Zatkałem uszy dłońmi, lecz i tak wszystko słyszałem.

– Mieliśmy wyraźnie określone egipskie cele: znaliśmy położenie każdego egipskiego odrzutowca, a także nazwisko i nawet dźwięk głosu pilota. Egipcjanie grupowali swoje samoloty według typu: migi, iły, tupolewy, wszystkie w oddzielnych bazach, co nam pozwoliło na ustalenie priorytetów. Samoloty egipskie były trzymane na płytach lotnisk pod gołym niebem. Niemal wszystkie znajdowały się na ziemi, piloci właśnie jedli śniadanie. Trudno o bardziej sprzyjające warunki. Widoczność była doskonała. Wiatru prawie nie było. Piloci egipscy nie mieli nawet czasu, by dobiec do swoich maszyn.

To było takie niesprawiedliwe.

– Nie dość, że zniszczyliśmy wszystkie egipskie samoloty, to jeszcze bombami Durandal zbombardowaliśmy ich pasy startowe, tak że pozostały dziury o średnicy pięciu metrów i głębokie na ponad półtora metra. Samoloty znalazły się w pułapce i były już łatwym celem dla naszych działek kalibru trzydzieści milimetrów i rakiet z układem samonaprowadzania. Przed ósmą naszego czasu przeprowadzono dwadzieścia cztery naloty. Zmietliśmy z powierzchni ziemi cztery lotniska na półwyspie Synaj i dwa w Egipcie. Główny kabel zapewniający łączność wojsk egipskich z dowództwem został przerwany. W niecałą godzinę nasze siły powietrzne zniszczyły dwieście cztery samoloty. Nie tylko mieliśmy lepsze czołgi, artylerię i samoloty, ale też potrafiliśmy je efektywniej wykorzystać.

Izrael włączył do swojego obszaru tylko Wschodnią Jerozolimę i okoliczne tereny, a na Zachodnim Brzegu i w Strefie Gazy utworzył strefy okupacji wojskowej, zachowując możliwość ich zwrotu w zamian za pokój.

Terytorium Izraela powiększyło się trzykrotnie, przez co około miliona Palestyńczyków znalazło się pod bezpośrednią kontrolą Izraela. Czułem się, jakby skopano mnie po brzuchu. Izrael pokazał Arabom, że ma wolę i możliwości, by podjąć działania, które mogą zmienić równowagę sił w regionie. Teraz przewaga była po stronie Izraela. Ziemia za pokój[*]. Koniec wojny.

---

[*] Program izraelski „Ziemia za pokój" oferował Arabom zwrot okupowanych ziem w zamian za gwarancje pokoju.

Rozdział 28

Fadi i ja pracowaliśmy w rzeźni cały tydzień, żeby zarobić na materiały na nowy namiot. Gdy już był gotowy, całą rodziną zasiedliśmy w środku do posiłku złożonego z ryżu i migdałów.

– Ahmad Hamid! Wychodzić! – rozległ się głos z megafonu. Moi bliscy zamarli w bezruchu.

Żołnierze zawsze wywoływali mieszkańców przed wysadzeniem domu w powietrze, ale nigdy dotąd nie słyszałem, by zwracali się do nich po nazwisku. Kiedy szukali kogoś konkretnego, przychodzili w nocy i brutalnie wyrywali go ze snu. Byłem przekonany, że to ma coś wspólnego z profesorem Szaronem. Może to on kazał mnie aresztować? Nie mogłem czekać, aż wejdą do środka, a może nawet wyrządzą krzywdę mojej rodzinie, więc zacząłem się podnosić. Mama chwyciła mnie za ramiona.

– Nie, Ahmadzie, nie idź! – wyszeptała i przyciągnęła mnie do siebie.

Fadi, Nadia i Hani trwali nieruchomo jak słupy soli. Fadi trzymał kawałek pity nad talerzem, Abbas zaklął głośniej, niż podejrzewał, bo miał założone słuchawki i słuchał wiadomości. Odkąd zbudowałem mu radio, słuchał go nieustannie. Nadia przytuliła Haniego.

– Ahmad Hamid, wychodzić!

Wydostałem się z objęć Mamy. Ona położyła sobie dłoń na ustach.

– Ahmadzie! – szepnęła z taką rozpaczą, jakiej nigdy nie słyszałem w jej głosie. Obróciłem głowę w jej stronę i zobaczyłem, że wyciąga do mnie ręce.

– Nic mi się nie stanie – zapewniłem ją i wyszedłem z namiotu. Opuściłem za sobą klapę.

– Czy Ahmad Hamid to ty? – żołnierz używał megafonu, mimo że stałem na wprost niego. – Przedstawić się!

– Tak, jestem Ahmad Hamid.

Żołnierz uniósł megafon i tym razem zwrócił go w kierunku wsi.

– Mamy Ahmada Hamida! Dawajcie go tu na górę!

– Czego ode mnie chcecie? – zapytałem po hebrajsku.

– Ktoś chce cię widzieć.

Rozpoznałem postać cywila eskortowanego na wzgórze przez żołnierzy. Pośród zielonych mundurów, metalowych hełmów i M16 dostrzegłem wzrok Rafiego. Podszedłem bliżej.

– Zoher zginął – powiedział. – Zabity na Synaju, kiedy jego czołg oberwał.

Kiwałem głową. Co Rafi robi w mojej wiosce w towarzystwie wojska? Czyżby spiskował przeciwko mnie z profesorem Szaronem? Po tym wszystkim, co dla niego zrobiłem? Uważałem go za przyjaciela, choć w tych okolicznościach brzmiało to niedorzecznie. Może profesor Szaron opowiedział Rafiemu o Babie.

– Jego prochy wrzucono do morza.

Czy Rafi przyjechał mnie oskarżyć? Po co innego podróżowałby pięć godzin, żeby dotrzeć do palestyńskiej wioski pod wojskową eskortą?

Opuściłem głowę. Czy Rafi wie o Babie?

– Dowiedział się, co zaszło, i poszedł do dziekana. Jesteś oczyszczony z zarzutów.

Podniosłem głowę. Miałem łzy w oczach.

– Teraz los profesora Szarona jest w twoich rękach.

W jednej chwili przemknęło mi przez głowę milion myśli. Nie mogłem uwierzyć, że Zoher stanął w mojej obronie i że Rafi przebył taki szmat drogi, by do mnie dotrzeć. Nagle uświadomiłem sobie, że nie zobaczę już Zohera. Poczułem przerażającą pustkę.

– Gdzie twój dom? – spytał Rafi.

Pokazałem mu namiot. Wyglądał na zaskoczonego.

– Próbujesz wrócić do beduińskich korzeni?

– Brak zezwolenia.

Odległy ryk helikopterów przybierał na sile. Wzdrygnąłem się i w pierwszym odruchu chciałem biec do swoich bliskich, lecz się powstrzymałem.

Rafi zwrócił się zdumiony do stojącego w pobliżu żołnierza.

– Co to? Przecież wojna się skończyła?

– To nie ma końca – odparł tamten.

Rafi ruchem głowy wskazał mi zejście ze wzgórza.

– Idziesz?

– Ahmadzie! – zawołała Mama. Za nią kuśtykał Abbas.

– Wracam na uczelnię! – próbowałem przekrzyczeć warkot helikoptera.

– Musimy porozmawiać! – Zatrzymała się z dzbankiem w ręku.

– Czy to nie może zaczekać?

Twarz Abbasa zrobiła się trupioblada. Zdjął z uszu słuchawki.

– Wyjeżdżasz z nimi?

Rafi był już na dole.

– Idziesz?!

– Daj mi minutę!

Podniósł głowę i spojrzał na helikopter.

Mama wypuściła dzbanek z rąk. Upadł na ziemię, rozbijając się z trzaskiem.

– Nigdzie nie pojedziesz! – Skrzyżowała ręce na piersiach.

Zrobiłem kilka kroków w jej stronę.

– Muszę.

– Nie rób mi tego – błagała ze łzami w oczach.

– Robię to dla nas. – Wiedziałem, że to argument nie do obalenia.

– Zabiją cię.

– Ahmad! – krzyknął Rafi. – Musimy jechać!

– Jeszcze sekundę! – odkrzyknąłem po hebrajsku.

Mama złapała mnie za barki i mocno potrząsała.

– Nie jedź z nimi – powiedział Abbas.

– To nie potrwa długo.

Nad nami zawisł helikopter.

Zacząłem się od nich oddalać.

– Przepraszam.

– Ahmadzie! – krzyknęła Mama.

Obróciłem się w jej stronę. Wyciągnęła do mnie ręce i jeszcze do niej podbiegłem. Mocno mnie przytuliła.

– Cośmy ci zrobili, żeby na to zasłużyć? – szepnęła mi do ucha.

Próbowałem się wyrwać, lecz ścisnęła mnie mocniej.

– Robię to dla nas.

– Co? To, że nas zabijasz?

– Ahmad, robi się ciemno – ponaglał Rafi.

Nie dawała za wygraną.

– Chcę, żebyś się ożenił i założył rodzinę.

– Muszę jechać.

– Proszę, nie zostawiaj mnie.

Wyrwałem się z jej objęć i odszedłem. Musiałem wrócić na uniwersytet dla Baby. Nie miało znaczenia, że wszyscy mnie nienawidzą przez to, co rzekomo zrobił. Zoher stanął w mojej obronie, Rafi przyjechał po mnie, a Baba pokładał we mnie wielkie nadzieje. Jeżeli nawet spotkam się z wrogością, zniosę to. Nie mogłem się doczekać, żeby napisać do Baby. Miałem mu tak wiele do powiedzenia.

Rozdział 29

Dziekan poinformował mnie, że ode mnie zależy, czy profesor Szaron zostanie zwolniony. Poprosiłem o czas na decyzję do pierwszego wtorku przyszłego miesiąca, a on na to przystał. Tego dnia pojechałem do więzienia Dror, by spotkać się z Babą.

Obok pierwszego obozu powstał drugi, wielkości boiska piłkarskiego, otoczony drutem kolczastym. Wewnątrz tłoczyło się tylu więźniów, że ledwie starczało im miejsca na spacerowanie. Ta ściśnięta na małej powierzchni masa ludzi przypominała gigantyczną puszkę sardynek. Za nowym ogrodzeniem pod dachami namiotów nie było żadnej podłogi, tylko ziemia. Wszędzie kręcili się strażnicy. Na zewnątrz przepychali się mężczyźni, kobiety i dzieci, nasłuchujący nazwisk swoich bliskich.

Spotkałem się z Babą.

– Powiedz dziekanowi, że nie chcesz, żeby zwalniał profesora, ale niech ten profesor weźmie cię na swojego asystenta.

Patrzyłem na niego przez szybę, ściskając słuchawkę w ręku. Jak mógł zaproponować coś takiego? Wyglądał na bardzo zmęczonego. Zrobiłbym wszystko, o co by poprosił.

– A jeśli będzie mnie sabotował?

– Wtedy dziekan powinien go wyrzucić. Nienawiść bierze się ze strachu i braku wiedzy. Gdyby ludzie mogli poznać tych, których nienawidzą, i skupić się na tym, co ich łączy, mogliby przełamać tę wrogość.

– Chyba jesteś zbytnim optymistą. Profesor Szaron to zło wcielone.

– Dowiedz się, skąd się bierze jego nienawiść, i spróbuj go zrozumieć – odparł Baba.

Przypomniały mi się słowa Einsteina skierowane do Chaima Weizmanna, że jeśli syjoniści nie będą w stanie szczerze współpracować i zawrzeć uczciwych umów z Arabami, to będzie znaczyło, że te dwa tysiące lat cierpień absolutnie niczego ich nie nauczyły. Einstein ostrzegał, że jeżeli Żydzi nie zadbają o to, by obie strony żyły w zgodzie, jeszcze przez wiele dziesięcioleci nie zaznają spokoju. Był zdania, że te dwa wielkie semickie narody są w stanie stworzyć wspaniałą wspólną przyszłość. Może więc Baba miał rację.

– Dziekan zagroził, że mnie zwolni, jeżeli nie zatrudnię pana jako swojego asystenta – oświadczył profesor Szaron. – Szczerze mówiąc, byłem już gotów odejść. Gdyby nie ojciec Zohera, poszukałbym sobie pracy gdzie indziej. Żeby więc było jasne, robię to dla Zohera, a nie dla pana.

Ja zaś robiłem to dla Baby.

– Dziękuję za szansę. Mogę zacząć już jutro.

– Tak, wiem. Dziekan mnie poinformował, że chce pan zacząć natychmiast. Nie musimy się widywać. Pracuję nad poprawieniem właściwości krzemu jako półprzewodnika. – Uśmiechnął się przebiegle. – Niech pan do mnie nie przychodzi, póki nie wymyśli, jak to zrobić.

Prawdopodobnie sądził, że dał mi zadanie nie do wykonania i że jeśli wrócę z niczym, powie dziekanowi, iż się nie nadaję. Postanowiłem mu udowodnić, że się grubo myli. Prosto z jego gabinetu poszedłem do biblioteki.

Rozdział 30

Profesor Szaron podniósł głowę znad papierów.
– Dobry wieczór – powiedziałem.
Na mój widok natychmiast sięgnął do szuflady, wyjął coś i położył sobie na kolanach. W jego czarnych oczach czaiła się śmierć.
– Mówiłem, żeby mnie pan nie niepokoił.
– Mam pewien pomysł.
Przyszło mi to do głowy po przeczytaniu dwóch artykułów. Pierwszym był wykład fizyka Richarda Feynmana wygłoszony w Kalifornijskim Instytucie Techniki w 1959 roku, zatytułowany *Na dnie jest jeszcze mnóstwo miejsca*, w którym rozważał on możliwość bezpośredniego manipulowania pojedynczymi atomami. Uznałem, że ta teoria może być przydatna dla naszych badań. Drugi artykuł pochodził z magazynu „Electronics" z 1965 roku. Autor, Gordon F. Moore, przewidywał, że liczba tranzystorów w układach scalonych będzie się co dwa lata podwajać.
– Nie do wiary! – Profesor uderzył ręką w blat. – Poinformuję dziekana, że ta współpraca nie ma sensu.
– Nie chciałbym musieć informować dziekana, że nawet nie wysłuchał pan mojego pomysłu.
Bębnił po blacie palcami, jakbym marnował jego cenny czas.
– A co to za pomysł?
– Wiem, że chce pan, abym się skupił na polepszeniu właściwości półprzewodnikowych krzemu, ale sądzę, że krzem

na dłuższą metę ma spore ograniczenia: problemy z wytwarzaniem ciepła, defekty, zasady fizyki – mówiłem drżącym głosem.

Zbył mnie machnięciem ręki.

– Krzem to najlepsze rozwiązanie.

– Technologia krzemowa umożliwiła rozwój rewolucyjnych zastosowań mikrochipów w komputerach, łączności, elektronice i medycynie.

– Nie rozumiem, do czego pan zmierza.

– Prawo Moore'a.

– Co za prawo Moore'a? – Przewrócił oczyma.

– Jego pierwsze prawo mówi, że przestrzeń potrzebna do zainstalowania tranzystora w układzie scalonym zmniejsza się mniej więcej o połowę co półtora roku.

– Właśnie dlatego musimy ulepszyć krzem.

– Drugie prawo Moore'a przewiduje, że koszt zbudowania fabryki produkującej układy scalone będzie się podwajał mniej więcej co trzy lata. W końcu, gdy chip osiągnie nanoskalę, nie tylko ceny wystrzelą w górę, ale potrzebne będą nowe metody projektowania. Kiedy przejdziemy z mikrochipów na nanochipy, wszystkie podstawowe zasady związane z ich produkcją będą wymagały przemyślenia.

– Co chce pan powiedzieć?

– Że najlepsze rozwiązanie wciąż czeka na wynalezienie.

– Czy ma pan zamiar sam zrewolucjonizować układ scalony?

– Powinniśmy zacząć od samej góry i posuwać się stopniowo w dół, zacząć od materii w skali makroskopowej i cięcia, kruszenia, topnienia, profilowania bądź w inny sposób nadawania jej użytecznych kształtów. Powinniśmy spróbować konstruować rzeczy od podstaw, składając podstawowe elementy niczym klocki.

– Jest pan ambitny, prawda? Wie pan, jak pana widzę w tych obdartych ciuchach? Syn terrorysty, pan Hamid. Dorastał w namiocie bez wody i prądu, a chce zrewolucjonizować naukę. Ma pan czelność nie zgadzać się z moim podejściem?

Spojrzałem mu w oczy.

– Wiele pan widzi, profesorze. Nie będę przeczył temu, co pan powiedział. Ale to, że dorastałem w namiocie, nie ma nic wspólnego z teoriami, których bronię.

– Żegnam, panie Hamid.

– Nie słucha mnie pan, ponieważ jestem Arabem. Woli pan się uważać za lepszego, niż mnie słuchać. Łatwiej mnie ignorować. Za kilka lat przekona się pan, że miałem rację i że mógł pan się znaleźć w czołówce. Że ja mogłem panu pomóc posunąć się naprzód.

– Doprawdy?

– Zrozumienie nanoskali jest ważne, jeżeli chcemy pojąć, jak zbudowana jest materia i w jaki sposób właściwości materiałów są odzwierciedleniem budowy atomowej ich składników oraz ich kształtów i rozmiarów. Wyjątkowe cechy nanoskali oznaczają, że nanoprojektowanie może przynieść zaskakujące rezultaty, których nie da się osiągnąć w inny sposób. Musimy zrozumieć strukturę pojedynczego atomu, żeby jak najlepiej manipulować jego właściwościami, żebyśmy mogli już na poziomie atomu budować materiały przez łączenie atomów ze sobą.

– To, o czym pan mówi, wymagałoby olbrzymich ambicji, poświęcenia całego życia.

– Wiem.

– A jeśli nic z tego nie wyjdzie?

Powtórzyłem to, co zawsze mówił mi Baba:

– Wiem, że tylko będąc gotowym na porażkę, można osiągnąć coś wielkiego.

– Co więc pan proponuje?

– Stosunkowo łatwo jest przeprowadzić ogólne obliczenia, w jaki sposób dwa izolowane ciała poruszają się pod wpływem wzajemnego przyciągania, ale jest to niemożliwe, jeśli dodamy do tego systemu choćby jedno dodatkowe ciało.

– Jak to obejść?

– Możemy przyporządkować liczby do pozycji, prędkości i sił w danym momencie i obliczyć, jakim zmianom ulegną te wartości po upływie bardzo krótkiego czasu. Potem to powtórzymy w nowych warunkach i tak dalej. Jeśli będziemy to robić na tyle często, żeby przerwy były dostatecznie małe, otrzymamy bardzo dokładny opis funkcjonowania tego układu.

– Im mniejsze odstępy, tym dokładniejszy opis. Trzeba by było przeprowadzić wiele obliczeń...

– Tym mogą się zająć komputery.

– Co to, teraz jest pan ekspertem komputerowym?

– W weekendy i wieczorami mogę wprowadzać dane do maszyny perforującej i czytnika kart. Możemy użyć komputera do symulowania konfiguracji chemicznych, żeby się dowiedzieć, jakie siły działają pomiędzy wszystkimi atomami w danej kombinacji. Gdy już się tego dowiemy, będziemy mogli ustalić, które kombinacje i układy będą stabilne i jakie będą miały właściwości.

Wyraz jego twarzy złagodniał na tyle, że widać było, jak nienawiść ustępuje miejsca naukowej ciekawości. Miałem szansę.

– Może w takim razie popracuje pan nad tym tego lata? Nie musimy się kontaktować. We wrześniu skontroluję rezultaty. Jeśli nie będą obiecujące, powie pan dziekanowi, że nie chce ze mną pracować. A jeśli wyniki wydadzą mi się ciekawe, zatrzymam pana przy sobie na rok.

– Zgoda – powiedziałem.

Profesor Szaron uśmiechnął się. Wiedziałem, że myśli, iż znalazł łatwy sposób, by się wykpić z obietnicy danej dziekanowi, ale ja nie zamierzałem poddać się bez walki.

Tego lata praktycznie mieszkałem w pracowni komputerowej. Wprowadzałem liczby, koncentrując się na najprostszych formach. Gdy nadeszła jesień, zaczęły się wyłaniać określone wzory. Posegregowałem wszystkie moje karty perforowane, spisałem dane dla profesora Szarona i czekałem, aż zgasną światła w jego gabinecie, by wsunąć mu te materiały pod drzwi. Liczyłem na to, że jego zamiłowanie do nauki będzie silniejsze niż nienawiść do mojego narodu.

Następnego dnia wprowadzałem liczby do komputera, gdy zjawił się profesor.

– Przejrzałem wstępne obliczenia. – Trzymał w ręku moje karty perforowane. – Jak pan uzyskał te wyniki? – Usiadł obok mnie i pokazałem mu, jak wprowadzam liczby, powoli zmieniam warunki i wprowadzam kolejne dane. – Pozwolę panu zostać trochę dłużej, a potem się zastanowię. Proponuję, by co tydzień przedstawiał mi pan postęp prac. – Jego głos był obojętny, ale wiedziałem, że zrozumiał, jaki potencjał tkwi w tych badaniach.

Dżamil wrócił na następny rok i znowu dzieliliśmy pokój. Rafi, który teraz mieszkał sam, wstawił stare biurko Zohera do naszego pokoju, gdzie teraz najczęściej przebywał po zajęciach. Motie latem ożenił się ze swoją miłością ze szkoły średniej i przeniósł się do akademika dla małżeństw. I tak rzadko go widywałem, bo większość wolnego czasu spędzałem w pracowni komputerowej.

Kilka dni po powrocie studentów profesor Szaron wezwał mnie do siebie. Siedział za wypolerowanym orzechowym biurkiem pośród półek wypełnionych książkami. Spojrzałem na zdjęcie Einsteina. Profesor podał mi jedyny przedmiot, jaki znajdował się na biurku: zdjęcie w pozłacanej ramce.

– Moja rodzina – powiedział.

– O… – Czyżby się bał o ich bezpieczeństwo, bo ukradli naszą ziemię? Czy boją się, że będziemy chcieli ją odzyskać? – Mieszkają w Jerozolimie?

– Nie żyją. – Podniósł na mnie wzrok.

Otworzyłem usta, lecz nie wydobył się z nich żaden dźwięk. Czyżby obwiniał mnie o ich śmierć?

– Zabili ich naziści.

Podał mi kolejne zdjęcie. To nie było w ramce, miało postrzępione krawędzie.

– To ja po przyjeździe do Hajfy. – Zdjął druciane okulary i przetarł je chusteczką, którą wydobył z kieszeni brązowej sztruksowej marynarki ze skórzanymi łatami na łokciach.

Mężczyzna ze zdjęcia bardziej przypominał zmarłego niż żyjącego.

– Przykro mi.

Czy on nie rozumiał, że to zrobili naziści, a nie my? Czy tamta historia może usprawiedliwiać to, co oni robią nam?

– Nieprawda. – Z powrotem nałożył okulary. – Nawet nie jest pan w stanie sobie tego wyobrazić. Izrael nie gazuje niewinnych ludzi i nie grzebie ich jak śmieci.

Obiecałem sobie i Babie, że nie pozwolę się wciągnąć w rozmowy o polityce. Jak jednak miałem milczeć?

– Izrael sprowadził na mój naród wielkie cierpienia. – Odwróciłem wzrok; nie mogłem na niego patrzeć. I mój naród nie ponosi odpowiedzialności za gazowanie Żydów podczas drugiej wojny światowej, dodałem w myślach.

– Cierpienia? – Pokręcił głową. – Nawet pan nie wie, co to znaczy. Co moi rodzice zrobili nazistom? Nic. A co dostali? Pamiętam mojego ojca w bydlęcym wagonie, ściskającego woreczek z trzema złotymi naszyjnikami, pierścionkiem zaręczynowym babci i srebrnymi lichtarzami. Tylko to nam pozostało. – Urwał, by zaczerpnąć powietrza. – Miał nadzieję, że kupi dla nas wolność.

Skrzyżowałem ręce na piersiach. Po chwili jednak opuściłem je wzdłuż ciała.

– Jak dojechaliśmy do Auschwitz, naziści oddzielali mężczyzn od kobiet. – Zdjął okulary i docisnął lewy kciuk i palec wskazujący do wewnętrznych kącików oczu. – *Bishanah habaah bieretz Yisrael*, to były ostatnie słowa mojej matki. „W przyszłym roku w ziemi Izraela". – Ponownie założył okulary.

Starałem się przestrzegać rad Baby. Zanim ocenisz człowieka, spróbuj sobie wyobrazić, jak sam byś się czuł, gdyby to samo przytrafiło się tobie.

– Jeden esesman spojrzał na mojego młodszego brata, Abrahama. Miał wtedy sześć lat… Skierował go na śmierć. – Profesor zacisnął lewą dłoń w pięść. – Mój brat chwycił ojca za nogę i krzyczał: „Nie zostawiaj mnie!".

– Pański ojciec żyje? – zapytałem. W głębi ducha wciąż opierałem się tej logice. Cierpienia jego rodziny nie dawały mu prawa zadawać cierpień innym.

– Ojciec szepnął do mnie: „Rób, co tylko się da, byle przetrwać. Walcz o życie wszelkimi sposobami, a jak zabraknie ci sił, pomyśl o mnie i walcz dalej". A potem pobiegł za moim bratem.

Czy profesor Szaron uważał, że to usprawiedliwia jego stosunek do mnie? Nie, to złe pytanie. Baba chciał, żebym spróbował postawić się na miejscu profesora.

– Dlaczego nie poszedł pan z nimi?

Twarz mu stężała.

– Obiecałem ojcu, że będę walczył do końca.

Wiedziałem co nieco o obietnicach.

– Co się stało z pana matką i siostrą?

– Kiedy wojna się skończyła, szukałem ich, ale nikt nie miał o nich żadnych wiadomości. – Wyjrzał przez okno na ogród. – Przekazywano sobie spisy tych, którzy przeżyli. Przeglądałem je wszystkie. Ale po moich bliskich ślad zaginął. Któregoś dnia spotkałem kobietę, którą pamiętałem z tego bydlęcego wagonu. Ubłagałem ją, żeby mi powiedziała. Mówiłem, że nie przestanę szukać, póki się nie dowiem.

– Wiedziała?

Skinął głową.

– Widziała, jak esesman wysyła Leę na śmierć. – Poluzował sobie krawat. – Kiedy matka pobiegła za nią, strzelił jej w tył głowy.

Przez chwilę milczeliśmy.

– Tych zbrodni nie popełnił mój naród – odezwałem się głośniej, niżbym chciał. Opuściłem głowę i wbiłem wzrok w lśniące białe linoleum na podłodze.

– Nie, ale zagrażacie mojemu narodowi.

– My nic nie mamy.

Profesor Szaron wstał.

– Wasz naród ma uzasadnione roszczenia do tej ziemi.

Spojrzałem na niego otwartymi ze zdumienia oczami.

– Niech pan nie myśli, że jestem głupi. – Podszedł do okna. – Nie było innego wyjścia. Holokaust pokazał, że Żydzi nie mogą dłużej żyć jako mniejszość wśród innych narodów. Potrzebowaliśmy własnego kraju.

– My nie spowodowaliśmy Holokaustu – wycedziłem powoli.

– Głodujący ma prawo sięgnąć po trochę dostępnego jedzenia, nawet gdy to oznacza, że ktoś inny będzie miał mniej, o ile zostawi tyle, żeby wystarczyło dla wszystkich.

– Jak można kogoś zmuszać do dzielenia się?

– To normalny obowiązek tego, kto ma pożywienie.

– Zwycięzcy robią, co chcą.

– Ja walczę o życie i wolność, nie o prawa przodków – stwierdził.

– A co z obietnicą Boga złożoną Żydom?

Uderzył pięścią w blat.

– Bóg nie istnieje. – Przez chwilę wpatrywał się w coś, czego ja nie widziałem. Potem odezwał się innym, nieco łagodniejszym tonem. – Nie ma pan pojęcia, jak ciężko pracowałem, żeby osiągnąć to, co mam. – Wyciągnął do mnie swoją potężną dłoń. Spojrzałem na nią. Nie mogłem pozwolić, żeby nienawiść przeszkodziła mi spełnić obietnicę złożoną Babie. Podałem mu dłoń, a on lekko ją uścisnął.

– To dla pana. – Podał mi plik kart perforowanych. – Przypadkiem na coś pan się natknął.

W tej chwili wiedziałem, że jeśli będę żywił stare urazy, będę cierpiał. To była moja szansa i musiałem ją wykorzystać. Co tydzień wsuwałem wyniki pod drzwi gabinetu profesora. On zaczął wpadać do pracowni komputerowej i obserwować moje symulacje. Z każdym tygodniem potencjał mojego badania wzrastał. Wkrótce profesor Szaron przychodził do pracowni, by osobiście wprowadzać liczby. Kiedy coraz wyraźniej zaczęły się ujawniać pewne schematy i coraz lepiej rozumieliśmy zachowanie atomów, niemal za każdym razem, gdy wchodziłem do pracowni, zastawałem profesora przy komputerze.

Zaczęliśmy spotykać się regularnie co tydzień w jego gabinecie, a w miarę jak uzyskiwaliśmy coraz więcej wyników, nasze spotkania stawały się jeszcze częstsze. W końcu bywałem u niego niemal codziennie, tak że profesor wstawił dla mnie osobne biurko. Każdą wolną chwilę, gdy nie byłem na zajęciach lub nie robiłem zadań domowych, spędzałem na próbach zrozumienia, jak działają poszczególne układy.

Dwudziestego trzeciego października 1967 roku wręczyłem profesorowi wyniki najświeższych symulacji, a chwilę potem ktoś zapukał do drzwi.

– Otwarte! – zawołał profesor, nie odrywając wzroku od przeglądanych materiałów.

W wejściu stał Abbas.

Rozdział 31

Nim Abbas otworzył usta, wiedziałem, że stało się coś strasznego.

– Niech Allah ma Babę w opiece.
– Żyje?
– Musimy natychmiast jechać do szpitala.

Profesor Szaron podniósł głowę.

– Co się stało?
– Muszę jechać do ojca.
– Nie może pan teraz. Nasze badanie właśnie nabiera rozpędu.
– Czy gdyby to był pański ojciec, czekałby pan?

Profesor zawahał się i zaraz pokręcił głową.

– Niech pan jedzie. – Położył mi dłoń na ramieniu i delikatnie ścisnął. – Jedź.

Abbas przyglądał się temu z wyraźnym zdumieniem. Stał jak posąg. Wiedziałem, że jest jednocześnie oszołomiony i podenerwowany.

Profesor Szaron wyciągnął do niego rękę.

– Jestem profesor Szaron. Pański brat jest moim asystentem.

Abbas odwrócił głowę w bok, wsuwając na moment dłoń w dłoń profesora.

Ruszyliśmy korytarzem do wyjścia. Abbas kuśtykał.

– Co to za nowy przyjaciel? – zapytał, gdy znaleźliśmy się na zewnątrz.

– Mój profesor.

– Byłeś z nim sam? Pracowaliście razem? – Słychać było, że Abbas z trudem panuje nad głosem. – Myślałem, że jesteście w osobnych grupach. Wiesz, jak u nas... mamy oddzielne szkoły. – Roześmiał się, lecz nie było w tym radości. – A tu widzę cię sam na sam z Izraelczykiem.

Zdumienie odebrało mi mowę.

– Jesteś Arabem – ciągnął Abbas – nie Żydem. Oni chcą w tym kraju tylko Żydów. Im wcześniej to zrozumiesz, tym lepiej urządzisz się w życiu. Nie napychaj sobie głowy tymi kłamstwami o równości i przyjaźni.

– On chce ze mną pracować.

– To nasi wrogowie. Nie rozumiesz?

– A jak tam nowy dom? – zmieniłem temat.

– Ojciec Zohera chyba ma poważne wyrzuty sumienia – rzekł Abbas. – Bo inaczej dlaczego Żyd budowałby dla nas dom?

– Zoher był moim przyjacielem. Tak jak i ty, nie spodziewałem się, że to coś prawdziwego, ale okazało się, że był szczery. Chociaż nie był z ojcem blisko, ten i tak postanowił to dla nas robić w imieniu swojego syna. – Mówiłem spokojnie, w taki sposób, w jaki rozmawiałby z nim Baba. – Jego ojciec nie musiał budować dla nas domu, ale to zrobił.

– Zdobycie zezwolenia pewnie nie zajęło mu więcej niż dwie sekundy – zauważył Abbas. – Przecież jest Żydem. Ma firmę budowlaną. Założę się, że to go wiele nie kosztowało.

– Są trzy sypialnie, prawdziwa łazienka i duża kuchnia. Zainstalował piec na drewno, szklane okna i drzwi z frontu i z tyłu. To porządny dom – przekonywałem.

Szliśmy kilka minut w milczeniu, powoli, by Abbas mógł mi dotrzymać kroku. Wreszcie położyłem mu rękę na ramieniu.

– Cieszę się, że przyjechałeś.
Słowa, których nie wypowiedział, bardzo mi ciążyły. Nie wiedziałem, jak zmniejszyć napięcie między nami.
– A ty jak się czujesz? – zapytałem, gdy dotarliśmy na przystanek.
– Baba jest w szpitalu i nie wiem, co mu się stało. Jestem osiemnastoletnim kaleką. Amal i Sara nie żyją. Mój brat trzyma sztamę z ich mordercami. Jak myślisz, jak się z tym wszystkim czuję? – Wbił we mnie gniewne spojrzenie. – Cieszę się, że cię puścił – dodał po chwili.
– To niezły chłop.
– Niech ci Bóg wybaczy głupotę. – Odsunął się ode mnie. – Chyba cię diabeł opętał.
– Dokąd nas zaprowadzi ta nienawiść?
Wyciągnął w moją stronę dłonie zwrócone wnętrzem do góry.
– Powinieneś posłuchać doktora Habasza.
Rozejrzałem się. Gdyby jakiś Izraelczyk usłyszał, że Abbas popiera doktora Habasza, mogliby mojego brata zamknąć, wygnać z kraju albo zabić. Prawo zakazywało popierania partii, które sprzeciwiały się koncepcji Izraela jako państwa żydowskiego.
– Uważaj – powiedziałem.
– Nie chcesz, żebym przyznał, że według mnie powinniśmy mieć świeckie demokratyczne państwo bezwyznaniowe?
– On jest zwolennikiem przemocy.
– A jak inaczej wyzwolić Palestynę? Czy mamy ich prosić, żeby uczynili to państwo świeckim?
– Tylko wybaczenie cię wyzwoli – powtórzyłem słowa Baby. – Co jest lepsze: wybaczyć i zapomnieć czy żywić złość i pamiętać?

– Zdradzasz Babę i mnie, i nasze nieżyjące siostry, kiedy się bratasz z prześladowcami. Muszą zapłacić za to, co nam zrobili. Nie ma dnia, żebym nie czuł bólu. Nie mogę pracować. Baba ciągle jest w więzieniu. Modlę się, żeby nadszedł dzień, kiedy rozgnieciemy ich na miazgę, jak czosnek.

– Jeśli będziemy się mścić, staniemy się tacy jak oni, ale jeśli im wybaczymy, będziemy od nich lepsi – znowu zacytowałem Babę.

– Nienawidzę ich.

– Nienawiść to karanie samego siebie. Myślisz, że twoja nienawiść w jakiś sposób psuje im samopoczucie?

– A czy jeśli przestanę ich nienawidzić, wypuszczą Babę, pozbawią mnie tego bólu i przywrócą życie Amal i Sarze?

– A jeśli nie przestaniesz, osiągniesz to wszystko?

Spojrzał na mnie z ukosa. Był wściekły.

– Nie wiem już, kim jesteś.

Westchnąłem. On nie pamiętał prawdziwego Baby. Rozmowa z nim o Izraelczykach działała na niego jak płachta na byka. Ogarnęły mnie wątpliwości, czy jeszcze kiedykolwiek uda nam się odnowić tę bliską więź, która nas kiedyś łączyła. Czy na tym świecie nie ma równowagi?

W drodze do szpitala w Beer Szewa Abbas prawie się do mnie nie odzywał. Myślałem o profesorze Szaronie i nowym podejściu do naszych badań. Analizowałem w pamięci dane, próbując znaleźć sposób na zwiększenie przewidywalności wyników.

Gdy zbliżaliśmy się do szpitala, zawyły syreny. W powietrzu unosił się zapach śmierci. Wchodząc, byłem pełen złych przeczuć.

Strażnik przy drzwiach zażądał naszych dowodów tożsamości.

– Wy do kogo? – zapytał.
– Do ojca, Mahmuda Hamida – powiedziałem.
Strażnik pogrzebał w swoich papierach i uniósł brwi.
– Skazaniec?
– Tak.

Wyjął zza pasa krótkofalówkę i wezwał eskortę, żeby nas zaprowadzono na oddział więźniów. Przyszli dwaj żołnierze w hełmach z osłonami, z uzi w rękach, z granatami, pałkami i kajdankami w futerałach. Zaprowadzili nas do jakiegoś pomieszczenia.

– Rozebrać się! – zarządził dowódca.
Zdjąłem spodnie.
Oczy Abbasa stały się wielkie, jakby był świadkiem morderstwa.
– Co ty robisz?
– Rozbierz się.
– Nie ma mowy.
– Powiem Babie, że przyjechałeś.
– Mam mu tyle do powiedzenia.

Próbował zdjąć szatę przez głowę, ale nie mógł unieść rąk dostatecznie wysoko. Zawsze rozbierała go Mama. Żołnierze obserwowali nas, gdy przeciągałem Abbasowi ubranie przez głowę. Stanęliśmy obok siebie w samej bieliźnie.

– Ściągać wszystko! – rozkazał żołnierz.
Abbas opuścił głowę i posłusznie zdjął bieliznę. Zaklął pod nosem.
– Zamknij się! – Żołnierz przyłożył mu karabin do głowy.
– Proszę! On miał złamany kręgosłup, dopiero wraca do zdrowia! – Po tych słowach zwróciłem się po arabsku do Abbasa: – Abbas, na miłość boską, przestań mamrotać!
Przestał.

Zaprowadzono nas do piwnic. Dwaj żołnierze siedzieli przed drzwiami, a trzech stało w środku sali, w której leżał Baba przykuty do metalowego łóżka na kółkach.

Zbyt wzruszony, by się odezwać, chwyciłem go za rękę. Abbas sięgnął po drugą.

– Jesteś taki duży – powiedział Baba do Abbasa. – To już siedem lat.

W oczach Abbasa pojawił się strach.

– Nie martw się. Nic mi nie będzie – uspokoił go Baba. Gdy tak leżał przykuty do łóżka, wyglądał na steranego życiem starca.

Spojrzałem na jego kartę. Miał trzy złamane żebra i poważne wstrząśnienie mózgu.

– Kto to Babie zrobił? – zapytał Abbas przez zaciśnięte zęby.

– Jest nowy komendant. – Baba kiwał głową. – Pełen nienawiści. Stracił nad sobą panowanie. Inni strażnicy czuli się okropnie. – Twarz Abbasa zrobiła się czerwona. – Odciągnęli go ode mnie. Jestem wytrzymały. – Próbował się uśmiechnąć, lecz nie bardzo mu się to udało.

Baba opowiedział nam o portretach, które rysował, i muzyce, którą zaczął komponować. Pytał o Mamę i resztę rodziny. Zapewniał, że czuje się dobrze, i w jakiś sposób udało mu się nieco mnie podnieść na duchu.

Zadzwonił dzwonek i odwiedzający zaczęli się żegnać z chorymi.

– Jeszcze przyjdziemy – powiedziałem.

– Nie – odparł Baba. – Ty się skup na nauce i oszczędzaj pieniądze. Twoje listy mi wystarczą.

– Czas się skończył. – Strażnik wskazał karabinem drzwi.

Abbas i ja wyszliśmy z opuszczonymi głowami.

Wysiadłem z autobusu przy bramie kampusu. Zmierzchało. W gabinecie profesora Szarona paliło się światło. Może nadal pracował. Wszedłem do budynku i w ciemnym korytarzu usłyszałem podniesione głosy.

– To nie są ludzie – mówiła Alija, a przynajmniej tak brzmiało jej imię przyjęte po emigracji z Republiki Południowej Afryki do Izraela. Była żoną profesora Szarona.

Oczywiście, Alija nie pochwalała tego, że jej mąż pracuje z Arabem. Kilka tygodni wcześniej profesor Szaron miał grypę i poprosił mnie, żebym mu przyniósł najnowsze dane do domu. Była to stara arabska willa w pobliżu dworca autobusowego. Podałem te materiały jego żonie przez łańcuch w drzwiach.

– Wpuść go – burknął profesor z głębi mieszkania.

– Co sobie pomyślą sąsiedzi? – odparła i zatrzasnęła drzwi. Z wnętrza dobiegły krzyki i minutę później profesor Szaron wpuścił mnie do środka. Alija była na piętrze.

Teraz z korytarza słyszałem ich rozmowę.

– Ten chłopak to geniusz – mówił profesor. – Jego pomysł jest naprawdę godny uwagi.

Wiedziałem, że profesor ma kłopoty w małżeństwie. Słyszałem, jak zwierzał się komuś, że Alija stale narzeka na jego pracę: pracuje za dużo, nie zarabia wystarczająco, interesuje go tylko nauka i nie chce spędzać z nią czasu. Według niego natomiast ona miała zbyt wielkie oczekiwania wobec świata: nie przepracowała w życiu ani jednego dnia i spędzała czas przede wszystkim na chodzeniu po sklepach. Chciała, by pracował w przemyśle, bo szkolnictwo nie dawało dużych pieniędzy. Raz nawet słyszałem, jak wyrażał żal, że się z nią ożenił.

– Budowanie od podstaw? – Alija wypowiadała się tonem eksperta. – Śmiechu warte!

– Ty nawet nie skończyłaś szkoły średniej. On ma rację. Małe to nowe duże. Tym właśnie zajmuje się nauka.

– Jak możesz z nim pracować? – Jej głos ociekał obrzydzeniem. – Na tym stanowisku powinien być Żyd.

– Dla mnie najważniejszy jest postęp.

Nie wierzyłem własnym uszom. Profesor Szaron bronił mojego pomysłu.

– Tak czy inaczej, gdzie się teraz podziewa ten twój asystent terrorysta?

Chciałem biec do swojego pokoju, ale nogi odmówiły mi posłuszeństwa. Kiedy jeszcze będę miał okazję słyszeć, jak profesor Szaron staje w mojej obronie, nawet jeżeli robi to tylko na złość żonie?

– Jego ojciec jest w szpitalu – odparł profesor.

– Oni chcą nas wszystkich unicestwić.

– Mamy silną kartę przetargową. Ziemia za pokój. Co zrobimy z Zachodnim Wybrzeżem i Gazą? Tam żyje milion Arabów. Przy ich przyroście naturalnym któregoś dnia będzie ich więcej niż nas.

– Arabowie to nie ludzie. Wszyscy są terrorystami. Mają to we krwi.

– Mówisz jak naziści. Wiem, że na dłuższą metę, jeśli będziemy współpracować, wszyscy na tym zyskamy.

– Te karaluchy nie uspokoją się, póki nie odzyskają całego terytorium Izraela.

Usłyszałem zgrzyt krzesła po podłodze. Wybiegłem z budynku.

Następnego ranka przyszedłem do pracy wcześnie. Profesor Szaron był już w gabinecie. Zauważyłem walizkę w rogu oraz poduszkę i koc na sofie. Od tego dnia pracowaliśmy wspólnie na okrągło. Przyzwyczaiłem się do niego i chętnie wieczorami omawiałem z nim wyniki. Z przyjemnością codziennie wypijałem poranną kawę w jego towarzystwie. Dał mi życiową szansę, a może to ja mu ją dałem. A może daliśmy ją sobie nawzajem.

Rozdział 32

Rok 1969 zaczął się od cudu. Bibliotekarka ogłosiła, że śnieg pada, i wszyscy wybiegliśmy na zewnątrz. Stałem w koszuli z krótkim rękawem i w cienkich spodniach, czując podniosłość tej chwili. Patrzyłem na idealne śnieżne płatki spadające z nieba – pierwsze, jakie widziałem w swoim życiu.

Po powrocie do pokoju nie mogłem zgiąć palców. Szczękałem zębami. Uruchomiłem grzejnik olejowy, który przydzielono nam na zimne noce, i postawiłem go na środku pokoju. Owinięty kocem wróciłem do nauki. Wszedł Dżamil w zimowym palcie, czapce i szaliku. W ręku trzymał dużą torbę.

– Musisz się wybrać na zakupy – powiedział.

– Ten śnieg się nie utrzyma.

– Zimą zawsze jest mroźny deszcz. – Pokręcił głową. – Musisz wydać trochę pieniędzy. Nie możesz tak żyć.

Dżamil zasnął, a ja jeszcze czytałem. Po północy poczułem dym. Opatulony w koc, wyszedłem na korytarz.

Po drzwiach pokoju numer pięć pełzły płomienie z grzejnika olejowego. Mieszkało tam dwóch Izraelczyków. Widocznie było im za gorąco, bo wystawili grzejnik na zewnątrz i palił się przy samych drzwiach.

– Ogień! – krzyknąłem z całych sił. – Jonatan, Szamuel, wyskakujcie przez okno! – Stłukłem szybkę, by sięgnąć po gaśnicę. Nie przestając krzyczeć, gasiłem płomienie. Drzwi i podłogę pokryła biała piana. Na korytarz wyszedł rozespany Dżamil w piżamie, z rozczochranymi włosami. Stopniowo otwierały się kolejne drzwi, z których wyłaniali się studenci w piżamach, bieliźnie, szlafrokach. Jedni boso, inni w klapkach, butach czy tenisówkach. Dżamil złapał drugą gaśnicę i pomagał mi walczyć z ogniem. Inni tłumili płomienie kocami.

Otworzyły się zewnętrzne drzwi budynku i weszli Jonatan i Szamuel. Usłyszeli moje krzyki i wydostali się z pokoju przez okno. Korytarz był pełen dymu i białej piany. Pootwieraliśmy drzwi na przestrzał, żeby wpuścić świeże powietrze. Dżamil, ja i Izraelczycy jeszcze przez kilka godzin usuwaliśmy pianę w tym przeciągu. W końcu, trzęsąc się z zimna, zdjąłem osmalone drzwi z zawiasów i wstawiłem w to miejsce inne, z niezamieszkanego pokoju.

Kiedy skończyłem, nagrodzono mnie oklaskami.

– Nasz bohater! – Jonatan poklepał mnie po plecach. – A teraz wszyscy do kuchni! Wypijmy za Ahmada!

Zebraliśmy się – Żydzi i Arabowie – wspólnie w kuchni, gdzie wypiliśmy sahlab z cynamonem, wiórkami kokosowymi i siekanymi pistacjami.

Ukończyłem studia licencjackie z najwyższą oceną na roku. Profesor Szaron zaproponował mi etat swojego asystenta dydaktycznego, pozostawiając mi prowadzenie naszych wspólnych badań. Dzięki temu, że Mama oszczędnie gospodarowała pieniędzmi, moja wypłata z powodzeniem wystarczała na żywność i ubranie dla całej rodziny.

Profesor Szaron nalegał, żeby być promotorem mojej pracy magisterskiej. Wspólnie opublikowaliśmy pięć artykułów w prestiżowym „Journal of Physics". Przed rozpoczęciem naszych badań on sam w całej swojej karierze opublikował w tym piśmie własne wyniki tylko trzy razy. Nadal mieszkałem z Dżamilem, który był teraz na studiach magisterskich z matematyki.

W tym samym tygodniu, w którym zacząłem pracować jako asystent dydaktyczny profesora Szarona, zakochałem się.

– Amani – powiedziała, kiedy przyszła jej kolej na przedstawienie się w grupie. Spojrzałem w jej sarnie oczy barwy miodu i przez chwilę nie odrywaliśmy od siebie wzroku. Przed Amani nie spotkałem na uniwersytecie ani jednej atrakcyjnej arabskiej dziewczyny. Te ładne wychodziły za mąż przed ukończeniem osiemnastu lat.

Profesor Szaron również się zakochał. Stowarzyszenie na rzecz Pokoju na Świecie przysłało amerykańską dziennikarkę, Justice Levy, która miała przeprowadzić wywiad z nami dwoma o naszej wspólnej pracy. Justice miała rude włosy, które wciąż odgarniała z twarzy. Gdy oglądała półki z książkami w gabinecie profesora Szarona, lśniły jej oczy. W długiej kwiecistej spódnicy, samodzielnie farbowanym podkoszulku i kamizelce wykonanej techniką makramy, ze srebrnymi symbolami pokoju wielkości pięści zwisającymi z szyi i uszu, była dokładnym przeciwieństwem jego byłej żony.

Podczas wywiadu profesor nie odrywał wzroku od Justice, która podziwiała go za to, że przyjął mnie na swojego asystenta naukowego. Zaczęli się spotykać i po kilku tygodniach profesor się do niej wprowadził. Co najmniej raz na tydzień Justice zapraszała mnie na obiad.

Mój związek z Amani natomiast pozostawał jedynie w mojej wyobraźni. Kilka tygodni po tym, jak ujrzałem ją po raz pierwszy, wspomniałem Dżamilowi, że jest w grupie, którą uczę. Powiedział, że jak on pochodzi z Akki.

– Czemu nie wyszła za mąż?
– Miała dużo propozycji – odparł Dżamil – i wszystkie odrzucała. Zaczęła strajk głodowy, kiedy ojciec próbował ją zmusić do ślubu z kuzynem. Wiesz, że była najlepsza w całej szkole?

Chciałem mu zadać milion pytań, ale czułem, że nie wypada.

Z utęsknieniem czekałem na każdy wtorek i czwartek, abyśmy mogli od dziewiątej do dziesiątej wymieniać dyskretne spojrzenia.

Na ostatnich zajęciach pod koniec pierwszego semestru zebrałem testy końcowe i od razu poszedłem do swojego gabinetu. Profesor Szaron załatwił dla mnie pokój z biurkiem, lampką i trzema plastikowymi krzesełkami do przyjmowania studentów. Nerwowo przesuwałem palcami po testach, aż znalazłem ten napisany przez Amani. Uzyskała sześćdziesiąt cztery procent wszystkich możliwych punktów. Spodziewałem się, że jest nie tylko piękna, ale i mądra, a tu takie rozczarowanie. Wiedziałem jednak, że mogę jej pomóc.

Rozdając studentom sprawdzone testy, ogłosiłem, że po zajęciach będę w swoim gabinecie, gotów pomóc tym, którzy zechcą przystąpić do egzaminu poprawkowego, by podnieść ocenę.

Czytałem książkę o mechanice kwantowej, gdy usłyszałem pukanie.

– Proszę – powiedziałem po hebrajsku.

Weszła Amani w dżinsowych dzwonach i czerwonym podkoszulku. Jej porcelanową twarz okalały długie czarne włosy. Zaparło mi dech w piersiach. Przyszła z koleżanką, otyłą dziewczyną z trądzikiem, która miała pełnić funkcję przyzwoitki.

– Co mogę dla pani zrobić? – zapytałem po arabsku, sam zaskoczony własną elokwencją. Pomoc udzielana przez samotnego mężczyznę niezamężnej kobiecie stawiała oboje w bardzo niezręcznej sytuacji. Porządne dziewczęta nie rozmawiały z mężczyznami, którzy nie byli ich mężami. Nie znajdowaliśmy się jednak w wiosce. Musiałem tylko pamiętać, żeby pozostawić otwarte drzwi.

– Czy może mi pan pomóc? – zapytała.

– A jest pani gotowa pracować?

– Zrobię, co trzeba. – Mówiąc, patrzyła mi prosto w oczy. – Nauka to moje życie.

– Jak to?

– Fascynują mnie prawa natury. – Uśmiechnęła się.

Wskazałem dłonią krzesła po przeciwnej stronie biurka.

– Zapraszam. – Dziewczęta usiadły. – Przyniosła pani swój test?

Amani położyła torbę na biurku i wyjęła z niej test. Kładąc go przede mną, odchyliła głowę i odgarnęła jedwabiste włosy. Cały czas patrzyła mi w oczy.

Starałem się unikać jej wzroku.

– Zacznijmy od pierwszego zadania. Dźwig elektryczny o ustalonej mocy 0,25 KM podnosi kontener w tempie 5 cm/s. Proszę podać maksymalną masę kontenera, który ten silnik może podnieść z taką stałą prędkością. – Chrząknąłem. – Zakładamy, że moc silnika wynosi 0,25 KM, czyli 186,5 W. W ciągu jednej sekundy skrzynia o ciężarze $m \times g$ jest podnoszona na wysokość 0,050 m. – Otworzyłem usta, by podsumować ten wywód, lecz Amani mi przerwała:

– Więc praca wykonana w ciągu 1 sekundy to: (ciężar) x (zmiana odległości w ciągu sekundy) = $(m \times g)(0{,}050 \text{ m})$. Z definicji moc = praca/czas, zatem 186,5 W = $(m \times g)$

(0,050m)/ 1 s. Uwzględniając g = 9,81 m/s², otrzymujemy m = 381 kg. Silnik może podnieść kontener o masie około 0,38 x 10³ kg z tą stałą prędkością.

Zaniemówiłem z wrażenia.

Amani mrugnęła do mnie.

Za pięć minut miałem zajęcia z kolejną grupą, umówiłem się więc z nią na następny dzień. Zaczynałem podejrzewać, że ona właściwie nie potrzebuje pomocy. Zastanawiało mnie, dlaczego tak słabo napisała test.

Stojąc przed studentami, czułem, że jestem właściwym człowiekiem na właściwym miejscu. Nie przeszkadzały mi nawet ubrania uszyte przez Mamę. W sali wykładowej zmieniał się układ sił. Tam to ja byłem u władzy. Zwłaszcza w stosunku do Amani dodawało mi to pewności siebie.

Zarówno Izraelczycy, jak i Arabowie mówili mi często, że wyglądam jak Omar Sharif, aktor, którego zdjęcie widziałem w izraelskiej gazecie. Rząd Nasira omal nie odebrał mu obywatelstwa, gdy prasa egipska ujawniła jego romans z Barbarą Streisand, zwolenniczką Izraela. Czasem dostrzegałem na sobie spojrzenia izraelskich dziewcząt, zawsze jednak czułem się niepewnie, póki nie zacząłem uczyć.

Któregoś dnia, po tygodniu przychodzenia co rano do mojego gabinetu w towarzystwie przyzwoitki, Amani zjawiła się sama. Otworzyłem dla niej drzwi, ale ona nie weszła.

– Silwa zachorowała – uśmiechnęła się.

Wzruszyłem ramionami.

– To zostawię otwarte drzwi.

Z uśmiechem na twarzy przekroczyła próg i usiadła na krześle. Zająłem miejsce obok niej. Obróciła głowę w moją stronę i nasze spojrzenia znowu się spotkały. Żadne z nas tego nie wyznało, ale byłem pewien, że jesteśmy w sobie zakochani.

Amani zdała egzamin z najwyższą oceną. Chętnie przypisałbym ten sukces sobie, ale zaczynałem podejrzewać, że specjalnie tak słabo napisała za pierwszym razem. Czyżby zrobiła to, żeby się do mnie zbliżyć?

Miesiąc wcześniej moja młodsza siostra Nadia została wydana za wdowca o imieniu Zijad, który miał siedmioro małych dzieci. Jego poprzednia żona niedawno zmarła. Mama nie posiadała się ze szczęścia. Ani pana młodego, ani naszej rodziny nie było stać na wesele, więc panna młoda tylko podpisała kontrakt ślubny i było po wszystkim.

Nadia poznała swojego męża już po ślubie, kiedy wprowadziła się do domu jego rodziców, gdzie wraz z nim i jego dziećmi mieszkała w pokoju wielkości tego zajmowanego przeze mnie w akademiku. Przykro mi było, że Baba nie widział, jak jego córka wyprowadza się do męża, i obiecałem sobie, że z własnym ślubem poczekam na jego wyjście z więzienia. Bardzo się ucieszył, gdy napisałem mu o Amani i o swoich planach. Mama nie mogła się już doczekać, kiedy założę własną rodzinę, ale także chciała, żeby Baba był przy tym obecny. Odpisał mi, że nie muszę odkładać ożenku jego wyjścia na wolność, ale ja przekonałem go, że chcę najpierw skończyć studia.

Pod koniec moich studiów magisterskich profesor Szaron i ja dopiero zaczynaliśmy rozumieć, jak zabrać się do tworzenia materiałów od samych podstaw. Profesor zaproponował, bym temu tematowi poświęcił swoją pracę magisterską, lecz ja uważałem, że to zagadnienie jest jeszcze w powijakach. Owszem, tkwił w nim potencjał, ale badania mogły trwać jeszcze dziesiątki lat, a ja ze względu na Babę potrzebowałem czegoś bezpiecznego i szybkiego.

– Jeśli chce się coś osiągnąć, trzeba ryzykować. – Profesor tłumaczył mi, że to inwestycja długoterminowa, która może nam się udać, jeśli będziemy pracować wspólnie.

– Ale moja rodzina…

– Szuka pan bezpiecznej i łatwej drogi czy drogi prowadzącej do wielkości?

– Mój ojciec…

– Czy on pragnie syna, który zadowoli się osiągnięciami poniżej swoich możliwości, czy syna, który w pełni wykorzysta swój potencjał?

Czy mogłem się z nim nie zgodzić?

Profesor Szaron i Justice pobrali się w połowie moich studiów magisterskich. Amani i ja pozostawaliśmy w platonicznym związku i wciąż spotykaliśmy się, by omawiać zadania z fizyki. Nie potrzebowaliśmy słów, by czuć, że coś nas łączy. Wiadomym też było, że póki się nie pobierzemy, nie dojdzie między nami do niczego o zabarwieniu seksualnym, nawet do pocałunku. Wszyscy jednak wiedzieli, że jesteśmy parą, bo Amani, gdy już zaliczyła mój przedmiot, przez następne dwa i pół roku stale bywała w moim gabinecie. Miała skończyć licencjat w tym samym roku, w którym ja kończyłem pierwszy rok studiów doktoranckich. Co semestr znajdowała się na liście wyróżnionych jako studentka z najlepszymi wynikami w swojej grupie.

Dwa tygodnie przed skończeniem studiów przez Amani i jej powrotem do rodzinnego miasta siedzieliśmy razem w moim gabinecie. Przygotowywała się do egzaminu z astrofizyki. Spojrzałem głęboko w jej oczy barwy miodu. Jakże pragnąłem przesunąć palcami po tych jedwabistych czarnych włosach, rozpiąć jej jasną sukienkę... Wiedziałem jednak, że nie mogę jej nawet pocałować.

– Czy uczynisz mi ten wielki zaszczyt i zostaniesz moją żoną?

Powinienem wcześniej poprosić o jej rękę jej ojca, ale te zasady obowiązywały tylko na wsi.

Uśmiechnęła się.

– Mój ojciec jest w więzieniu. – Opuściłem wzrok, niepewny jej reakcji. Zwykle, gdy w naszych rozmowach pojawiał się Baba, znajdowałem sposób, by zmienić temat. Nasz związek ograniczał się do jej wizyt w moim gabinecie. Wszystko inne mogłoby jej przysporzyć kłopotów w kontaktach z rodziną.

– Nie wiedziałam.

– Wypuszczą go przed końcem tego roku akademickiego. – Wolałem jej nie mówić, ile czasu spędził w zakładzie karnym. – Chciałbym wtedy wziąć z tobą ślub.

– Mój ojciec – jej twarz wykrzywił grymas, jakby napiła się skwaśniałego mleka – nie pozwoli mi wyjść za mąż, o ile wszystko nie odbędzie się zgodnie z tradycją.

– Gdzie miałby się odbyć ślub? – zapytałem.

– Wszędzie, byle nie w Akce – uśmiechnęła się.

– A gdzie będziemy mieszkać?

Wzruszyła ramionami.

– Kocham cię. – Spojrzałem jej w oczy. Miałem ochotę chwycić ją za rękę i już nigdy nie puścić.

Amani nachyliła się i pocałowała mnie. Ten pocałunek zupełnie zbił mnie z tropu. Chciałem, żeby trwał jak najdłużej, czułem to pragnienie całym ciałem. Na chwilę zamknąłem oczy. Pachniała jak świeży wiatr wiejący od morza.

– Amani. – Przytrzymałem jej głowę. Ona uśmiechnęła się i znowu ofiarowała mi swe usta. Wiedziałem, że to nasza jedyna okazja, więc przedłużałem ten moment do granic możliwości. Zatrzepotała rzęsami. Odsunęliśmy głowy.

– Dżamil jest w pokoju? – zapytała.

Czyżby mnie słuch mylił? Nie mogliśmy się posunąć ani o krok dalej. Gdyby ktokolwiek się o tym dowiedział, ucierpiałaby reputacja nie tylko samej Amani, ale i całej jej rodziny: nikt nie poślubiłby jej sióstr, pogardliwie wyrażano by się o jej rodzicach. Jeśli rodzina Amani była bardzo konserwatywna, mogli ją nawet pobić lub zabić. Co ona sobie myślała?

Rozdział 33

Czekaliśmy z Abbasem przy bramie więzienia Dror. Myślałem o tym, co by się stało, gdyby wtedy Dżamila nie było w pokoju. Już niedługo się pobierzemy, mówiłem sobie. Mama z Nadią zostały w domu, by przygotować dla Baby przyjęcie powitalne. Hani był bardzo niespokojny, bo w ogóle nie pamiętał ojca. Fadi chciał jechać z nami, ale zgodnie z prawem izraelskim więźnia mogły odbierać tylko dwie osoby, żeby takie momenty nie zamieniały się w demonstracje.

Chciałem, żeby to Abbas ze mną jechał. Miałem nadzieję, że Baba wpłynie na zmianę jego sposobu myślenia, przekona go, że przemoc do niczego nie prowadzi. Abbas był ślepo zapatrzony w George'a Habasza i jego Ludowy Front Wyzwolenia Palestyny*.

W południe pięciu izraelskich żołnierzy otworzyło bramę. Stali, celując z naładowanych uzi we mnie, Abbasa i innych Palestyńczyków, którzy w podnieceniu czekali na uwolnienie swoich bliskich.

Kiedy tak staliśmy naprzeciwko siebie, wzmógł się wiatr. Drobiny piasku zaczęły wirować, i już po chwili saltacja wywołała pole magnetyczne. Poruszający się piasek naładował się ujemnie wobec gruntu, który uwalniał coraz więcej ziaren. Zanim się zorientowałem, ogarnęła nas burza piaskowa. Nie widziałem nic na wyciągnięcie ręki. Czułem piach w ustach, oczach, uszach. Dzieci krzyczały przerażone, mężczyźni

---

*LFWP – organizacja marksistowsko-leninowska, założona w 1967 roku.

owijali twarze kefijami, kobiety osłonami na twarz. Abbas zbyt gwałtownie uniósł ręce do głowy i jęknął z bólu. Gdy wreszcie wszystko ucichło, otrzepałem się z piachu i próbowałem zrobić to samo z twarzą Abbasa, żeby nie musiał podnosić rąk, on jednak kazał mi przestać. Napięcie między nami było niemalże namacalne. Nie mogłem uwierzyć, że tak oddaliliśmy się od siebie. Zrobiłbym wszystko, żeby znaleźć z nim wspólny język, ale on sabotował każdą moją próbę. Nie potrafił się pogodzić z faktem, że pracuję z profesorem Szaronem.

Więźniowie siedzieli w równych rzędach na ziemi, zasypani piaskiem. Żołnierz zaczął wyczytywać numery.

– Jeden, dwa, trzy, cztery... – odliczał po kolei, aż do numeru dwa tysiące dwudziestego trzeciego.

Kto usłyszał swój numer, obracał się twarzą do więzienia. Dostrzegłem w tym tłumie Babę.

Dowodzący ustawił w szeregu dwudziestu ośmiu więźniów, którzy mieli wyjść na wolność. Kiedy wyczytano nazwisko Baby, pozostali więźniowie ściskali mu dłonie i przybijali „piątki". Nawet stojący w pobliżu strażnicy wykrzykiwali słowa pożegnania i życzyli mu powodzenia. Wiedziałem, że każdy taki gest jest dla Abbasa jak smagnięcie batem. Dwaj żołnierze rewidowali każdego wychodzącego za bramę. Obok kroczyli uzbrojeni wartownicy.

Więźniowie – wszyscy w czarnych strojach – byli w różnym wieku. Niektórzy mieli nie więcej niż dwanaście, trzynaście lat, kilku wyglądało na ponad siedemdziesiąt. Pięciu uwięzionych nie było w stanie iść o własnych siłach, więc strażnicy ich podtrzymywali. Przez te wszystkie pożegnania – nawet żołnierze przy bramie poklepali go po plecach – Baba wyszedł ostatni.

Nie mogąc się już doczekać, podbiegłem do niego. Brakowało mu dwóch przednich zębów, jego twarz wyglądała jak zmięta papierowa torba. Abbas i ja ucałowaliśmy go w prawą dłoń. Wujek Kamal czekał za rogiem w samochodzie, którego używał jako taksówki. Od aresztowania Baby minęło już tyle lat, że Izraelczycy przestali prześladować naszych przyjaciół i bliskich.

Mama i Nadia ozdobiły cały samochód sztucznymi kwiatami i wypchały go ciasteczkami daktylowymi, pistacjami, migdałami, figami, morelami, pomarańczami, winogronami i butelkami wody. Baba usiadł obok wujka Kamala, lecz co chwila oglądał się na mnie i powtarzał:

– Nie mogę uwierzyć, że jesteś studentem.

Abbas siedział zgięty, trzymając się za żebra, i z ponurą miną wyglądał przez okno. Ani ja, ani Baba nie umieliśmy go pocieszyć.

Podwórze przed naszym nowym domem było pełne sąsiadów. Cieszyłem się, że Baba nie wie o tych strasznych namiotach, w których przyszło nam mieszkać tyle lat. Kiedy tylko wyszedł z samochodu, uściskami i pocałunkami powitali go Mama, Nadia i Fadi. Ze łzami w oczach westchnął i powiedział:

– Gdyby były tu jeszcze z nami Amal i Sara.

Hani stał nieco z boku. Przedstawiłem go Babie i Hani wyciągnął rękę. Baba mocno ją ścisnął. Obaj czuli się nieręcznie, ale miałem nadzieję, że z czasem do siebie przywykną. Wreszcie Babę otoczyli członkowie dalszej rodziny i znajomi.

Abu Sajjid przyniósł skrzypce, a Mama wręczyła Babie używany ud. Już po chwili Baba i Abu Sajjid grali wspólnie, jak gdyby tych czternastu długich lat nigdy nie było. Tańcząc i śpiewając, świętowaliśmy do białego rana.

Godzinę policyjną zniesiono w naszej wiosce w 1966 roku. Wtedy przestały nas obowiązywać dekrety wojenne. Teraz wojsko rządziło na Zachodnim Brzegu i w Strefie Gazy. Namioty w obozie uchodźców za rzeką stopniowo zamieniały się w mrowie betonowych murów i przerdzewiałych blaszanych dachów. W ciągu dnia słyszeliśmy buldożery i odgłosy wystrzałów. W nocy było spokojnie, godzina policyjna zmuszała ludzi do przebywania w domach.

Następnego dnia pokazałem Babie czternaście drzew oliwnych, które zasadziliśmy na jego cześć. Amal i Sa'ada, pierwsze z nich, rosły najdalej: wysokie i grube, przypominały mi losy mojego narodu. Wiele lat obserwowałem Izraelczyków, jak zbierali owoce z drzew odebranych naszej wiosce. Brutalnie bili te drzewa kijami, żeby strząsnąć owoce. Dziwiłem się, że pomimo tego ciągłego bicia, wyjałowienia ziemi i upału drzewa przetrwały i z roku na rok, z wieku w wiek, wydawały nowe owoce.

Ich siła tkwiła w korzeniach, tak głębokich, że nawet po ścięciu pnia wypuszczały młode pędy, z których wyrastały nowe pokolenia. Zawsze wierzyłem, że siła mojego narodu, tak jak drzew oliwnych, bierze się z naszych korzeni.

Pod migdałowcem podzieliłem się z Babą pragnieniem poślubienia Amani. Udzielił mi błogosławieństwa. Tego wieczoru, gdy siedziałem z Mamą i braćmi przed domem i piliśmy wspólnie herbatę, poinformowałem ich o swoim zamiarze.

– Nareszcie! – westchnęła Mama.

Pozostało mi już tylko jechać do rodziny Amani i poprosić o jej rękę.

Rozdział 34

W autobusie do Akki układałem sobie w myślach, co powiem ojcu Amani, i już planowałem nasze wspólne życie. Pobierzemy się w mojej wiosce. Nasz syn będzie miał na imię Mahmud. Wyobrażałem sobie, jak ją całuję, jak jej dotykam. Po doktoracie wyjechałbym się habilitować za granicę, może do Ameryki. Może później zostanę profesorem amerykańskiego uniwersytetu.

Zapukałem. W gardle czułem suchość. Wystraszyłem się, że to spowoduje brzydki zapach z ust. Jak mógłbym prosić o rękę wybranki, mając nieświeży oddech? Otworzył mężczyzna.

– Dobry wieczór. Nazywam się Ahmad Hamid.

Mężczyzna był przed pięćdziesiątką, miał taki sam układ kości policzkowych i kształt szczęki jak Amani. Czekałem, lecz jej ojciec milczał. Dlaczego nie zaprasza mnie do środka?

– Jestem doktorantem fizyki na Uniwersytecie Hebrajskim. Chciałbym z panem porozmawiać.

Bez entuzjazmu wprowadził mnie do domu. Potem wystawił głowę, jakby chciał sprawdzić, czy ktoś mnie nie widział. Stałem niepewnie, gdyż gospodarz nie zaproponował, bym usiadł na rozłożonych na podłodze poduchach. Mój oddech przyprawiał mnie o mdłości.

– Poznałem pańską córkę Amani na uniwersytecie. – Nie mogłem uwierzyć, że jej ojciec nie proponuje mi nawet wody. Wpatrywał się we mnie ze złością. Cisza w pokoju była nie do zniesienia. Każda minuta zdawała się trwać miesiąc. – Pochodzę z Trójkąta* – Zapomniałem wszystkiego, co sobie przygotowałem. Cisza stała się jeszcze bardziej niezręczna. Jej ojciec wyraźnie wiedział, czego chciałem. Po co inaczej bym się tu zjawiał? Byłem doktorantem fizyki. Cieszyłem się poważaniem zarówno profesorów, jak i studentów, Żydów i Arabów.

Amani miała już dwadzieścia jeden lat. Arabskie dziewczęta w tym wieku najczęściej były już mężatkami i miały gromadkę dzieci.

Pomyślałem o tym, jak Mama się cieszyła, kiedy Zijad poprosił o rękę Nadii, nie oferując w zamian nic poza pokojem w domu swoich rodziców. Nadia i Zijad mieli już dwoje własnych dzieci i Nadia była w kolejnej ciąży. W tym jednym pokoju mieszkali w jedenaście osób.

Ojciec Amani, z dłońmi na biodrach, zachowywał się, jakbym marnował jego cenny czas.

– Przyjechałem prosić pana o rękę pańskiej córki Amani.

– Nie – odparł bez namysłu.

Poczułem się, jakby mnie spoliczkowano. Przez moment stałem oniemiały. W ogóle nie brałem pod uwagę możliwości odmowy ze strony jej ojca. Może się dowiedział, że Baba właśnie wyszedł z więzienia? Czyżby Izraelczycy go o tym poinformowali? Próbowałem wymyślić kolejny ruch.

– Dlaczego? – zapytałem.

– Jest żoną mojego bratanka.

Ból byłby chyba mniejszy, gdyby nóż przeszył mi serce.

– Gdzie ona jest? Chcę z nią porozmawiać.

– Mieszka teraz z mężem.

---

* Trójkąt – obszar Izraela we wschodniej części równiny Szaron o dużej koncentracji miejscowości arabskich.

– Dziękuję. Dziękuję za poświęcenie mi czasu – zdołałem wykrztusić, wychodząc.

Znalazłszy się na zewnątrz, przeklinałem kulturę mojego narodu za to, że odbiera kobietom prawo wyboru małżonka. Myślałem, że Amani czeka na moje oświadczyny. Jak powiem teraz Babie, że zostałem odrzucony? Czy nie dość już wycierpiał? Co będzie ze mną? Jak dam radę żyć bez niej? Czy ona wiedziała, że kuzyn chce ją poślubić? Czy to ten sam, przez którego prowadziła głodówkę, żeby uniknąć małżeństwa? Czy dlatego się ze mną spotykała? Może chciała stać się dla niego nieatrakcyjna? Może chciała spędzić ze mną noc, żeby w razie wymuszonego małżeństwa odesłał ją do rodziców, bo nie była dziewicą?

Poszedłem do domu Dżamila. Wiedział, że mam zamiar prosić ojca Amani o jej rękę. Dlaczego nic mi nie powiedział o jej kuzynie?

Drzwi otworzył Abu Dżamil z idealnie przyciętymi wąsami, ubrany w biały strój.

– Co za zaszczyt – powiedział. – Proszę, wejdź. Rozgość się. Umm Dżamil, przynieś herbaty, mamy szczególnego gościa. Ahmad przyjechał.

Weszła Umm Dżamil z tacą, na której znajdowały się szklanki i ciasteczka.

– Z okazji twojej wizyty przygotuję tacę z najsmaczniejszymi deserami. – Uśmiechnęła się.

– Dżamil mówił, że się doktoryzujesz. Cieszę się, że wciąż mieszkacie razem – powiedział Abu Dżamil.

Po chwili wróciła Umm Dżamil z jeszcze ciepłymi ciasteczkami daktylowymi i baklawą. Po godzinie rozmowy o moich sukcesach naukowych, fizyce, chemii i uniwersytecie do salonu wszedł Dżamil.

– Cieszę się, że cię widzę. Chodź, pokażę ci coś – powiedział i poprowadził mnie do swojego pokoju.

Z ulgą przyjąłem możliwość porozmawiania z nim sam na sam, chociaż po nieprzyjemnym potraktowaniu przez ojca Amani miło było rozmawiać z Abu Dżamilem, dyrektorem arabskiej szkoły średniej w Akce, który okazywał mi tyle szacunku.

– Rozumiem, że wiesz już o Amani? – powiedział Dżamil, gdy tylko wszedł do pokoju.

– Wiedziałeś?

– To się stało wczoraj.

Wczoraj, kiedy ja cieszyłem się wraz z rodziną na myśl o tym, że poproszę o rękę Amani, jakby nasz ślub był już czymś pewnym.

– Jest jej wart?

– Wyleciał z uniwersytetu w Hajfie. Założę się, że Amani będzie musiała go utrzymywać.

– A moja przyjaźń z nią?

– Plotki są jak pustynna burza.

Ze smutkiem wpatrywałem się w podłogę.

– Wiedziała, że będzie musiała go poślubić?

– Chyba tak.

Z trudem łapałem oddech. To wsystko było zaplanowane. Tylko mnie wykorzystywała.

W autobusie do domu myślałem o Amani ze złością. Nagle uświadomiłem sobie, że moi bliscy czekają na wiadomości o przyszłej pannie młodej i że nie wiem, jak ich o tym poinformować.

Gdy wszedłem na wzgórze, Mama i Nadia podbiegły do mnie z radosnym zawodzeniem*. Baba stał za nimi i się uśmiechał. Opuściłem głowę. Mama i Nadia nie przestawały zawodzić. Co miałem im powiedzieć?

– Wreszcie jakieś dobre nowiny – westchnęła Mama.

Obie kobiety szły za mną w stronę domu, wciąż radośnie szczebiocząc. Nadia była w zaawansowanej ciąży. W powietrzu unosił się zapach ciastek migdałowych. Prawdopodobnie piekły je cały dzień, żeby świętować moje zaręczyny.

– Gratulacje, synu – Baba rozłożył ramiona, by mnie objąć, i nagle się zatrzymał. – Zostawcie nas z Ahmadem na chwilę.

Podeszliśmy do migdałowca.

– Synu, o co chodzi? – Baba położył mi dłoń na ramieniu.

– Ślubu nie będzie.

– Widocznie nie był ci pisany. – Baba objął mnie mocno.

Odepchnąłem go.

– Co ja teraz pocznę?

– Miarą sukcesu nie jest to, ile niepowodzeń nas spotkało, ale to, w jaki sposób na nie reagujemy. To się stało w jakimś celu. Ta, która ci pisana, widocznie jeszcze gdzieś tam jest. Musisz ją tylko znaleźć. – Poklepał mnie po plecach.

Zdeptane marzenia były nie lada ciężarem – Baba musiał mnie podtrzymywać, gdy wracaliśmy do domu.

– Skup się na nauce i bądź cierpliwy. Znajdziesz ją, gdy najmniej będziesz się tego spodziewał.

---

* Wysokie dźwięki przypominające jodłowanie, uzyskiwane przez poruszanie językiem języczka, wykorzystywane podczas radosnych uroczystości, wesel, powitań i tym podobnych, także w utworach muzycznych.

Przez następne trzy lata profesor Szaron był moim promotorem. Rozprawa doktorska na temat tworzenia materiału niekrzemowego od podstaw wzbudziła zainteresowanie na całym świecie i została nagrodzona Izraelską Nagrodą w dziedzinie fizyki. Profesor Smart, laureat Nagrody Nobla z Instytutu Technologii w Massachusetts, rozmawiał z profesorem Szaronem o ewentualnej współpracy i namawiał go na urlop naukowy w MIT. Profesor Szaron oświadczył, że nie pojedzie beze mnie.

– Nie mogę jechać – powiedziałem. – Rodzina mnie potrzebuje.

Spojrzał na mnie znad biurka.

– Ja też cię potrzebuję.

– Nie mogę ich zostawić.

Chociaż byłem studentem studiów dziennych, utrzymywałem bliskich z pieniędzy, które zarabiałem jako asystent profesora Szarona. Gdybym wyjechał, musieliby się utrzymywać tylko z marnych zarobków Fadiego w rzeźni. Profesor Szaron wiedział o tym.

– Już rozmawiałem z profesorem Smartem. – Jego twarz rozjaśnił uśmiech. – Możesz tam pracować jako nasz student studiów podoktoranckich. Będziemy ci płacić dziesięć tysięcy dolarów rocznie. Wiesz, że gdybyś tu został, nie miałbyś szans na takie zarobki.

Miał rację. Stanowiska akademickie były pozajmowane, a każda praca w Izraelu odpowiednia do moich kwalifikacji wymagała odbycia służby wojskowej.

– Przemyślę to.

Postanowiłem jechać na weekend do domu i porozmawiać z Babą. Po naszej czternastoletniej rozłące nie bardzo chciałem wyjeżdżać tak daleko.

Gdy przyjechałem do domu, powiedziałem Babie o propozycji profesora. Kazał mi jechać i nie chciał słyszeć żadnych sprzeciwów.

Niedługo po mojej obronie profesor Szaron, Justice i ja weszliśmy na pokład samolotu lecącego do Ameryki. Zamierzałem żyć tam jak najskromniej, żeby wysyłać do domu każdy zaoszczędzony cent. Patrzyłem na budynki lotniska przesuwające się za oknem, kiedy samolot nabierał prędkości. Nim się spostrzegłem, oderwaliśmy się od ziemi.

– Dziękuję, profesorze – powiedziałem.
– Mów mi Menachem – odparł z uśmiechem.

Część 3

1974

Rozdział 35

Z olbrzymich okien Baker House widziałem brzegi rzeki Charles. Menachem i ja spacerowaliśmy plątaniną korytarzy i ścieżek między budynkami, kolumnami i kopułami Instytutu Technologicznego w Massachusetts. Otwarty plan pozwalał się przemieszczać między budynkami bez wychodzenia na zewnątrz – i to podobało mi się najbardziej, bo chłód Nowej Anglii był dla mnie trudny do zniesienia.

– Mam coś dla ciebie w naszym gabinecie – powiedział Menachem.

Justice już na nas czekała. Wyciągnęła spod biurka pudełko owinięte szeroką złotą wstążką. Nie dostałem żadnego prezentu od szesnastu lat, od dnia moich dwunastych urodzin, kiedy to Baba podarował mi soczewki do teleskopu.

– To za zgodę na uczenie Nory – powiedziała Justice. – Drobny upominek od Menachema i ode mnie.

Nora była prezesem grupy pacyfistycznej „Żydzi na rzecz sprawiedliwości". Była jedną z Żydówek, z którymi Justice miała w sierpniu pojechać do Strefy Gazy. Justice poprosiła mnie, żebym uczył Norę arabskiego. Obawiałem się, że ucierpi na tym moja praca naukowa, ale nie potrafiłem jej odmówić.

Ostrożnie zdjąłem złotą wstążkę, nie chcąc rozerwać białego papieru ze złotymi symbolami pokoju. Wewnątrz znalazłem sztruksową marynarkę z zamszowymi łatami na łokciach, czarny wełniany golf, czarne wełniane spodnie i długi czarny płaszcz z wełny. Marynarka była podobna do tej, którą nosił Menachem; tak samo jak golf i płaszcz.

– To za dużo – powiedziałem.

– To za mało. – Justice rozłożyła ramiona i objęła mnie. – Włóż to.

Przebrałem się w łazience.

– Teraz wyglądasz jak prawdziwy doktorant MIT – stwierdził Menachem.

Mieliśmy się spotkać z przyjaciółką Justice, a moją przyszłą uczennicą, w restauracji u Habibiego. Na zewnątrz na jesiennym wietrze powiewała amerykańska flaga. Zazwyczaj nie lubiłem spacerów, bo zawsze było mi zimno, ale w tych nowych ubraniach czułem przyjemne ciepło i z radością witałem świeży powiew wiatru na twarzy.

Na początku listopada zaczęło się ochładzać i Menachem musiał zauważyć, że często dygotałem z zimna. Chociaż miałem dość pieniędzy, żeby kupić sobie płaszcz, nie zrobiłem tego. Oszczędzałem, żeby jak najwięcej wysłać rodzinie. Nikt nie chciał zatrudnić Baby z powodu jego więziennej przeszłości. Utrzymywał się jedynie z grania na weselach, ale najczęściej traktował swoją grę jako prezent ślubny. Abbas nie był w stanie pracować, a Fadi zarabiał w rzeźni marne grosze.

W restauracji płomienie świec rzucały blask na mozaiki i ciemne drewno. Byłem w nowych ubraniach. Z ukrytych głośników płynęła muzyka Fairuz, kiedy do restauracji weszła najpiękniejsza dziewczyna, jaką w życiu widziałem. Wszystkie głowy obróciły się w jej stronę, jakby emanowała jasnym światłem. Na plecy opadały jej złote loki, jej skóra lśniła niczym księżyc.

Gdy ta dziewczyna szła w naszą stronę, czułem, jak krew napływa mi do twarzy. Miałem wrażenie, że sala restauracyjna rozstępuje się przed nią niczym Morze Czerwone. Wstaliśmy.

– To jest Nora – powiedziała Justice.

Wpatrywałem się w tę zjawiskową postać o złotych włosach. Jej suknia przypominała tradycyjne haftowane stroje mojego narodu.

Justice przedstawiła Menachema, a następnie mnie:

– A to jest Ahmad, twój nowy nauczyciel arabskiego.

Nie mogłem uwierzyć, że trzeba mnie było namawiać na te lekcje.

– *Taszarrafna*. – Miło mi, powiedziała Nora po arabsku w najbardziej zmysłowy sposób, jaki kiedykolwiek słyszałem. – *Anta takum maulani?* – Będziesz moim nauczycielem?

Dla niej byłem gotów pracować w dzień i w nocy. Mógłbym zostać jej niewolnikiem.

Usiedliśmy i Justice uniosła szklankę z wodą.

– Wypijmy za naszych nowych przyjaciół.

Podnieśliśmy szklanki.

– Za zwycięstwo Jimmy'ego Cartera – dodała Justice. – Za pokój na Bliskim Wschodzie. – Stuknęliśmy się szklankami.

Nora mogłaby być królową piękności, ale zamiast tego, jak nas poinformowała Justice, była studentką pierwszego roku prawa na Harvardzie.

– Dwa razy w tygodniu Nora udziela się jako wolontariuszka w Dorchester, gdzie pomaga kobietom uzyskać zakaz zbliżania się ich mężów. W weekendy pracuje w jadłodajni dla ubogich. A ubiegłego lata uczyła angielskiego w obozie uchodźców palestyńskich w Jordanii – oznajmiła Justice.

Nora zarumieniła się i opuściła głowę.

– To nic takiego.

– Czytałam o tym obozie – powiedziała Justice – o straszliwych warunkach. – Potrząsnęła głową i spojrzała na mnie. – Nora prowadzi naprawdę fascynujące życie... – Spoglądała na nią, wyraźnie czekając, lecz dziewczyna milczała. – Zawsze była aktywistką. Ona i jej rodzice pojechali do RPA protestować przeciwko apartheidowi. Jest niezmordowana.

– To nic takiego... – nieśmiało zaprotestowała Nora.

– Wiedziałaś, że Ahmad jest wybitnym naukowcem? – ciągnęła Justice.

Spojrzałem na Norę. Jej oczy miały barwę wiosennego nieba po deszczu. Zarumieniła się i opuściła wzrok. Musiała być nie tylko piękna i mądra, ale także skromna. Uśmiechnąłem się na myśl o tym, że mogłaby mieć coś wspólnego z kobietami z mojej wioski, gdzie skromność osiągnęła niemalże wyżyny sztuki.

Nora nachyliła się w moją stronę. Poczułem woń świeżych kwiatów.

– W tym tygodniu jest wykład o poezji Mahmuda Darwisza – powiedziała cicho. – Może to pana zainteresuje.

Zanim w ogóle pomyślałem, co robić, usłyszałem własny głos, zadający pytanie:

– Mogę do pani zadzwonić?

– Niech pan da długopis. Zapiszę numer.

– Zapamiętam. Mam pamięć do liczb.

Kolacja dobiegła końca, ale ja miałem numer telefonu do Nory, a w dodatku, zanim odeszła w ciemność, podarowała mi jeszcze jeden cudowny uśmiech. Była piękna, czuła, delikatna. Była studentką prawa na Harvardzie. Po skończeniu studiów mogła mieć wszystko, mieszkać, gdzie tylko zechce; czemu miałaby chcieć jechać do Gazy?

Rozdział 36

Jej jasne włosy sprawiały, że była niczym pomarańcza w koszu z jabłkami. Siedziała w pierwszym rzędzie. Miała na sobie czerwoną bluzkę z naszytymi szkiełkami. Pomachała do mnie, dźwięcząc srebrnymi bransoletkami. Jej uśmiech lśnił na odległość.

– Właśnie zaczęłam chodzić na wykłady z poezji arabskiej. Mahmud Darwisz ma naprawdę niezwykłą moc. – Zdjęła swój zeszyt z sąsiedniego krzesła i zaprosiła mnie, żebym usiadł.

Nigdy nie słyszałem o Mahmudzie Darwiszu.

Profesor As-Samudi, na stałe związany z uniwersytetem w Bir Zajt*, wszedł na podium. Słuchacze powitali go oklaskami.

Według ulotki, którą znalazłem na krzesełku, Mahmud Darwisz urodził się w Palestynie, wyemigrował w 1948 roku i rok później nielegalnie wrócił do ojczyzny. Nie było go w kraju, gdy Izrael przeprowadzał spis ludności palestyńskiej pozostałej na ziemiach uważanych teraz za izraelskie, więc określano go mianem uchodźcy wewnętrznego i nadano mu status „obecnego-nieobecnego obcokrajowca". Po kilkukrotnym aresztowaniu za podróżowanie bez zezwolenia i po licznych prześladowaniach za recytowanie swojej poezji ostatecznie w 1970 roku opuścił ojczyznę.

---

* Pierwszy uniwersytet palestyński, powstał z przekształcenia szkoły średniej w 1975 roku.

– Nawet wymazując jego wioskę z powierzchni ziemi, Izraelczycy nie zabili w nim tęsknoty za ojczyzną, Palestyną – powiedział profesor As-Samudi. – Teraz przeczytam jego utwór zatytułowany *Dowód tożsamości*. Ten wiersz stał się dla Palestyńczyków swoistym hymnem wzywającym do walki. Izraelczycy posunęli się nawet do tego, że aresztowali Darwisza za ten właśnie utwór.

Kiedy profesor odczytał wiersz, biłem brawo z całych sił. Sam nie mogłem uwierzyć, jak bardzo mnie to poruszyło. Mahmud Darwisz jakby ubrał w słowa moje uczucia. Nie wiedziałem, że to w ogóle możliwe. Spojrzałem na Norę z wdzięcznością.

– To bardzo mocne. – Dotykała oczu chusteczką. – Wstyd mi, że płaczę, ale te wiersze tak na mnie działają.

Dziwne, ale do tej pory w ogóle nie zdawałem sobie sprawy, że słowa mogą nieść w sobie taką siłę i takie piękno. Żałowałem, że nie ma tu Abbasa. Może poezja pomogłaby mu skierować gniew na inne tory, zastąpiłaby mu wypowiedzi doktora Habasza. Zresztą nie miałbym odwagi zawieźć mu tych wierszy – Byłem niemal pewien, że w Izraelu są zakazane.

– „Tożsamość" i „dowód tożsamości" to słowa o szczególnym znaczeniu w świecie arabskim w latach sześćdziesiątych – wyjaśnił profesor As-Samudi. – W wyjątkowy sposób dotyczy to Palestyńczyków, którzy starali się zachować swoją tożsamość narodową. Izraelczycy do dzisiaj stosują system dowodów tożsamości.

– Ahmad! – usłyszałem swoje imię wypowiedziane głośnym szeptem. Obróciłem się i zobaczyłem Justice. Obok niej siedział Menachem. Pomachałem do nich, a oni odpowiedzieli mi tym samym.

Po wykładzie Menachem, Justice, Nora i ja poszliśmy do kawiarni Casablanca. Justice i Nora rozmawiały o prześladowaniach w Izraelu i palestyńskim oporze oraz o tym, co można by zrobić dla osiągnięcia pokoju w tym regionie. Ja i Menachem natomiast rozważaliśmy różne sposoby kontrolowania atomów i manipulowania nimi do naszych celów. Wydawało się, że tworzymy dwa różne światy, a jednak Justice i Menachem wyglądali na szczęśliwych. Może ze sobą nie rozmawiali.

Justice i Menachem opuścili nas po pierwszym dzbanku herbaty, a my z Norą zostaliśmy do zamknięcia kawiarni. Wciąż dolewałem sobie gorącej wody, tak że pod koniec moja herbata była już praktycznie bez smaku.

Nora opowiedziała mi więcej o swoim ciekawym życiu, między innymi o tym, jak w wieku dwunastu lat przez miesiąc mieszkała z rodzicami w namiocie, wędrując po Saharze z koczowniczym plemieniem Maurów. Przy każdej zmianie miejsca kobiety zwijały namioty, zrobione z drewnianych palików, mat palmowych i ciężkich płacht bawełnianych, i w niecałą godzinę ładowały to wszystko na wielbłądy.

– Podobało ci się mieszkanie w namiocie? – zapytałem.

– To było świetne. Niezapomniana przygoda – odparła.

Nie chciałem jej mówić o muchach i komarach, które wpadały nam do ust podczas snu, ani o ulewnych deszczach i letnim upale. Nora była szczera i wrażliwa, ale sama nigdy nie zaznała cierpienia, patrzyła z punktu widzenia turysty, gościa towarzyszącego cierpieniu innych, który po jakimś czasie wsiada do samolotu albo dżipa wiozącego go na kolejną eskapadę. Czułem, że musi się jeszcze dużo nauczyć, i to nie tylko jeśli chodzi o arabski. I chciałem być tym, kto jej to wszystko pokaże.

Ona natomiast powiedziała mi, że powinienem się więcej śmiać i zacząć jadać pizzę. Umówiliśmy się na spotkanie w niedzielę.

Tej nocy śniło mi się, że jadę autobusem przez pustynię ku krawędzi świata, a tu nagle przybywa na wielbłądzie Nora w zwiewnej białej sukni i zabiera mnie do pobliskiej oazy.

Następnego dnia w drodze do pracy zauważyłem spadające kolorowe liście, wesoło śpiewające ptaki i studentów śmiejących się i rozmawiających na korytarzach, szczęśliwych, że żyją. Dlaczego wcześniej nie dostrzegałem tego piękna?

Spotkaliśmy się w niedzielę, a potem znowu za tydzień. Dni między naszymi lekcjami były dla mnie prawdziwą katorgą. Później zaczęliśmy się spotykać częściej. Nora zabierała mnie na coraz to nowe wykłady, czasem po prostu spacerowaliśmy po Cambridge.

Pewnego dnia czekałem na nią przed schroniskiem, gdzie pracowała jako wolontariuszka. Był to stary budynek, przekształcony w dom dla kobiet z dziećmi, które szukały ucieczki przed przemocą w rodzinie. Nora nigdy mi o tym nie opowiadała, wiedziałem tylko, że zależy jej na losie dzieci, które zetknęły się z przemocą, a system opieki społecznej nie umiał pomóc ani im, ani ich matkom.

Usiadłem na ławce na wprost wyjścia z budynku, tyłem do niewielkiego placu zabaw, po którym biegało czworo maluchów. Wtem usłyszałem, jak dwaj chłopcy zaczynają na siebie krzyczeć. Jeden uderzył drugiego i ten uderzony zaczął płakać. Obróciłem się.

Wtedy usłyszałem jej głos:

– Jesteś bezpieczny.

Zobaczyłem klęczącą Norę, która jedną ręką obejmowała uderzonego chłopca, podczas gdy on wypłakiwał się w jej ramię, a drugą ręką przygarniała do siebie tego, który zaatakował. Nie rozumiałem, dlaczego nie ukarała napastnika.

– Wiem, że pobyt tutaj was przeraża – powiedziała cicho.

– Ja nie jestem przerażony, ja go nienawidzę! – Chłopiec, który uderzył, próbował się wyrwać, ale Nora delikatnie go przytrzymała.

– Ja też cię nienawidzę! Jesteś beznadziejny! – Płaczący odzyskał rezon.

– Wiecie co, nie ma nic złego w tym, że człowiek się boi. Ja bardzo często tak się czuję.

Ten, który uderzył, wyglądał na zaskoczonego.

– Dlaczego pani miałaby się czegoś bać?

– Czasem tęsknię za domem i za moim tatą. Czasami nie wiem, co mnie czeka. Martwię się o wiele rzeczy.

Obaj chłopcy obserwowali ją uważnie.

– Wiecie, nie ma nic złego w tym, że się tęskni za tatą. I za kolegami.

Nagle ten, który wszczął bójkę, posmutniał.

– Nie chcę tu być. Chcę do domu.

Nora usiadła po turecku na ziemi. Każdy z chłopców przycupnął na jednym z jej kolan, spragniony odrobiny ciepła i zrozumienia.

– Rozumiem. Czasem musimy robić rzeczy, na które nie mamy ochoty. Ale kiedy czujecie złość, powinniście o tym mówić. Musicie to komuś powiedzieć. Nie zostaniecie ukarani. Nie ma nic złego w tym, że tak czujecie, ale nie bijmy się wzajemnie. Co wy na to? Zgoda?

Pokiwali głowami.

– Trzymajcie się razem, a będzie wam łatwiej, nie będziecie musieli radzić sobie z tym samotnie. – Wsunęła dłoń między nich. – To jak, obiecujecie? – Wyciągnęła przed siebie zgięty mały palec.

Obaj chłopcy zachichotali i sczepili się małymi palcami dłoni. Chwilę później bawili się w piaskownicy dużymi żółtymi ciężarówkami. Odwróciłem głowę, żeby Nora nie zauważyła, że podsłuchuję. Widać było, że kiedyś będzie wspaniałą matką.

Byłem zakochany i wiedziałem o tym. Wiedziałem też, że nasz związek nie ma przyszłości. Jak mógłbym być z Żydówką? Jednakże bez niej też nie mogłem wytrzymać. Chodziliśmy na wszystkie spotkania, wykłady i inne uczelniane imprezy dotyczące Bliskiego Wschodu: obiad u Habibiego, pokaz filmu o trzech palestyńskich uchodźcach, którzy próbowali uciec do Kuwejtu w stalowym kontenerze, wykład króla Husajna na temat Jordanii w Szkole Administracji Państwowej Kennedy'ego, pogadanka o naruszaniu praw człowieka na Zachodnim Brzegu i w Strefie Gazy, występ grupy tanecznej z obozu Duhajsza dla uchodźców palestyńskich, prezentującej tradycyjną dabkę, wieczór muzyki arabskiej. Często towarzyszyli nam Menachem i Justice, którzy poza tym co najmniej raz w tygodniu zapraszali nas do siebie na kolację. Nora przynosiła pizzę do mojego gabinetu, zapraszała mnie na grilla do przyjaciół, do kina na *Amerykańskie graffiti*, na koncert Boba Dylana w Boston Garden. Gdy jej powiedziałem, że nie stać mnie na te wszystkie wyjścia, bo muszę wysyłać pieniądze rodzinie, tak się wzruszyła, że w jej oczach zalśniły łzy. Myślałem, że te słowa ją do mnie zniechęcą, ale wywarły wprost przeciwny skutek. Od tej pory, gdy mnie gdzieś zapraszała, zawsze twierdziła, że dostała bilety za darmo. Wszystkie te imprezy sprawiały mi wielką przyjemność. Zaczynałem rozumieć, że oprócz nauk ścisłych istnieją na świecie także inne dziedziny wiedzy.

Po czterech miesiącach znajomości byliśmy w algierskiej herbaciarni, jednym z naszych ulubionych miejsc. Nora siedziała naprzeciwko mnie, trzymając mnie za rękę.

– Chciałabym, żeby łączyło nas coś więcej niż przyjaźń – powiedziała. – Chodźmy do mnie. – Uśmiechnęła się i znacząco poruszyła brwiami.

Do tej pory okazywaliśmy sobie czułość, jedynie trzymając się za ręce. Przeczuwałem, że ten dzień nadejdzie – chyba jakaś część mnie chciała, żeby nadszedł – ale nigdy nie uległbym tej pokusie. Wiedziałem, czego ode mnie oczekiwano. Żebym poślubił dziewczynę z mojej wioski, miał z nią dzieci, wrócił do rodziny. Nie mogłem ożenić się z Norą, a zbyt ją szanowałem, by kontynuować ten związek bez przyszłości. Nie umiałem jednak zdobyć się na to, by wyznać jej prawdę.

Podniosłem się tak gwałtownie, że aż rozlałem herbatę.

– Nie – powiedziałem. – To niemożliwe. Mam jeszcze dużo pracy.

Jej oczy zaszły mgłą.

Próbowałem traktować Norę wyłącznie jako uczennicę i przyjaciółkę, ale co noc myśli o niej nie dawały mi spokoju. W moim sercu rozgorzała prawdziwa walka. Jak mógłbym się zgodzić na zaaranżowane małżeństwo? Jak mógłbym być z kimś innym? Nora była inteligentna i urocza. Uczyła się arabskiego. Im lepiej ją poznawałem, tym bardziej utwierdzałem się w przekonaniu, że chcę zawrzeć małżeństwo z miłości. Chciałem mieć żonę, z której będę dumny. Spełnioną żonę. W głębi serca wiedziałem jednak, że to nie może być Nora. Nie mogłem sprawić rodzicom takiego zawodu.

Za każdym razem, gdy Nora zapraszała mnie do siebie, znajdowałem jakąś wymówkę, by się wymigać. „Mam tyle pracy", „Chyba łapie mnie jakaś grypa", „Boli mnie głowa". To ostatnie bardzo ją rozbawiło. „To akurat zwykle mówi kobieta", powiedziała.

Któregoś wieczoru jedliśmy kolację w restauracji Casablanca. Nora siedziała obok kominka, w półmroku sali po jej twarzy tańczyły plamki świateł i cieni z płomyków świec. Nagle przestała jeść, odłożyła pitę na stół i wyprostowała się. Właśnie miałem ugryźć umoczony w hummusie kawałek pity, gdy powiedziała:

– Chcę być z tobą, Ahmadzie.

Moja dłoń zawisła w powietrzu. Jak miałem jej powiedzieć, że nie chcę jej za żonę, bo jest Żydówką? Pracować z Żydem to jedno, ale wziąć ślub i mieć dzieci to co innego. W Izraelu moje dzieci byłyby uważane za Żydów i musiałyby służyć w izraelskiej armii. Ze ściskanego przeze mnie kawałka pity zaczął kapać sos. Włożyłem go do ust i żułem powoli, próbując zyskać na czasie. W końcu przełknąłem i odchrząknąłem.

– Obiecałem matce, że ożenię się z kimś z naszej wioski.
– Nie możemy tego tak ciągnąć – powiedziała. – To za bardzo boli. Nie możesz powiedzieć matce, że kogoś poznałeś?
– Nie zrozumie.

– Dlaczego?
– Nie chce, żebym się związał z dziewczyną z Zachodu.
– Kocham cię. – Czekała na odpowiedź. W kącikach jej oczu wezbrały łzy. – Myślisz, że jestem głupia i nie rozumiem. Ale ja rozumiem. I chcę wierzyć w miłość. – Wstała i wybiegła z restauracji.
Z bólem serca pozwoliłem jej odejść.

Nora przestała przychodzić na lekcje arabskiego. Za każdym razem, gdy dzwonił telefon, podrywałem się z nadzieją, ale to nigdy nie była ona. Gdy Justice o nią zapytała, odparłem, że to nie jest dziewczyna dla mnie. Pracowałem bez wytchnienia. Póki byłem zajęty, miałem wrażenie, że panuję nad sytuacją. Że jej nie potrzebuję.

Menachem otrzymał grant w wysokości dwadzieścia tysięcy dolarów z Instytutu Rozwoju Nanotechnologii i z tej okazji zaprosił mnie do Habibiego. Zastanawialiśmy się, jak spożytkować te pieniądze, gdy nagle zauważyłem Norę i Justice wraz z grupą aktywistów na rzecz pokoju siedzących przy innym stoliku.

– Trochę źle się czuję – powiedziałem.
Menachem spojrzał w stronę Justice i Nory.
– To był pomysł Justice – wyjaśnił. – Uważa, że wy dwoje jesteście dla siebie stworzeni.
– To nierealne. – Chwyciłem płaszcz, który dostałem w prezencie od Justice, i wyszedłem na zewnątrz. Wśród padających płatków śniegu ruszyłem w stronę ławki, na której zwykle siadywaliśmy z Norą. Warstwa śniegu pod stopami miała kilkanaście centymetrów. Było zimno, ale ja nie

wkładałem płaszcza. Usiadłem na ławce i pozwoliłem temu mroźnemu powietrzu karać mnie lodowatymi smagnięciami.

Im bardziej oddalałem się od Nory, tym bardziej jej pragnąłem. Musiałem odzyskać panowanie nad sobą. Gdy tak siedziałem pośród śnieżnej zawiei, zjawiła się Nora. Wstałem. Nim się zorientowałem, zarzuciła mi ręce na szyję, przywarła mocno i zaczęła płakać.

– Nie mogę już bez ciebie wytrzymać – szlochała.

– Nie płacz.

– Przepraszam. Nie wiem, co robić.

Jej włosy pachniały wspaniale, oszałamiająco: zielonymi jabłkami i cynamonem.

– Kocham cię.

– Proszę, Noro, nie...

– Nie jestem taka silna jak ty.

– Jestem słaby. Nie widzisz?

– W ogóle mnie nie pożądasz?

Trzymałem ręce wzdłuż ciała.

– Oczywiście, że pożądam.

– No to o co chodzi?

– Zobowiązania. Moja rodzina.

– Proszę, nie mów, że nie jestem dla nich dość dobra. – Łzy płynęły jej po twarzy. – Pokaż im, że możesz pokochać Żydówkę. Daj przykład.

Pocałowała mnie w usta, a ja odwzajemniłem pocałunek. Pozwoliłem sobie na ten moment – słodkie usta Nory były dokładnie tak miękkie i czułe, jak się spodziewałem – a potem odepchnąłem ją delikatnie i odprowadziłem do samochodu. Gdy odjechała, pomyślałem, że może jednak mógłbym ją poślubić. Postanowiłem poprosić Babę o błogosławieństwo.

Zarobki pozwoliły mi na zainstalowanie telefonu w domu moich rodziców. Poszedłem do swojego gabinetu, żeby do nich zadzwonić.

– Babo – powiedziałem od razu, nie tracąc czasu na zwyczajowe uprzejmości – posłuchaj, proszę. Poznałem dziewczynę, z którą chciałbym się ożenić. Jest piękna, inteligentna, dobra. Mówi po arabsku i chce zostać prawniczką broniącą praw człowieka. Jest tylko jedna rzecz... – Zaczerpnąłem tchu. – Jest Żydówką.

Cisza.

W końcu się odezwał.

– Żydzi nie są naszymi wrogami – mówił powoli, ostrożnie dobierając słowa. – Zanim pojawiła się koncepcja stworzenia państwa żydowskiego, Żydzi i Arabowie żyli wspólnie w pokoju. Czy ta dziewczyna daje ci szczęście? Kocha cię? Czy ty ją kochasz? Wyznajecie te same wartości i macie taki sam pogląd na życie?

– Tak. Tak na wszystko.

– W takim razie masz moje błogosławieństwo – rzekł Baba. – Tyle wycierpiałeś. Jesteś już dorosły. Nie powinienem ci mówić, kogo masz poślubić. To twoja decyzja.

Do telefonu podeszła Mama.

– Na miłość boską, chcesz mi wydrzeć serce gołymi rękami?

– Przeszedł na stronę wroga! – krzyknął Abbas w tle.

Usłyszałem odgłosy sprzeczki i taki dźwięk, jakby słuchawka wypadła komuś z ręki.

– Zadzwoń później – powiedział Baba.

Słyszałem jeszcze, jak gdzieś w tle Abbas wykrzykuje:

– Stracił rozum!

Po chwili połączenie zostało przerwane.

Czekałem na Norę przed biblioteką. Gdy mnie zobaczyła, to jakby rozwiała się gęsta chmura, zza której wyłonił się słoneczny blask bijący od jej twarzy – mimo że był wieczór. Szliśmy razem przez dziedziniec uniwersytecki. Świeciły gwiazdy. Płatki śniegu spadające z nieba osiadały na niebieskiej czapce Nory. To był cudowny wieczór. Odprowadziłem ją do akademika.

– Mogę wejść? – zapytałem.

Jej oczy rozszerzyły się ze zdumienia.

– Oczywiście.

Poszedłem za nią na górę. Otworzyła drzwi. To, co zobaczyłem, wprawiło mnie w osłupienie. Ściany pokoju były pokryte zdjęciami z jej podróży.

Na jednej z fotografii ośmio- lub dziewięcioletnia Nora obok dziewcząt o długich ciemnych włosach niosła na barkach nosidło z wodą.

– To ty! – Zachwycałem się.

– To było w Laosie. Potok nie był bezpieczny, ale nie mieli nic innego. Na trzy miesiące w roku ten strumyk wysychał. Dzieci codziennie chodziły po osiem kilometrów po wodę i nosiły ją przez góry i chwiejny most. Moi rodzice założyli pompę w centrum wioski i sfinansowali budowę nowego mostu.

Na kolejnym zdjęciu Nora klęczała na grządce kapusty z trzema chudymi czarnoskórymi dziewczynkami.

– To Rwanda. Wiedziałeś, że czternaście procent ludności świata kładzie się spać z uczuciem głodu? Moi rodzice należeli do organizacji, która jeździła do różnych regionów dotkniętych biedą i doradzała mieszkańcom, jak ulepszyć uprawę warzyw.

Dlaczego do mojej wioski nikt taki nie przyjechał? I dlaczego teraz, gdy byliśmy sami w pokoju Nory, nie próbowała mnie pocałować?

– Wiedziałeś, że kiedy w Stanach i Europie prawie sto procent dzieci chodzi do szkoły, w biedniejszych krajach tylko czterdzieści procent dziewcząt i pięćdziesiąt pięć procent chłopców kończy szkołę średnią? Pięćset pięćdziesiąt milionów kobiet i trzysta dwadzieścia milionów mężczyzn na tym świecie to analfabeci.

Pomyślałem o Mamie, która nigdy nie miała szansy chodzić do szkoły. I o Amal i Sarze, które już nie żyły. I o Nadii, Abbasie i Fadim, którzy musieli zrezygnować z nauki. Tylko Hani jeszcze się uczył. Miał skończyć szkołę średnią pod koniec tego roku.

Obróciłem Norę twarzą w moją stronę, przyłożyłem palce do jej ust i spojrzałem jej w oczy.

– Czy uczynisz mi ten zaszczyt i zostaniesz moją żoną?
– Ahmadzie... – Wydawała się zaskoczona. – Tak!

Pocałowaliśmy się. Pragnąłem całować Norę wiecznie.

– Chodźmy do mojego gabinetu. Muszę zadzwonić do rodziców.
– Zadzwoń stąd.
– To zbyt drogie.
– Dzwoń stąd. Twoja rodzina potrzebuje wszystkich twoich pieniędzy. My możemy żyć z mojego funduszu powierniczego. Proszę, nie spieraj się ze mną. Nie zgodzę się na nic innego. Nie mogłabym patrzeć w lustro, gdybym wzięła od nich jakieś pieniądze. – Podała mi słuchawkę i wykręciłem numer.

– Zgodziła się – poinformowałem Babę. – Chcemy się pobrać.

– Niechaj Bóg ześle wam wiele wspólnych lat. Czy mogę porozmawiać z twoją narzeczoną?

Podałem słuchawkę Norze.

– Będę się dobrze opiekować pańskim synem – powiedziała po arabsku, uśmiechając się przy tym radośnie. Następnie zwróciła mi telefon.

Usiedliśmy na łóżku.

– Chcę się z tobą ożenić jak najszybciej.

– Ja też. – Pochyliła się, by mnie pocałować.

– Czekaj – odepchnąłem ją delikatnie – powinniśmy poczekać do ślubu. – Chciałem to zrobić dla Baby.

Roześmiała się.

– Mówisz poważnie?

– Tak.

Wstała i podparła się pod boki.

– No to pobierzmy się natychmiast.

– A twoi rodzice? – Mówiła mi, że jej rodzice są liberałami, ale przecież byli też Żydami.

– Całe życie kładli mi do głowy, że ludzie są równi, że różnice wzbogacają relacje międzyludzkie. Sam się przekonasz, jak ich poznasz. Spodobają ci się.

– Chciałbym, żeby nasz ślub odbył się latem w mojej wiosce.

– Nie chcę czekać tak długo.

– Moja rodzina musi przy tym być.

– Urządzimy tam ceremonię ślubną, a kontrakt cywilny podpiszemy tutaj – zaproponowała Nora. – Tak będzie łatwiej. Izrael i tak nie zezwala na małżeństwa międzywyznaniowe. Twoi rodzice nie muszą wiedzieć. Jeśli chcesz, możemy tam podpisać kontrakt muzułmański. A już niedługo będziesz mógł zacząć starać się o obywatelstwo. Ja się tym zajmę.

Zgodziłem się. W końcu byłem dwudziestoośmioletnim prawiczkiem. Tej nocy nie doszło między nami do zbliżenia, ale przed wyjściem jeszcze raz pocałowałem Norę. Byliśmy zaręczeni.

Rozdział 37

– Pomarańczowe kwiaty symbolizują wieczną miłość – powiedziała Nora, otworzywszy mi drzwi z takimiż kwiatami we włosach. Następnie wręczyła mi pudełko. – Nowe ubrania na nową drogę życia.

W toalecie budynku sądu przebrałem się w biały bawełniany golf i spodnie.

– Ahmadzie, proszę zacząć – powiedział sędzia pokoju.

Spojrzałem na kartkę ściskaną w ręku.

– Nauczyłaś mnie, że miłość to uczucie, nad którym nie możemy panować. – Na chwilę zatrzymałem na niej wzrok, a ona się uśmiechnęła. – Nigdy nie chciałem się w tobie zakochać, ale nie miałem wyboru. Bóg stworzył cię specjalnie dla mnie. – Chwyciła mnie za rękę. – Rozjaśniłaś mi ciemność. Nie wyobrażam sobie życia bez ciebie. Jesteś blaskiem słońca w moim życiu. – Kartka spadła na podłogę, gdy ująłem jej dłonie i spojrzałem w oczy. – Nasze najlepsze dni są jeszcze przed nami. Chcę z tobą założyć rodzinę i wspólnie się zestarzeć. Ślubuję ci miłość do końca życia.

Urzędnik przeniósł wzrok na Norę.

– Noro.

Wyjęła własną kartkę spośród fałd jedwabnej białej sukni, przy której jej lśniące włosy wyglądały niczym blask księżyca.

– Niech nasze małżeństwo będzie pierwszym krokiem ku połączeniu dwojga osób. – Nora podniosła wzrok znad kartki i wbiła we mnie tęskne spojrzenie. – Nasza miłość potwierdziła to, co już wiedziałam. Miłość przekracza bariery ustalone przez ludzi. Ty jesteś tym, który jest mi przeznaczony. – Znowu spojrzała na kartkę. – Wierzę, że aby stworzyć wspaniałe małżeństwo, nie wystarczy odnaleźć właściwą osobę, ale też trzeba być właściwą osobą. Mam nadzieję, że pod koniec życia będziesz wspominał ten dzień z przekonaniem, że wtedy kochałeś mnie najsłabiej. – Położyła swoją kartkę na biurku sędziego pokoju i wzięła mnie za ręce. – Niech moja miłość cię wyzwoli. Ślubuję, że będę cię kochać wiecznie.

Urzędnik podał nam dzbanek z dwoma dzióbkami wypełniony wodą, który przyniosła Nora. Panna młoda napiła się pierwsza.

– Ta woda symbolizuje świętość waszego związku – urzędnik odczytał przygotowany przez Norę tekst i podał mi dzbanek. Napiłem się z drugiego dzióbka.

– Woda to podstawowy żywioł, bez którego nie ma życia. – Sędzia pokoju postawił dzbanek na biurku i popatrzył na mnie. – Czy ty, Ahmadzie, bierzesz sobie Norę Gold za żonę?

– Tak – odparłem, ściskając jej dłonie.

W oczach Nory zalśniły łzy.

– Czy ślubujesz ją kochać, darzyć szacunkiem i poważać, dopóki śmierć was nie rozdzieli? Czy ślubujesz kochać ją i otaczać opieką w zdrowiu i chorobie, w bogactwie i biedzie, dochowując jej wierności i uczciwości aż do śmierci?

– Tak. – Uśmiechnąłem się do Nory, a ona ścisnęła mi dłoń i też się uśmiechnęła.

– Obrączka, która nie ma początku ani końca, symbolizuje wieczną miłość. – Podał nam po obrączce i zaczął wypowiadać słowa przysięgi: – Powtarzajcie za mną: Przyjmij tę obrączkę jako symbol naszej ślubnej przysięgi.

Gdy już na naszych palcach znalazły się proste złote obrączki, sędzia pokoju ogłosił nas mężem i żoną.

Później, w jej pokoju, Nora podeszła do łóżka i wyciągnęła do mnie rękę. Szedłem ku niej jak zahipnotyzowany. Wreszcie nasze usta się spotkały. Nora zsunęła ze mnie nową marynarkę i przewiesiła przez fotel przy łóżku. Moja koszula wylądowała na podłodze.

Bałem się, że nie będę wiedział, co robić, ale gdy się do mnie zbliżyła, poczułem jej ciepło, a to podziałało na mnie kojąco. Nasze usta same odnalazły do siebie drogę, jej język wcisnął się między moje wargi. Nora prowadziła mnie w świat niezwykłej przyjemności. W moich żyłach buzowała czysta adrenalina.

Jedną ręką objąłem ją w talii, a drugą pieściłem po karku. Nora odsunęła się i rozpięła suknię. Na chwilę zaintrygowały mnie jej pomalowane na różowo paznokcie u nóg, gdy wychodziła z białego kręgu, jaki utworzyła na podłodze jej suknia. Nawet jej palce u nóg są niezwykłe, pomyślałem. Zachwycałem się tym pięknem przed sobą, pożerając wzrokiem kształty jej jedwabistego ciała, teraz okrytego jedynie białą koronkową bielizną, idealnie przylegającą do krągłych piersi. To, że istniała taka bielizna, było dla mnie kolejnym cudem. Po chwili ten cud także wylądował na podłodze.

Nora przybrała na łóżku pozę niczym marmurowy posąg z książek Baby. Zbliżyłem się niepewnie. Czy będziemy do siebie pasować? Nie zmiażdżę jej?

Uśmiechnęła się przebiegle i sięgnęła do zamka moich spodni. Pociągnęła, lecz suwak się zaciął.

– Pomóż mi – szepnęła.

Jakaś nitka wplątała się w suwak. Wyrwałem ją.

– Rozbierz się, mężu.

Czułem, jak krew napływa mi do twarzy. Jak mogę się rozebrać, gdy ona na mnie patrzy?

Jakby czytając w moich myślach, Nora wsunęła się pod kołdrę i zapraszająco uniosła krawędź z jednej strony. Szybko zsunąłem spodnie i bieliznę, po czym wskoczyłem tak sztywno, że aż materac głośno zadudnił. Roześmialiśmy się i ten śmiech sprawił mi przyjemność.

Gładziła mnie po klatce piersiowej.

– Jaki mój mąż jest przystojny. – Jej arabski brzmiał jak muzyka.

Nabrałem powietrza w płuca.

– Nie tak jak ty jesteś piękna, moja żono.

Oczy Nory błyszczały. Wsunęła swe jasne palce w moje czarne włosy. Za chwilę miałem się z nią kochać. Przed nią nie było dla mnie żadnej innej kobiety w całym wszechświecie. W jakiś zaiste ironiczny sposób ta żydowska dziewczyna przypomniała mi o domu. Trzymając Norę w ramionach, czułem spełnienie, bezpieczeństwo i miłość. Nawet w najśmielszych marzeniach nigdy nie przypuszczałem, że żydowska kobieta wyzwoli we mnie takie uczucia.

Gdy skończyliśmy, leżeliśmy obok siebie, ciężko dysząc. Pościel spadła na podłogę, a moja skromność gdzieś wyparowała. Wybuchnąłem śmiechem i jeszcze długo nie mogłem go powstrzymać.

Rozdział 38

Wynajęliśmy mieszkanie w Somerville. Przeniosłem Norę przez próg – omal przy tym nie wyzionąłem ducha, bo w budynku nie było windy, a mieszkaliśmy na drugim piętrze. Nora nalegała, że będzie płaciła czynsz ze swojego funduszu powierniczego. Wiedziałem, że to niemęskie pozwolić żonie płacić, ale moja rodzina znaczyła dla mnie tak wiele, że zmusiłem się do schowania własnej dumy do kieszeni.

Salon miał tylko dwa i pół metra na trzy, ale był nasz. Po lewej znajdowała się wnęka kuchenna z jasnozielonymi szafkami i z oknami z dwóch stron. Beżowa wykładzina ciągnęła się aż do łazienki i zatrzymywała się przed pomarańczowo-zieloną zasłoną prysznicową.

– Jakie piękne! – Nora była szczerze zachwycona. – Nasze własne mieszkanko.

Czułem się tak, jakby moje życie, dopiero teraz, po tylu latach, wreszcie się zaczynało.

Za pieniądze z funduszu powierniczego Nory kupiliśmy materac, zielonkawą pościel w duże pomarańczowe kwiaty, dwa stoliki karciane, dwa składane krzesła, stół kuchenny z pomarańczowym laminowanym blatem, dwuosobową sofę pokrytą czarnym winylem, zasłonę z koralików, którą Nora chciała powiesić w wejściu do wnęki sypialnej, nastrojową pomarańczową lampkę i pomarańczowy plakat z pokojowymi symbolami i napisem „Make love, not war". Postawiliśmy sofę przy ścianie obok kuchni, a materac w małej wnęce.

Dwa stoliki karciane i składane krzesełka stanęły pośrodku salonu, a stół w kuchni.

Tak jak w swoim pokoju w akademiku, Nora powiesiła na ścianach zdjęcia oprawione w ramki. Baba w podobny sposób postępował ze swoimi portretami. Pośród tych zdjęć znalazły się też pamiątki z podróży mojej żony: *retablo* z Ayacucho w Peru, czyli malowane drewniane pudełko ze sceną przedstawiającą Niedzielę Palmową z papier mâché, róg kudu, na którym grali Masajowie, pas z koralików wykonany przez Zulusów, oraz łuk i strzała Buszmenów z Kalahari.

Na parapecie w naszej sypialni umieściłem dzbanek z dwoma dzióbkami. Obok niego położyłem srebrną łyżeczkę z wyrytymi naszymi imionami, którą podarowali nam Menachem i Justice.

– Żebyście nigdy nie byli głodni – powiedziała Justice.

Na ścianie nad sofą zawiesiłem dwa portrety, które podarował mi Baba jako prezent na nowe mieszkanie. Pierwszy przedstawiał nas wszystkich razem, gdy jeszcze żyły Amal i Sara. Baba narysował je tak, jak wyglądały, gdy widział je ostatni raz. Obok tego portretu powiesiłem obraz, który Baba zrobił tydzień przed moim wyjazdem do Ameryki: byli na nim tylko ci członkowie rodziny, którzy pozostali przy życiu. Spoglądanie na te dwa obrazy jeden po drugim wprawiało mnie w ponury nastrój, więc przeniosłem ten nowszy w pobliże naszego łóżka.

To było pierwsze miejsce, które mogłem nazywać swoim domem, i byłem nim zachwycony. Podobał mi się eklektyczny styl Nory, zdjęcia mojej pięknej żony, wyroby rękodzielnicze i nastrojowa lampka.

– Już niedaleko – powiedziała Nora, ściskając mnie za rękę. Taksówka mijała kolejne równe przecznice z domami wielkości pałaców. Na podjazdach przed domami stały ferrari, lamborghini, rolls-royce'y. W końcu kierowca skręcił. Otworzyła się żelazna brama i jechaliśmy powoli długim podjazdem do domu rodziców Nory.

– Nie wiedziałem, że jesteście tacy bogaci.

– To nie ma dla mnie znaczenia – przepraszającym tonem powiedziała Nora. – Większość tego ojciec odziedziczył. Rodzice urządzają tutaj imprezy charytatywne. – Ten temat wyraźnie wprawiał ją w zakłopotanie. – Nie uwierzyłbyś, jakie przyjęcia się tu odbywają. – Przepaść między naszymi doświadczeniami życiowymi jeszcze się pogłębiła. Moje zdenerwowanie się nasiliło.

Nora nacisnęła dzwonek obok olbrzymich drzwi wejściowych.

W wejściu stanął mężczyzna.

– Pani matka jest w loggii – powiedział z hiszpańskim akcentem.

Nora jakby czuła się w obowiązku tłumaczyć z każdego przejawu bogactwa.

– Rodzice starają się zatrudniać jak najwięcej ludzi. – Wskazała Afrykankę w jaskrawym czerwono-żółto-pomarańczowym kaftanie, układającą kwiaty. – Wszyscy oni mają na utrzymaniu rodziny.

Znajdowaliśmy się w okrągłym holu o wysokości około dziesięciu metrów, z krętymi schodami. Nora prowadziła mnie szerokim korytarzem. Zanim dotarliśmy na loggię, czymkolwiek była, minęliśmy salon z olbrzymim kominkiem, jadalnię, bibliotekę z wiśniową boazerią i marmurowym kominkiem oraz coś, co Nora nazywała salami przedszkolnymi.

Czułem pot na dłoniach.

– Wszyscy pracownicy przyprowadzają ze sobą dzieci w wieku przedszkolnym – wyjaśniła. Jej rodzice zatrudniali troje nauczycieli. Były tam trzy takie sale: dla maluchów, średniaków i starszaków. Dzieci dostawały trzy posiłki dziennie, ubrania i łóżka do poobiedniej drzemki.

Na zewnątrz znajdował się basen otoczony ogrodem.

– Mamo! – krzyknęła Nora. Na terakotowym patiu pod żółtym parasolem siedziała kobieta, najwyraźniej matka Nory. Wokół niej leżały porozrzucane kartki. Kobieta odłożyła pióro.

– Co za niespodzianka! – Podniosła się. – Wszystko u ciebie w porządku?

– Lepiej niż w porządku – uśmiechnęła się Nora. – To jest Ahmad.

– Twój nauczyciel arabskiego?

– Ten jedyny.

Matka Nory podała mi rękę.

– Miło mi pana poznać. – Miała na sobie barwną bluzkę i spódnicę w stylu ludowym, podobne do tych, które Nora przywiozła z Ghany. Na jej szyi wisiał symbol pokoju. – Nora nie może się pana nachwalić.

– A gdzie tata? – zapytała Nora, przestępując z nogi na nogę.

– Powinien przyjść lada moment.

– Poczekam na niego. – Chwyciła mnie za rękę.

Jej matka przechyliła głowę.

– Z czym?

– Wzięliśmy ślub! – wykrzyknęła Nora. – Jestem taka szczęśliwa! Nie cieszysz się ze mną?

Matka Nory przyglądała się nam przez sekundę, po czym opadła na krzesło.

– Co zrobiliście? – Wyglądała na bliską zawału. Mówiłem Norze, że powinniśmy uprzedzić jej rodziców, ale ona była przekonana, że będą zachwyceni taką niespodzianką.

Nora podbiegła do matki i objęła ją, lecz ta nie odpowiedziała uściskiem.

Wszedł jej ojciec. Nora rzuciła się na niego z okrzykiem:

– Wyszłam za mąż!

Mężczyzna spojrzał na mnie. Chyba założył, że jestem służącym, który przyniósł jej bagaże.

– Za kogo?

– Za Ahmada, oczywiście. – Nora lekko podskoczyła z radości. – Chcieliśmy zrobić wam niespodziankę!

Jej rodzice spoglądali po sobie. Matka wyglądała na załamaną.

– Co?! – ojciec prawie krzyknął.

– Kochamy się. – Uśmiech Nory zbladł. – Nie cieszycie się z mojego szczęścia?

Rodzice znowu popatrzyli na siebie nawzajem.

– Czy możecie dać nam chwilę? – Ojciec Nory chwycił matkę za rękę i razem weszli do domu.

– Nie wiem, co im się stało. – Nora zaczęła chodzić nerwowo, przygryzając koniuszki palców. Starała się ukrywać przede mną twarz, ale i tak widziałem jej łzy. – To do nich niepodobne.

Spojrzałem na basen. Ja uprzedziłem rodziców, i teraz żałowałem, że moja żona nie przygotowała swoich. Nora sprawiała wrażenie bardzo elokwentnej, lecz pod wieloma względami była naiwna jak dziecko. Nie rozumiała tkwiącej głęboko w ludziach nienawiści – czy też powierzchownych gestów, pod którymi się kryje. Delikatnie ją przytuliłem.

Siedzieliśmy wszyscy w salonie. Ojciec Nory postawił kieliszek szkockiej na tacy na marmurowym stoliku.

– Czy musieliście się pobrać?

– Tak, musieliśmy – odparła Nora. – Nie była już w tak radosnym nastroju jak w chwili przybycia tutaj.

– Kiedy masz termin? – zapytała jej matka. – Wiesz, że są różne możliwości. – Ojciec otoczył matkę ramieniem.

– Nie jestem w ciąży – oświadczyła Nora.

– No to po co było się tak śpieszyć? – Ojciec przesunął się na skraj sofy. – Jeszcze nawet nie skończyłaś studiów.

– Chcemy być razem. Kochamy się. – Jej obcesowość mnie zaskoczyła.

– Przecież mogliście mieszkać razem – odparła jej matka. – Po co od razu się pobierać?

Poczułem rumieniec na twarzy.

– To niezgodne z moją tradycją – odezwałem się. – Bardzo szanuję waszą córkę.

– Można to unieważnić. – Ojciec Nory pociągnął duży łyk szkockiej. – Nikt się nawet nie dowie.

– Nigdy! – Nora poderwała się gwałtownie. – Chodź, Ahmadzie. – Chwyciła mnie za rękę i szliśmy już w kierunku wyjścia, gdy zatrzymała się i obróciła. – Jesteście hipokrytami. Oszustami – powiedziała. – Pomyśleć tylko, że ja naprawdę wierzyłam w wasze zaangażowanie. Nie podoba się wam, bo jest Palestyńczykiem. Przyznajcie.

Jej ojciec uniósł ręce w geście rezygnacji.

– Masz rację, to dla nas za dużo.

– Nie dzwońcie do mnie, póki się z tym nie pogodzicie.

Po tych słowach opuściliśmy dom.

Mijały miesiące, a jej rodzice nie dzwonili. Nie odcięli jej jednak od funduszu powierniczego, więc chodziła na studia i nadal planowała swoją letnią wyprawę do Gazy zaraz po naszym ślubie w mojej wsi. Wciąż mogłem wysyłać całą wypłatę mojej rodzinie.

– Nie muszą być na moim ślubie. – Nora wyjęła szufladę z bielizną i przesypała jej zawartość do walizki.

Zadzwonił telefon. Podniosłem słuchawkę i usłyszałem głos Abbasa:

– Naprawdę chcesz to zrobić?

– Co?

– Ożenić się z Żydówką? – W jego głosie kipiał gniew.

– Nie jest taka, jak myślisz – powiedziałem. – Walczy o prawa człowieka.

– Jasne – mruknął Abbas – jak oni wszyscy. Jeśli się z nią ożenisz, dla mnie przestaniesz istnieć.

– Najpierw ją poznaj – poprosiłem. – Zobaczysz, że zmienisz zdanie.

Nora dawała mi znaki, żebym przekazał jej słuchawkę, ale nie chciałem tego zrobić. Ona nie umiałaby rozmawiać z Abbasem.

– Albo ona, albo ja – oznajmił. – Nie sprowadzaj jej tutaj. – Usłyszałem głośny trzask, a po nim sygnał braku połączenia.

Postanowiłem porozmawiać z nim jutro, gdy już dotrzemy na miejsce.

Rozdział 39

Czterech żołnierzy uzbrojonych w uzi obserwowało Norę i mnie przez celowniki teleskopowe.

– Nie musicie tego robić tak ostentacyjnie – powiedziała Nora, gdy dotarliśmy do płyty lotniska.

– Nie prowokuj ich – szepnąłem jej do ucha. Czemu zwraca na siebie uwagę? Potrafiła być prowokująca, ta moja porywcza żona. Mieliśmy przecież do czynienia z żołnierzami izraelskimi.

Wraz z resztą pasażerów wsiedliśmy do autobusu jadącego do terminalu.

Dwaj żołnierze nas nie odstępowali. Czułem ich oddechy na karku. Nora obróciła się w ich stronę.

– Powinniście rzucić palenie. – Wygięła usta w sztucznym uśmiechu i odwróciła się od nich.

Co ona sobie myślała? Jej nic by nie zrobili, ale mnie w każdej chwili mogli zamknąć na czas nieokreślony.

Żołnierze szli za nami do budynku i stali obok nas w kolejce do kontroli paszportowej.

Mężczyzna w mundurze przeglądał nasze paszporty, nawet nie podnosząc głowy. Na jego biurku stała mała flaga izraelska. Długo wpatrywał się w moją fotografię. Z obu stron Żydzi przesuwali się szybko ku wyjściu. Byłem jedynym Palestyńczykiem w tym samolocie.

– Coś nasza kolejka posuwa się najwolniej – zwróciła się Nora do żołnierzy.

Zjawili się jeszcze trzej mundurowi i skinęli, bym do nich podszedł.

– Zaraz wracam – powiedziałem do Nory.

– Idę z tobą. – Zrobiła krok w moją stronę.

– To nie będzie konieczne, panienko – odezwał się jeden z żołnierzy.

– I tak idę. – Chwyciła mnie za rękę.

Zabraliśmy bagaże i podeszliśmy do stolika z boku.

– Proszę otworzyć torbę – powiedział żołnierz. Powoli wyjmował każdą rzecz po kolei: bieliznę Nory, jej szczoteczkę do zębów, paczkę prezerwatyw.

Ona patrzyła na niego bez mrugnięcia okiem. Wyjął mój egzemplarz czasopisma „Atomic Physics" i zaczął przeglądać.

– Cóż to, planujemy zbudować bombę?

– On robi habilitację z fizyki na MIT – oznajmiła Nora z dumą.

Żołnierz włożył pismo z powrotem do mojej torby.

– Dziękuję za współpracę. – Przesunął bagaże w naszą stronę.

Może byłem naiwny. Nie mogłem uwierzyć, że żołnierz nie zareagował, choć Nora wyraźnie go prowokowała.

Fadi zawiózł nas do domu małym starym nissanem z przyczepionymi sztucznymi kwiatami. Mijaliśmy druty elektryczne, nowe osiedla, nowoczesne zagraniczne samochody, billboardy ze skąpo odzianymi kobietami w kostiumach kąpielowych, znaki drogowe po hebrajsku i angielsku i przeciskające się między tym wszystkim pojazdy wojskowe. Nora musiała iść do toalety, więc zatrzymaliśmy się na stacji benzynowej. Gdy tylko się oddaliła, Fadi obrócił się w moją stronę.

– Abbas odszedł – powiedział.

– Jak to? Dokąd?
– Zostawił list. – Fadi podał mi kartkę.

*Drogi Ahmadzie,
nie pozostawiłeś mi wyboru. Opuszczam kraj, żeby pomagać naszym rodakom. Nie próbuj mnie szukać, bo już nie jesteśmy braćmi. Dla mnie nie żyjesz.*

Abbas

Usłyszałem dźwięk otwieranych drzwi i moja żona wsunęła się na tylne siedzenie. Czułem się, jakby skopano mnie po twarzy ciężkim buciorem.

Nora przez całą drogę o czymś rozprawiała. Na szczęście Fadi odpowiadał na jej pytania. Ja nie byłem w stanie się skupić.

– To już nasza wieś – oznajmił.
– Niezłe wzgórze. – Nora pochyliła się do przodu i wsunęła głowę pomiędzy przednie siedzenia.
– Większość arabskich wiosek leży na wzgórzach – wyjaśnił mój brat.
– Lepsze widoki?
– Lepiej widać wrogów. – Fadi wzruszył ramionami. – Wielu próbowało nas podbić… Między innymi Rzymianie, Turcy, Brytyjczycy, ale w końcu wszystkich ich odesłaliśmy do domu. – Wjechał do wioski i powoli sunął drogą.

Nic się tu nie zmieniło: grupki jednoizbowych domów z glinianych cegieł, ubite drogi, bose dzieci bawiące się na ulicach, kobiety robiące pranie na tarach w metalowych wanienkach, ubrania suszące się na sznurach, kozy i kurczaki biegające wkoło.

– Każda rodzina buduje własny dom – mówił Fadi – używamy specjalnych form do wyrobu cegieł.

Wszędzie dokoła widziałem muchy, biedę i walące się budynki. Smród ścieków i oślich odchodów był silniejszy, niż zapamiętałem.

Gdy zbliżyliśmy się do naszego domu, Fadi wcisnął klakson. Sąsiedzi powychodzili na podwórza, by nas obejrzeć – wszyscy wiedzieli, że wracam z narzeczoną. Mama podbiegła do nas z płaczem. Mocno mnie uściskała i szepnęła mi do ucha:

– Musisz sprowadzić go z powrotem. Nie żeń się z nią, bo on nigdy nie wróci.

Nora nie wysiadała z samochodu. Pozwoliła mi najpierw przywitać się z Nadią.

– On odszedł – szepnęła mi siostra.

Za plecami Nadii stali jej mąż, troje jej dzieci i siedmioro przybranych. Po chwili poczułem, jak Nora ściska mi dłoń i obróciłem się w jej stronę z wymuszonym uśmiechem.

Baba wyglądał na zadowolonego. Siedział na kamiennym murku i grał na udzie pieśń powitalną z akompaniamentem Abu Sajjida na skrzypcach. Tancerze dabki, ubrani w czarne satynowe spodnie i białe koszule z czerwonymi szarfami, energicznie tupali i podskakiwali. Część gości zebrała się wokół stołu ze słodyczami, część tańczyła.

Mama, w czarnej sukni z czerwonym geometrycznym haftem na przodzie, w ogóle nie patrzyła na moją narzeczoną.

– Mamo? To jest Nora.

Mama spojrzała jej prosto w oczy.

– Nie możesz sobie znaleźć jakiegoś Żyda?

– Wystarczy, Mamo – powiedziałem, po czym zwróciłem się do Nory po angielsku: – Jest bardzo bezpośrednia. Kiedy cię bliżej pozna, wszystko się zmieni.

– Nic się nie stało – odparła Nora z uśmiechem.

Baba skończył pieśń, podszedł do nas, uścisnął mnie i bez wahania objął Norę.

– Witaj, córko! Z radością witamy cię w naszej rodzinie. Tę pieśń, którą śpiewaliśmy, napisałem dla ciebie i Ahmada.

Dzieci Nadii otoczyły Norę. Obejmowały ją, całowały po policzkach i gładziły po włosach. Nora uklękła przy nich i rozdawała im lizaki. Promieniała przy tym radością, a ja czułem ciężki kamień w żołądku.

Po prezentacjach i powitaniach Mama weszła do domu.

– A gdzie Abbas? – zainteresowała się Nora.

– Nie ma go tu teraz – odpowiedziałem.

Poszliśmy na podwórze. Dzieci chwytały Norę za ręce i tańczyły wokół niej.

– Uwaga! Uwaga! Szanowni goście! – Baba złożył dłonie w kształt megafonu. – Wszyscy jesteście zaproszeni na ślub mojego syna Ahmada w piątek. Pomóżcie mi powitać jego uroczą narzeczoną Norę w naszej rodzinie i dzielcie z nami naszą radość. – Kobiety zaczęły wydawać zawodzące dźwięki, Nora się uśmiechnęła.

Nocowała w domu moich rodziców, a ja u wujka Kamala.

Po śniadaniu wspięliśmy się wspólnie na drzewo migdałowe, o którym tak wiele opowiadałem swojej żonie. Chciała spojrzeć przez mój stary teleskop. Wycelowała go w moszaw Dan.

– Jesteście tak poupychani na tej ziemi pokrytej brudem i tłuszczem – powiedziała. – Kwas węglowy aż wyłazi na wierzch, a moszaw ma mnóstwo żyznej ziemi. W dodatku otoczyli was z trzech stron i nie macie gdzie się rozrastać. Ilu ludzi jest tu wtłoczonych?

– Ponad dziesięć tysięcy.

– A ile ziemi wam zostało?

– Nie jestem pewien.

– Nie okłamuj mnie.

– Około dwóch setnych kilometra kwadratowego.

– To samo robią na terenach okupowanych – zauważyła. – Konfiskują żyzną ziemię na obrzeżach i budują na niej swoje osiedla, które dławią wioski arabskie.

Czy Abbas musiał odejść w taki sposób? Gdyby poczekał, żeby poznać Norę, na pewno by ją pokochał.

Skierowała teleskop na rzeźnię.

– Patrz na ten czarny dym! Jestem cała w sadzy. – Obróciła teleskop w stronę zagrody dla bydła. – Biedne zwierzęta. Nie mogę słuchać tego ich płaczu.

– Chodźmy do środka. Zgłodniałem.

– Po takim obfitym śniadaniu? – Skierowała teleskop na Zachodni Brzeg.

Czułem krople potu na czole.

– Proszę, Noro, naprawdę chce mi się pić.

– To idź – powiedziała, nie odkładając teleskopu. – Tam wszędzie są żołnierze. Ustawiają ludzi w kolejce przed punktem kontrolnym. Czy oni tam wszystkich Palestyńczyków trzymają w takich zagrodach?

W obozie rozległy się strzały i po chwili zobaczyliśmy dym.

– Zejdźmy już lepiej – prosiłem. – Zaraz będą przychodzić ludzie, żeby cię poznać.

Odebrałem jej teleskop i zeszliśmy z drzewa.

Do domu napływali przyjaciele, znajomi i rodzina. Nora była uprzejma, okazywała wszystkim szacunek i wzbudzała powszechną sympatię. Gdy pochwaliła naszyjnik Umm Usamy, ta zdjęła go i usiłowała jej podarować. Dzieci Nadii rysowały Norę, Baba namalował jej portret i powiesił na ścianie. Tylko Mama jej unikała.

– Proszę to przyjąć. – Nora wręczyła Mamie pudełko.
Mama spojrzała na prezent podejrzliwie.
– Co to takiego?
– Podarunek – odparła Nora.
Nie miałem pojęcia, co to jest. Mama otworzyła pudełko i wyjęła sukienkę zdobioną geometrycznymi formami kwiatów. Suknia wyglądała tak młodzieżowo, że przy niej twarz Mamy zdawała się utkana z grubych zmarszczek. Mama wyciągnęła prezent przed siebie i wpatrywała się weń z niedowierzaniem.
– To wzór mojego ludu – stwierdziła rzeczowo. – Skąd wiedziałaś?
– Znam palestyńską krawcową. Powiedziałam jej, skąd pochodzicie – odparła Nora. – Zrobiła to specjalnie dla pani.
Mama chłodno podziękowała.
Nora zwróciła się do Baby.
– A to dla pana. – Podała mu prezent owinięty w papier.
– Dziękuję, córko – uśmiechnął się Baba.
Był to wielki album mistrzów malarstwa po arabsku. Manet, Van Gogh, Gaugin, Picasso. Baba ostrożnie obracał kartki, a później przytulił książkę do piersi.

– Po tysiąckroć dziękuję – powiedział. – To moja najcenniejsza książka. – Usiadł przy stole w kuchni i przeglądał stronę po stronie. Zatrzymał się przy *Gwiaździstej nocy* Van Gogha i wpatrywał się w ilustrację z podziwem.

Weszła Mama z suknią ślubną.

– To suknia dla ciebie. Nie ubrudź jej, bo jest pożyczona. I cokolwiek się stanie, nie mów nikomu, że jesteś Żydówką. – Była to tradycyjna suknia ślubna z kilku warstw haftowanych złotą nicią i zdobionych szeregiem złotych monet i biżuterii.

Po porannej modlitwie Nadia i część kobiet, z wyjątkiem Mamy, zgromadziły się na tyłach domu za migdałowcem, by przygotowywać potrawy. Pochylone nad naczyniami siekały pietruszkę, kroiły pomidory, robiły farsz z daktyli, sera i orzechów. Nadia przygotowała ciasto – wymieszała, ugniotła – po czym rozwałkowała je na kółka o średnicy mniej więcej trzydziestu sześciu centymetrów; inne kobiety pochylały się nad pięcioma małymi ogniskami, gdzie gotowały ryż i kozi jogurt, oraz rozpalały piec chlebowy. Drewno i nawóz zwierzęcy rozgrzewały metalową płytę, na której umieszczono płaskie półki do pieczenia chleba. Nora siedziała wraz z nimi i ugniatała ciasto.

Pod migdałowcem leżały skrzynki pomidorów, ogórków i pomarańcz. Na mój widok kobiety zaczynały radosne zawodzenia. Mama sama pracowała wewnątrz.

Przed domem Fadi i Hani postawili aksamitną dwuosobową sofę w odległym końcu podwórza, w miejscu, gdzie przygotowywała się orkiestra. Reszta podwórza pozostawała pusta, żeby można było tańczyć. Na jego obrzeżach rozłożono długie pasma białego płótna, które miały pełnić funkcję stołów. U stóp wzgórza, po obu stronach drogi, mężczyźni ustawili długie drewniane ławy. Gdy wszyscy inni byli zajęci przygotowaniami, ja i Baba udaliśmy się do herbaciarni, żeby napić się herbaty i zagrać w tryktraka. Miał to być nasz ostatni spędzony wspólnie moment, zanim stanę się żonatym mężczyzną.

W połowie drogi Baba zatrzymał się i rozejrzał.

– Synu, martwię się. Twój brat Abbas ma w sobie tyle nienawiści, że trudno przemówić mu do rozsądku – szeptał mi do ucha. – Boję się tego, co może zrobić.

– To przeze mnie – powiedziałem. – On uważa, że przeszedłem na stronę wrogów. Mój ślub przeważył szalę.

– Jest zagubiony. Nie sądzę, by uważał, że trzymasz z wrogiem, on raczej wierzy, że ty jesteś wrogiem. Trudno mu było dorastać w twoim cieniu.

– Mama obwinia Norę – zauważyłem.

Baba ze spokojem pokręcił głową.

– Zajmę się tym. – Usłyszawszy kroki za nami, ruszyliśmy ku herbaciarni.

Wieczorem zaczęli się schodzić goście z prezentami w postaci owiec, kóz lub zapakowanych pudełek. Prowadzący ceremonię wyrażał podziękowania, a mój kuzyn Tarik notował, kto co przyniósł.

✽

W domu wujka Kamala stałem nagi pośrodku pokoju, w blaszanej wannie wypełnionej wodą z mydlinami. Mężczyźni śpiewali, klaskali i tańczyli wokół mnie, lejąc mi na głowę wodę z mydłem z dzbanków i szklanek. Fadi nasmarował mi twarz i mnie ogolił, a kuzyni obmyli mnie gąbkami. Baba stał na zewnątrz i witał gości. Cieszyłem się, że to on przywita Menachema, Justice, Rafiego i Motiego. Byłem tak przejęty, że zdawało mi się, iż w miejscu serca mam ciężką betonową cegłę.

Gdy już byłem czysty, mężczyźni wytarli mnie i ubrali w białą szatę. Do pokoju weszła Mama, niosąc dymiące kadzidło, które wypełniło powietrze intensywnym zapachem. Pobłogosławiła mnie i moje małżeństwo. Widocznie Baba zdążył z nią porozmawiać.

– Koń już przybył – ogłosił wujek Kamal, na co mężczyźni wyszli za mną na zewnątrz, radośnie klaszcząc.

– Nasz pan młody dosiadł klaczy – śpiewali, gdy wsiadałem na białego konia, ozdobionego girlandą z białych kalii.

Baba, Fadi i Hani szli zaraz za mną. Kierowaliśmy się w stronę mojego domu. Mężczyźni śpiewali:

– Koń arabskiej krwi. Twarz młodego jest łagodna jak kwiat.

Jechałem wiodącą pod górę drogą do domu rodziców, a po obu stronach rozstępowali się przede mną, klaszcząc i śpiewając, mężczyźni w białych, cielistych i szarych sukmanach z szarfami, a także w spodniach dzwonach i jedwabnych koszulach. Obejrzałem się za siebie i zobaczyłem Mamę i Nadię w czarnych szatach z figurami geometrycznymi na przodzie. Kobiety klaskały i śpiewały, idąc za mężczyznami. Dzieci w różnym wieku, trzymając się za ręce, biegały i śmiały się beztrosko. Chłopcy byli w swoich najlepszych ubraniach – białych bawełnianych koszulach i spodniach z elastyczną talią uszytych przez ich matki – a dziewczęta w barwnych sukienkach z falbankami i koronkami.

Kiedy przybyliśmy na miejsce, otoczyli mnie mężczyźni i zsiadłem z konia. Z tłumu pomachali do mnie Menachem oraz Justice. Nora siedziała w domu na sofie. Jej twarz zakrywał złoty, ręcznie haftowany welon, obrzeżony złotymi monetami. Po jej lewej stronie stała Mama, a po prawej Nadia. Za nimi rozwieszone było płótno z przypiętymi sztucznymi kwiatami. Baba podał mi miecz, a ja podszedłem do panny młodej i jego koniuszkiem uniosłem welon.

Zawodzenie kobiet było tak głośne, że nie słyszałem własnych myśli.

– Wyglądasz pięknie – szepnąłem, a ona spojrzała na mnie oczyma zaokrąglonymi z zachwytu.

Czy wybrałem ją kosztem brata? Kątem oka widziałem Babę i Mamę. W rogu stali Menachem z Justice, Rafi i Motie z żonami. Nora i ja wyszliśmy na podwórze, na aksamitną dwuosobową sofę. Goście szli za nami w dwóch grupach. Pierwsza grupa śpiewała:

– Nasza panna młoda to najpiękniejsza z młódek.

Druga grupa jej odpowiadała:

– Nasz pan młody jest najurodziwszym młodzieńcem.

Usiedliśmy i goście zaczęli przed nami tańczyć. Moi rodzice ucałowali nas w policzki, a potem wzięli Norę za ręce i we troje ruszyli do tańca. Menachem z Justice, Motie i Rafi z żonami próbowali tańczyć dabkę z innymi gośćmi. Nagle przyszło mi na myśl, że może jednak pokój jest możliwy. Żałowałem, że Abbas nie patrzy na to moimi oczyma.

Baba grał na udzie i śpiewał na naszą cześć przy akompaniamencie skrzypiec, bębna i tamburyna. Ja i Nora siedzieliśmy obok siebie na końcu podwórza, niczym król i królowa, otoczeni przez sąsiadów, którzy dla nas tańczyli. Mama, Justice i Nadia tańczyły w radosnym kręgu, trzymając się za ręce. Wiedziałem, że te uśmiechy wcale nie znaczą, iż moja rodzina zapomniała o Abbasie. Jego zniknięcie było ciosem dla nas wszystkich.

Cała wieś przybyła na wzgórze. Nora siedziała na specjalnym plastikowym krześle na poboczu drogi. Mężczyźni uformowali długą owalną pętlę i tańczyli przed panną młodą – podskakiwali, kołysali biodrami, obracali się, klaskali i śpiewali. Kobiety siedziały na długich ławach ustawionych wzdłuż drogi. Za każdym razem, gdy ktoś wręczał podarunek, prowadzący ceremonię wygłaszał dziękczynne błogosławieństwo: „Niech Allah ci błogosławi i obdarzy cię pokojem", „Niech Boski napełni cię swymi łaskami", „Niechaj pokój zawsze będzie z tobą".

– Właź – powiedział Fadi, więc wspiąłem się na jego barki, a on zaczął tańczyć ze mną pośród mężczyzn.

– Wystarczy – powiedziałem – zmiażdżę cię.

– Nie mogę teraz przestać – odparł. Miałem wrażenie, że chce przejąć obowiązki Abbasa. Długo jeszcze tańczył ze mną na ramionach; jego szczupłe dwudziestoczteroletnie ciało okazało się silniejsze, niż przypuszczałem.

Dopiero po północy Nora i ja stanęliśmy przed drzwiami domu moich rodziców. Wszyscy za nami, na wzgórzu i na drodze, trzymali w rękach świece. Mama podała Norze kawałek surowego ciasta.

– Przylep to do nadproża. – Wskazała na miejsce przy drzwiach.

Nora popatrzyła na mnie.

– Śmiało! – powiedziałem.

– To wam zapewni dobrobyt i potomstwo – oświadczyła Mama.

Goście zaczęli śpiewać:

Witamy was w waszym domu
Gdy wkoło kwitnie kwiecie
Modlimy się do Wszechmogącego
By pokonał waszych wrogów i obdarzył was wieloma synami
Niech wszystko, cośmy dla was zrobili, ześle na was błogosławieństwo
Niech sucha ziemia wydaje plony pod waszymi stopami
Gdyby nie nieśmiałość wobec waszych krewnych i rodziny
uklęklibyśmy i całowali ziemię u waszych stóp.

Mama pochyliła się i igłą z nitką luźno połączyła dół sukni ślubnej Nory z moją szatą.

– To będzie was chronić przed złymi duchami – powiedziała i ucałowała najpierw mnie, a potem Norę. Wszyscy zebrani ją obserwowali. Kobiety otoczyły nas i wiwatowały entuzjastycznie, gdy połączeni nicią wchodziliśmy do domu moich rodziców.

Następnego dnia zabrałem Norę na spacer po wsi. Pokazywałem jej wszystkie miejsca, które były dla mnie ważne i które wywarły wpływ na moje życie, począwszy od placu w centrum.

Nagle zatrzymała się pośrodku drogi.
– Gdzie jest Abbas? – zapytała.
Nie potrafiłem patrzeć jej w oczy.
– Wyjechał.

– Bo Palestyńczykowi tak łatwo jest wybrać się na wycieczkę po Izraelu, zwłaszcza gdy kuśtyka, i to w dniu ślubu własnego brata?

– To naprawdę nie powinno cię interesować, żono. – Czułem się niezręcznie, rozmawiając o tym w miejscu publicznym, mimo że nikt nie mógł nas usłyszeć.

– Wyjechał przeze mnie. Bo ożeniłeś się ze mną, tak?

– Czy moja matka coś ci powiedziała?

Nora wyglądała na przybitą.

– A więc miałam rację. – Spojrzała mi w oczy. – Musisz go jak najszybciej znaleźć.

Szliśmy w kierunku domu.

– Nie mogę. To nie takie łatwe.

– Musisz. – Zatrzymała się.

– Tam, dokąd poszedł, nikt nie może pójść za nim. Jest teraz w podziemiu – odparłem i ruszyłem dalej.

Pod koniec tygodnia pojechałem autobusem do Jerozolimy. Menachem i ja byliśmy zaproszeni, by wygłosić trzydniowy cykl wykładów na temat naszych badań. Nora nie chciała wyjeżdżać z wioski i Justice miała z nią zostać w domu moich rodziców. Planowały ćwiczyć arabski przed wyjazdem do Strefy Gazy pod koniec miesiąca. Próbowałem przekonać Norę, żeby zrezygnowała, tłumaczyłem jej, że tam jest zbyt niebezpiecznie, że powinna pozostać w wiosce, ale ona obstawała przy swoim.

– Wiesz, co Izraelczycy robią tam mieszkańcom. Świat całkiem o nich zapomniał. Mówiłam ci już przed ślubem, jak zamierzam żyć.

– Możesz pomagać w inny sposób. Wykorzystaj swoje prawnicze wykształcenie. Zbieraj fundusze. Taki wyjazd to żadna pomoc.

– Nie mogłabym patrzeć w lustro, gdybym tam nie pojechała. Nie mogłabym żyć sobie bezpiecznie w Stanach, podczas gdy oni tu cierpią i umierają.

Co miałem powiedzieć? Wziąłem z nią ślub w pełni świadomy tego, jaka jest, ale miałem nadzieję, że zdołam przemówić jej do rozumu. W każdym razie miałem wtedy jeszcze trzy tygodnie na to, by jej wyperswadować ten wyjazd do Gazy. Postanowiłem, że po przyjeździe z Jerozolimy wrócę do tego tematu.

Rozdział 40

Wszedłem na dworzec autobusowy w Jerozolimie i usłyszałem krzyki:

– *Pitziza!* – Bomba!

Ludzie rozpierzchli się na wszystkie strony, by się jak najbardziej oddalić od niebieskiego plecaka, leżącego na ławce przy stanowisku odjazdów do Hajfy.

Uciekający przeskakiwali w kowbojskim stylu przez barierki. Jakaś dziewczynka w różowej sukience i takiej samej czapeczce przewróciła się i matka natychmiast wzięła ją na ręce.

Starszy mężczyzna z laską upadł pod naporem tłumu. Nie wiadomo skąd zjawili się dwaj żołnierze, by go podnieść. Cywile zostali ewakuowani, ich miejsce zajęło wojsko. Ja wraz z innymi znalazłem się poza terenem otoczonym taśmą.

Żołnierze wysadzili plecak. W powietrze uniosły się strzępy białych kartek.

Byłem głęboko zaczytany w artykule z „Journal of Physics" o opracowaniu nowego mikroskopu, który miał badać powierzchnię materiałów przy wykorzystaniu prądu tunelowego. Chciałem zrozumieć, jak naukowcy z IBM wyobrażają sobie ten mikroskop, który widzi powierzchnię na poziomie atomów. Podniosłem wzrok na zegar w gabinecie

Menachema. Była dopiero dziesiąta. Następny wykład mieliśmy o dwunastej, zostało mi więc dość czasu, by skończyć czytanie artykułu. Nasz wykład z poprzedniego dnia cieszył się dużym zainteresowaniem.

– Dolać ci? – Menachem uniósł dzbanek z herbatą.

– Nie, dziękuję, jeszcze mam.

Zadzwonił telefon. Menachem podniósł słuchawkę, a ja czytałem dalej. Zawsze tyle pracy, ciągły brak czasu.

– Tak – odezwał się Menachem.

Coś w sposobie, w jaki to powiedział, kazało mi podnieść głowę. Dłonie Menachema zaczęły drżeć; omal nie upuścił swojej szklanki. Popatrzył na mnie i w tym momencie wiedziałem, że ta rozmowa jest szczególna. W jego oczach pojawiły się łzy.

– Tak mi przykro – szepnął i podał mi słuchawkę.

Zaniepokojony, że coś się stało Abbasowi, przyłożyłem telefon do ucha.

Justice nie była w stanie wydobyć z siebie słowa. Głośno płakała.

– Ahmadzie, mam dla ciebie najgorszą wiadomość z możliwych – pisnęła. – Broniłyśmy domu twojej rodziny. Przyszli żołnierze. Mówili, że twój brat jest zamieszany w działalność organizacji terrorystycznej. Ich buldożer zmiażdżył Norę. Zmarła w drodze do szpitala. Tak mi przykro. Tak strasznie mi przykro…

Odłożyłem słuchawkę. Nie mogłem tego słuchać. Spojrzałem na Menachema.

– Moje życie się skończyło – powiedziałem.

Rozdział 41

Później dowiedziałem się dokładnie, jak do tego doszło. Nora i Justice stanęły między buldożerem a domem mojej rodziny. Miały na sobie jaskrawopomarańczowe kamizelki z odblaskowymi paskami, które wyraźnie świadczyły o tym, że są nieuzbrojonymi cywilami. Justice zawsze woziła je w samochodzie. Moi rodzice błagali je, żeby się nie narażały, ale one twierdziły, że Izraelczycy nie wyrządzą krzywdy dwóm amerykańskim Żydówkom. Przekonały ich, że nic im nie grozi. Baba próbował im to wyperswadować, lecz nie chciały go słuchać.

Justice, zawsze przygotowana na protesty, krzyczała do operatora maszyny po hebrajsku przez megafon, żeby się zatrzymał. Nora energicznie wymachiwała rękami. W kabinie znajdował się zarówno kierowca, jak i dowódca jednostki. Obie kobiety cały czas utrzymywały kontakt wzrokowy z kierowcą. Również dowódca operacji obserwował wszystko z wozu opancerzonego.

Spychacz posuwał się, pchając przed sobą ziemię. Justice i Nadia wspięły się na ten nasyp. Były na tyle wysoko, by zaglądać bezpośrednio do kabiny kierowcy. Maszyna sunęła dalej. Justice zdążyła odskoczyć w bok. Nora straciła grunt pod nogami i została wciągnięta pod lemiesz. Buldożer sunął dalej. Moi rodzice i Justice walili w okna kabiny, lecz maszyna nie zatrzymywała się, aż lemiesz przejechał po mojej żonie. Dopiero wtedy operator wyłączył silnik. Justice i członkowie mojej rodziny podbiegli do Nory. Jeszcze żyła. Powiedziała coś o obietnicy. Nie wiem co. Czy chodziło o obietnicę wobec mnie? Obietnicę wobec Palestyńczyków, którym tak rozpaczliwie próbowała pomóc? Tego się nie dowiedziałem. Nora zmarła w karetce. Uratowała dom mojej rodziny. Wyburzenie odwołano.

Jej rodzice chcieli zabrać ciało córki do Ameryki, lecz przekonałem ich, żeby pochować Norę w mojej wsi, pod drzewem migdałowym. Chciałem pokazać, że jej śmierć miała sens. Tłumy sięgające tysięcy, zarówno Palestyńczyków, jak i Izraelczyków, maszerowały przez wieś z wyciągniętymi rękami, krzycząc: *Szalom akszaw!*, co znaczy „Teraz pokój!". Ciało Nory było zbyt zmasakrowane, by nieść je na desce, jak to czyniliśmy z innymi męczennikami. Pochowaliśmy ją w sosnowej trumnie pod drzewem migdałowym.

Podobno powtarzałem szczegóły tego, co się stało, każdemu, kto tylko chciał słuchać – przyjaciołom, rodzinie, znajomym – wszystkim opowiadałem o spychaczu, który zmiażdżył jej drobne, idealne ciało. Po pogrzebie Nory poszedłem spać i pozostałem już w domu rodziców. Leżałem w łóżku Abbasa, jedynym prawdziwym łóżku w domu, i to mi przypominało, że wymieniłem brata na Norę, a ostatecznie straciłem oboje. W nogach łóżka postawiłem namalowany przez Babę ślubny portret Nory i mnie, siedzących na aksamitnej sofie.

Jedzenie przestało mieć smak. Mama przynosiła mi posiłki, przygotowywała moje ulubione potrawy, ale ja na nic nie miałem ochoty. Czasami siedziała obok mnie, trzymając przed moimi ustami ciastko daktylowe lub kawałek pity, by mnie nakłonić do jedzenia, tak jak to robiła z Abbasem po jego wypadku.

– Mamo, proszę, zostaw mnie, nie jestem małym dzieckiem.
– Dla matki dziecko to dziecko, nawet gdy jest już dorosłe. – Delikatnie ujęła moją twarz. – Nie możesz się z nią połączyć, synu. Twoje miejsce jest tutaj. Musisz jeść.
Dla świętego spokoju zjadałem kęs lub dwa.
Nawet Baba nie potrafił przynieść mi ukojenia. Czułem, że zawiodłem Norę. Powinienem ją chronić – była moją żoną. Ale przecież to była Nora, która nie chciała ochrony. Co mogłem zrobić?
Baba wysłuchał mnie i rzekł:
– Możesz ubijać wodę, ale ona i tak pozostanie wodą.
Rodzice Nory zażądali sekcji zwłok i śledztwa w tej sprawie, lecz nikomu nie postawiono żadnych zarzutów. Rząd izraelski uznał jej śmierć za wypadek. Justice, która przy tym była, powtarzała wszystkim, że to nie był wypadek. Moja rodzina twierdziła to samo. Nora została zamordowana z zimną krwią.
Kiedy przyjechaliśmy do mojej wioski, kazała mi obiecać, że pewnego dnia opiszę swoje życie. Tłumaczyłem jej, że to nikogo nie zainteresuje, ale ona się upierała. Czyżby to o tej obietnicy wspominała przed śmiercią?
Ja też chciałem umrzeć. Nic już nie miało znaczenia. Wiedziałem jednak, że nie mogę tego zrobić Babie. Już dość się nacierpiał.
Pod koniec miesiąca zjawił się Menachem. Kazałem Babie powiedzieć, że śpię, ale on mimo to wprowadził go do sypialni.
– Kiedy żona Einsteina umierała, napisał do przyjaciela, że praca intelektualna pomaga mu znosić przeciwności losu – powiedział Menachem. – Dobrze byś zrobił, idąc za jego radą.

Usiadłem na łóżku.

– Wierz mi, jedyny sposób, żeby poradzić sobie z pogmatwanymi uczuciami, to pogrążyć się w nauce i spróbować wyjaśnić to, co jeszcze niewyjaśnione.

Chociaż nie chciałem go słuchać, wiedziałem, że ma rację. Nie mogłem zlekceważyć przykładu Einsteina. Był wielkim naukowcem. Największym.

– Nie wyjadę stąd bez ciebie. – Menachem usiadł na krawędzi łóżka, jakby zamierzał zapuścić korzenie.

Spakowałem się i jeszcze tego wieczoru wyjechaliśmy.

z kraju, poddana torturom lub uwięziona na wiele lat. A nawet gdybyśmy chcieli się z nim skontaktować, jak moglibyśmy go znaleźć? Działał w arabskiej organizacji podziemnej i nigdy nie zdołalibyśmy do niego dotrzeć. Teraz przynajmniej wiedzieliśmy, że jest w Bagdadzie i że wciąż żyje.

W lutym 1979 roku wybuchła rewolucja islamska w Iranie i szach został obalony. Następnie pod koniec marca Izrael i Egipt podpisały traktat pokojowy w Białym Domu. Myślałem o Abbasie, o tej złości, którą zapewne czuł na wieść o tym, że Egipt zawarł pokój z Izraelem, zwłaszcza że stało się to z pominięciem nierozwiązanej kwestii palestyńskiej. Nora byłaby oburzona. Nawet ja czułem, że Egipt zdradził mój naród.

Dzień po dniu wstawałem, szedłem do łazienki, myłem zęby, ubierałem się i wychodziłem. Potem pracowałem. Praca była jedyną rzeczą, która nadawała sens mojemu życiu. Na początku nie potrafiłem się skoncentrować. Ale przecież rozpacz nie była dla mnie czymś nowym. Wiedziałem, że praca będzie jedynym wybawieniem. Rzuciłem się więc w wir badań, tak by nie mieć czasu na rozmyślania o niczym innym.

Czytałem wszystko, do czego mogłem dotrzeć, na temat zjawiska tunelowego. Menachem i ja pracowaliśmy bez wytchnienia, próbując zaobserwować wzbudzenia spinowe, by móc określić kierunek i siłę anizotropii pojedynczych atomów żelaza w miedzi.

To zjawisko bardzo mnie intrygowało, przypominało rzucanie piłką baseballową w wysoki ceglany mur, ale piłka, zamiast się odbić, przechodziła na drugą stronę.

Zanim mogliśmy do czegokolwiek wykorzystać naszą teorię, musieliśmy się dowiedzieć, jak działa materia na

Rozdział 42

Po powrocie do Somerville spakowałem pamiątki po Norze do kartonów – na zdjęciu z RPA wymachuje transparentem z napisem „Precz z apartheidem!", siedmioletnia Nora maszeruje na Waszyngton z rodzicami, niosąc napis „Zwyciężymy!"; Nora w Los Angeles w podkoszulku z literą P w grupie przyjaciół, z którymi wspólnie tworzą napis „Pokój".

Zapakowałem dwa kartony zdjęciami z okresu, zanim ją poznałem. Należały do jej rodziców, więc wysłałem im e-mail do Kalifornii. Zachowałem nasze wspólne zdjęcia: podpisywanie kontraktu małżeńskiego w urzędzie stanu cywilnego; zdjęcie w jej pokoju w akademiku; na ławce na dziedzińcu uniwersyteckim; oraz wszystkie zdjęcia z naszego ślubu w wiosce. Włożyłem je do koperty i umieściłem w aktówce. Dzięki temu Nora zawsze będzie przy mnie. Zachowałem też łyżeczkę i dzbanek z dwoma dzióbkami.

Siedemnastego września 1978 roku, rok po śmierci Nory, Izrael i Egipt podpisały porozumienie w Camp David. Kilka miesięcy później oglądałem wiadomości ze szczytu Ligi Arabskiej w Bagdadzie, gdzie potępiono to porozumienie. Nagle na ekranie dostrzegłem Abbasa. Mój brat stał na schodach przed budynkiem. Nie wierzyłem własnym oczom. Od ponad roku nikt z rodziny nie miał od niego żadnych wiadomości. Próba kontaktu z Arabem poza Izraelem była działaniem wbrew prawu, a już szczególnie z takim, który pracował dla doktora Habasza. Moja rodzina mogła zostać wygnana poziomie atomowym. Gdybyśmy już wiedzieli, jak manipulować atomem, otworzyłyby się przed nami niewiarygodne możliwości.

Smutek przychodził falami, ale ja byłem już przygotowany, niczym zahartowany żołnierz. Zawsze zaczynało się od poczucia wewnętrznej pustki.

Menachem i Justice robili, co mogli, żebym jadł. Justice przysyłała mi do pracy kanapki lub mufinki na śniadanie. Pakowała lekki obiad dla Menachema i dla mnie, który Menachem podgrzewał dla nas obu. Na ogół starała się robić coś bliskowschodniego – fasolę limeńską, soczewicę z ryżem, groszek z ryżem – ale miała dużo większe serce niż umiejętności kulinarne.

Wcześniej dziwiło mnie, że Menachemowi udało się tak schudnąć i utrzymywać wagę po ślubie z Justice. Teraz już wiedziałem dlaczego.

Po południu Menachem robił dla nas herbatę miętową, którą piliśmy podczas pracy. Krępowało mnie to, że oboje z takim oddaniem się mną zajmowali, ale nie potrafiłem odrzucić tych wyrazów troski. Nie umiałem o siebie zadbać, lecz Menachem był zadowolony z mojej pracy. Robiliśmy olbrzymie postępy. Wiedziałem, że Nora byłaby ze mnie dumna.

Uniwersytet Nowojorski zaproponował nam posady. W końcu miałem zostać profesorem.

– Pojadę jedynie z tobą – powiedział Menachem.

Nie byłem gotowy, ale wiedziałem, że potrzebuję zmiany, że powinienem opuścić to mieszkanie, które dzieliłem z Norą.

– Będziesz profesorem – zauważył Menachem – więc moglibyśmy wspólnie ubiegać się o granty.

– A co na to Justice?

– Zgodzi się na wszystko, co będzie dobre dla ciebie.

Justice obwiniała się o śmierć Nory. Powtarzałem jej w kółko, że to nie była jej wina, ale ona widziała to inaczej. Jako profesor miałem zarabiać cztery razy więcej niż na MIT. Naprawdę, nie było się nad czym zastanawiać. Zarobione pieniądze chciałem wysyłać rodzinie. Fadi przestał pracować, bo teraz chodził do szkoły średniej, a ja zatrudniłem nauczyciela Muhammada, żeby mu pomógł nadrobić zaległości. W tym roku miał skończyć szkołę – wykazywał duże zainteresowanie naukami ścisłymi i chciał studiować medycynę we Włoszech, a ja pragnąłem mu to umożliwić. Hani był na studiach bliskowschodnich na Uniwersytecie Hebrajskim.

Dwa tygodnie później przed budynek Ośrodka Nauki Uniwersytetu Nowojorskiego zajechał lśniącym czarnym cadillakiem mężczyzna w sztuczkowym garniturze. Był to agent nieruchomości, któremu uczelnia zleciła znalezienie dla mnie mieszkania. Justice i Menachem już coś dla siebie wybrali.

Mimo że wykładowców stać było na luksusowe apartamenty, ja szukałem czegoś możliwie taniego. Nie potrzebowałem wiele. Chciałem wysyłać do domu jak najwięcej oszczędności. Wynająłem więc małe jednopokojowe mieszkanie podobne do tego, w którym mieszkaliśmy z Norą. Okno wychodziło na parking. Uniwersytet zapłacił za transport sofy krytej czarnym winylem, laminowanego stołu, materaca, dwóch stolików karcianych i składanych krzeseł oraz innych moich rzeczy. Otrzymałem gabinet obok Menachema i kontynuowaliśmy badania.

Byłem w Nowym Jorku, mieście, które kochała Nora. Ona wyciągałaby mnie na wykłady i filmy, do muzeów i na spektakle na Broadwayu. Uczestniczyłaby w demonstracjach, protestach, zapraszałaby mnie do restauracji, czytała książki w Washington Square Park. Byłaby zachwycona życiem w Nowym Jorku.

Dla mnie nie miało żadnego znaczenia, gdzie jestem.

Rozdział 43

Pomordowane palestyńskie dzieci na stertach śmieci obok izraelskiego sprzętu wojskowego i pustych butelek po whisky. Budynki Szatili, palestyńskiego obozu dla uchodźców, zrównane z ziemią. Kamera telewizyjna pokazała rozrzucone po całym terenie izraelskie flary, wciąż przymocowane do małych spadochronów.

Ciała palestyńskich kobiet zrzucono na stertę gruzu. Na ekranie zobaczyłem kobietę leżącą na plecach: jej suknia się rozchyliła, ukazując przytuloną do matki małą dziewczynkę z długimi kręconymi włosami. Miała otwarte oczy, choć była martwa. Obok leżało inne dziecko, jak porzucona lalka w białej sukience oblepionej krwią i błotem.

Justice jęknęła, a Menachem i ja wpatrywaliśmy się w ekran, nie mogąc wydobyć słowa.

Dwa miesiące wcześniej dziewięćdziesiąt tysięcy żołnierzy izraelskich najechało Liban, by wyprzeć stamtąd liczącą sześć tysięcy członków Organizację Wyzwolenia Palestyny. Do sierpnia zniszczono Liban i jego infrastrukturę, zabito sto siedemdziesiąt pięć tysięcy cywilów, czterdzieści tysięcy zostało rannych, a czterysta tysięcy pozbawiono dachu nad głową*.

---

* W czerwcu 1982 roku rozpoczęła się inwazja Izraela na Liban. W lipcu wojska izraelskie otoczyły Bejrut zachodni, gdzie stacjonowało około sześciu tysięcy bojowników OWP, i zmusiły ich do opuszczenia miasta. Szesnastego września chrześcijańska milicja falangistowska za wiedzą i zgodą Ariela Szarona wtargnęła do obozów Sabra i Szatila dla cywilnych uchodź-

– Izraelczycy popełnili ludobójstwo – stwierdziła Justice i wybuchnęła płaczem.

Stany Zjednoczone negocjowały zawieszenie broni. Bojownicy OWP ewakuowali się, a Izrael obiecał zapewnić bezpieczeństwo palestyńskim cywilom, którzy pozostali między innymi w obozach Sabra i Szatila.

– Odpowiedzialność za to spada na Szarona – powiedział Menachem.

Izraelczycy pod dowództwem ministra obrony Ariela Szarona przez trzy dni pilnowali obozów Sabra i Szatila, aby nikt z Palestyńczyków się nie wydostał, podczas gdy Falanga Libańska* dokonywała masakry palestyńskich kobiet i dzieci. Izraelczycy dobrze wiedzieli, że Falanga pragnie pozbyć się Palestyńczyków z Libanu.

Nie mogłem myśleć o niczym innym, tylko o Abbasie. Nie wiedziałem, gdzie jest ani czy w ogóle żyje. Odkąd uzyskałem amerykańskie obywatelstwo, wynajmowałem różnych prywatnych detektywów, lecz nie zdobyli o nim żadnych informacji. Dręczyło mnie przeczucie, że Abbas jest tam, w Libanie. Był kaleką. Mogli go pozostawić wraz z kobietami, starcami i dziećmi. Mężczyzn takich jak on ustawiano w szeregu i rozstrzeliwano.

Tego wieczoru wróciłem do domu taksówką. Tam usiadłem na czarnej sofie w otoczeniu znajomych przedmiotów: książek i czasopism naukowych, podręczników mechaniki kwantowej, nanotechnologii i matematyki, a także srebrnej łyżeczki i dzbanka z dwoma dzióbkami.

---

ców z Palestyny i zmasakrowała mieszkańców. Zginęło osiemset–tysiąc Palestyńczyków (D. Madeyska, *Historia współczesna świata arabskiego*, s. 29).

* Libańska partia polityczna skupiająca głównie chrześcijan maronitów, założona w 1936 roku przez P. Dżumajjila. W latach 1975–1980 milicja falangi stawiła czoło muzułmanom i Palestyńczykom.

Czekając, aż rodzice odbiorą telefon, postanowiłem nie mówić im o przeczuciu, że Abbas nie żyje. W końcu to tylko przeczucie.

– Znalazłam ci żonę – powiedziała Mama – w sam raz dla ciebie.

– Ala ja mam żonę. – Widocznie nie słyszeli o tej masakrze, pomyślałem. Miałem nadzieję, że nigdy się nie dowiedzą. To by ich zupełnie załamało.

Do telefonu podszedł Baba.

– Ahmadzie, proszę, przez wzgląd na twoją matkę i na mnie, pomyśl o tym. Nora odeszła. Nie musisz przestać jej kochać. W twoim sercu jest tyle miejsca, że wystarczy jeszcze dla kogoś. Proszę, synu, masz przed sobą całe życie. Nie zmarnuj go.

Co mogłem powiedzieć? Byłem to winien rodzicom. Oczekiwali ode mnie wnuków.

– Aranżowane małżeństwa to część naszej kultury – stwierdziła Mama.

– Nie mieszkam już na Wschodzie.

Włączyłem telewizor i ściszyłem. Starsi mężczyźni leżeli jeden na drugim, widziałem ich poplątane kończyny i oblepione muchami ciała. Próbowałem rozróżnić twarze. Czy jest wśród nich Abbas?

– Nie ma znaczenia, gdzie mieszkasz – przekonywała Mama. – To nasza tradycja, przekazywana z pokolenia na pokolenie.

– Baba poślubił Mamę z wyboru.

Wyłączyłem telewizor. Nie chciałem mieć nic wspólnego z Bliskim Wschodem.

– To córka Muhammada Abu Muhammada, uzdrowiciela z naszej wioski.

– Muhammada? Tego, który był w szkole o trzy lata wyżej ode mnie?

– Jest szanowany w całej wsi, bo leczy mieszkańców. Ludzie przyjeżdżają z innych wiosek, żeby pić jego eliksiry i zdobyć jego błogosławieństwo. Zgodził się oddać ci swoją córkę za żonę.

– A ile ona ma lat?

– W tym roku skończy szkołę średnią.

– Jak by to wyglądało? Ja mam trzydzieści cztery lata. – To był absurd. Co by nas łączyło? Jak ona mogłaby się równać z Norą, która była wykształconą osobą z Zachodu i miała własne, niezależne poglądy?

– Proszę, synu, zrób to dla mnie – wtrącił Baba.

Pomyślałem o tym, jak bito go kolbą uzi, kopano do nieprzytomności. Jak się marnował w tym więziennym piekle. Niech będzie. Ożenię się z tą dziewczyną dla niego. To będzie cena odkupienia.

– Dobrze, zorganizujcie wszystko. Ożenię się z nią, kiedy skończy szkołę.

Mówiąc te słowa, przyznałem przed samym sobą, że Nora już nie wróci.

– Dziękuję, synu. – Mama odetchnęła z ulgą. – Bardzo mnie uszczęśliwiłeś. – Czy chcesz, żebym ci posłała jej zdjęcie?

– Jeśli uważacie, że jest do przyjęcia, to mi wystarczy.

Teraz przynajmniej, nawet gdy dowiedzą się o tej masakrze, znajdą pocieszenie w myśli o moim zbliżającym się ślubie.

Rozdział 44

Fadi, który przyjechał na wakacje ze szkoły medycznej we Włoszech, przywitał mnie na lotnisku i zapakował do czterodrzwiowego nissana rodziców. Mama, Baba, Hani, Nadia i Zijad z dziećmi czekali już przed domem. Zawsze, gdy tu wracałem, czułem ulgę, widząc, że dom wciąż stoi. I byłem dumny, że moja rodzina tak dobrze sobie radzi dzięki zarobionym przeze mnie pieniądzom.

Baba uściskał mnie pierwszy, po nim Mama. Kobiety witały mnie tradycyjnym radosnym zawodzeniem.

– Chodź – Baba zaprosił mnie do środka. Mimo że rodzice nie mogli uzyskać zezwolenia na rozbudowę domu, udało im się go wyremontować. W salonie stała mahoniowa ręcznie rzeźbiona sofa z czerwonymi poduszkami i pasujące do niej fotele i podnóżki. Mama miała nową lodówkę, zmywarkę, pralkę i suszarkę. Podłogi były z marmuru, umywalki z porcelany, łazienka jak prawdziwa łazienka, z nową umywalką, prysznicem i wanną. Mama spłukała wodę w toalecie, by zademonstrować jej funkcjonalność. Była dumna i szczęśliwa.

Usiedliśmy w kuchni przy drewnianym stole z jedenastoma małymi stołkami dookoła. Pierwszeństwo mieli członkowie mojej najbliższej rodziny.

Po posiłku rodzice pokazali mi grób Nory pod drzewem migdałowym. Zbudowali ławkę pod ozdobną pergolą gęsto obrośniętą bugenwillą. Na grobie rosły niezapominajki i duże słoneczniki oraz róże we wszystkich kolorach.

Mama ucałowała mnie w policzki, a ja uścisnąłem Babę.

Następnego dnia poszedłem wraz z rodzicami do domu przyszłych teściów. Wyglądał mniej więcej tak jak nasz stary dom, wysadzony przez Izraelczyków. Był to mały budynek z glinianej cegły, z jednym oknem zamykanym na okiennice, blaszanymi drzwiami i z małym podwórkiem od frontu. Muhammad otworzył drzwi i z serdecznym uśmiechem zaprosił nas do środka. Baba spoglądał na niego z szacunkiem.

– Proszę, wejdźcie.

Ojciec mojej przyszłej żony był w długiej białej sukmanie i arabskim nakryciu głowy. Matka panny młodej w długiej haftowanej szacie wyglądała jak namiot, jej włosy osłaniał czarny hidżab. Podała mi zgrubiałą, pełną odcisków dłoń i uśmiechnęła się szeroko, pokazując brak kilku przednich zębów. Na jej twarzy dostrzegłem czarne włoski, przypominające delikatną brodę. Ogarnęły mnie wątpliwości co do tego zaaranżowanego małżeństwa. Czemu nie poprosiłem o zdjęcie dziewczyny?

– Witamy, witamy – powtórzył Muhammad i ucałował mnie w oba policzki.

– Proszę, wchodźcie, siadajcie – zapraszała jego żona.

Nagle poczułem ciężar w żołądku. Czy moja narzeczona wygląda tak jak jej matka? Czy mogę się jeszcze wycofać? Co się ze mną dzieje? Właściwie czemu miałoby mi zależeć?

Weszliśmy i usiedliśmy na glinianej podłodze. Moja przyszła teściowa i kilka przyszłych szwagierek, wszystkie z zakrytymi twarzami, ustawiły na podłodze małe talerzyki z jedzeniem.

– Czym się zajmujesz? – zapytał Muhammad.

Wiedziałem, że to czysta formalność. Moi przyszli teściowie już wszystko o mnie wiedzieli, inaczej nie byłoby mnie tutaj.

– Jestem profesorem uniwersytetu w Nowym Jorku w USA.
– Gdzie mieszkałaby moja córka?
– Mam jednopokojowe mieszkanie z wyposażoną łazienką, kuchnią, pralką, suszarką i zmywarką.
– Ile zaoszczędziłeś?
Zapomniałem już, jak bezpośredni potrafią być moi rodacy. Podałem im kwotę, która sprawiła, że na chwilę zaniemówili.
– Jak często będzie przyjeżdżała do domu?
– Co roku latem i każdego grudnia na trzy tygodnie – powtórzyłem to, co kazała mi powiedzieć Mama. Tym samym przypomniałem sobie, że zawieram to małżeństwo dla rodziców. – Chcę prosić o rękę waszej córki.
Muhammad zesztywniał. Prawdopodobnie miał zamiar zadać jeszcze ze sto pytań, ale ja nie miałem do tego cierpliwości. Spojrzałem na Babę z uśmiechem.
– Zgadzam się – oświadczył Muhammad.
Odetchnąłem z ulgą.
Kobiety rozpoczęły zawodzenie i krzątaninę przy herbacie.
– Przyprowadź siostrę z domu babci – zwrócił się Muhammad do syna.
Wszystko w mojej narzeczonej świadczyło o braku wyrafinowania. Jej hidżab, grube, nieregulowane brwi, tradycyjny ubiór. Od razu zapragnąłem cofnąć dane słowo. Jasmine nie dorównywała Norze wzrostem, a jej twarzy rysom – pulchnej, z dziecięcymi fałdkami – daleko było do subtelności rysów Nory. Zęby miała żółte i niektóre krzywe, do tego była dość korpulentna. Krągłości ciała w mojej kulturze są kojarzone z pięknem, lecz ja zdążyłem już wyrobić sobie upodobanie do szczuplejszych sylwetek. Nie widziałem jej włosów, bo były zakryte, lecz byłem przekonany, że są czarne, tak jak jej brwi. Do tego była taka młoda. Nie wyobrażałem sobie jej

w Stanach. Jak się odnajdzie na przyjęciach dla pracowników naukowych? Co sobie pomyśli Menachem?

    Jasmine uśmiechnęła się do mnie oczyma i zaraz opuściła głowę, jakby nie śmiała obejrzeć mnie dokładniej. To spojrzenie powiedziało mi, że pragnie mi się wydać zmysłowa i zarazem uległa. Jakże chciałem, żeby mnie choć trochę pociągała.

    – Oto twoja narzeczona – oznajmił mój przyszły teść. Uśmiechnąłem się, próbując odegnać obraz Nory z jej złotymi włosami, i poczułem ból w sercu.

    – Czyż nie jest ładna? – zapytała Mama w obecności wszystkich.

    Zmusiłem się do uśmiechu.

    – Tak, bardzo.

    Jasmine i ja podpisaliśmy kontrakt małżeński i w ten sposób staliśmy się wobec prawa małżeństwem. Nagle ogarnął mnie smutek. Następnego dnia miała się odbyć ceremonia ślubna.

    Siedzieliśmy na podłodze, tak jak robiła to moja rodzina, zanim zacząłem jej przysyłać dodatkowe pieniądze. Jasmine i jej matka dokładały talerzyki z tabule i sałatkami: pomidory, zielony groszek, fasola limeńska, baba ghanudż i hummus. Prawdopodobnie od rana przygotowywały się na tę okazję.

    Nikt z nas nie jadł wiele: rodzina Jasmine z wrażenia, a ja z powodu szoku, że nagle znowu jestem żonaty. Miałem nadzieję, że dla dobra Jasmine, a także moich rodziców, znajdę sposób, by ją pokochać. Wiedziałem, że radość z zadowolenia Baby i Mamy powinna przyćmiewać moje własne egoistyczne przyjemności, ale wciąż dręczyła mnie myśl, jak mam się zmusić do spędzenia reszty życia z tą młodą dziewczyną, której pulchność i ciemne włosy będą mi stale przypominać szczupłą sylwetkę i jasne kosmyki Nory. Nienawidziłem sam siebie za te uczucia.

Następnego dnia Mama przyszła, by mnie zaprowadzić na ceremonię obmywania.

– Już czas – powiedziała.

W uszach głośno mi zadzwoniło. Czy to przestroga? To małżeństwo zadowoli Babę i Mamę. Tylko to się liczy. To mój obowiązek jako najstarszego syna. Stałem w wannie, podczas gdy mężczyźni z rodziny i spośród przyjaciół tańczyli wokół mnie, obmywając mnie i goląc mi twarz. Moje ciało było z nimi, lecz myśli zupełnie gdzie indziej. Myślałem o tym wieczorze, kiedy poznałem Norę, o tym, jak zdawała się płynąć przez salę. Co wtedy robiłem? Co ona by powiedziała na moje powtórne małżeństwo? Nie chciałaby, żebym poślubił Jasmine. Kazałaby mi ją kształcić. Potrząsnąłem głową. Przecież to mój dzień ślubu. Nie chcę go zniszczyć przez ciągłe wspominanie Nory. To nieuczciwe wobec Jasmine. Zacząłem więc myśleć o drobnych fluktuacjach wpływających na zmienne termodynamiczne, co może prowadzić do wyraźnych zmian w strukturze i zaprzepaścić moją pracę.

Gdy ogłoszono, że jestem czysty, ubrałem się w białą szatę i wraz z mężczyznami udałem się do domu Jasmine. Gdyby nie to, że była w sukni ślubnej, nie rozpoznałbym jej przez grubą warstwę makijażu i gęste włosy.

Po ceremonii zabrałem pannę młodą do domu rodziców – do tego samego pokoju, który kiedyś dzieliłem z Norą. Na szczęście ktoś zdjął ze ściany nasz portret ślubny, bo nie zniósłbym wzroku Nory na sobie w chwili, gdy konsumuję nowe małżeństwo. Wszyscy mieszkańcy wioski czekali na zewnątrz, bym wyszedł do nich z prześcieradłem.

Nagle dopadły mnie wspomnienia pierwszej wspólnie spędzonej nocy z Norą. Wróciły do mnie jej pocałunki, jej dłonie w moich włosach, arabskie szepty, które wzmagały moje pożądanie. Wtedy nie istniało dla mnie na świecie nic innego. Tamtej nocy, trzymając ją w ramionach, pragnąłem, by ta chwila trwała wiecznie. Jej dotyk działał elektryzująco, język arabski mnie uwodził, a jej uroda i cielesność zachwycały i podniecały. To był mój pierwszy raz.

Spojrzałem na moją młodą żonę i zauważyłem, że drży.

– Nie denerwuj się – powiedziałem – wszystko będzie dobrze.

Wziąłem ją za rękę i podprowadziłem do łóżka. To dla Baby.

– Zdejmij suknię.

Była pulchna, zaokrąglona tu i ówdzie, ale nie pozbawiona wdzięku. Zamknąłem oczy i przyciągnąłem ją do siebie. Całując ją, myślałem o pierwszym pocałunku Nory. Chciałem przegnać te myśli, bo czułem, że to nie w porządku wobec Jasmine. Nic jednak nie mogłem na to poradzić. Tak więc z poczuciem winy podczas naszego cielesnego zbliżenia udawałem, że Jasmine to Nora.

Płacz Jasmine przywrócił mnie do rzeczywistości. Była dziewicą i czuła ból. Otworzyłem oczy i zobaczyłem jej młodziutką, pulchną twarz. To było takie żenujące. Zaczynało się moje nowe życie. Jasmine leżała na łóżku nieruchomo, jak połeć mięsa. Nie znała żadnych sztuczek doświadczonych kobiet. Była tak nieśmiała, że gdy jej kazałem poruszać biodrami, oblała się rumieńcem i rozpłakała. Kiedy już było po wszystkim, wyniosłem zakrwawione prześcieradło na zewnątrz, wywołując tym gwar wiwatów ze strony mieszkańców wioski.

Tej nocy śniło mi się, że jestem ptakiem schwytanym w pułapkę, wsadzonym do klatki, i próbuję uciec. Było mi bardzo żal Jasmine. Zasługiwała na męża, który by ją kochał.

Pierwsze dni po ślubie spędzałem z mężczyznami, a moja żona pozostawała w towarzystwie kobiet. Posiłki jadaliśmy w szerszym gronie. Wieczorem Jasmine i ja udawaliśmy się do naszego pokoju. Uprawialiśmy seks, a potem zasypialiśmy jak dwoje obcych sobie ludzi. Rano odprawialiśmy z moją rodziną modlitwę poranną i wszyscy razem jedliśmy śniadanie. Niewiele rozmawialiśmy, bo niewiele nas łączyło. Ona nie odzywała się niepytana, a ja rzadko miałem jej coś do powiedzenia.

Dwa tygodnie po naszym ślubie Jasmine i ja wsiedliśmy na pokład samolotu lecącego do Nowego Jorku.

Rozdział 45

Większość lotu spędziliśmy w milczeniu. Jasmine ściskała podłokietniki fotela, jakby bała się, że za chwilę wypadnie. Po ośmiu godzinach odezwała się pierwsza.

– Jaki jest Nowy Jork?
– To przeciwieństwo naszej wioski.
– Byłeś na Times Square?

Spojrzałem na nią zaskoczony.

– Co wiesz o Times Square?

Wzruszyła ramionami zawstydzona.

– A byłeś na Statui Wolności?

Zaprzeczyłem ruchem głowy.

– Nie mam czasu na takie rzeczy, Jasmine. Ja tam ciężko pracuję.

– Masz tam przyjaciół?

– Mieszkają tam Menachem i jego żona Justice, moi najbliżsi przyjaciele. Zdaje się, że już się nie możesz doczekać Nowego Jorku?

– Denerwuję się. Będę bardzo tęskniła za rodziną. – Rozpłakała się.

Chciałem ją pocieszyć, lecz nie umiałem. Nie odzywaliśmy się więcej, póki nie dotarliśmy do mojego mieszkania.

– Jesteśmy na miejscu. – Otworzyłem drzwi.

Odkąd się tu wprowadziłem, niczego nie zmieniałem. Justice radziła mi kupić nowe meble dla żony, ale ja nie chciałem niepotrzebnie wydawać pieniędzy. Byłem jej bogatym mężem z Nowego Jorku, a nawet nie miałem porządnego łóżka. Ja jednak nie potrzebowałem niczego, a dla niej to i tak było więcej, niż kiedykolwiek miała. Jasmine zatrzymała się w progu i objęła wzrokiem jasnofioletowy gruby dywan, laminowany stół przed kuchenką, piekarnik, zlewozmywak i lodówkę oraz czarną, krytą winylem sofę pod ścianą, na wprost telewizora – mojego jedynego nowego mebla.

Jej usta ułożyły się w okrąg.

– To wspaniałe. – Westchnęła, a ja wiedziałem, że mówi szczerze. Była przyzwyczajona do glinianej podłogi i wychodka na zewnątrz. Opuściła wzrok. – Nigdy w życiu nie myślałam, że będę tak mieszkała.

Poczułem ucisk w żołądku. W co ja się wpakowałem?

Przestałem zostawać w pracy wieczorami, ale nadal pracowałem tyle samo – po prostu wstawiłem biurko do mieszkania. Jasmine siadywała obok mnie na podłodze i jak oddana służąca szyła i dziergała kocyki dla dzieci, które się nie pojawiały. Rzadko rozmawialiśmy. Ona nie wychodziła z domu beze mnie. Cały dzień czekała w samotności na mój powrót, a potem nie odstępowała mnie, jakby była spragniona kontaktu z drugim człowiekiem.

– Na miłość boską – mówiłem – zapisz się na kurs angielskiego. Musisz wychodzić z tego mieszkania. To niezdrowe. Żona musi sama kupować produkty spożywcze. Ja nie mogę stale o tym myśleć. Muszę pracować.

Jasmine miała na podorędziu całą masę rozmaitych usprawiedliwień: „Boję się", „Tęsknię za domem", „Nie potrzebuję angielskiego".

Czułem, że oczekuje ode mnie, iż jej zapewnię jakieś rozrywki. Z każdym dniem traciłem do niej szacunek. Zaczynałem już podejrzewać, że ten hidżab na głowie ma ukrywać jej ograniczoność. Całe jej życie, każda jej myśl dotyczyła mnie – i to mnie dusiło.

W nocy czekała cierpliwie, bym ją zapłodnił, lecz miesiące mijały, a efektów wciąż nie było. Spłodzenie potomka stało się dla mnie przykrym obowiązkiem. Nie znosiłem naszego seksualnego pożycia. Wyłączałem światło i obracałem się na bok, prosząc o zwolnienie z tej powinności: „Boli mnie głowa", „Bolą mnie plecy", „Mam skurcz w nodze".

– Czy jesteś niesprawny? – zapytała w końcu.

Znowu zacząłem podejmować próby. Jeszcze mi tego brakowało, żeby powiedziała ojcu, że nie spełniam mężowskich obowiązków. Wtedy miałbym na karku całą rodzinę.

Za pierwszym razem, kiedy Jasmine powiedziała mi o swoim przekonaniu, że modlitwy i eliksiry jej ojca pomogą jej zajść w ciążę, nie mogłem wyjść ze zdumienia. Czy naprawdę może być tak głupia?

– Jak możesz wierzyć w takie przesądy? – Mój głos ociekał obrzydzeniem. – Musimy iść do specjalisty.

– Mój ojciec jest specjalistą – upierała się Jasmine. Wyraźnie nie chciała dać za wygraną.

– Twój ojciec to ignorant. Nawet nie skończył szkoły średniej. – Nie chciałem być okrutny, ale nie wiedziałem, jak inaczej ją przekonać.

– Wielu ludzi wierzy w moc i błogosławieństwa mojego ojca. Wielu wyleczył i ja wierzę w jego cuda.

– Cudów nie ma.

Po tych słowach w mieszkaniu zapadła znajoma cisza.

– Tobie brakuje wiary. – Jasmine pokręciła głową i ukryła twarz w dłoniach. Nie tylko wierzyła w modlitwy swojego ojca, ale też sama się modliła i próbowała uczyć mnie modlitw, które według niej powinienem recytować.

Ja zaś byłem przekonany, że z Norą moglibyśmy mieć cudowne dzieci.

– Ja wierzę w naukę. – Czułem żar na twarzy. Pomyślałem, że tak samo czułby się współczesny człowiek, gdyby żył w okresie przedmuzułmańskim, kiedy grzebano żywcem noworodki płci żeńskiej.

– Naukę? – Jasmine odsłoniła twarz i spojrzała na mnie z politowaniem.

– Musimy iść do lekarza zajmującego się bezpłodnością. – Byłem wzburzony i daleko mi było do współczującego męża, jakim chciałem być. – Zobaczysz, on nam pomoże.

– Jak chcesz – odparła Jasmine.

Wiedziałem, że nie wierzy we współczesną medycynę, ale przynajmniej ucieszyła się, że poświęcam jej uwagę. Nigdy nie wychodziliśmy razem w ciągu dnia. Ja chodziłem do pracy, a ona zostawała w domu, gdzie zajmowała się gotowaniem i sprzątaniem.

Umówiłem nas na wizytę u doktora Davida Levy'ego, specjalisty od spraw bezpłodności na Manhattanie.

Siedzieliśmy w gabinecie lekarza na skórzanych fotelach przed mahoniowym biurkiem. Ściany pokryte były dyplomami. Dyplom licencjacki z wyróżnieniem z Uniwersytetu Yale. Dyplom medycyny z Harvardu, również z wyróżnieniem. Doktor Levy specjalizował się w endokrynologii rozrodczości i leczeniu bezpłodności. Obok dyplomów wisiało wiele nagród z zakresu badań, dydaktyki i opieki nad pacjentami. Jego doktorat dotyczył rozwoju płodu.

Doktor wszedł do gabinetu. Miał zaczesane do tyłu włosy, mocny uścisk ręki i radiowy głos.

– Przejrzałem pańskie wyniki, doktorze Hamid. Pańska sperma jest w normie.

Z trudem powstrzymywałem uśmiech. Zwróciłem się do Jasmine, ubranej w tradycyjną czarną suknię i hidżab – nie chciała nosić zachodnich ubrań, które jej kupiłem – i przetłumaczyłem słowa lekarza.

– Czym jest sperma? – zapytała.

– Muszę zbadać pańską żonę – oświadczył doktor Levy.

Towarzyszyłem jej do gabinetu badań.

Pielęgniarka podała jej białą koszulę i powiedziała:

– Za chwilę wracam.

Światło jarzeniówek nie było przyjazne dla pulchnego ciała Jasmine. Rozbierała się ostrożnie, cały czas uważając, by nakrycie głowy pozostało na miejscu. Miała duże białe majtki i szczelnie okrywający piersi stanik. Nora prawie nigdy nie nosiła stanika.

Jasmine włożyła koszulę.

W taksówce do domu Jasmine skuliła się obok mnie niemal w pozycji embrionalnej.

– Twój śluz szyjkowy jest w normie – powiedziałem, wiedząc, że i tak nie zrozumie, co to znaczy. Ile jeszcze mogłem znieść? Chciałbym, żeby sama poszła na następną wizytę, podczas której lekarz zbada jej jajowody, ale Jasmine nie wyszłaby z domu beze mnie. Nienawidziłem własnych uczuć.

Doktor Levy nie wykrył żadnej niedrożności jajowodów Jasmine. Wszystkie wyniki były w normie, ale trzy miesiące później Jasmine nadal nie była w ciąży. Dwie rundy inseminacji wewnątrzmacicznej i wciąż żadnych rezultatów. Pozostało już tylko zapłodnienie in vitro. Koszt wynosił dziesięć tysięcy dolarów i nie pokrywało tego moje ubezpieczenie, uznałem więc, że powinniśmy na chwilę odpocząć.

Nie chciałem wracać do naszej wioski, ale Baba poprosił mnie o przybycie na ślub Fadiego. Mój brat skończył medycynę we Włoszech i zdał egzamin w Izraelu. Jako pierwszy lekarz w naszej wiosce otworzył gabinet przy głównym placu i oświadczył się córce wujka Kamala, Madżidzie. Hani był na ostatnim roku studiów doktoranckich.

Baba również był przekonany, że ojciec Jasmine pomoże nam rozwiązać problem z bezpłodnością. Był mądrym człowiekiem, ale wiedziałem, że w tej sprawie nie ma racji. Zawsze, gdy Mama do nas dzwoniła, zaczynała rozmowę od pytania: „Czy Jasmine jest już przy nadziei?".

Ojciec Jasmine czekał na nas przed domem moich rodziców i wszyscy nalegali, byśmy od razu do niego poszli. Nie mogłem uwierzyć, że dałem się na to namówić. Jeszcze zanim znaleźliśmy się w środku, poczułem woń kadzidła, a gdy już byliśmy wewnątrz, mój teść zapalił go więcej. Przygotował herbatę i chwycił nas oboje za ręce.

– Prosimy, daj im dziecko – mruczał w kółko.

Jasmine przyłączyła się do tej modlitwy.

– Ahmadzie, ty też musisz się włączyć – powiedziała.

– Prosimy, daj nam dziecko – śpiewałem wraz z nimi, licząc na to, że jeśli będę współpracował, szybciej stamtąd wyjdziemy.

Miesiąc później wróciliśmy do Nowego Jorku. Okres Jasmine się spóźniał, więc kupiłem w aptece test ciążowy i wyjaśniłem, jak go użyć. Kiedy wyszła z łazienki, na teście widniały dwie różowe kreski. Była w ciąży.

Przy nadziei.

Przypomniały mi się słowa Alberta Einsteina: „Nauka bez wiary jest ślepa".

Moja żona uśmiechnęła się do mnie, a ja odpowiedziałem uśmiechem. Mieliśmy dziecko.

Justice i Menachem zapraszali nas do siebie wiele razy, ale zawsze znajdowałem jakąś wymówkę. „Jest zmęczona po podróży", „Ma grypę", „Boli ją głowa".

Minął już ponad rok od przyjazdu Jasmine do Stanów. Pewnego dnia do mojego gabinetu weszła Justice. Porządkowałem właśnie papiery. Usiadła na krześle za moim biurkiem i energicznym gestem odgarnęła z twarzy niesforne rude włosy.

Unikałem jej. Wiedziałem, że chce poznać moją żonę, ale póki mogłem, odsuwałem to w czasie.

– Czy jest jakiś powód, dla którego nie chcesz przedstawić nam swojej żony? – Przechyliła głowę.

– Nie jest taka jak Nora.

– Nie spodziewam się, że jest taka sama.

Przez chwilę milczałem, próbując uporządkować myśli.

– Jest młoda i niedoświadczona. – Wyglądała, jakby była moją córką. O czym mogłaby z nimi rozmawiać?

– Jesteś naszym przyjacielem. – Justice uśmiechnęła się. – Na pewno nam się spodoba. Dzisiaj wieczorem, kolacja u nas w domu. – Wstała i jeszcze raz spojrzała na mnie. – I nie przyjmuję żadnych wymówek.

Nim zdążyłem odpowiedzieć, była już za drzwiami. Chciałem to odwołać, lecz rozumiałem, że nie mogę.

Kiedy wieczorem wróciłem do domu, jeszcze nie sięgnąłem po klucz, a już Jasmine otworzyła mi drzwi. Była w czarnej szacie z czerwonym geometrycznym haftem na przodzie – takiej, jaką nosiła Mama. Czyżby czekała na mnie, nasłuchując moich kroków w korytarzu? Widać było jednak, że przez ten czas nie próżnowała – w powietrzu unosiła się woń pieczonego chleba pita z piecyka, który jej kupiłem. Stół był zastawiony dwoma talerzami i mnóstwem małych talerzyków z baba ghanudż, hummusem, tabule, kozim serem i falafelem. Na piecu piekła się musaka: duszony bakłażan z pomidorem i ciecierzycą.

– Czy mogłabyś się przebrać? – poprosiłem. – Menachem i Justice zaprosili nas na kolację. – Zadzwoniłbym do niej, ale nigdy nie odbierała telefonu.

– A co z całym tym jedzeniem? – Wyglądała na zrozpaczoną.

– Włóż do lodówki.

W kącikach jej oczu zalśniły łzy. Opuściła głowę, odwróciła się i podeszła do stołu. Była w drugim miesiącu ciąży i bardzo łatwo się denerwowała.

– Zaczekaj.

Zadzwoniłem do Justice, wyjaśniłem sytuację i zaprosiłem ich do nas.

– Proszę, Jasmine – starałem się mówić jak najgrzeczniej – czy mogłabyś się przebrać w te zachodnie ubrania, które ci kupiłem? I proszę, nie wkładaj hidżabu.

– A co jest złego w moim ubraniu?

– Teraz jesteśmy na Zachodzie. Proszę, zachowuj się odpowiednio do tego miejsca.

Włożyła kwiecistą spódnicę i luźną bluzkę. Chciała upleść warkocz, ale powiedziałem jej, że będzie wyglądać zbyt młodo. Rozpuściła więc włosy i aż mnie zaskoczył jej ładny wygląd.

Gdy przyszli goście, Jasmine kryła się za moimi plecami jak dziecko. Justice od razu do niej podeszła, jakby od lat były przyjaciółkami, podała jej bukiet słoneczników i podprowadziła do sofy. Szczebiotała jak najęta, nie wiedząc, że moja żona prawie nie zna angielskiego.

– Piękna żona. – Menachem westchnął. – Czy to świeżo pieczony chleb?

Menachem i Justice zjedli cały chleb pita, by skosztować wszystkich dodatków, a wtedy Jasmine na ich oczach upiekła kolejną porcję. Zawsze robiła wszystko od podstaw – całymi dniami siekała pietruszkę, ucierała ciecierzycę i wyrabiała ciasto.

– Musisz mi dać przepis na ten chleb – powiedziała Justice.

Menachem wyjął z kieszeni marynarki notes, z którym nigdy się nie rozstawał, i coś w nim zanotował.

– Kupię ci piecyk do chleba, może weźmiesz u Jasmine kilka lekcji?

Musiałem się uśmiechnąć, bo dobrze rozumiałem jego pragnienie podniesienia umiejętności kulinarnych żony.

Kiedy wszystkie talerzyki były już puste, Jasmine sprzątnęła ze stołu. Następnie nałożyła musaki na cztery talerze i postawiła je przed nami. Justice spróbowała, przymknęła oczy i napawała się smakiem.

– To najlepszy ratatuj, jaki kiedykolwiek jadłam.

Nie wiedziałem, czym jest ratatuj, ale wiedziałem, że Justice powiedziała komplement. Jasmine oblała się rumieńcem.

– Ahmadzie, dziwię się, że w ogóle wychodzisz z domu – powiedział Menachem. – Masz taką utalentowaną żonę.

Niewiele mówiliśmy, gdyż większość czasu zajmowało nam jedzenie. Na zakończenie Jasmine podała baklawę domowej roboty. Nawet ja nigdy nie jadłem czegoś tak pysznego.

– Musisz nauczyć Justice, jak się to robi – powiedział Menachem, wgryzając się w trzeci kawałek.

– Bardzo bym chciała – oznajmiła Justice. – Może w przyszłym tygodniu? Zapraszam na kolację moją grupę aktywistów pokojowych.

– Wspaniała żona – szepnął mi Menachem do ucha przed wyjściem i wiedziałem, że mówi szczerze.

Justice dotrzymała słowa. Raz w tygodniu Jasmine uczyła ją gotować, a Justice uczyła moją żonę ubierać się, mówić po angielsku i żyć w sposób bardziej niezależny.

W marcu Jasmine urodziła naszego syna, Mahmuda Hamida. Gdy tylko go ujrzałem, zrozumiałem Babę, który tak wiele dla mnie poświęcił. Teraz wiedziałem, jak to jest kochać kogoś bardziej niż samego siebie. Zrobiłbym wszystko, by go chronić przed wszelkimi krzywdami.

Jasmine nie była może inteligentna w typowym rozumieniu tego słowa, ale miała naturalny instynkt matki. Kąpała naszego syna, karmiła go piersią, wstawała do niego w środku nocy, śpiewała mu, gdy płakał, i wymyślała dla niego najrozmaitsze historie. Ta przemiana Jasmine, matki mojego syna, w jakiś sposób obudziła we mnie szczere uczucie wobec niej. Teraz łączyła nas prawdziwa więź. Treścią życia Jasmine był nasz syn i ja. Zacząłem patrzeć na nią innymi oczyma – dostrzegłem w niej to, co widzieli moi rodzice, kiedy zachęcali mnie do tego ślubu: prostą dziewczynę z mojej wioski. Ona i ja byliśmy ulepieni z tej samej gliny.

Część 4

2009

Rozdział 46

Rok 2009 nie zaczął się dobrze. Od tygodnia Izrael toczył wojnę o Strefę Gazy. Jasmine i ja właśnie wróciliśmy do domu z przyjęcia noworocznego i włączyłem telewizor, by obejrzeć wiadomości. Jasmine przytuliła się do mnie na kanapie.

– W dniu dzisiejszym myśliwiec F-16 zrzucił bombę o wadze prawie tony na dom doktora Nizara Rajana – donosił reporter. – Był to najważniejszy przywódca Hamasu, który pełnił funkcję łącznika między przywództwem politycznym a zbrojnym skrzydłem tej organizacji. Bomba zabiła nie tylko Rajana, ale też jego cztery żony i jedenaścioro dzieci w wieku od roku do jedenastu lat.

Informację ilustrował materiał filmowy, przedstawiający doktora Rajana przed zamachem i po zamachu. Czterokondygnacyjny budynek, w którym mieszkał Rajan z rodziną, został zrównany z ziemią. Ogień, dym, pokrwawione, okaleczone ciała dzieci – wszystko to pokazywały zdjęcia zrobione trzęsącą się kamerą. Wśród ruin krzątali się ludzie poszukujący ofiar. Kolejna eksplozja wywołała panikę i przepłoszyła mieszkańców.

– Jak donoszą nasze źródła, doktor Rajan był orędownikiem samobójczych ataków bombowych od tysiąc dziewięćset dziewięćdziesiątego czwartego roku, kiedy to żydowski osadnik Baruch Goldstein wszedł do meczetu w Hebronie podczas ramadanu i otworzył ogień do nieuzbrojonych, modlących się Palestyńczyków – mówił reporter. – Goldstein zabił dwadzieścia dziewięć osób i zranił sto dwadzieścia pięć, zanim skończyła mu się amunicja.

– W dwa tysiące pierwszym roku doktor Rajan zgodził się na samobójczą misję własnego dwudziestodwuletniego syna, w której ten poniósł śmierć, zabijając dwóch Izraelczyków.

Kamera pokazała doktora Rajana, mężczyznę z okazałą brodą, w otoczeniu bojowników w czarnych kominiarkach z zielonymi opaskami na głowach. Byli to bojownicy z Brygad Al-Kassama.

Miałem już wyłączyć telewizor, kiedy zobaczyłem przygarbionego, kulejącego mężczyznę, który podszedł do grupy mikrofonów. Od wielu lat nie widziałem Abbasa, lecz rozpoznałem go od razu po charakterystycznym chodzie. Miał teraz sześćdziesiąt lat, był już łysy, skóra na jego twarzy zwisała luźno jak przyduża maska.

Abbas nachylił się do mikrofonu i powiedział:

– Pomścimy śmierć naszego wielkiego przywódcy Nizara Rajana.

Wyprostowałem się.

– To mój brat, Abbas.

– Tylu detektywów wynająłeś i nic, a teraz on się pokazuje w telewizji? – zdziwiła się Jasmine.

Czyżby był członkiem Brygad Al-Kassama? Czy cały ten czas działał w podziemiu? Był kaleką, co on mógł robić w oddziałach zbrojnych?

– Czy twój brat szuka śmierci? – zapytała Jasmine.

Czemu musiał mieszkać w Gazie, najbiedniejszym, najbardziej niebezpiecznym miejscu na świecie? Nie powinien nigdy wyjeżdżać z naszej wioski. Może nie mieliśmy takich praw jak inni, ale i tak żyliśmy w lepszych warunkach niż mieszkańcy Gazy.

– Jak myślisz, co Izraelczycy zrobią mojej rodzinie? – Zdjąłem okulary i przetarłem oczy. – Czemu Abbas musiał się wmieszać w politykę? – Gaza nie miała szans wobec Izraela, który dysponował jedną z najsilniejszych armii świata i był jedynym supermocarstwem atomowym na Bliskim Wschodzie. – Muszę mu pomóc.

– Teraz wiemy, gdzie jest, więc spróbujmy się z nim skontaktować – zaproponowała Jasmine.

Zaczęła szukać w internecie numeru telefonu do Abbasa. W Gazie było czterech Abbasów Hamidów i skontaktowałem się z nimi wszystkimi. Jednak żaden z tych Abbasów nie wiedział, jak mi pomóc.

Zwracałem się do różnych urzędów, łącznie z biurem prezydenta. Wszędzie zostawiałem wiadomości z prośbą, by Abbas do mnie zadzwonił.

Przez resztę wojny dwudziestotrzydniowej[*] nie odchodziłem od telewizora, internetu i gazet. Bardziej niż kiedykolwiek zależało mi na wyciągnięciu Abbasa z Gazy, odkąd obejrzałem na YouTubie filmik, w którym ekspert tłumaczył, w jaki sposób Izraelczycy używali w Gazie białego fosforu[**]. Wojsko izraelskie odpalało w powietrzu pociski z białym fosforem, rzekomo po to, by wytworzyć zasłonę dymną w pobliżu obozu w Dżabaliji, miejscu o największej gęstości zaludnienia na naszej planecie. Ekspert wyjaśniał jednak, że tego dnia wiał tak silny wiatr, iż zasłona dymna nie mogła powstać. Płonące pociski spadały niczym grad na obszar

---

[*] Operacja „Cast Lead" (Płynny Ołów) prowadzona przez Izrael od 27 grudnia 2008 roku do 21 stycznia 2009, podczas której zginęło 1200 Palestyńczyków i 13 Izraelczyków, na podst. http://www.stosunkimiedzynarodowe.info/kraj,Izrael,problemy,Konflikt.

[**] Używanie pocisków z białym fosforem jest zakazane i krytykowane przez organizacje broniące praw człowieka.

zamieszkany przez ludność cywilną. Szczególne niebezpieczeństwo wiąże się z tym, że fosfor jest wchłaniany przez poparzone miejsca, co może prowadzić do uszkodzenia wątroby, serca, nerek, a w niektórych wypadkach niewydolności wielonarządowej. W dodatku biały fosfor spala się, dopóki nie zabraknie tlenu.

Jak mógłbym zostawić brata w takim miejscu? Co, jeśli fosfor go poparzył? Ból byłby nie do zniesienia. Pamiętałem ciężkie poparzenie, jakiego doznał mój syn, Amir, kiedy wylał sobie na rękę garnek gorącej zupy. To była drobnostka w porównaniu z poparzeniami białym fosforem. Pomyślałem o Abbasie leżącym w śpiączce na szpitalnym łóżku wiele lat temu i o tym, jak bezradny wówczas się czułem.

Ze wszystkich sił starałem się odnaleźć brata, lecz moje próby nie przynosiły rezultatów. Wreszcie tydzień po ogłoszeniu rozejmu szczęście się do mnie uśmiechnęło. Zadzwoniła do mnie jakaś obca kobieta.

– Jeśli chce pan znaleźć swojego brata, Abbasa, niech pan przyjedzie do Gazy.

Wiedziałem, że muszę jechać.

– Wszystko w porządku? – Jasmine stanęła w szlafroku w drzwiach do mojego gabinetu. – Słyszałam telefon. Kto dzwonił?

Drzewo za oknem przypomniało mi, jak wraz z Abbasem wspinaliśmy się na migdałowiec, żeby obserwować Żydów przez teleskop.

– Muszę jechać do Gazy – powiedziałem.

Oczy mojej żony się rozszerzyły.

– Chyba nie mówisz poważnie.

– Abbas jest w niebezpieczeństwie. Muszę z nim porozmawiać.

– Sam się narazisz.
– To mój brat.
– Nie możesz jechać – powoli cedziła słowa.
– To moja szansa na odkupienie. – Pomyślałem o Babie przykutym do łóżka. O Abbasie, leżącym na ziemi i kałuży krwi. – Chcę mu dać szansę, jakiej nigdy nie miał.
Skrzyżowała ręce na piersiach.
– Dlaczego ty? Czemu nie zapłacisz komuś, kto tam pojedzie?
– Muszę to zrobić sam.
– Masz żonę, dwóch synów, dobrą pracę. Gaza jest niebezpieczna. A jeśli Izrael znowu wda się w wojnę z Gazą, kiedy ty tam będziesz? Co z naszymi rodzinami w Izraelu? Może Izraelczycy będą się na nich mścić? Chcesz wszystko zaryzykować dla swojego brata?
– Tak. – Nareszcie czułem, że robię to, co należy.
Jasmine głęboko westchnęła. Wiedziała, że nie ustąpię.
– Jadę z tobą.
I ja wiedziałem, że ona nie ustąpi.

Fadi odebrał mnie i Jasmine z lotniska i zawiózł do domu rodziców. W samochodzie nie rozmawialiśmy o Abbasie z obawy przed podsłuchami. Po pierwszej transmisji telewizyjnej nikt nie wiedział, kim jest Abbas, lecz w ciągu kilku dni został zidentyfikowany jako Abbas Hamid, były Izraelczyk palestyński. Wtedy wyszło na jaw, że pracował w wywiadzie Brygad Al-Kassama i że do śmierci Nizara Rajana ukrywał się wraz z pozostałymi członkami organizacji.
Fadi raz po raz nerwowo spoglądał w lusterko wsteczne. Przy każdej zmianie pasa wojskowy dżip za nami robił to

samo. Praktycznie siedział nam na zderzaku. Przejechaliśmy przez centrum Tel Awiwu; może Fadi myślał, że tam łatwiej będzie pozbyć się tego ogona. Nie mogłem się nadziwić tym wszystkim nowoczesnym drapaczom chmur, apartamentowcom i biurowcom, czteropasmowym trasom szybkiego ruchu i autostradom, malowniczym alejom i drogom. Jechaliśmy wzdłuż piaszczystej plaży, przy której ciągnęły się eleganckie kawiarnie, bary i sklepy, i dalej obsadzoną palmami aleją. W to miasto zainwestowano mnóstwo pieniędzy. Przecięliśmy supernowoczesną autostradę Kvish 6 ze skomplikowanym systemem wiaduktów i tuneli. W rekordowym czasie dotarliśmy do wioski, a wojskowy dżip wciąż był za nami. Nie odstępował nas, póki nie dotarliśmy na szczyt wzgórza.

Przed domem stało dwóch żołnierzy. Tym razem Fadi nie obwieścił klaksonem naszego przyjazdu, nikt też nie czekał na zewnątrz, by nas powitać.

– Babo. – Podszedłem, by go uścisnąć, lecz on nie ruszył się z sofy w salonie, gdzie z uwagą oglądał wiadomości. Podniósł na mnie opuchnięte oczy. Wstał powoli i przywitał się z nami. Wyglądał, jakby się postarzał o sto lat.

– I co my zrobimy? – szepnął mi do ucha.

– Jasmine i ja jedziemy do Gazy. Zabierzemy go do Ameryki – odpowiedziałem szeptem. Staliśmy pośrodku pokoju, Jasmine obok mnie.

– Tam jest zbyt niebezpiecznie – powiedział mi Baba do ucha. – Nie mogę ci na to pozwolić.

– Dobre rzeczy utrudniają wybór, ale złe rzeczy nie pozostawiają nam wyboru – szepnąłem. – A Mama jak się trzyma?

Baba pokręcił głową.

– Jest niesamowita. – Przyciągnął mnie mocniej do siebie. – Właściwie to jest z niego dumna.

Jak może być dumna z tego, że jej syn należy do partii, która wierzy, że do wyzwolenia konieczna jest przemoc? Najpierw była przeciwna moim studiom, a teraz jawnie popiera mordowanie niewinnych w imię idei.

– Gdzie ona jest? – Nie ma żadnego wykształcenia, tłumaczyłem sobie.

Baba przeszedł do kuchni. Mama siekała pietruszkę, nucąc coś pod nosem. Dwaj żołnierze obserwowali ją przez okno. Pomachała do nich i roześmiała się.

– Mamo – zawołałem – co ty robisz?!

– Wyglądasz, jakbyś przełknął cytrynę. – Zachichotała. – Kiedy przyjechaliście? Przywitaj się z matką. – Objęła mnie, a potem Jasmine. – Taka jestem dumna z twojego brata – szepnęła. – Dałbyś wiarę, ile osiągnął? I pomyśleć, że omal go nie zabili.

Wszedł Fadi z żoną i dwoma synami.

– Jak tam w Rzymie? – zwróciłem się do Abdallaha, starszego z chłopców. Był na trzecim roku medycyny tej samej uczelni, którą skończył jego ojciec.

Uściskał mnie mocno.

– Dziękuję, wujku Ahmadzie – powiedział. – Samochód jest wspaniały!

– Przecież jesteś Hamid. Musisz jeździć z klasą. A podoba ci się mieszkanie?

– Jeszcze raz bardzo dziękuję – powtórzył.

– A co słychać w Paryżu? – zapytałem Hamzę, drugiego syna Fadiego.

– Marzenie każdego artysty.

– Nauczyłeś już czegoś dziadka? – Uśmiechnąłem się do Baby.

– On już dawno mnie przerósł – wtrącił Baba.

Nadia, która teraz mieszkała w sąsiedztwie rodziców, była akurat w Stanach, dokąd wybrała się, by odwiedzić Haniego. Z radością zaproponowałem, że opłacę studia jej dziesięciorgu własnym i siedmiorgu przybranym dzieciom. Tylko dwie moje siostrzenice wyszły za mąż zaraz po szkole średniej. Wśród tych moich siostrzeńców, którzy skończyli studia, było dwoje kardiologów, ortopeda, radiolog, inżynier, architekt, prawnik, nauczycielka, dwie pielęgniarki i bibliotekarka. Spośród mojego rodzeństwa tylko Abbas i Nadia nie ukończyli szkoły.

Hani z żoną mieszkali w Kalifornii. Poznali się na Uniwersytecie Hebrajskim. Kiedy on zrobił doktorat ze studiów bliskowschodnich, a ona uzyskała licencjat na tym samym kierunku, Hani został profesorem katedry studiów bliskowschodnich na UCLA.

Rano pojechaliśmy z Jasmine do ambasady amerykańskiej w Jerozolimie, żeby wystąpić o zezwolenie na wyjazd z Izraela do Gazy.

Gdy przyszła nasza kolej, urzędniczka wyraźnie nie była skora do pomocy.

– Nie wiecie, że tam jest strefa działań wojennych? – spojrzała na nas, jakbym jej przedstawił plany naszego samobójstwa.

– Tam jest mój brat – powiedziałem. – Muszę go uratować.

– Będę z panem szczera. Traci pan czas. Izrael nie udziela zezwoleń.

– Ale to wyjątkowy przypadek.

– Wracajcie do Ameryki. To moja dobra rada. – Spojrzała ponad naszymi głowami – Następny, proszę! – Była sama do obsługi długiej kolejki.

– Czy możemy przynajmniej złożyć wnioski? – zapytała Jasmine.

– Nie ma takiej możliwości – odparła. – To wbrew zaleceniom naszego rządu.

Rozczarowani, lecz wciąż zdeterminowani, wróciliśmy do Stanów.

Rozdział 47

Jasmine postawiła na stole tacę z deserem.
– Tego jeszcze nie widziałem. – Menachem nałożył sobie jeden kulladż na talerz.
– To nasze danie firmowe w tym tygodniu – oznajmiła Justice. – Nie nadążamy z pieczeniem.

Dziesięć lat temu Justice i Jasmine otworzyły piekarnię bliskowschodnią o nazwie Wypieki Dla Pokoju. Interes doskonale prosperował i teraz miały aż dwadzieścia trzy lokale na terenie całych Stanów. Cały dochód przekazywały na założony przez siebie fundusz, z którego udzielano mikropożyczek palestyńskim kobietom zainteresowanym założeniem własnego biznesu.

Patrzyłem na Abbasa na portrecie, który podarował mi Baba przed moim wyjazdem do Ameryki: tym bez moich zmarłych sióstr.

– Jak wiecie, mój młodszy brat, Abbas, jest w Hamasie – powiedziałem. – Miał ciężkie życie. Gdy miał jedenaście lat, jeden Izraelczyk zepchnął go z rusztowania. Miał złamany kręgosłup i od tej pory kuleje. Mój ojciec był w więzieniu. Mieszkaliśmy w namiocie. Czy możecie mi pomóc? – Wcale nie wyszło to tak, jak sobie wcześniej ułożyłem.

Po każdym moim słowie oczy Justice robiły się coraz większe, lecz twarz Menachema pozostawała niezmieniona.

Uniosłem okulary i docisnąłem palce do oczu. Jasmine podała kawę, usiadła obok mnie i ścisnęła mnie za drugą rękę.

Robiłem to dla Abbasa. W razie konieczności byłem gotów błagać.

Menachem milczał przez chwilę. Potem spojrzał na mnie, jakby był mi wdzięczny za to, co powiedziałem.

– Co mogę zrobić?

Wstałem i podszedłem do okna. Wsunąłem ręce do kieszeni i popatrzyłem na niego.

– Może znasz kogoś? Jasmine i ja musimy się dostać do Gazy.

– Możecie tam zginąć – odparł.

Wzruszyłem ramionami.

Miałem sześćdziesiąt jeden lat, lecz Abbas wciąż pozostawał moim młodszym bratem.

Rozdział 48

Sześć miesięcy później siedzieliśmy w taksówce jadącej z Jerozolimy do Gazy. Mijaliśmy gaje oliwne, drzewa migdałowe i gaje pomarańczowe. Gdy zobaczyłem pola pszenicy, żołądek ścisnął mi się ze wzruszenia.

Ostatnie trzy tygodnie spędziliśmy na próbach przedostania się do Strefy Gazy. Codziennie traciliśmy czas przy przejściu granicznym w Erez, próbując przekonać izraelskich urzędników, żeby nas przepuścili. Nie miało znaczenia, że Menachem poruszył niebo i ziemię, by zdobyć dla nas zezwolenia z Izraela. Dzień po dniu przedstawialiśmy naszą sprawę służbie granicznej i zawsze słyszeliśmy, że potrzebujemy jeszcze jednego papierka. Codziennie rano wstawaliśmy o piątej, żeby z nowymi dokumentami ponownie zacząć podróż.

Miałem ze sobą listy od Menachema i dwóch żydowskich noblistów, którzy pracowali wraz ze mną w MIT. Oboje z Jasmine napisaliśmy oświadczenia, w których obiecywaliśmy nie pociągać do odpowiedzialności rządu Izraela za nic, co mogłoby się nam przytrafić na terenie Strefy Gazy, którą uznawaliśmy za strefę działań wojennych. Nic nie działało. Odpowiedź służby granicznej za każdym razem była taka sama:

– Przyjdźcie jutro z kolejnym dokumentem.

Nasz arabski kierowca palił bez przerwy przy zamkniętych oknach i w samochodzie unosił się toksyczny kłąb dymu.

Mimo zamkniętych okien, grubego swetra i płaszcza było mi zimno. Jasmine również dygotała. Byłem przyzwyczajony do zimowej pogody, ale ta wilgoć wydawała się zupełnie inna. Starałem się opanować szczękanie zębów.

– Czy mógłby pan włączyć ogrzewanie? – zawróciłem się do kierowcy.

– Jest zepsute. – Obrócił się w moją stronę. – Za naprawę chcą tysiąc szekli. Kto ma tyle pieniędzy?

Sięgnąłem do kieszeni i odliczyłem tysiąc szekli.

– Proszę, to dla pana. – Podałem mu pieniądze.

– Czego pan chce w zamian? – Patrzył na mnie podejrzliwie. – Byłem już cztery razy w więzieniu i nie wrócę tam więcej.

– Chcemy tylko, żeby nas pan zawiózł do przejścia granicznego w Erez.

– Po co jedziecie do Gazy?

– Zobaczyć się z bratem.

– No to życzę powodzenia. – Zaciągnął się papierosem, po czym wydmuchnął dym ponad oparciem siedzenia prosto w moją twarz. – Izraelczycy nigdy was nie wpuszczą. Jak się wynieśli w dwa tysiące piątym roku, zamknęli tam mieszkańców i wyrzucili klucz. Wie pan, ile razy woziłem ludzi do przejścia w Erez? Nikt z nich nigdy nie został wpuszczony. Czemu was mieliby potraktować inaczej?

– Mamy odpowiednie papiery – powiedziała Jasmine. Zawsze była optymistką.

– Zanim Izrael wprowadził blokadę Strefy Gazy, robotnicy palestyńscy przechodzili przez przejście w Erez do pracy tutaj. Izrael zamienił Gazę w źródło taniej siły roboczej. Jaki wybór mieli Gazańczycy? Nie pozwolono im rozwijać własnej gospodarki. – Znowu zaciągnął się papierosem. – A jak już byli całkiem zależni od Izraela, Izrael ich od wszystkiego odciął.

– Wiem, rozumiem – powiedziałem. – Z trudem oddychałem. Ostatnią rzeczą, na jaką w tym momencie miałem ochotę, była rozmowa o polityce.

Jasmine i ja wysiedliśmy z taksówki na wprost lśniącego budynku. Przejście graniczne Erez to prawdziwa forteca. Kiedy wreszcie przyszła nasza kolej, podeszliśmy do izraelskiego żołnierza w bunkrze i podaliśmy mu dokumenty. Był w takim wieku, że mógłbym być jego dziadkiem. Popatrzył na nasze zezwolenia.

– Poczekajcie, aż was wezwę. – Machnął ręką, byśmy odeszli na bok.

– Tutaj! – przywołali nas jacyś dwaj mężczyźni.– Jake Crawford. Jestem z CRS*. A to mój kolega Ron King.

– Ahmad Hamid. A to moja żona Jasmine.

Padający deszcz przeszywał nas zimnem.

– Rozchmurzcie się – powiedział Jake – mogło być gorzej. Mogliśmy być przy przejściu Karni.

– A co tam się dzieje? – zapytałem.

– Olbrzymi zator – wyjaśnił Jake. – Jeden z naszych kolegów od miesięcy próbuje przejechać ciężarówką z wodą.

– Ludzie chorują. – Ron pokręcił głową. – Systemy wodno-kanalizacyjne są niewydolne. Izrael nie pozwala wwozić części potrzebnych do ich naprawy. Woda w Gazie nie nadaje się do picia, a Izraelczycy nie pozwalają przewieźć przez granicę czystej wody.

---

* CRS – Catholic Relief Services – międzynarodowa organizacja humanitarna amerykańskiej wspólnoty katolickiej, członek Caritas International.

– Gdybyście widzieli te wszystkie ciężarówki, które tam czekają. – Jake westchnął. – Wiele z nich od miesięcy próbuje się dostać do Strefy Gazy.

Minęło wiele godzin, zanim nas poinformowano, że nasze papiery są gotowe. Wręczyliśmy je Izraelczykowi przez okienko. Zostaliśmy przeszukani, każdy przedmiot z naszego bagażu poddano dokładnym oględzinom. Następnym przystankiem był lśniący budynek ze stali nierdzewnej, który wyglądał jak połączenie więzienia z terminalem lotniska. Na pewno kosztował miliony dolarów, z tym sprzętem do prześwietlania, kamerami, monitoringiem i innymi nowoczesnymi urządzeniami. Było tam siedem stanowisk, lecz tylko jedno czynne. Przeszliśmy labiryntem przejść, stref oczekiwania i bramek obrotowych. W porównaniu z tym wejście do więzienia Dror było drobnostką. Ostatecznie chyba pomógł telefon Menachema do szefa personelu poprzedniego dnia.

Było już ciemno, gdy kierując się znakami, szliśmy do Gazy długim pustym tunelem, który mi przypominał wąskie przejście dla bydła w rzeźni. Musieliśmy nieść bagaże ponad półtora kilometra drogą o różnym podłożu – kamienistą, bitą, żwirowaną. Gdy pojawiliśmy się po drugiej stronie granicy, natychmiast niczym sępy opadli nas taksówkarze.

– Ja jestem wolny! – krzyczeli wszyscy naraz.

Przemoczeni, zziębnięci, usiedliśmy na rozdartej tapicerce tylnego siedzenia taksówki.

Drogę zagradzało nam kilka barierek.

– Punkt kontrolny Hamasu – powiedział kierowca. – To tylko formalność.

– Dobry wieczór – przywitał nas przedstawiciel Hamasu. – Podaliśmy mu paszporty, a on przejrzał je pobieżnie i szybko nam zwrócił. – Witamy w Gazie. – Uśmiechnął się.

Było za późno na poszukiwanie Abbasa, więc pojechaliśmy prosto do hotelu.

Mijaliśmy budynki z nietynkowanych pustaków ziejące wielkimi otworami. Większość okien miało folię w oknach zamiast szyb. Na ulicach widzieliśmy moknących na deszczu ludzi w różnym wieku, rozklekotane pojazdy i wozy ciągnięte przez osły. Pośród stert gruzów walały się zniszczone telewizory, bojlery, kable, żelazne pręty. Przy wąskich ulicach stały opustoszałe bloki mieszkalne. Na każdym rogu wznosiły się wieże snajperskie. Bose dzieci bawiły się w błocie. Wszędzie było pełno śmieci. Rzędy namiotów ciągnęły się w nieskończoność. Widać było wyraźnie, że wszyscy w Gazie potrzebują natychmiastowej pomocy. Jasmine patrzyła na to z przerażeniem.

– Czemu nie ma tu żadnych drzew? – zapytałem kierowcę. Baba zawsze mi opowiadał, że obfitość gajów pomarańczowych w Gazie wypełnia powietrze słodkim aromatem. Nasze pomarańcze nie mogły konkurować z soczystymi, niemal zupełnie pozbawionymi pestek owocami z Gazy. Przedstawiał mi Gazę jako nadmorski kurort, którego strategiczne położenie zawsze sprzyjało rozkwitowi handlu.

– Izraelczycy usunęli wszystkie drzewa w tym regionie – odparł taksówkarz. – Wyobraża pan sobie, jakie wielkie zagrożenie dla nich stanowiły: jeszcze by jakaś pomarańcza spadła na któryś z ich czołgów.

Skręciliśmy w dzielnicę pełną betonowych i kamiennych domów i bloków mieszkalnych, które w większości pozostały nienaruszone, tylko tu i ówdzie jakaś belka była dziwacznie wygięta. Kierowca ponownie skręcił, tym razem w stronę białego pałacu z arkadami.

Portier przywitał nas serdecznie. To miejsce powstało po to, by gościć dygnitarzy i dziennikarzy, i nawet teraz emanowało pewnym dostojeństwem. Wnętrze zdobiły wysoko sklepione sufity i kopuły, z których zwisały żelazne żyrandole. Hol był biały, czysty i przestronny. Ucieszyłem się z tak luksusowego noclegu. Nasz pokój pełen był łuków i czarno-białych fotografii Gazy z lepszych czasów. Przez okno dobiegał plusk fal. Zapach morskiej bryzy mieszał się z wonią drewna sandałowego obecną w hotelu.

– Słyszysz, jakie te fale są pełne złości? – powiedziała Jasmine. – Nawet ty nie chciałbyś w nich pływać.

Nauczyłem się pływać w Morzu Śródziemnym, kiedy byłem na konferencji w Barcelonie; było to w okresie wakacji, więc Jasmine z chłopcami pojechali ze mną. Po zakończeniu konferencji wybraliśmy się na Costa Brava, gdzie zatrzymaliśmy się w hotelu nad morzem. Mahmud miał wtedy dziewięć lat, a Amir jeszcze nie miał ośmiu. Wstawaliśmy wcześnie, żeby popływać przy hotelowej plaży.

– Na pewno nie są takie jak fale w Hamptons – stwierdziłem. Tam synowie nauczyli mnie surfować, gdy mieszkaliśmy w Nowym Jorku.

– Ta woda jest zatruta – skwitowała Jasmine.

Rozdział 49

Siedzieliśmy w jadalni, popijając świeży sok truskawkowy, gdy podszedł do nas mężczyzna w sztuczkowym garniturze.

– Witam państwa – powiedział. – Jestem Sajjid as-Sajiid, właściciel tego hotelu.

– Proszę się do nas przyłączyć. – Wskazałem krzesło naprzeciwko siebie. – Jestem Ahmad Hamid, a to moja żona Jasmine. Ma pan piękny hotel.

– Wiązałem z nim wielkie nadzieje. – Pokręcił głową. – Przez dwadzieścia lat pracowałem jako architekt w Arabii Saudyjskiej. Za wszystkie zaoszczędzone pieniądze zbudowałem ten hotel.

– Pochodzi pan z Gazy? – zapytałem.

– Nie, z Jaffy, ale skryliśmy się tutaj w tysiąc dziewięćset czterdziestym ósmym, kiedy Żydzi zajęli nasze miasto.

– Teraz niewielu tu turystów. – Rozejrzałem się po pustej restauracji.

– Tylko wy. Wcześniej wpuszczali chociaż dziennikarzy i organizacje humanitarne.

– Skąd pan ma świeżą żywność i inne produkty?

Wskazał ręką południe.

– Tunele[*]. Wie pan, czarny rynek.

---

[*] Kiedy Izrael rozpoczął blokadę Strefy Gazy i nałożył embargo na wiele towarów, Palestyńczycy wykopali tunele pod granicą z Egiptem, którymi przemycane są towary objęte embargiem: żywność, broń, materiały budowlane i tak dalej.

– Musi pan sprowadzać całą żywność tunelami?

– Nie, nie. Izraelczycy pozwalają wwozić podstawowe produkty spożywcze. Mówię o tym, co mi pozwala skomponować hotelowe menu.

– I jakie ma pan plany?

Pokręcił głową.

– Nie zna pan kogoś, kto chciałby kupić pięciogwiazdkowy hotel w więzieniu?

Rozdział 50

Wyglądałem przez okno taksówki.
– Gdzie jest budynek prezydencki? – zapytałem kierowcę.

– Był tutaj – pokazał stertę gruzu – a teraz jest obok. – Skierował naszą uwagę na częściowo zniszczony budynek, którego wysadzone części okrywała folia.

– Szukamy Abbasa Hamida – zwróciłem się do recepcjonistki.

– Pańskie nazwisko? – Miała opaskę na jednym oku, u prawej dłoni brakowało jej dwóch palców. Wyglądała smutno w czarnym hidżabie i czarnej szacie.

– Ahmad Hamid, jego brat, i moja żona, Jasmine Hamid. – Pokazałem jej nasze amerykańskie paszporty.

Obrzuciła pogardliwym wzrokiem Jasmine, która była w żółtym prochowcu kupionym w Paryżu i czarnych obcisłych spodniach. Dzięki pilatesowi i jodze Jasmine zachowała smukłą sylwetkę. Kobieta przejrzała swoje notatki.

Podniosła słuchawkę i wybrała numer.
– Wyjdźcie na zewnątrz – nakazała. – Jeszcze nie przyszedł.

Siąpił zimny deszcz, a my nie mieliśmy parasola. Po drugiej stronie ulicy znajdował się zniszczony meczet. W naszą stronę szła grupka dziewcząt, jedne w mundurkach, inne w pomiętych, znoszonych ubraniach. Niektóre miały plecaki, inne niosły worki na śmieci. Mijając nas, chichotały i szeptały między sobą.

Nagle dostrzegłem osobę o charakterystycznym chodzie, idącą w naszą stronę. To był Abbas, podpierany przez małego chłopca.

– Bracie – podszedłem do niego. – Nareszcie! – Objąłem go, lecz on nie odwzajemnił uścisku.

Wyglądał, jakby chciał mnie przegnać, lecz spojrzał na towarzyszącego mu chłopca i powstrzymał się.

– Czy to bezpieczne tak chodzić jawnie po ulicy? – zapytałem. Czytałem, że wszyscy bojownicy Brygad Al-Kassama muszą się ukrywać.

– Jestem starym kaleką – odparł. – Chciałbym tak jak doktor Nizar zginąć za ojczyznę. On nie bał się pokazać twarzy. Ja już nie chcę się dłużej ukrywać. Niech świat patrzy, jak Izraelczycy mnie zabijają.

– Proszę, nie narażaj się.

– Na to już za późno – powiedział. – Teraz mam spotkanie.

– Gdzie?

– Wskazał częściowo zniszczony budynek.

– Nie możesz zrobić sobie przerwy? Przyjechałem z daleka, żeby cię zobaczyć.

– Przepraszam, że nie rzucam wszystkiego, żeby się z tobą napić herbatki, ale mam ważne spotkanie. – Spojrzał na mnie ze wzgardą. – Mój wnuk Madżid zaraz zaczyna lekcje. Może go odprowadzisz? Po drodze pokaże ci miasto. Możemy porozmawiać, kiedy będzie po szkole.

– To potrwa cały dzień? – zapytałem.

– W Gazie lekcje odbywają się na zmiany po cztery godziny. – Abbas zwrócił się do chłopca: – To jest mój brat, twój wujek Ahmad, z Ameryki.

– Jestem Jasmine, żona Ahmada – przedstawiła się Jasmine z uśmiechem.

Abbas tylko skinął głową i znowu zwrócił się do wnuka:

– Oprowadź ich, przedstaw im swoich kolegów, a potem zabierz ze sobą do szkoły. – Zanim zdążyłem coś powiedzieć, Madżid już pomagał Abbasowi wejść na schody.

Jasmine i ja czekaliśmy na powrót chłopca. Dobrze chociaż, że Abbas zgodził się spotkać ze mną później.

– W której jesteś klasie? – zapytała Jasmine.

– W szóstej. – Spojrzał mi prosto w oczy. – A więc mieszkacie w Ameryce?

– Tak.

Zatrzymał się, otworzył plecak, wyjął pusty granat łzawiący i podał mi go z uśmiechem.

– To chyba był prezent z waszego kraju.

Odebrałem granat od niego. Z boku widniał napis: *Produced in Saltsburg, Pennsylvania*.

– Podziękujcie swoim przyjaciołom. Dostaliśmy ich granat. – Włożył go z powrotem do plecaka i wyciągnął kolejny przedmiot. – A to ze szkoły. Część łuski pocisku z białym fosforem. – Madżid pokazał mi oznaczenie na swojej zdobyczy: *Pine Bluff Arsenal**.

– Nie masz tam żadnych książek? – zapytałem.

– Nie, nie przetrwały wojny – odrzekł Madżid.

– No to po co nosisz ten plecak? – zdziwiłem się.

– Wymieniamy się łuskami i innymi fragmentami broni. Mój kumpel Bassam ma taki fantastyczny fragment bomby Mark 82, o jakim marzę.

Przypomniałem sobie, jak moi bracia porównywali przed namiotem łuski amunicji, którymi się wymieniali w taki sam

---

* Arsenał broni w Pine Bluff w USA, jedno z miejsc, w których przechowywana była broń chemiczna.

sposób, w jaki moi synowie wymieniali się kartami z baseballistami.

Madżid pokazał nam grupę namiotów obok zrównanej z ziemią szkoły.

– Rok temu to była moja szkoła.

Kilkoro dziadków czy rodziców rozmawiało z dziećmi przed namiotami, gdy reszta uczniów wchodziła do środka.

– Hej, Fadi! – krzyknął Madżid do kolegi mniej więcej w tym samym wieku. Lewy rękaw znoszonej bluzy chłopca zwisał luźno. Fadi podszedł do nas i Madżid objął go ramieniem. – To mój wujek i ciocia z Ameryki.

– Miło cię poznać. – Głos Jasmine drżał.

– Pocisk z myśliwca F-16 oderwał mu rękę – wyjaśnił Madżid rzeczowo.

– Za jednego szekla pokażę wam kikut – zaproponował Fadi.

– Nie trzeba – podałem mu monetę.

– Czemuś nie powiedział, że twój wujek to taki równiacha? – Fadi żartobliwie plasnął Madżida zdrową ręką w głowę. – Poprosiłbym o więcej! – Obaj zachichotali, lecz Madżid zaraz chrząknął i spróbował odzyskać powagę. Spojrzał na namioty i dojrzał małego chłopca w wieku sześciu, siedmiu lat.

– Amir! – krzyknął do niego. Chłopiec zbliżył się. – To jest mój wujek. Przyjechał z Ameryki.

Lewym okiem uważnie zlustrował Jasmine i mnie. Prawe oko się nie poruszało.

– Pokaż im swoje oko – zachęcił go Madżid.

Chłopiec wyjął swoje prawe oko. Jasmin jęknęła głośno, a dzieci się rozśmiały. W pustym oczodole widać było różowe ciało.

– Oszalałeś?! – Fadi energicznie machnął rękami. – Czemuś go najpierw nie poprosił o forsę? Musisz być biznesmenem, jak ja! – Chciał jeszcze raz uderzyć Madżida w głowę, lecz ten się uchylił.

※

Doszliśmy do budynku poważnie zniszczonego wojną. Niektóre fragmenty były wypalone. Deszcz zaczął bębnić po blaszanym dachu. To była szkoła.

Klasa Madżida nie miała drzwi ani okien. W tym jednym pomieszczeniu tłoczyło się czterdziestu sześciu chłopców, siedzących na podłodze. Było ciemno i zimno, bo brakowało żarówek i ogrzewania. Kilku chłopców miało blizny na twarzach, u większości zauważyłem podkrążone oczy. Na popękanej tablicy widniał rysunek uśmiechniętego chłopca, którego uznałem za męczennika. Uczniowie rozmawiali między sobą.

Do klasy wjechał mężczyzna na wózku inwalidzkim i przywitał się z nami.

Madżid podszedł do niego.

– To mój wujek i ciocia. Chcieliby się dzisiaj do nas przyłączyć – powiedział, po czym zwrócił się do nas: – To jest mój nauczyciel, Halim.

– Zaproponowałabym wam coś do siedzenia, ale musieliśmy wszystko spalić, żeby ogrzać szkołę – powiedział nauczyciel.

– Jestem profesorem fizyki – odparłem, lekko speszony.

– W takim razie zaczniemy od fizyki.

Podał mi kartkę z postrzępionymi dziurkami.

– Co tu się stało? – Wskazałem jeden z otworów.

– To od gumki. Musimy szmuglować papier tunelami. Jego jakość jest straszna.

Przeczytałem ręcznie zapisane notatki:

Wymiana ciepła
ciała stałe ciecze i gazy przestrzeń
przewodzeniekonwekcjapromieniowanie

– Czy to nie za łatwe dla uczniów w tym wieku? – Spojrzałem na nauczyciela.

– Takie czasy. – Spuścił głowę.

Jak to możliwe? We wspólnotach uchodźców palestyńskich nauka zawsze była wysoko ceniona. Przez wiele lat spotykałem licznych uchodźców, którzy doktoryzowali się na najlepszych uniwersytetach.

– Czy uczniowie dostają kopie? – spytałem.

– Nie. Wie pan, blokada.

– Oczywiście. – Nie wierzyłem własnym oczom.

Stanęliśmy z Jasmine obok nauczyciela, a on przedstawił nas klasie:

– Mamy dzisiaj gości. Wujka i ciocię Madżida. Jego wujek jest profesorem fizyki.

Odgłos przelatujących samolotów na chwilę sparaliżował wszystkich.

Chłopiec obok nas skulił się z trwogą. Gdy samoloty ucichły, nauczyciel zapytał:

– Kto wie coś o wymianie cieplnej?

W górę wystrzelił las rąk. Nauczyciel wskazał drobnego chłopca na wprost mnie.

– Ahmad.

– J... jjjaaa... nnieee wieeem – rzekł z trudem.

Po lekcji fizyki przyszedł czas na matematykę. Dzieci wciąż uczyły się mnożenia przez dwa i trzy.

– Gdzie jest toaleta? – zapytałem. Wypiłem za dużo soku truskawkowego do śniadania.

– Wiadro stoi tam, za kotarą – odpowiedział nauczyciel.

Wyszedłem na zewnątrz, pogrzebałem w gruzach i napełniłem kieszenie kamieniami.

Kiedy wróciłem, nauczyciel nadal bez wyraźnych efektów tłumaczył matematykę.

– Czy mógłbym spróbować? – zapytałem.

Usiedliśmy z Jasmine na podłodze, tak że dzieci otaczały nas kręgiem. Położyłem na ziemi dwa kamienie.

– Jedna grupa złożona z dwóch kamieni to dwa kamienie. – Kamieniem napisałem na piaszczystej podłodze $1 \times 2 = 2$. Następnie ułożyłem dwie grupy po dwa kamienie. – Dwie grupy po dwa to raz, dwa, trzy, cztery. – Napisałem na piachu $2 \times 2 = 4$. Obok ułożyłem trzy grupy po dwa kamienie i w ten sposób kontynuowałem do dziesięciu. Oczy uczniów stopniowo się rozszerzały. – Gdy pójdziecie do domów, do ćwiczenia tabliczki mnożenia używajcie kamieni i piachu zamiast papieru.

Jasmine nauczyła chłopców kilku zwrotów po angielsku i kazała im je przećwiczyć w rozmowach. Gdy nasze dzieci były małe, Jasmine zrobiła magisterium z nauczania początkowego. Co prawda później zaczęła prowadzić biznes z Justice, ale gdybym wiedział, jak dobrze radzi sobie z uczniami, chyba namawiałbym ją, by została nauczycielką.

Madżid odprowadził mnie i Jasmine przed prowizoryczne biuro Abbasa. Mój brat zaprosił nas do domu.

– Gdzie zaparkowałeś? – zapytałem. To nie mogło być blisko, bo nie widziałem, by wychodził z samochodu.

– Mieszkam niedaleko – odpowiedział chłodno. – Lekarz mówi, że muszę chodzić, bo inaczej wyląduję na wózku.

Szliśmy powoli, Abbas krzywił się z bólu. Ten sam wyraz twarzy towarzyszył mu przy każdym kroku pięćdziesiąt lat temu. W milczeniu mijaliśmy zwęglone szczątki budynków. Zaczął padać zimny deszcz. Dzieci zmierzały na następną czterogodzinną zmianę do szkoły. Nikt nie miał porządnego płaszcza czy parasola i zdawało się, że nikomu to nie przeszkadza.

Abbas otworzył blaszane drzwi do swojego domu z glinianych cegieł.

– Zbudowałem go tak, jak robiliśmy to w naszej wiosce – powiedział. – Uczę rodziny mieszkające w namiotach, jak budować domy.

Na podłodze siedziały dwie kobiety, tuląc płaczące niemowlęta, a obok troje maluchów grało w piłkę z kimś, kto z tyłu wyglądał na dość dużego chłopca. Gdy się odwrócił, zaparło mi dech w piersiach. To nie był chłopiec, lecz młody mężczyzna, dokładna kopia mnie, kiedy byłem w jego wieku. Miał nawet takie same niesforne włosy, słaby zarost i ogólnie niechlujny wygląd. Ucałował Abbasa w rękę.

– O Boże – westchnąłem – czuję się, jakbym znowu był nastolatkiem.

– Właśnie. To mój najmłodszy syn, Chalid – rzekł Abbas. – Nie tylko przypomina cię z wyglądu, ale też ma twoje zdolności do nauk ścisłych. Ale kieruje się innymi zasadami niż ty.

– Czy jest pan moim wujkiem Ahmadem? – zapytał Chalid. Wydawał się prawdziwie wstrząśnięty.

Czyżby Abbas opowiadał mu o mnie? Spojrzałem na brata, lecz zobaczyłem tylko mocno napięte mięśnie twarzy.

– Skąd wiesz, kto to jest? – Abbas pokręcił głową.

Chalid przełknął ślinę.

– Czytałem wszystkie jego artykuły, do których udało mi się dotrzeć. Wymyślił, jak obliczyć anizotropię magnetyczną atomu.

– To nad tym pracowałeś z tym Izraelczykiem? – Abbas spojrzał na mnie ze złością, po czym zwrócił się do Chalida. – Wiedziałeś, że twój wujek, żeby to osiągnąć, spędził ostatnie czterdzieści lat na kolaboracji z Izraelczykiem?

Chalid opuścił głowę.

– Na jakim uniwersytecie studiujesz? – zapytałem.

– Studiowałem fizykę na Uniwersytecie Islamskim...

– Izraelczycy zbombardowali laboratoria i archiwa[*] – wtrącił Abbas.

– Czytałem, że Hamas gromadził tam broń – zauważyłem.

– Czytasz izraelską propagandę. Czy to ten twój kolega podsunął ci ten artykuł?

– Nie, czytałem w gazecie.

– Powinieneś czytać raporty ONZ – odparł Abbas. – To były cywilne budynki edukacyjne i nie znaleziono żadnych dowodów wykorzystywania ich do celów wojskowych, co według Izraelczyków miało uzasadniać naloty.

– Studiowałeś nanotechnologię? – zwróciłem się do Chalida.

– Chciałbym, ale nie. – Potrząsnął głową. – W Gazie nie ma nanotechnologii.

– A myślałeś o wyjeździe za granicę?

---

[*] Celem nalotów izraelskich były uniwersyteckie laboratoria, które według Izraelczyków Hamas wykorzystywał do budowy materiałów wybuchowych.

– MIT proponował mi stypendium, ale Izraelczycy mnie nie wypuszczą. Już wiele razy ubiegałem się o wizę.

– Jak mogą ci uniemożliwiać przyjęcie stypendium? Przecież w ich interesie leży wykształcenie mieszkańców. Z niewiedzy i przesądów bierze się przemoc.

Chalid otworzył usta, by odpowiedzieć, lecz jego ojciec zareagował szybciej:

– Nie, to ubóstwo, tyrania i desperacja powodują przemoc, a odmawianie dzieciom wykształcenia sprzyja temu wszystkiemu.

– Może dałbym radę pomóc – powiedziałem. – Mam znajomości. – Wiedziałem, że muszę to zrobić.

Chalid uśmiechnął się, lecz Abbas stanął między nami.

– Mój syn nie chce brudzić sobie rąk kolaboracją z wrogiem. – Poklepał go po ramieniu.

Spojrzałem na bratanka.

– Chociaż się zorientuję, jakie masz możliwości.

– Jest tu ponad ośmiuset studentów, którzy uzyskali zagraniczne stypendia i nie mogą się stąd wydostać – oświadczył Abbas. – Nawet twoje znajomości nie pomogą. Izraelczycy nie chcą wykształconych Palestyńczyków. To część ich polityki niszczenia szkolnictwa. Chcą nas doprowadzić do takiej rozpaczy, żebyśmy już nie mieli po co żyć. Chcą zrobić z nas terrorystów, tak by nie musieli zawierać z nami pokoju i zwracać nam naszej ziemi.

Nie mogłem uwierzyć, w jaką paranoję popadł Abbas. Pokażę mu. Poruszę niebo i ziemię, żeby zdobyć wizę dla Chalida. Zdobędę wizy dla nich wszystkich. W końcu mnie się udało dostać do Gazy, czyż nie?

Szukając innego tematu do rozmowy, zwróciłem uwagę na obrazy w ramkach: młoda kobieta z pięknie poczernionymi oczami, dwaj mali chłopcy i dziewczynka. Sposób, w jaki były one ozdobione sztucznymi kwiatami, świadczył o tym, że nie żyją.

Abbas zauważył, na co patrzę.

– To byli moi synowie, Rijad i Zakarijja.

Przypominali mi Abbasa i moich braci w podobnym wieku.

– Rijad miał siedem lat, Zakarijja tylko sześć. – Abbas wskazał kobietę obok nich. – To była ich matka, a moja żona Mala`ika. Mieszkali w Szatili. Słyszałeś o masakrze w obozach uchodźców Sabra i Szatila w Libanie?

– Tak. Kiedy pierwszy raz o tym usłyszałem, miałem straszliwe przeczucie, że nie żyjesz.

– Nie, niestety ja nie zginąłem. Zamiast mnie zginęli moi biedni synowie i żona. Niech Allah ma ich w opiece. – Westchnął głęboko. – Mnie zmuszono do ewakuacji, zanim się to wydarzyło.

W dniu, w którym mój brat stracił żonę, ja zgodziłem się poślubić Jasmine.

– Niech ich dusze towarzyszą ci w życiu – powiedziałem. – Niechaj Allah obdarzy ich obfitością łask.

– A to była moja wnuczka Amal. Trafił ją pocisk izraelski, kiedy wracała ze szkoły. Kilka miesięcy wcześniej Izrael ogłosił światu, że wycofał się z Gazy. Chalid znalazł to, co z niej zostało.

Mój bratanek odwrócił głowę i otarł łzy, wyraźnie zawstydzony tą chwilą słabości.

Kobieta o zmęczonym wyglądzie, w hidżabie i zniszczonej szacie, przyniosła tacę z trzema szklankami herbaty. Przechodząc obok Chalida, klepnęła go po karku i powiedziała:

– Byli bardzo zżyci, Chalid i Amal. To był dla niego prawdziwy cios.

– Przedstawiam wam moją żonę, Madżidę. – Abbas sięgnął po szklankę i podziękował kobiecie. Jasmine i ja zrobiliśmy to samo.

Abbas przedstawił nam synowe i wnuków. Jego dwaj pozostali synowie byli poza domem i szukali pracy. Wszyscy – Abbas, Madżida, ich trzej synowie i ośmioro wnuków – mieszkali razem w tym dwuizbowym domu.

Postanowiłem sprowadzić ich wszystkich do Ameryki i odmienić ich życie.

Rozdział 51

Wsiedliśmy do rozklekotanego małego niebieskiego samochodu z żółtymi drzwiami – Jasmine i Chalid z tyłu, ja i Abbas z przodu. Nie przypuszczałem, że to auto w ogóle zapali, ale Abbasowi jakoś udało się je uruchomić.

– A ty jak w ogóle się czujesz? – zapytałem.

– Teraz mam dużo pracy – odparł chłodno. – Czekają mnie ważne zadania do wykonania dla kraju.

W błocie między gruzami bawiło się dwoje małych dzieci. Z prowizorycznego namiotu ustawionego obok zwalonego domu wyłoniła się kobieta i pomachała do nich energicznie, by weszły do środka.

– Płacą ci?

– A czemu cię to interesuje? – Oderwał wzrok od drogi, by spojrzeć na mnie.

Strzepnąłem kurz ze spodni.

– Żyjesz w nędzy.

– Przeznaczam swoje pieniądze na tych, którzy ich naprawdę potrzebują. – Pokręcił głową. – Nie mogłem się nimi cieszyć, wiedząc, że inni cierpią.

Wszystkie mijane budynki były albo uszkodzone, albo zupełnie zniszczone. Wcześniej widziałem już jednak takie części Gazy, które były nienaruszone – czyżby Abbas specjalnie chciał mi pokazać zniekształcony obraz?

– Co robiłeś przez te wszystkie lata?

– Działałem w organizacji doktora Habasza.

– Czym się tam zajmowałeś? – Mój brat niewiele umiał i ledwie chodził.

– Pracą wywiadowczą. – Uśmiechnął się. – Tłumaczyłem izraelskie wiadomości i gazety na arabski. Pamiętasz to radio, które dla mnie zrobiłeś? Używałem go do słuchania wiadomości po hebrajsku.

– Szukałem cię – od zanieczyszczeń w powietrzu zakręciło mnie w nosie – a ty jakbyś się zapadł pod ziemię.

Abbas jechał powoli, omijając olbrzymie dziury na drodze.

– Ukrywałem się. Mosad mnie szukał. Zabili wielu moich towarzyszy.

Nie mogłem uwierzyć, że w obecności własnego syna chwali się pracą dla znanej organizacji terrorystycznej. Koniecznie musiałem mu przedstawić powód naszej wizyty. Czułem, że on i jego rodzina nie powinni dłużej tego wszystkiego znosić.

– Przyjechaliśmy, żeby was zaprosić do Stanów. Możemy zapewnić twojej rodzinie lepsze życie. – Obejrzałem się na Chalida, który siedział wyraźnie spięty.

Jasmine milczała, wpatrzona w plakaty z twarzami męczenników na posępnych ulicach.

– Pewnie, że chciałbyś, żebym rzucił to, co robię. – Głos Abbasa był przesiąknięty goryczą. – Uciekł do Ameryki, gdzie może mi się przydarzyć śmiertelny wypadek.

– Abbas, jesteś moim bratem...

– Śledzę twoją karierę. Rozumiem, że cały czas pracujesz z tym Izraelczykiem. Czy to on kazał ci tu przyjechać?

Oniemiałem.

– Nikt mi nie kazał. Nienawiść aż tak cię zaślepiła, że nie widzisz już nic dobrego na świecie. Chcę tylko podzielić się z tobą i twoją rodziną tym, co mam.

– Nigdy nie obchodziłem cię ani ja, ani nasi rodacy. Dawno temu skumałeś się z Izraelczykami.

– Sam, bez niczyjej pomocy, dbałem o naszą rodzinę. Mama i Baba mają piękny dom z nowoczesnym wyposażeniem, a Fadi, jego dzieci i dzieci Nadii dzięki mnie pokończyli szkoły. A teraz przyjechałem tutaj po ciebie i twoją rodzinę. Z nikim się nie skumałem.

– Jak mówił biskup Desmond Tutu, „jeżeli zachowujesz obojętność wobec niesprawiedliwości, stajesz po stronie opresora".

Słowa Abbasa bardzo nie raniły. Nie rozumiał mojego punktu widzenia.

– Próbowałem na swój sposób walczyć o pokój – odparłem stanowczo.

– Robiłeś to, co dobre dla ciebie. Zapomniałeś o swoich rodakach. Jesteś kolaborantem. Nigdy nie przyszło ci do głowy, że nie wszyscy z nas mają zdolności, które mogą być przydatne dla Izraelczyków?

Nie chciałem podnosić głosu, lecz nieświadomie to zrobiłem.

– Nie pracuję dla Izraela! Nigdy tego nie robiłem. Jestem Amerykaninem, pracuję dla nauki, dla świata. – Nie odpowiedział, więc zmieniłem temat. – Narażasz własne życie.

– Moim życiem jest dobro mojego kraju.

– Pomyśl o sobie, o swojej rodzinie. Mogę wam zapewnić bezpieczne życie bez cierpień. Przyszłość dla twojej rodziny. Twoi synowie i wnuki mogą zdobyć wykształcenie, na jakie zasługują.

Wyglądał tak staro, jakby był moim ojcem. Miałem kilka zmarszczek na twarzy, lecz dzięki wieloletniemu bieganiu moje ciało było silne i sprawne.

– Nie jesteś taki jak ja – stwierdził Abbas. – Ja pragnę coś zrobić dla mojego narodu, ale dobrze wiesz, że Izrael chce państwa tylko dla Żydów na terenach całej historycznej Palestyny. A w tym twoim nowym kraju to Żydzi decydują o polityce bliskowschodniej. Izrael wie, że może robić, co chce, bo Żydzi w Ameryce zawsze to poprą.

– Przeceniasz Żydów z Ameryki. – Przewróciłem oczami. – Także chrześcijanie mają w tym interes. Oni wierzą, że Żydzi muszą być tutaj, żeby Jezus powrócił czy coś takiego.

– A więc mam opuścić moich rodaków i jechać do Ameryki, bo Izraelczycy chcą nas zniszczyć?

– Abbas, pomyśl rozsądnie – prosiłem. – Hamas wykorzystuje samobójców.

– Izrael nie musi wykorzystywać samobójców. – Mięśnie twarzy Abbasa wyraźnie się napięły. – Oni mają czołgi i samoloty. Samobójcze ataki to broń desperatów. Izraelczycy zabili o wiele więcej nas niż my ich. Od lat czterdziestych próbują nas przegnać z Palestyny.

– Nie posuwałbym się tak daleko. – Zająłem się plamą na rękawie mojej białej koszuli. – Po co się skupiać na przeszłości, skoro możemy myśleć o przyszłości?

– Jakiej przyszłości? Rozejrzyj się. Izrael cały czas chce tego samego, czego chciał wtedy: naszej ziemi bez nas.

– Słuchaj, nie jestem wielkim zwolennikiem Izraela, ale nie wierzę w to. Izrael chce gwarancji bezpieczeństwa, zanim zawrze pokój.

– Pokój jest źródłem bezpieczeństwa, a nie odwrotnie.

Przypomniałem sobie słowa dalajlamy, które wisiały w mieszkaniu Justice i Menachema. Brzmiały mniej więcej tak: „Jeśli chcesz żyć w pokoju, zapewnij go innym, a jeśli chcesz czuć się bezpiecznie, spraw, by inni tak się czuli".

– Izrael twierdzi, że nie może z nami prowadzić rozmów pokojowych, póki nie będzie miał gwarancji bezpieczeństwa. Zrezygnowaliśmy więc z naszych ataków i co? Gdzie obiecane rozmowy pokojowe? Tam gdzie jest prześladowanie, zawsze będzie opór.

– Abbas, przestań już z tą nienawiścią. Jedź z nami do Stanów. Możesz stamtąd pomagać, sam będąc bezpiecznym. Zorganizuję przyjazd dla was wszystkich.

– Nawet gdybym chciał – Abbas zatrzymał samochód na światłach, by przepuścić grupkę dzieci – Izrael i tak nigdy nie wypuści mnie ani mojej rodziny. Łatwiej by nam było polecieć na Księżyc, niż wyjechać z Gazy.

Światło zmieniło się na zielone i Abbas ruszył.

– Dokąd jedziemy?

– Rzadko miewamy tu amerykańskich turystów. – Brat obrócił głowę w moją stronę. – Pomyślałem, że was oprowadzę po mieście.

– Jesteśmy takimi samymi Palestyńczykami jak ty.

– Wypiąłeś się na nas. – Spojrzał w lusterko wsteczne. – Oboje się wypięliście.

– Jak śmiesz? – Jasmine miała już dość protekcjonalności Abbasa. – Nic nie wiesz o mnie ani o tym, co robię dla moich rodaków.

– Jak to się stało, że znalazłeś się w Hamasie? Nigdy nie byłeś zbyt religijny – zawróciłem się do brata.

– Podczas negocjacji porozumień z Oslo[*] nasza organizacja połączyła się z Hamasem i resztą frontu przeciwnego porozumieniom.

---

[*] Podpisane w Waszyngtonie (zawarte w Oslo) wzajemne uznanie OWP i Izraela z 1993 roku.

– Dlaczego odrzucacie porozumienia z Oslo? Nie chcecie pokoju?

– Nikt nie proponował pokoju – odparł Abbas. – Izrael chciał panować nad naszą ziemią, morzem i powietrzem, stworzyć więzienie pod gołym niebem i trzymać tu swoich strażników. Doktor Habasz to rozumiał. Był chrześcijaninem, ale to bez znaczenia, wszyscy byliśmy przede wszystkim Palestyńczykami. – Abbas zatoczył krąg ręką. – I co, myślisz, że zostaliśmy wyzwoleni?

– No... nie – przyznałem. – Ale Hamas ich sprowokował. Wystrzelił rakiety w Izrael.

– Aleś ty naiwny. Ślepo wierzysz w całą tę izraelską propagandę. Ta blokada... to więzienie, w którym nas zamknęli... naprawdę myślisz, że zrobili to tylko po to, żeby powstrzymać kilka rakiet domowej roboty? Chcą zabić nasze nadzieje i marzenia, zniszczyć w nas to, co ludzkie. Większość z nas żyje teraz z datków, zamienili nas w naród żebraków. Byliśmy pracowitym, dumnym, pomysłowym ludem, a teraz nie mamy pracy dla mężczyzn, wykształcenia dla dzieci, żadnej nadziei, że ciężka praca przyniesie lepszą przyszłość. Robią coś gorszego niż zabijanie, łamią w nas ducha, kradną dusze. Czy chcę, żeby moje dzieci i wnuki stały się żebrakami, czy wolę, żeby umierały z głodu? Przyznasz, że to żaden wybór..

– Nie, to niemożliwe. Cały świat na to patrzy – zauważyłem.

– Izrael łamie wszystkie prawa człowieka, jakie tylko można wymienić, i nikt na to nie reaguje. Przedstawia się nas jako bezwzględnych, fanatycznych, krwiożerczych ekstremistów. Dużo łatwiej jest zabijać ekstremistów albo przynajmniej przymykać oczy na ich ciągłe cierpienia.

– Czyli uważasz, że Izrael zamierza was wszystkich zabić?

– To przemyślana, systematycznie realizowana polityka.

– No to dlaczego tak dużo osób głosowało na Hamas[*], organizację terrorystyczną? Skoro to jedynie gra zgodnie z ustalonymi przez nich regułami, po co to robić?

– A co według ciebie stało się w dwa tysiące piątym roku, kiedy Izrael ogłosił światu, że opuścił Gazę? Oddali nam nasz własny kraj? Nie. Usunęli swoich osadników, żeby móc nas zdławić w inny sposób. Nie mieliśmy szans. Fatah[**] nas nie wyzwolił. Nasza gospodarka się rozpadła. Izrael nie pozwolił Fatahowi rozwinąć potrzebnej infrastruktury, ale z biegiem lat pozwolił Bractwu Muzułmańskiemu, z którego wyrósł Hamas, rozwinąć swoją infrastrukturę. Jeśli nie możesz wykarmić dzieci, to dokąd idziesz? Hamas zapewniał nam żywność, edukację, opiekę medyczną i środki do lepszego życia. Gdy Fatah nie dawał rady, masy zwróciły się w stronę partii, na którą mogły liczyć. Chodzi o przetrwanie. A moje zadanie to reprezentować masy.

– Ale metody Hamasu, ostrzał rakietowy Izraela, nie widzisz, że to działa na waszą niekorzyść?

– A co byś zrobił, gdyby twoja rodzina tkwiła w więzieniu i musiała znosić głód, zimno w namiocie, brak czystej wody, nie mając żadnych możliwości zarabiania pieniędzy, a świat odwrócił się do was plecami? Jak inaczej możemy zwrócić na siebie uwagę?

– To nie jest pożyteczna uwaga. Szkoda, że tego nie widzisz.

Abbas zaparkował przed szpitalem. Okna od południowej strony były osłonięte folią.

---

[*] W 2006 roku w pierwszych od dziesięciu lat wyborach do Rady Legislacyjnej Autonomii Palestyńskiej najwięcej głosów zdobył Hamas, wyprzedzając Fatah, ku zaskoczeniu społeczności międzynarodowej.

[**] Ruch Wyzwolenia Palestyny, partia polityczna będąca największą frakcją OWP.

– Izraelczycy nie pozwalają sprowadzać materiałów budowlanych. Nie daj się zwieść. Cele zniszczone podczas operacji „Płynny Ołów" nie były przypadkowe. Izraelczycy chcieli, żeby Gaza cofnęła się w rozwoju o całe dziesięciolecia.

Przed szpital podjeżdżały karetki, taksówki i prywatne samochody z pacjentami. Wewnątrz przecisnęliśmy się przez tłum ludzi w różnym stanie. Abbas zaprowadził nas na oddział pediatryczny.

W sali, w której było miejsce na dwa łóżka, stało ich dziesięć. Nigdzie nie dostrzegliśmy żadnej pielęgniarki. Chłopiec na pierwszym łóżku miał obandażowany kikut nogi. Bandaże okrywały również jego obie ręce i całą lewą część twarzy. Wszyscy pozostali też byli po amputacjach.

Jasmine pobladła.

– To jest Salih – powiedział Abbas. – Ma zaledwie pięć lat. Wyszedł z domu po wodę i trafił go odłamek pocisku.

– Cześć, co nowego? – zagadał Chalid do chłopca.

– Przyniosłeś książkę? Już się nie mogę doczekać, żeby się dowiedzieć, co dalej z Guliwerem.

– Jutro. – Chalid pożegnał się z malcem i wyszliśmy.

Zaglądaliśmy do kolejnych sal. Nagle zgasło światło i przestały działać wszystkie urządzenia. Obecni w szpitalu nie bardzo się tym przejęli. Następnie Abbas poprowadził nas do kostnicy.

Pracownik pokazywał nam dziecięce ciałka jedno po drugim. Światło dużej latarki wydobywało z ciemności kolejne małe twarzyczki.

– Wszystkie te dzieci zmarły na zatrucie azotanami[*] – oznajmił Abbas.

Twarz Jasmine była biała jak moja koszula. Dokąd jeszcze zabierze nas Abbas?

---
[*] Przyczyną choroby jest zwykle zanieczyszczona woda do picia.

Rozdział 52

Abbas zawiózł nas jak najbliżej murów, którymi Izrael otoczył Gazę.

Wzór zniszczeń wyraźnie świadczył, że metodycznie wyburzano każdy budynek w zasięgu około czterystu metrów od granicy. Całe dzielnice zrównano z ziemią. Im dalej od tej martwej strefy, tym więcej budynków się zachowało.

Odwiedziliśmy obóz dla uchodźców w Szati, zbiorowisko betonowych baraków i rynsztoków w pobliżu piaszczystej plaży. Izraelski okręt wycelował lufę działka w łódź rybacką.

– Co się dzieje? – zapytałem.

– Izrael nie pozwala nikomu naprawić naszego systemu kanalizacji, dlatego jest nieszczelny i zanieczyszcza wody oceanu. Naszym rybakom wolno łowić wyłącznie na tym obszarze, gdzie woda jest zanieczyszczona. Kiedyś kwitło tutaj rybołówstwo, ale teraz musimy kupować mrożone ryby na czarnym rynku albo ryzykować, że rozniosą nas w proch.

Nikt nie mógł się wydostać poza Strefę Gazy.

Pojechaliśmy do Dżabaliji, miejsca, do którego wybierały się Nora i Justice. Przejechaliśmy przez obóz w drodze do hotelu. Ponad sto tysięcy osób stłoczono tu na powierzchni sześciu dziesiątych kilometra kwadratowego. Gruzy, namioty, podziurawione kulami ściany, wszędzie brudne, bose dzieci. Tak wyobrażałem sobie piekło.

Samochód zaczął dziwnie rzęzić, lecz Abbas zdawał się tego nie zauważać.

– Izrael nie musi zawierać z nami pokoju, dopóki Stany udzielają mu pomocy – powiedział i zaparkował przed olbrzymią stertą śmieci. Otworzył schowek pod deską rozdzielczą i pokazał nam zdjęcia osiedli w Gazie z luksusowymi domami, placami zabaw i basenami. Kiedyś sami pomagaliśmy budować podobne budynki.

– Tak mieszkali, zanim ich przesiedlono. Do budowy tych osiedli przyczyniły się dolary z amerykańskich podatków. – Przez okno pokazał nam zrujnowany krajobraz. – Wysadzili wszystko, zanim odeszli.

Wyobraziłem sobie, ile rodzin można by przenieść tutaj z obszarów nadgranicznych, z których Izraelczycy usuwali mieszkańców. To by ich nic nie kosztowało.

Abbas ruszył i skupił się na obserwowaniu podziurawionej drogi.

– Wiem, że jak tylko jutro wrócicie do swojego wygodnego życia w Ameryce, zapomnicie o tym wszystkim.

– Ja jutro nie wyjeżdżam – obróciłem się w stronę Chalida. – Może przyszedłbyś do nas do hotelu, to ci opowiem o moich badaniach.

– Chętnie. – Oczy mu zalśniły.

Abbas wysadził mnie i Jasmine przed hotelem. Zmęczeni wróciliśmy do apartamentu. Otoczeni luksusem, który jeszcze niedawno sprawiał nam przyjemność, nie byliśmy w stanie nawet rozmawiać. Abbas miał rację: zachowywałem się samolubnie. Zależało mi tylko na mojej pracy. Kupowałem moim bratankom mercedesy z rozkładanym dachem, podczas gdy innym dzieciom brakowało jedzenia i czystej wody do picia. Myślałem, że wystarczy wysyłać pieniądze rodzinie, ale czy te dzieci tutaj też nie są moją rodziną? Jak to się stało, że tak poprzestawiały mi się priorytety? Zapewniałem sobie spokój, zapominając o moich rodakach. Wiedziałem, że cierpią, lecz nie chciałem o tym myśleć.

Czekałem do północy, żeby zadzwonić do Menachema. W Bostonie była wtedy siódma rano. Przedstawiłem mu sytuację Chalida, a on obiecał, że zdobędzie dla niego wizę.

Rozdział 53

Następnego dnia rano spotkałem się z Chalidem. Przy obfitym śniadaniu w restauracji z widokiem na plażę wyjaśniłem mu, nad czym pracuję. Chłonął z uwagą każde moje słowo. Jakże przypominał mnie samego sprzed lat.

– Czy jeśli załatwię ci wizę, przyjedziesz do Ameryki? – zapytałem.

– Wujek żartuje?! – W jego oczach rozbłysła nadzieja. – To moje marzenie. – Zaraz jednak się przygarbił. – Ale to się nigdy nie uda.

– A gdyby mi się jednak udało?

– Byłbym dozgonnym dłużnikiem wujka – odparł żarliwie.

– Tylko co jeśli twój ojciec się sprzeciwi? – Nie chciałem gasić jego entuzjazmu, ale musiałem być realistą. – Wiesz, że on nie chce, żebyś wyjechał z Gazy.

– Jeśli wujkowi uda się zdobyć dla mnie wizę… – uśmiechnął się – to przekonam ojca, żeby mnie puścił.

– Pogadamy później. Chcę zabrać twoich bratanków i bratanicę do zoo. Właściciel hotelu bardzo mi polecał to miejsce.

Wynajęliśmy vana i pojechaliśmy po dzieci. Chciałem im pokazać lepsze życie.

※

Madżid pomachał do Fadiego otoczonego przez grupkę dzieci. Gdy Fadi mnie zauważył, natychmiast do nas podbiegł.

– Musicie obejrzeć nasze wspaniałe zoo – powiedział. – Ponieważ był pan dla mnie wczoraj tak szczodry, wpuszczę was wszystkich za specjalną cenę dziesięciu szekli od osoby. Naprawdę warto. Mamy tu dwie jedyne w swoim rodzaju zebry. To zebry gazańskie.

– Zebry nie występują na terenie Gazy – zauważyłem.

Jasmine podała mu pieniądze.

– Chodźcie za mną. – Fadi machnął swoją jedyną ręką. Zatrzymał się przy pustej kasie tyłem do nas i powiedział bardzo poważnym tonem: – Wchodźcie. Teraz jestem w pracy. – Obrócił się przez ramię i dodał: – Ale za dodatkowe dziesięć szekli mogę was oprowadzić. – To wywołało wybuch śmiechu Madżida.

Jasmine zapłaciła, a Fadi uśmiechnął się i ukłonił, wskazując na bramkę obrotową. Obserwowałem, jak płaci kasjerowi z innej kieszeni, i weszliśmy do środka.

Na trawniku otoczonym przez pierścień cementu i klatki roiło się od dzieci. Pośrodku dwóch chłopców jeździło na dwóch niezwykłych zebrach. Nie mogli powstrzymać się od śmiechu. Nigdy wcześniej nie widziałem czegoś takiego.

– Te dwie zebry zdechły z głodu podczas ofensywy – powiedział Fadi z powagą, jakby był właścicielem tego zoo. Chalid i Jasmine ustawili się w kolejce z wnukami Abbasa. Dzieci chichotały i pokazywały sobie dziwaczne zwierzęta. Interesowała je jedynie przejażdżka na zebrach. Ja z Fadim podszedłem do klatki lwa. – A może lew, który wydostał się z klatki, zjadł jedną z nich. – Wskazał na klatkę. – Przez trzy tygodnie bardzo niebezpiecznie było tu przychodzić i karmić zwierzęta albo pomagać tym, które zostały ranne, dlatego wszystkie oprócz dziesięciu zdechły. – Ogarnął szerokim gestem duże, puste klatki. – Zastąpienie jednej zebry kosztowałoby sto tysięcy szekli. Musielibyśmy chyba przeszmuglować ją tunelami. Gdyby pan zechciał kupić nam dwie nowe, niech pan da znać. Jestem odpowiedzialny za zaopatrzenie.

– Wezmę to pod rozwagę – powiedziałem.

Za plecami Fadiego zebrała się grupka dzieciaków.

– Wie pan, to nie są prawdziwe zebry – szepnął mi Fadi – ale niech pan nie mówi dzieciom.

– A co to jest? – zapytałem szeptem.

– Kazałem pracownikom ogolić dwa białe osły i pomalować je w paski czarną farbą do włosów. – Wyprężył się dumnie, jakby rzeczywiście to on był autorem tego pomysłu.

Fałszywe zebry wyglądały bardzo cherlawo, miały wątłe nogi, ale dzieciom to nie przeszkadzało. Czułem się tak, jakbyśmy się znaleźli w innym świecie. I dzieci, i rodzice sprawiali wrażenie pozbawionych wszelkich trosk. Część maluchów z przejęciem i radością biegała od klatki do klatki, inne, noszone przez ojców na barana, chichotały i pokazywały kierunek.

W wielu klatkach mieściły się koty i psy domowe. Dzieci gromadziły się wokół nich, wymachiwały rękami i odrzucały głowy w beztroskim śmiechu. Z radością zauważyłem, że nawet w Gazie życie może mieć weselsze strony.

– Jakie to miłe widzieć, że ludzie się cieszą – powiedziałem do Chalida, gdy podszedł do nas z dziećmi.

Chalid pokręcił głową.

– Powinien wujek zobaczyć martwą wielbłądzicę w ciąży. Pysk miała otwarty z bólu. Na grzbiecie była wielka dziura, przez którą przeszedł pocisk.

– No cóż, pracownicy zoo dobrze się spisali, przywracając to miejsce do życia – powiedziałem.

Jasmine wskazała zwiedzających wokół nas.

– Dzieci wspaniale się bawią.

Kiedy wyszliśmy z zoo, Chalid zapytał, czy możemy się jeszcze gdzieś zatrzymać po drodze do domu. Duży samochód mógł być bardzo przydatny do załatwiania różnych spraw. Kilku kupców założyło niewielki targ w pobliżu zoo. Jeden z nich sprzedawał sadzonki w doniczkach. Rozpoznałem większość z nich, gdyż Jasmine z upodobaniem hodowała warzywa, które rozdawaliśmy sąsiadom i znajomym. Chalid wyjął z plecaka zniszczony portfel.

Położyłem na nim dłoń.

– Twoje pieniądze nie są tu mile widziane, synu. Co chcesz kupić?

– Kilka sadzonek pomidorów, cukinii, bakłażana, ogórków, mięty i szałwii.

※

Gdy już znaleźliśmy się w samochodzie, zapytałem Chalida, dokąd jechać, i okazało się, że dopiero teraz udajemy się załatwić tę sprawę. Te sadzonki nie były dla jego rodziny.

Zatrzymaliśmy się przed budynkiem na przedmieściu. Ściany były mocno podziurawione.

– Podczas inwazji żołnierze zajęli ten dom, zniszczyli meble, wydrążyli w ścianach otwory dla snajperów. – Chalid otworzył drzwi z tyłu vana. – Zostawili po sobie łuski i śmierdzące torby z odpadami, ich przenośne toalety.

Jakie porządne potomstwo wychował Abbas. Mimo całego swojego gniewu musi być dobrym ojcem, skoro ma tak szlachetnego syna. Weszliśmy do środka. Gruzy zostały wyniesione, lecz pozostały napisy na ścianach. Część była po hebrajsku, ale większość po angielsku: „Arabowie muszą zginąć" krzyczała jedna ściana. „1 trafiony, jeszcze 999 999" widniało na innej, a obok rysunek nagrobka z napisem „Arabowie 1948–2009".

Mieszkało tam pięcioro dzieci bez opieki dorosłych. Chalid i Jasmine posadzili rośliny niedaleko drzwi, w miejscu, które wskazało im najstarsze z dzieci, dwunasto-, trzynastoletnie.

Jechaliśmy z powrotem w milczeniu. Miałem zamiar zaprosić rodzinę Abbasa na kolację do hotelu. Chciałem dać im poczuć, że życie składa się nie tylko z cierpień, ale jakoś w tym momencie nie byłem co do tego przekonany. Nie przerywałem więc tej ciszy.

Rozdział 54

Tej nocy zadzwonił Menachem.
– Nie dam rady go wyciągnąć – powiedział. – Rozmawiałem już nawet z premierem.
 – A dlaczego? – Poczułem się jak po ciosie w brzuch.
 – Jego ojciec pracuje dla Hamasu – odparł Menachem. – Wierz mi, nie jestem w stanie go stamtąd wyciągnąć.

Następnego dnia Chalid czekał na mnie w restauracji. Był w dżinsach i baseballówce Boston Red Sox. Ze słuchawkami walkmana w uszach wyglądał jak każdy nastolatek w większości krajów na świecie.
 – Czego słuchasz? – spytałem.
 – Eminema. Uwielbiam rap – odpowiedział. – Mam nadzieję, że wujek nie ma mi za złe tej wizyty. Chciałem jeszcze się czegoś dowiedzieć o tych badaniach. Śniło mi się, że wujek był moim promotorem.
 Usiedliśmy z Jasmine obok niego. W jego oczach płonęła nadzieja. Musiałem mu powiedzieć.
 – Mam złe wiadomości. Nie udało mi się zdobyć dla ciebie wizy. Przykro mi.
 Skurczył się w sobie, jakby uszło z niego powietrze. W jego oczach zalśniły łzy, które natychmiast potoczyły się po policzkach.

– Może jeszcze kiedyś, jak wszystko się uspokoi... – Sam w to nie wierzyłem. On najwidoczniej też.

Jasmine przysunęła się do niego i pogłaskała go po włosach. Ja byłem przerażony własną bezradnością. Jak mogłem dawać mu fałszywą nadzieję? Za kogo się uważałem? Myślałem, że jestem w jakiś sposób lepszy od moich rodaków mieszkających tutaj? Że mogę w magiczny sposób rozwiązywać ich problemy? Jak do tej pory tylko powodowałem cierpienia. Musiałem znaleźć rozwiązanie.

– Zastanówmy się – powiedziałem. – Może jest jakieś wyjście. Przecież przemytnicy szmuglują do Gazy żywność i inne materiały, może mogliby też wydostać ciebie. – Gdy tylko te słowa wydobyły się z moich ust, natychmiast ich pożałowałem.

Chalid otarł łzy i podniósł na mnie wzrok.

– To znaczy... tunelami?

– Nie przeprowadzają tamtędy ludzi?

– Mój sąsiad co tydzień tamtędy przechodzi. Ma uleczalnego raka, a w Gazie nie ma chemioterapii.

– No to może zastanówmy się nad tym? Ale najpierw musimy porozmawiać z twoim ojcem.

Chalid potrząsnął głową.

– Najpierw się zorientujmy, czy to w ogóle realne, a jeśli się okaże, że tak, to z nim porozmawiamy.

Pomyślałem o tym, jak sam czekałem, by poinformować Mamę o zdobyciu stypendium. Gdybym wcześniej poprosił ją o zgodę na udział w konkursie, nie pozwoliłaby mi jechać.

– Brzmi rozsądnie – stwierdziłem.

– Może pójdziemy tam teraz? Do tuneli.

Jasmine, Chalid i ja wsiedliśmy do wynajętego vana i pojechaliśmy do Rafah.

Sklepy w Rafah były pełne przemycanych towarów – takich jak żywność dla niemowląt, lekarstwa, komputery, woda butelkowana – po kosmicznych cenach. W oknach wystawowych widniały zdjęcia męczenników zabitych w tunelach, ściskających szpadle i wiertła. Wyglądało to bardzo groźnie.

Popatrzyłem na ceny.

– Jak ludzie mogą sobie pozwolić na te towary?

– Nie mają wyjścia. – Sklepikarz wzruszył ramionami. – Przeszmuglowanie tego jest drogie. Trzeba opłacić Egipcjan, do tego dochodzi koszt wykopania tunelu.

– Chodźmy obejrzeć te tunele – zaproponował Chalid.

Zgodziłem się, ale już podjąłem decyzję. Wszyscy ci zabici… nie mogłem pozwolić Chalidowi na takie ryzyko.

Przeszliśmy przez centralny plac miasta. Na stołach handlarzy ujrzeliśmy telewizory, wentylatory, miksery, lodówki i inne urządzenia elektryczne. Dalej na zachód w stronę granicy ciągnęły się kartony z papierosami i olbrzymie sterty chipsów. Minęliśmy magazyn z narzędziami używanymi do kopania tuneli – szpadlami, linami, kablami elektrycznymi, kilofami, młotkami, śrubami i nakrętkami w różnych rozmiarach – aż wreszcie doszliśmy do wejścia. Tam można było kupić niemal wszystko prosto z taczek, a handlarze przekrzykiwali się, by zwrócić na siebie uwagę.

Pod skomplikowanym labiryntem namiotów i tandetnych szop wzdłuż granicy Gazy z Egiptem biegła sieć podziemnych tuneli, życiodajna aorta Strefy Gazy.

Jakiś mężczyzna przedstawił mi swojego szefa, który pokazał nam różne typy tuneli. Różniły się one rozmiarami, kształtem, celem, dla którego zostały zbudowane, a także poziomem skomplikowania. To tylko utwierdziło mnie w podjętej wcześniej decyzji. Nie miałem zamiaru narażać życia mojego bratanka. Obejrzeliśmy słabo wzmocnione tunele z wąskimi wejściami i otworami na nieczystości oraz szerokie przejścia, wzmocnione drewnem. Chociaż te drugie nie powinny się zawalić, to w każdej chwili groziło im bombardowanie.

– Dlaczego to wejście tak pochyło schodzi do tunelu? – zainteresowała się Jasmine.

– To dla zwierząt – odpowiedział przemytnik. – Krowom i osłom łatwiej jest przejść. Inaczej trzeba by je ciągnąć kołowrotem na prąd.

Chalid roześmiał się.

– Przedostanę się tędy w przebraniu osła! Mama zawsze mówi, że jestem uparty jak osioł.

Nie rozbawiło nas to i wtedy zorientował się, że coś jest nie tak. Powiedziałem mu, że to zbyt niebezpieczne, że nie pozwolę mu przeciskać się tymi tunelami. Blask w jego oczach zgasł.

– Nie mogę narażać twojego życia – tłumaczyłem.

– Jakiego życia? Przecież ja już jestem martwy. – Patrzył mi w twarz, szukając zmiłowania. – Jak wujek myśli, jak potoczyłoby się życie wujka, gdyby nie możliwość studiowania?

Sięgnąłem pamięcią do momentu, kiedy wyrzucono mnie z uniwersytetu. Wciąż pamiętałem to uczucie pustki, niemożności wyrwania się.

– Słuchaj, możemy tu zostać dłużej. – Spróbowałem nadać głosowi optymistyczny ton. – Mogę cię uczyć.

Podszedł do posępnego muru przed nami, na którym wisiały wizerunki męczenników. Nie odezwał się ani słowem, tylko przyłożył dłoń do zdjęcia młodego, uśmiechniętego chłopca, który wyglądał na pełnego energii. Może był to portret urodzinowy. Wszyscy wiedzieliśmy, że już nie żyje, bo inaczej tego obrazu by tu nie było. W jakiś sposób patrzenie na niego z tą świadomością było trudniejsze. Na tym zdjęciu jeszcze miał nadzieję.

– Zabierzcie mnie do domu. – Chalid gwałtownie się odwrócił. Jego podobieństwo do chłopca z plakatu było uderzające. – Czy to ważne? Czasem żałuję… żałuję, że nie jestem taki odważny jak oni.

– Jak kto? – zapytała Jasmine.

– Męczennicy – odparł. – Oni nie pozwalają Izraelczykom zamienić swojej śmierci w coś tak samo bezsensownego jak życie.

– Jest dużo pokojowych sposobów walki – zauważyła Jasmine.

– Ojciec wujka poszedł do więzienia za pomoc bojownikowi o wolność. – Bratanek spojrzał prosto na mnie. Odwrócił się od muru i wszyscy ruszyliśmy z powrotem. Chalid jeszcze się obejrzał, a potem popatrzył przed siebie – Na pewno byliście z niego dumni.

– Mój ojciec pierwszy by ci powiedział, że są inne sposoby walki o sprawę. – Kazałby ci się skupić na nauce i zapomnieć o polityce.

– Jestem więźniem w moim własnym mieście i nic na to nie mogę poradzić. Potrzebuję wolności.

– Świat ciągle się zmienia i tylko Bóg wie, co będzie dalej – rzekła Jasmine.

– Bóg nie istnieje – mruknął Chalid. – To Izraelczycy kontrolują naszą przyszłość.

Rozdział 55

Następnego dnia rano zadzwonił Chalid.
– Czy mógłbym zaprosić moją rodzinę do was do hotelu na obiad? – zapytał. – Chciałbym urządzić małą uroczystość. Chyba znalazłem sposób wydostania się z Gazy. Dzisiaj po południu idę na rozmowę o pracę. Pomyślałem, że dobrze by było, gdyby moja rodzina poczuła, że jeszcze jest nadzieja… a ja to poczułem tam, w hotelu.
– Oczywiście, że możesz ich zaprosić – odparłem. – Nic nie sprawi nam większej przyjemności. A z kim masz tę rozmowę?
– To niespodzianka. Będziemy świętować, jak już zyskam pewność. Mogę przyjść trochę wcześniej? Chciałem jeszcze posłuchać o badaniach wujka. To może mi pomóc podczas tej rozmowy.
– Przyjdź nawet teraz.
– Tylko proszę, niech wujek nie mówi mojemu ojcu. Nie chcę go niepokoić, póki to nie będzie zatwierdzone. On myśli, że jadę na wesele.
– Nic nie powiem – obiecałem. Czułem, jak uchodzi ze mnie napięcie. Jasmine i ja bardzo martwiliśmy się o niego, odkąd wróciliśmy z tuneli. W końcu zanosiło się na zmiany na lepsze.

Abbas z żoną i czworgiem wnuków, Jasmine, Chalid i ja siedzieliśmy przy największym stole w restauracji i obserwowaliśmy fale rozbijające się o brzeg. Dziwny to był widok: Abbas i jego rodzina w obdartych ubraniach jedzący z porcelanowych naczyń srebrnymi sztućcami i popijający wodę z kryształowych pucharków. Jedynie Chalid pasował do tego miejsca. Przed planowaną rozmową przeszedł prawdziwą metamorfozę. Był w czarnym garniturze i czystej białej koszuli z krawatem. Włosy miał porządnie uczesane, słaby zarost zniknął, całe ciało wyglądało na wyszorowane. Naprawdę odnosiło się wrażenie, że zdjęto mu z barków ciężkie brzemię. Bardzo chciałem, żeby dobrze mu poszło na tej rozmowie.

Na zakończenie podano ciasto migdałowe i kawę arabikę.

– Pokaż swoją filiżankę – zwróciłem się do Chalida. Chciałem mu powróżyć, tak jak robiła to Mama po naszych posiłkach. Zajrzałem na dno filiżanki, lecz wszystkie znaki, których Mama mnie nauczyła, czarno przedstawiały jego przyszłość.

– Widzę, że masz przed sobą niezłe perspektywy – skłamałem.

Uśmiechnął się, a ja nagle poczułem, że jest dla niego nadzieja. Byłem człowiekiem nauki. Nie wierzyłem w przesądy. Chalid spojrzał na Abbasa z miłością w oczach.

Taśmę wideo podrzucono w środku nocy. Abbas i jego żona czym prędzej przyjechali do naszego hotelu, gdyż w domu nie mieli odtwarzacza. Zgromadziliśmy się wokół telewizora, wiedząc, że to najgorsza wiadomość, jaką można sobie wyobrazić, a mimo wszystko żywiąc w głębi ducha nadzieję, że okaże się inaczej.

Na ekranie pojawił się Chalid. Szyję miał owiniętą biało-czarną kefiją. W jednej ręce trzymał karabinek maszynowy skierowany lufą ku górze, a w drugiej kartkę z wygłaszanym tekstem. Ręka mu drżała.

Jasmine, zszokowana, ciężko opadła na najbliższe krzesło. Madżida zaczęła cicho szlochać.

– Robię to nie po to, żeby trafić do raju albo żeby znaleźć się wśród hurys. Robię to dlatego, że Izraelczycy nie pozostawili mi wyboru.

Madżida i Jasmine nie kryły rozpaczy. Jasmine przysunęła się do płaczącej matki i objęła ją. Teraz szlochały wspólnie.

– Robię to dla sprawy palestyńskiej. Robię to, by zademonstrować nasz opór. Wolę umrzeć z nadzieją, niż żyć w więzieniu. Wolę zginąć, walcząc za sprawę, niż tkwić uwięziony w piekle na ziemi. To jedyny sposób, by się stąd wydostać. Nie ma wolności bez walki. Izraelczycy muszą zrozumieć: jeśli będą nas więzić, zapłacą za to. Ja mam wpływ jedynie na to, w jaki sposób umrę. Zbrodnie Izraela wobec moich rodaków są niezliczone. Nie dość, że nas prześladują, to jeszcze przekonali cały świat, że to oni są ofiarami. Izrael dysponuje jedną z najsilniejszych armii na świecie, my mamy kilka marnych rakiet, a jednak udało im się przekonać świat, że potrzebują ochrony przed nami. Świat nie tylko wierzy w ich kłamstwa, ale też je podtrzymuje. Zabroniono mi używać mojego umysłu, muszę więc użyć ciała, jedynej broni, jaka mi pozostała.

Obraz zniknął i już myślałem, że nagranie się skończyło, lecz po kilku sekundach Chalid pojawił się znowu.

– Chcę powiedzieć moim kochanym rodzicom: przepraszam, że żegnam się z wami w ten sposób. Wiem, ile wycierpieliście, i mam nadzieję, że będziecie ze mnie dumni.

Opuścił broń.

– Babo, proszę, przekaż wujkowi Ahmadowi mój notes. Jest w dolnej szufladzie komody, pod moimi spodniami. Żegnam was do ponownego spotkania.

Ekran zrobił się czarny.

– Co ja zrobiłem? – Abbas ukrył twarz w dłoniach i gorzko zaszlochał. – To moja wina. Czy pozwoliłem mu myśleć, że chcę, by był męczennikiem?

– Oczywiście, że nie – zaprotestowałem. – Wiedział, jak bardzo go kochasz. Nikt nie miał wątpliwości, że wolałbyś wbić sztylet we własne serce, niż widzieć, jak on cierpi. – Objąłem go, a on, po raz pierwszy od wielu lat, mocno się do mnie przytulił. Biedny Abbas. Obwiniał siebie, a ja wiedziałem, że to moja wina. W beznadziejnej sytuacji dałem Chalidowi nadzieję i to sprawiło, że nie mógł już znieść takiego życia. Byłem taki naiwny, sądząc, że moje znajomości wystarczą, by mu pomóc.

Zabiłem syna mojego brata.

Rozdział 56

Gdy zadzwoniła moja komórka, poderwałem się ze snu, zaniepokojony. Moje serce mocno obijało się o klatkę piersiową. W pokoju panowała nieprzenikniona ciemność, tylko zegar na mojej szafce nocnej migotał cyframi: 3:32. Po omacku sięgnąłem po telefon. Wysunął mi się z ręki i upadł na podłogę.

Na pewno znowu ktoś umarł.

Zaledwie tydzień minął od pogrzebu Chalida. Zbyt wcześnie zdetonował kamizelkę. Mówiono, że coś się zepsuło, ale my wiedzieliśmy, że nie potrafił się zmusić do zabrania wraz z sobą niewinnych ludzi. Oczywiście i tak nie obeszło się bez ofiar – ucierpiała cała jego niewinna rodzina.

Teraz każdy nocny telefon był powodem do niepokoju.

– Szybko, odbierz! – W głosie Jasmine brzmiał strach. Od śmierci Chalida żadne z nas nie przespało spokojnie ani jednej nocy.

Chwyciłem za telefon. Byłem pewien, że Abbas nie żyje. Jego śmierć złamałaby Mamie serce.

– Słucham? – powiedziałem nieco za głośno. – O co chodzi?

Jasmine włączyła lampkę po swojej stronie. Usiadła i podkrążonymi oczyma patrzyła na mnie z niepokojem. Była lustrzanym odbiciem moich obaw.

– Czy pan profesor Ahmad Hamid? – zapytał uprzejmy męski głos. Nie rozpoznawałem jego akcentu.

– Tak – odpowiedziałem z obawą – kto mówi?

– Jestem Alfred Edlund.

Serce mi zamarło. Skądś znałem to nazwisko. Czy to nie przyjaciel ze studiów mojego syna Mahmuda? O tej godzinie to nie mogło być nic dobrego.

– Kto to? – zapytała Jasmine.

– Czy Mahmudowi coś się stało? – Wstrzymałem oddech.

Jasmine z przerażeniem otworzyła usta i niespokojnie kiwała się w przód i w tył.

– Nie rozumiem – powiedział mężczyzna.

– To nie chodzi o mojego syna?

– Nie. Jestem sekretarzem generalnym Królewskiej Szwedzkiej Akademii Nauk.

Spojrzałem na Jasmine i uniosłem dłoń.

– Nic złego – szepnąłem.

– Profesorze, jest pan tam?

– Jak mnie pan znalazł?

– Profesor Szaron dał mi pański numer.

Usiadłem prosto, starając się dobrze zrozumieć wagę tej rozmowy.

– Dzwonię w imieniu Królewskiej Szwedzkiej Akademii Nauk.

Od dziesięciu lat co roku Menachem i ja byliśmy nominowani do Nagrody Nobla. Ale kto dzwoniłby o tej porze?

– Pragnę pana poinformować… – urwał na moment – … w imieniu Królewskiej Szwedzkiej Akademii, że mamy zaszczyt ogłosić, iż pan i profesor Szaron zostaniecie tegorocznymi laureatami Nagrody Nobla w dziedzinie fizyki.

Brakło mi słów.

– Wasza wspólna praca nad pomiarami anizotropii magnetycznej w pojedynczych atomach była prawdziwym przełomem. To doprowadziło do odkrycia nowych rodzajów struktur i skonstruowania nowych urządzeń, które odegrają ważną rolę w rozwoju następnych generacji sprzętu elektronicznego, komputerów i satelitów.

– Dziękuję – powiedziałem. – Będę zaszczycony, oczywiście. – Słyszałem brak entuzjazmu w swoim głosie.

– Co się dzieje? – Jasmine chwyciła mnie za ramię. – Z kim rozmawiasz?

– Wręczenie Nagrody Nobla odbędzie się dziesiątego grudnia w Szwecji, w Sztokholmskiej Sali Koncertowej.

– Jestem teraz w Gazie – powiedziałem. – Czuję się zaszczycony, ale nie zdołam przybyć na tę uroczystość. – Nie mogłem opuścić Gazy tak szybko po śmierci Chalida.

– Ponieważ nagrody będą wręczane dopiero w grudniu, to jeszcze zdążymy omówić różne możliwości.

– Co to za rozmowa? – Jasmine ciągnęła mnie za rękaw. – Kto to?

– Przeanalizowałem pańskie badania i jestem naprawdę pełen podziwu. Wniósł pan wielki wkład w postęp ludzkości.

– Ahmad! Powiedz mi! Muszę wiedzieć – ponaglała mnie Jasmine.

Odłożyłem telefon.

– Dostałem Nagrodę Nobla. – Mojemu głosowi brakowało entuzjazmu.

Poderwałem się na dźwięk kolejnego dzwonka telefonu.

– Co się dzieje? Kto teraz dzwoni? – Jasmine wciąż była niespokojna.

– Chodzi o nagrodę – odparłem. Wiedziałem, że telefon nie przestanie dzwonić, póki nie odbiorę.

– Ciągle pamiętam ten dzień, kiedy mi powiedziałeś, że masz pomysł. I pomyśleć, że omal cię nie zlekceważyłem. – Głos Menachema zadrżał.

Tak ciężko na to pracowaliśmy. Nie chciałem sprawić mu zawodu z powodu mojego osobistego bólu. Codziennie do mnie dzwonił, żeby się dowiedzieć, jak się trzymam.

– I pomyśleć, jak bardzo nienawidziłem...
– Żałujesz czegoś?
– Tylko tego, że nie widziałem prawdy od samego początku.

Ledwie odłożyłem telefon, gdy znowu rozległ się dzwonek.
– Halo. Czy mogę rozmawiać z profesorem Hamidem? – zapytał mężczyzna z hiszpańskim akcentem.
– Przy telefonie – odparłem.
– Jestem Jorge Deleon z gazety „El Mundo" w Hiszpanii.
– Jest czwarta nad ranem.
– Bardzo przepraszam, profesorze. Mamy ustalone terminy.

Całe rano spędziłem na rozmowach telefonicznych z dziennikarzami z Europy i Bliskiego Wschodu.

Rozmawiałem przez internet z rodziną z Trójkąta, używając sprzętu przemyconego tunelami. Odkąd skończyłem dwanaście lat, czekałem na ten dzień, w którym powiem ojcu, że dobrze spożytkowałem swoje życie. Teraz byłem laureatem najbardziej prestiżowej nagrody na świecie. Mój głos biegł przez sieć i wydobywał się z głośników w domu rodziców. Na monitorze pojawiła się Mama.

– Niech Mama poprosi Babę – powiedziałem.
– Co się dzieje? Jakieś złe wieści? – zapytała.
– Nie, wręcz przeciwnie. Bardzo dobre. Wspaniałe.
– No to mów. Jestem taka ciekawa.
– Proszę, Mamo.

Wyszła z kuchni i wróciła z Babą.
– Mam wam coś do powiedzenia. – Zmusiłem się do uśmiechu.

Mama położyła rękę na piersi. Baba czekał cierpliwie.

– Właśnie dostałem wiadomość ze Szwecji. Przyznano mi Nagrodę Nobla w dziedzinie fizyki za ten rok. To jest nagroda wspólna dla mnie i Menachema.

Rodzice milczeli. Popatrzyli po sobie i wzruszyli ramionami.

– A co to za nagroda? – w końcu zapytał Baba.

– Nagroda Nobla jest przyznawana tym, którzy wnieśli największy wkład w rozwój ludzkości i dokonali największych odkryć albo wynalazków w dziedzinie fizyki. – Normalnie nie chwaliłbym się w taki sposób, ale chciałem, żeby Baba zrozumiał, że wykorzystałem swoje życie jak najlepiej.

Baba spojrzał na Mamę.

– Ahmad dostał nagrodę. – Oboje wzruszyli ramionami, jakbym ich nie widział.

– Pod koniec dziewiętnastego wieku żył taki szwedzki chemik, który wynalazł dynamit – tłumaczyłem. – Martwił się o to, w jaki sposób nauka może wpływać na ludzkość.

– A czy on wiedział, że tym dynamitem wysadzą nasz dom? – wtrąciła Mama. – O taki wpływ mu chodziło?

Jak miałem wytłumaczyć Babie, że udało mi się spełnić obietnicę, którą mu kiedyś złożyłem? Próbowałem jeszcze wyjaśniać znaczenie tej nagrody.

– Przeznaczył swój majątek na ufundowanie Nagród Nobla. Od tysiąc dziewięćset pierwszego roku co rok specjalny komitet wybiera laureatów, którzy dokonali największych osiągnięć w różnych dziedzinach, między innymi w fizyce. To najbardziej prestiżowe wyróżnienie, jakie może otrzymać fizyk.

Baba się uśmiechnął. Na Mamie nie wywarło to wrażenia.

– Oj, zapomniałam ci powiedzieć, że nasza klacz jest źrebna – oznajmiła.

Moje komórki się rozdzwoniły.

– Wiecie co, poczekajcie na nagranie wideo z ceremonii wręczenia nagrody. Wtedy lepiej to zrozumiecie. Będę tam przemawiał.

Rozdział 57

– Dziękuję wszystkim za przybycie na dzisiejszą uroczystość – powiedział prowadzący ceremonię. – Królewska Szwedzka Akademia Nauk ma zaszczyt przyznać tegoroczną Nagrodę Nobla w dziedzinie fizyki profesorom Menachemowi Szaronowi i Ahmadowi Hamidowi za ich badania rozpoczęte ponad czterdzieści lat temu.

W przeszłości możliwości magazynowania danych były ograniczone rozmiarami. Póki nie byliśmy w stanie określić anizotropii magnetycznej pojedynczego atomu, technologia nie mogła zmniejszać swoich rozmiarów. Anizotropia magnetyczna ma wielkie znaczenie, ponieważ determinuje zdolność atomu do gromadzenia informacji. Profesor Szaron i profesor Hamid odkryli, jak obliczać anizotropię magnetyczną pojedynczego atomu.

Oprócz zwiększenia możliwości magazynowania i rozwoju chipów komputerowych ich odkrycie może zostać wykorzystane do opracowywania czujników, satelitów i wielu innych urządzeń. Otworzyli drzwi dla nowych rodzajów struktur i urządzeń, które można budować z pojedynczych atomów. Magazynowanie na poziomie atomów pozwala nam przechowywać pięćdziesiąt tysięcy filmów pełnometrażowych albo ponad tysiąc bilionów bitów danych w urządzeniu wielkości iPoda.

Profesor Menachem Szaron i profesor Ahmad Hamid zaczęli od pomysłu, dla którego w tamtych czasach nie było jeszcze zastosowań. To wymagało wizji i siły, by trwać w przekonaniu o słuszności obranej drogi. Przypadł mi w udziale ten niezwykły zaszczyt złożenia gratulacji profesorowi Menachemowi Szaronowi i profesorowi Ahmadowi Hamidowi w imieniu całej Akademii. Ich wspólne wysiłki sprawiły, że na trwałe zapisali się na kartach historii.

Rozległy się gromkie brawa. Po chwili w sali zaległa cisza, a zgromadzony tłum największych umysłów świata skupił uwagę na Menachemie i na mnie. Ubrani w identyczne fraki weszliśmy równo na scenę. Każdy krok przećwiczyliśmy poprzedniego dnia. Zatrzymaliśmy się przed Jego Królewską Mością królem Szwecji i pozostałymi członkami rodziny królewskiej. Menachem zbliżył się pierwszy. Wyciągnął rękę i Jego Królewska Mość ją uścisnął, po czym założył mu medal i wręczył dyplom. Gdy Menachem się cofnął, ja zrobiłem krok naprzód, by odebrać nagrodę.

Przy akompaniamencie Szwedzkiej Królewskiej Orkiestry Filharmonicznej Menachem i ja podeszliśmy do pulpitu pośrodku tej pięknej sali. Menachem nachylił się do mikrofonu i zaczął mówić:

– Tym, który dawał największy impuls naszej pracy, był profesor Hamid. Zwróciłem uwagę na jego geniusz w tysiąc dziewięćset sześćdziesiątym szóstym roku, gdy jeszcze był moim studentem. Z zawstydzeniem muszę przyznać, że na początku widziałem w jego błyskotliwości zagrożenie. I dopiero gdy byłem o włos od utraty wszystkiego, co posiadam, zostałem zmuszony, by dać mu szansę. Pamiętam ten dzień, gdy wszedł do mojego gabinetu chłopak w łachmanach i sandałach zrobionych z gumowych opon. Powiedział, że ma pomysł, a ja go odrzuciłem. Nie chodziło o sedno samej koncepcji, ale nie wyobrażałem sobie, by ten palestyński chłopak mógł mi cokolwiek zaproponować. Udowodnił mi, że się myliłem. Dał mi życiową szansę. Zajęło nam to czterdzieści lat, lecz profesor Hamid i ja dzięki wspólnej pracy zdołaliśmy osiągnąć więcej, niż mogliśmy sobie wyobrazić. Teraz profesor Hamid jest moim bliskim przyjacielem i mam nadzieję, że to może być lekcja dla Izraela, Palestyńczyków, Stanów Zjednoczonych i reszty świata.

Menachem się rozpłakał. Ja także poczułem łzy w oczach.

Nadeszła moja kolej. Podszedłem do mikrofonu i powiedziałem:

– Przede wszystkim chciałbym podziękować mojemu ojcu, który zrobił dla mnie więcej niż ktokolwiek. – Rozejrzałem się po sali pełnej ludzi i kamer. – Nauczył mnie, co znaczy poświęcenie. Dzięki niemu jestem tym, kim jestem. Chcę podziękować mojej matce, która nauczyła mnie wytrwałości, i mojemu pierwszemu nauczycielowi, panu Muhammadowi za to, że we mnie uwierzył. Pragnę też podziękować profesorowi Szaronowi, mojemu drogiemu przyjacielowi i koledze, za to, że oceniał mnie według zdolności, a nie narodowości bądź wyznania, za to, że potrafił dostrzec to, czego nie widzieli inni, a także za przedstawienie mnie profesorowi Smartowi. Dziękuję mojej rodzinie za to, że wytrzymała, gdy spędzałem czas na nauce, oraz żonie i synom za pokazanie mi, czym jest miłość. – Po krótkiej chwili ciągnąłem: – Powtarzam moim dzieciom, żeby szły za głosem pasji. Dzieciństwo nauczyło mnie, że kropla drąży skałę. Przekonałem się, że w życiu liczy się nie to, co nam się przytrafia, ale to, jak na te zdarzenia reagujemy. Nauka była moim sposobem ucieczki i dzięki niej zdołałem oderwać się od zewnętrznych uwarunkowań. Teraz jednak zdaję sobie sprawę, że postępując w ten sposób, porzuciłem wielu ludzi. Zrozumiałem, że kiedy cierpi jeden człowiek, cierpimy wszyscy. Poświęciłem dotychczasowe życie swojej rodzinie, swojemu wykształceniu i swoim badaniom. Dzisiaj chciałbym was zapoznać z sytuacją w Gazie, gdzie przebywałem w chwili, gdy powiadomiono mnie o przyznaniu mi tej zaszczytnej nagrody. Edukacja to podstawowe prawo każdego dziecka. Gaza, taka, jaka jest obecnie, stanowi wylęgarnię przyszłych terrorystów. Ich nadzieje i marzenia zostały zdławione. Wykształcenie, będące sposobem na poprawę losu uciskanych, jest praktycznie niemożliwe do zdobycia. Izraelczycy pilnują granic i zabronili setkom młodych ludzi, którzy uzyskali stypendia na Zachodzie, wyjechać z Gazy i studiować na uniwersytetach. Nie wpuszczają na teren Strefy transportów z pomocami naukowymi, książkami czy materiałami budowlanymi. Gdybym mieszkał w tamtym miejscu, nie osiągnąłbym tego, co osiągnąłem. Nie możemy pozwolić na kontynuowanie tej polityki niszczenia szkolnictwa. Nikt nie może spać spokojnie, kiedy inni cierpią ubóstwo i prześladowania. Tak jak kiedyś marzyłem o manipulowaniu atomami, tak teraz marzę o świecie, w którym wzniesiemy się ponad narodowościowe, wyznaniowe i inne dzielące nas różnice, by realizować wyższe cele. Tak jak przede mną Martin Luter King junior, tak ja mam odwagę śnić o pokoju.

Publiczność oklaskiwała mnie na stojąco. Uniosłem fotografię Chalida; kamery zaczęły robić zbliżenia.

– Dedykuję tę nagrodę mojemu bratankowi Chalidowi, który wybrał śmierć ponad życie pozbawione marzeń i nadziei. Założyliśmy fundację jego imienia, która będzie dostarczała materiały szkolne oraz książki i będzie stwarzała młodym ludziom możliwości. Profesorowie z MIT, Harvardu, Yale i Columbii zadeklarowali współpracę i pomoc w naciskaniu na Izrael, by pozwolił uzdolnionej młodzieży kształcić się w szkołach na całym świecie i wnosić swój wkład w rozwój, tak jak mogłem zrobić to ja. Zachęcam wszystkich państwa, by się do nas przyłączyć.

Menachem wystąpił naprzód i stanął obok mnie. Przysunął się do mikrofonu i powiedział:

– Przekazuję połowę pieniędzy z mojej nagrody, czyli pół miliona dolarów, na rzecz Funduszu Stypendialnego dla Palestyńczyków imienia Chalida Hamida.

– Współpraca między Palestyńczykami a Izraelczykami stwarza jedyną realną nadzieję na pokój – ciągnął Menachem. – Historia pokazała, że żaden naród nie może zapewnić sobie bezpieczeństwa kosztem innego narodu. Świeckie demokratyczne państwo na terenie całej historycznej Palestyny, gwarantujące równe prawa wszystkim obywatelom bez względu na ich wyznanie, to jedyny sposób na osiągnięcie pokoju. Jedna osoba, jeden głos. Musimy powstrzymać walki i rozpocząć budowanie.

Huk braw zagłuszył moją odpowiedź, lecz nasz uścisk mówił wszystko.

Rozdział 58

Po powrocie do naszej wioski położyłem swój medal Nagrody Nobla na półce w salonie i wyjrzałem przez nowe okno, które rodzice zainstalowali po to, by mieć widok na mój ulubiony punkt na całym świecie: drzewo migdałowe. Przez najbliższy miesiąc nie miało owocować, a mimo to było już całe obsypane kwieciem. Amal i Sa'ada stały silne i dumne obok migdałowca jako świadkowie naszych cierpień i strażnicy chroniący nas przed głodem i żywiołami.

Przyjechałem, żeby zabrać całą rodzinę do Gazy w odwiedziny do Abbasa.

Śmierć Chalida odmieniła mojego brata.

Gdy mu powiedziałem o pomyśle fundacji, rozpłakał się. Powiedział, że ma nadzieję, iż któregoś dnia jego wnuki będą mogły studiować w Stanach. Teraz powoli wracał na łono rodziny. Zaczynaliśmy wspólnie leczyć rany. Nadal nie dało się wydostać nikogo z nich ze Strefy Gazy, ale my, dzięki niedawno zdobytemu przeze mnie rozgłosowi i politycznym wpływom, mogliśmy wjechać tam na tydzień. To było ostatnie marzenie życia moich rodziców i chciałem im pomóc je zrealizować.

Wyszedłem na zewnątrz i usiadłem na ławce pod migdałowcem. To był prawdziwy cud, że to drzewo jeszcze stało. Przypomniałem sobie, jak kryłem się w jego gałęziach, gdy w wieku dwunastu lat miałem głowę pełną marzeń i żadnej świadomości tego, co mnie czeka. Pomyślałem o Norze, mojej pięknej żonie, żydowskim złotowłosym aniele, i o naszych pocałunkach pod tymi gałęziami, które teraz osłaniały jej grób.

Przez okno w kuchni zobaczyłem moich synów, Mahmuda i Amira, ich żony i moje wnuki, siedzących przy stole z moimi rodzicami oraz Jasmine, Fadim, Nadią i Hanim. Słyszałem niskie głosy synów i dźwięczny śmiech Jasmine, którą – tak jak przewidzieli rodzice – mocno pokochałem.

– Jestem gotowy – powiedziałem do Nory. Pamiętałem o złożonej obietnicy, którą w końcu czułem się na siłach spełnić.

Opowiem światu swoją historię.

Podziękowania

Dla Sarah i Jona-Roberta

"Nie czyń drugiemu, co tobie niemiłe: To cała Tora. Reszta to komentarz – [a teraz] idź i ucz się" – Rabin Hillel (30 r. p.n.e – 10 r.), jeden z największych rabinów epoki Talmudu.

Dla Joego, który dał mi odwagę, by stawić czoło temu, co wolałabym głęboko pogrzebać.

Ziarno, z którego wyrosła ta powieść, zostało zasiane ponad dwadzieścia lat temu. Jeszcze jako uczennica szkoły średniej postanowiłam wyjechać za granicę w poszukiwaniu rozrywki, przygód i wolności od rodzicielskiej opieki. Najpierw chciałam udać się do Paryża, lecz rodzice się na to nie zgodzili i zamiast tego wysłali mnie na lato do Izraela. Pojechałam wraz z córką rabina. Wówczas, zupełnie nieświadoma tamtejszej sytuacji, myślałam, że słowa Palestyńczyk i Izraelczyk to synonimy. Siedem lat później wróciłam do Stanów z wiedzą o wiele większą, niżbym tego chciała.

Pełna idealistycznych wizji, pragnęłam się przyczynić do zaprowadzenia pokoju na Bliskim Wschodzie. Po kilku latach studiów prawniczych w Stanach uznałam, że nie chcę do tego wracać. Kiedy poznałam mojego przyszłego męża, podzieliłam się z nim swoimi doświadczeniami, a on zauważył, że to dobry materiał na książkę. Wtedy jeszcze nie byłam na to gotowa. Przeszłość jednak zawsze znajdzie sposób, by o sobie przypomnieć. Chciałabym wierzyć, że potrzebowałam tej perspektywy dwudziestu lat, by opisać tę historię.

Pragnę podziękować mojemu mężowi Joemu za pomoc w gromadzeniu informacji i pisaniu tej książki, oraz moim dzieciom, Jonowi-Robertowi i Sarah, za to, że sprawiają, iż chcę uczynić ten świat lepszym. Bardzo dziękuję moim wspaniałym redaktorom, którzy uczyli mnie, jak przedstawiać opowieść słowami: skrupulatnemu Markowi Spencerowi, Mashy Hamilton, przed którą świat słów nie ma tajemnic, Marcy Dermansky, której umiejętności budzą podziw, mojej teściowej Connie, która poprawiała każdą wersję, sprawnie działającej Teresie Meritt i utalentowanej Pameli Lane.

Szczególne podziękowania należą się mojemu redaktorowi Lesowi Edgertonowi, który naprawdę pomógł tej książce powstać. Na moją wielką wdzięczność zasłużyli Caitlin Dosch i Christopher Greco za pomoc w sprawach naukowych i matematycznych. Cennej pomocy i swojej wiedzy, zwłaszcza na temat Gazy, udzielił mi Nathan Stock z Carter Center. Jestem bardzo wdzięczna za to, że moja agentka Marina Penalva i Pontas Literary & Film Agency uwierzyli we mnie, podobnie jak Garnet Publishing, zwłaszcza Sam i Stephen, którzy potrafili pokonywać wszelkie przeszkody. Dziękuję moim redaktorom Felicity Radford i Nickowi Fawcettowi za oddanie, z jakim pracowali nad tekstem.

Paddy O'Callaghan, Abdullah Khan i Yawar Khan nieprzerwanie mnie wspierali, i za to bardzo im dziękuję. I wreszcie na podziękowania zasługuje nadzwyczajny Moe Diab, który tchnął życie w mojego bohatera.

Pragnę także podziękować wszystkim wydawnictwom na świecie za ich entuzjazm i zaangażowanie.

Walka z międzynarodowym terroryzmem to tylko pretekst, aby móc rozpętać dowolny konflikt w dowolnym miejscu na kuli ziemskiej.
Ta wojna nie ma końca. Nigdy nie miała go mieć.

Książka, która wstrząsnęła sumieniem Amerykanów

Napisana z narażeniem życia książka zszokowała cały cywilizowany świat. Oparty na niej film Dirty Wars zdobył główną nagrodę na Festiwalu Sundance i uzyskał nominację do Oscara.

Szukaj w dobrych księgarniach i na
www.labotiga.pl

www.wsqn.pl

Bardzo emocjonalna i doskonale napisana historia drogi Dalajlamy ku wolności i narodzin duchowego bohatera

Szukaj w dobrych księgarniach i na
www.labotiga.pl

SQN
WYDAWNICTWO
SINE QUA NON

www.wsqn.pl

SQN
WYDAWNICTWO
SINE QUA NON

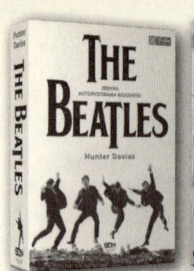

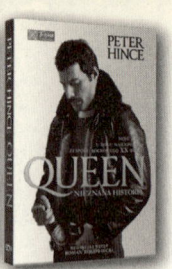

Bądź na bieżąco, śledź nas na:
f/WydawnictwoSQN
🐦/SQNPublishing
www.wsqn.pl

Nasza księgarnia internetowa:
www.labotiga.pl